Ralf Günther wurde 1967 in Köln geboren. Als Buch- und Drehbuchautor entwickelte er Kinderserien fürs Fernsehen und schrieb historische Romane. «Der Leibarzt», sein Debüt, wurde ein Bestseller. Es folgten unter anderem «Das Weihnachtsmarktwunder» sowie «Als Bach nach Dresden kam». Ralf Günther lebt in der Nähe von Dresden.

RALF
GÜNTHER

ARZT
DER
HOFFNUNG

ROMAN

Rowohlt Taschenbuch Verlag

Originalausgabe
Veröffentlicht im Rowohlt Taschenbuch Verlag,
Hamburg, November 2021
Copyright © 2021 by Rowohlt Verlag GmbH, Hamburg
Covergestaltung any.way, Barbara Hanke / Cordula Schmidt
Coverabbildung Stephen Mulcahey / Arcangel
Satz aus der Pensum Pro
bei Dörlemann Satz, Lemförde
Druck und Bindung GGP Media GmbH, Pößneck, Germany
ISBN 978-3-499-00560-2

Die Rowohlt Verlage haben sich zu einer nachhaltigen Buchproduktion verpflichtet. Gemeinsam mit unseren Partnern und Lieferanten setzen wir uns für eine klimaneutrale Buchproduktion ein, die den Erwerb von Klimazertifikaten zur Kompensation des CO_2-Ausstoßes einschließt.
www.klimaneutralerverlag.de

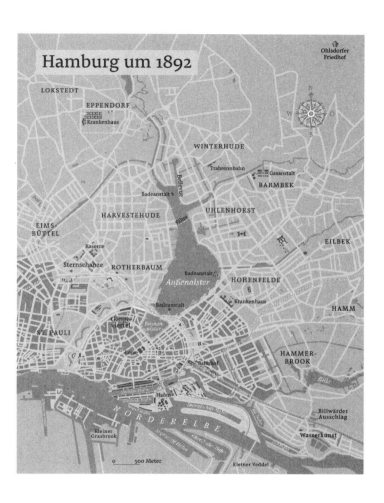

«Du mein Liebstes! Wie weit, wie unendlich weit bist Du von mir fort. Es ist mir, als könnte ich Dich gar nicht erreichen. Wenn doch Wenningstedt nur einige Stunden Eisenbahnfahrt von Berlin wäre, ich glaube, ich wäre schon längst zu Dir geeilt, um Dich zu sehen, so fehlst Du mir. Es ist doch gar zu einsam und öde, wenn Du nicht da bist. Mein einziger Trost ist der, dass ich weiß, wie wohl Du Dich auf Sylt fühlst und wie notwendig die Reise für Dich ist, aber wenn ich des Abends auf dem Balkon sitze, dann sehe ich hinüber nach dem Bahnhof und muss immer an die Abschiedsstunde und den letzten Kuss denken. Und dann wandern meine Gedanken wieder nach dem fernen Strand, und all die schönen Erinnerungen werden wach an unseren gemeinsamen Aufenthalt im vorigen Jahr, wenn wir durch die Gischt wanderten und in einsamen Dünen süße Küsse tauschten.»

Robert Koch am 20. August 1890 an seine Geliebte Hedwig Freiberg

1. Kapitel

«In der Stube, die wir heute gereinigt haben, wurde eine junge Mutter tot aufgefunden. An ihrer Brust lag ihr Kind, ein Säugling, lebend und lächelnd.»

Jakob Löwenberg, Zeitzeuge der Choleraepidemie 1892 in Hamburg

Am 22. August des Jahres 1892 stand der weltberühmte Entdecker des Tuberkel-Bazillus, der ehrwürdige Geheim- und Medizinalrat Dr. Robert Koch, Direktor des Instituts für Infektionskrankheiten Seiner Majestät des Kaisers, am Anleger der Sylt-Tondern-Linie. Schwarz lag die See in der Bucht, die Dünung war schwach, der Morgen windstill. Mit den ersten Sonnenstrahlen erwachte das Element: Das Licht hob die Wellen aus der Dunkelheit und bestrich die Kämme mit Honig.

Der Forscher war auf der Suche nach Antworten. Derzeit vor allem auf das rätselhafte Telegramm des Kaiserlichen Gesundheitsamts. Es hatte ihn am Vorabend erreicht und steckte nun in seiner Westentasche.

```
--- Brauchen --- Sie --- in --- Berlin ---
jetzt ---
```

Der Befehlston war nicht nur dem Telegraphenstil geschuldet. Es war ein Alarmzeichen der kaiserlichen Behörde und duldete keinen Verzug!

Seit Wochen gab es nur ein Thema: das Vordringen der asiatischen Cholera – zum fünften Mal in diesem Jahrhundert. Seit Wochen hatte sich das Reich unter Führung Preußens, verkörpert durch Kaiser Wilhelm II. und seinen Kanzler Caprivi, sowie das Kaiserliche Gesundheitsamt unter Kochs Ägide darauf vorbereitet: Desinfektionseinheiten der Armee waren über das Reichsgebiet verteilt, *Cordons Sanitaires* an den Grenzen zu den betroffenen Landstrichen errichtet, die Grenzkontrollen verschärft. Reisende mit Symptomen wurden zurückgewiesen, insbesondere an den Übergängen zum Zarenreich, wo bereits zahlreiche Fälle aufgetreten waren. In den Zeitungen wurden Maßnahmen zur Hygiene abgedruckt: Wasser abkochen, Hände waschen, contagiöse Bereiche desinfizieren. Überall stank es nach Karbol, dem geläufigen Desinfektionsmittel.

Und der Schutz war wirksam: Es blieb bei einzelnen Erkrankten entlang der Grenze – ein Dutzend Tote, nicht der Rede wert für einen derart gefährlichen Erreger und beinahe nichts im Vergleich zu den großen Epidemien der dreißiger, vierziger, siebziger Jahre.

Der Komma-Bazillus war Kochs alter Bekannter. Der Epidemiologe kannte den Erreger aus Kairo und Kalkutta. Jedem Ausbruch der Krankheit war er hinterhergereist, bis er den Verursacher entdeckt und isoliert hatte. Wissenschaftler aus aller Welt schickten Proben in Kochs Berliner Labor, um sicherzugehen. Im Jahr 1884 hatte er einen großen europäischen Kongress zum sicheren Nachweis des Bazillus durchgeführt; hatte den Kollegen aus aller Herren Länder – ein paar Damen waren auch dabei, seitdem sie die Universitäten besuchen durften – gezeigt, wie man Nährlösungen mischte, um den Erreger vermehren zu können. Hatte demonstriert, wie man ihn auf gestocktem Blutserum heranzüchtet, wie man ganze Stämme auf andere Wirtstiere überträgt, um einen gültigen Beweis zu erlangen.

Nun war es anscheinend wieder so weit: Der Erreger vermehrte sich nicht nur in den Nährlösungen der Forscher, er vermehrte sich in den Menschen, vertrocknete sie von innen, ließ seine Opfer erbrechen und defäkieren, bis alle Flüssigkeit aus ihnen heraus war.

Koch spürte Beklemmungen angesichts des Alarms aus Berlin: Ausnahmslos jeder war in Gefahr, die Krankheit verschonte niemanden. Doch im Zentrum des Kaiserreichs, und auch in seinen großen, blühenden Städten, schienen die Menschen in Sicherheit. In Köln, in Berlin, in Magdeburg, in Dresden, in Breslau, in Königsberg: kein einziger Fall bisher. Das Telegramm allerdings sprach eine andere Sprache.

Kochs Blick folgte dem Flimmern des Morgenlichts auf den Wellenkämmen. Jenseits der Honigstreifen, in der Tiefe, herrschte immer noch Dunkelheit. Koch konnte nicht schwimmen, das Wasser war nicht sein Element, und er kannte die Gefahr. Genügsam schwappte die Dünung der Munkmarscher Bucht gegen die Duckdalben, die das Anlanden der Fähre erleichterten. Eben tanzte die Sonne einen Moment lang auf der Horizontlinie. Dann löste sie sich und stieg weiter hinauf.

Von dort, zunächst nur als weiße Rauchsäule über dem Wasser sichtbar, hatte die Fähre Kurs genommen. Die Barkasse verband die Insel Sylt mit dem Umschlaghafen Hoyerschleuse. Der Dampf zeichnete die Spur des Fortschritts in den Morgenhimmel. Wie einfach und schnell war das Reisen zu Wasser geworden! Und wurde immer schneller. Die Strecke von Westerland nach Munkmarsch hatte Koch bereits mit der neuen Dampfbahn zurückgelegt.

Schon erblickte der Mediziner die gewaltigen Schaufelräder an ihren Seiten: Wie Titanenhände pflügten sie sich durch die See. Erste Silhouetten von Fahrgästen zierten die Reling.

Kurz vor dem Einlaufen schwenkte das Heck landwärts, und die Fähre wurde in ihrer ganzen Schönheit sichtbar: die schnittige Form, der nach hinten kippende Schornstein, die Fahne am Heck, im Fahrtwind flatternd.

Koch tastete nach seiner Börse. Die Abreise war überstürzt und die Fahrt nach Berlin weit. Und auch ein Beamter des Kaiserlichen Gesundheitsamts musste für seine Überfahrt bezahlen. Selbst wenn er auf Befehl des Kaisers reiste.

Die ersten Sonnenstrahlen fielen durch das Blumenmuster der Vorhänge bis in Hedwigs Zimmer und auf ihr Laken. Sie tastete nach der Wärme, die der Geliebte dort hinterlassen hatte. Sie hatte gemerkt, wie er aufgestanden war, es konnte nicht lang her sein. Hatte gespürt, wie sich der Männerkörper, während des Schlafs noch fest an sie geschmiegt, nach dem Erwachen widerwillig getrennt hatte. Als er ihren Nacken küsste, hatte der präzis gestutzte Vollbart ein letztes Mal über ihre Schulter gekratzt. Sie hatte gehört, wie er Wasser aus der Kanne in die Schüssel des Waschtischs gefüllt hatte. Wie das Rasiermesser zunächst schleifend über das Abziehleder und dann über die Haut fuhr. Sie kannte das kratzende Geräusch, kannte auch die dazu passende Choreographie: Erst fuhr die Klinge über den Halsansatz, bis zum Knochen des Unterkiefers. Auch um den Ansatz der Wangen herum rasierte er den Rand des Bartes sauber. Zuletzt entfernte er einzelne, widerspenstige Härchen mit einer kleinen Schere. Die Körperpflege war Koch heilig, das hatte Hedwig rasch begriffen. «Hygiene» war ein zentraler Begriff seiner Lehre – und seines Wesens.

Den Schnitt seines Bartes jedoch hatte Koch – wie er Hedwig erzählt hatte – seit dem Studium nicht verändert. Das Rasieren war Routine, eine Angelegenheit von Minuten. Zum Abschluss spülte er die restliche Seife in die Schüssel, indem er sich mit flachen Händen Wasser ins Gesicht warf. Selbst im Halbschlaf identifizierte Hedwig das Geräusch. Schließlich wischte er sich mit einem Handtuch den restlichen Schaum von der Haut. Das Aroma der Rasierseife hätte Hedwig selbst auf einem türkischen Basar wiedererkannt ...

Nun war das Knarren der Dielen verklungen. Hedwig rekelte sich allein im großen Bett, die Vision des Geliebten vor Augen.

Noch am Abend zuvor hatten sie beieinandergelegen, in diesen Laken. Erst neckisch und scherzend, dann stumm, die Lippen verbunden. Im innigen Kuss entzündete sich Leidenschaft.

Gerade so rechtzeitig trennten sich ihre Körper, dass Koch in der Lage war, das Telegramm an der Tür zu empfangen: behelfsmäßig in eine Hose geschlüpft, die Träger über den blanken Oberkörper gezogen, schließlich war man im Urlaub.

Durch den schmalen Türspalt nahm er den Alarmzettel entgegen; einen Blick auf das Bett, in dem Hedwig vollständig nackt lag, hatte er nicht zugelassen.

Dennoch hatte die Wirtin beschämt zur Seite geschaut. Der Absender erregte Ehrfurcht: «Kaiserliches Gesundheitsamt Berlin» hatte sie aus dem Kürzel *KaiserlGesAmtBer* richtig erraten.

Wortlos hatte Koch den Umschlag entgegengenommen und die Tür hinter sich geschlossen. Lesend trug er die Botschaft zum Bett. Die Worte drangen in ihr grenzenloses Glück und sprengten es von innen heraus. An der Kante blieb er stehen. Übersah ihre ausgestreckten Arme. Verkündete: «Ich muss nach Berlin.» Hedwig umschlang seine Hüften, presste ihr Gesicht gegen seinen Bauch, wollte ihn halten, ihn zurückziehen, doch in Gedanken war Koch schon auf Reisen. «Wann geht die erste Fähre am Morgen?»

«Was wollen sie von dir?»

Koch murmelte etwas, während er die dürren Worte erneut las. Natürlich wusste er, worum es ging: die Cholera.

«Ich lass dich nicht gehen!»

Mit aller Kraft hatte Hedwig ihn umklammert. Doch Koch ließ sich nicht zurückhalten. Nicht einmal von einem geliebten Wesen.

Es klopfte. Hedwig musste wieder eingeschlafen sein. Eben noch, so schien es, hatte sie seine Nähe gespürt. Dabei war er schon seit dem Morgengrauen verschwunden. Hedwig achtete darauf, dass das Laken sie ganz umhüllte, dass Brüste und Taille darunter verborgen waren, dann rief sie «Herein».

Im Licht der vollen Morgensonne betrat die Wirtin die Kammer. Auf dem Tablett ein Frühstück. Gleich zog Hedwig der Duft von Toast und Spiegelei in die Nase. Die Gewohnheiten auf den nordfriesischen Inseln waren englisch, zum Morgen trank man Tee. Selbst in Wenningstedt, das nicht so weltgewandt war wie Westerland. Ein Dutzend Häuser, fast alle beherbergten Gäste. Die Insel befand sich im Aufschwung, das geschäftstüchtige Hamburg hatte die Zerstreuung entdeckt, und Berlin war durch die Eisenbahn in Reichweite.

«Der hohe Herr bat mich, Ihnen das Frühstück auf dem Zimmer zu servieren.»

Hedwig entfuhr ein wohliges Geräusch. Die Wirtin lächelte. «Muss ein wichtiger Herr sein, Ihr Gatte. Das Kaiserliche Amt in Berlin!»

Hedwig wusste, dass sie Kochs Inkognito nicht lüften durfte. «Nein, nicht wichtig», sagte sie, «nur fleißig.»

«Ich glaube, ich habe sein Bild schon einmal in der Zeitung gesehen.»

«Ach», versuchte Hedwig, die Spur zu verwischen, «diese

kaiserlichen Herren aus Berlin sehen doch alle gleich aus: ein Vollbart, der die Wangen verbirgt, ein Schnurrbart mit gezwirbelten Spitzen über den Mundwinkeln ...»

«Nein, ich bin mir sicher: Ich kenne ihn aus der Vossischen Zeitung. War er nicht in Indien? Ist er nicht ein Doktor?»

«Ich danke Ihnen für das Frühstück!» Hedwig stemmte sich in die Höhe. Die Wirtin stellte das Tablett ab und ging zur Tür. Hedwig wusste, dass der Ton zu schroff gewesen war. Schon bereute sie es. Und fand doch nicht mehr heraus aus der Abweisung.

Im Hinausgehen drehte die Wirtin sich noch einmal um. «Sie könnten seine Tochter sein, Fräulein Freiberg!» Empörung schwang in ihren Worten. Das «Fräulein» zu betonen ließ die Wirtin sich nicht nehmen. Sie hatte dieses unsittliche Zusammensein geduldet, hatte die fadenscheinige Lüge akzeptiert, doch gutheißen konnte sie das keinesfalls.

Ein Herr aus dem Kaiserlichen Amt, ein «Geheimer Rat», der sich «Exzellenz» heißen ließ! Mit Nachdruck zog die Wirtin die Tür von außen ins Schloss, der Knall mochte alle anderen Gäste geweckt haben.

Mit einem Schulterzucken kam Hedwig darüber hinweg und betrachtete das Frühstück mit Appetit. Und je länger sie es betrachtete, umso zufriedener war sie mit ihrem Leben, ihrer Liebe, und desto bedeutungsloser wurden alle Vorwürfe.

Ach, man durfte nichts auf die Meinung dieser Krähen geben, die selbst den grandiosesten Tag mit heiserem Krächzen begrüßten.

Die Marschbahn trug den Geheimen und Medizinalrat vom Hafen in Hoyerschleuse über Tondern, Niebüll und Husum nach Altona. Was wie ein Vorort Hamburgs anmutete, war seit dem Ende des Deutsch-Dänischen Krieges preußisches Hoheitsgebiet, mit eigener Polizeigewalt und Posten auf den Straßenzügen, die die Grenze zwischen preußischem und hamburgischem Territorium markierten. Der Bahnhof in Altona hatte direkten Anschluss nach Berlin. Der Zug stand schon unter Dampf. Er fuhr über Hamburger Gebiet, hatte dort aber keinen Aufenthalt. Das Durchqueren der Bahnhofshalle reichte Koch aus, einem Zeitungsjungen die wichtigsten Gazetten aus den Händen zu kaufen.

Mit einer Reisetasche in der Rechten und den Tagesneuigkeiten unterm linken Arm betrat Koch den Wagen erster Klasse. Er rechnete nicht damit, so früh am Morgen weiteren Passagieren zu begegnen. Doch schon im ersten *Séparée* saß ein Mann, der Kochs Aufmerksamkeit erregte. Nicht weil er Uniform trug, sondern wegen eines Abzeichens des Kaiserlichen Gesundheitsamtes am Revers. Die Schulterstücke wiesen ihn als Stabsarzt aus. Sein Kopfhaar war zurückgewichen, entgegen der gängigen Mode trug er nur einen Lippenbart, die Wangen waren vollkommen blank. Koch öffnete die Schiebtür und betrat das Abteil. Augenblicklich sprang der Mann auf und salutierte.

«Behalten Sie Platz!» Koch winkte den Militärarzt aufs Polster zurück. Der schien irritiert.

«Doktor Koch? Waren Sie etwa auch ...?»

Koch stellte die leichte Reisetasche ab und nahm dem Mitreisenden gegenüber am Fenster Platz. Die Aussicht war durch weißen Dampf verwehrt, der sich wie Nebel in der niedrigen Bahnhofshalle verbreitete.

«Kennen wir uns?»

Kaum platziert, sprang der Mann erneut auf: «Stabsarzt Weisser, abgeordnet zum Kaiserlichen Gesundheitsamt.»

Koch musterte den Kollegen. Sein Gesicht war faltenlos. Und er schien ehrgeizig. Immer noch bewahrte er Haltung.

«Ich sah Sie gelegentlich auf den Gängen. Überall spricht man voller Ehrfurcht von Ihnen: über Ihre Arbeit in den Kolonien, Ihre Leidenschaft auf dem Gebiet der Epidemien!»

Der Gepriesene war gegenüber Komplimenten von Fremden vorsichtig. Er nahm sein Gegenüber fest in den Blick. «Und Ihre Satzfetzen eingangs: Wo war ich etwa auch?»

«Na, wissen Sie denn nicht ...?»

«Kommen Sie aus Hamburg?», fragte Koch.

Weisser zog eine Tasche heran, die neben ihm auf dem Sitz stand, und legte den Arm darum. «Selbstverständlich. Wir wurden gerufen. Von höchster Stelle, doch ohne Wissen der örtlichen Behörde. Die Person – unser Informant – bittet um absolute Diskretion. Gesundheitssenator Hachmann ist für seine Wutausbrüche bekannt.»

«Steht es so schlimm? Ich dachte, man nimmt an, es sei die harmlose hiesige Abart der Cholera?»

Der Stabsarzt schüttelte den Kopf. Sein Gesichtsausdruck offenbarte höchste Besorgnis. «Es steht schlimmer, als die Behörden zugeben wollen.» Er sah sich um. Sie waren immer noch zu zweit.

Koch musste lächeln. Weisser nahm seine Aufgabe anscheinend sehr ernst. «Berichten Sie!»

Der Arzt straffte seinen Oberkörper. Die Tasche hielt er immer noch umklammert. «Ist das ein Befehl?»

«Ja, Herrgott, natürlich ist das ein Befehl. Reden Sie!»

«Aber ...»

«Ich bin ohnehin nach Berlin kommandiert. Ob jetzt oder in vier Stunden – ich werde es erfahren.»

Stabsarzt Weisser musterte Koch. Dann senkte er die Stimme.

«Es ist sicher, dass in Hamburg die gefährliche indische Form ausgebrochen ist. Schon gibt es Tote. Niemand weiß, wie viele es sind. Weil sie einfach nicht zur Kenntnis nehmen wollen, was offensichtlich ist, weigern sich die Behörden, Zahlen zu sammeln.»

Eben setzte sich der Zug in Bewegung. Blitzschnell griff Koch nach seiner Reisetasche und sprang auf. Die Zeitungen ließ er liegen. Er war schon fast zum Abteil hinaus, da rief Dr. Weisser ihm hinterher:

«Wohin wollen Sie denn, Dr. Koch?»

«Ich bleibe in Hamburg! Der Nachweis ist einfach! Wir müssen handeln, jetzt!»

Weisser zog eine überlegene Miene und bat Koch zugleich, sich wieder zu setzen. Er rollte mit den Augen.

«Reden Sie Klartext, Mann!», rief Koch.

Endlich löste Weisser seine Tasche aus der Umklammerung und schob sie vor. «Ich habe eine Probe.»

«Sie haben – was?»

«In Hamburg gibt es nur wenige Ärzte, die eine Koch'sche Nährlösung für den *Vibrio Cholerae* herstellen können. Doch einem ist es gelungen – behauptet er wenigstens.»

«Wer ist es, kenne ich ihn?»

«Der Direktor des Neuen Allgemeinen Krankenhauses: Dr. Theodor Rumpf.»

«Gehört habe ich den Namen, doch zu meiner Zeit gab es keinen Doktor Rumpf in Hamburg.» Koch hatte seine Assistenzarztzeit zu einem kleinen Teil am St. Georger Allgemeinen Krankenhaus verbracht. Sein Blick deutete auf die Tasche. «Darf ich sehen?»

Weisser legte den Arm darüber, ließ sie aber weiter auf seinen Knien stehen. «Dr. Koch!», mahnte er. «Es handelt sich um den Cholera-Erreger!»

Koch lächelte verkniffen. «Gewähren Sie mir einen Blick! Ich werde die Probe schon nicht verschütten.»

Der Stabsarzt machte immer noch keine Anstalten, das Glas auszuhändigen.

«Muss ich Ihnen erst befehlen, Leutnant?» Als Direktor einer preußischen Behörde wusste Koch seinen Rang notfalls mit Ruppigkeit einzusetzen. Das fiel ihm nicht leicht, denn im Harz, Kochs Heimat, war man eher milde gestimmt – und schon gar nicht militärisch.

Widerwillig öffnete Weisser die Metallschlösser. Er händigte Koch ein mit Klemmen verschlossenes und mit gewachstem Hanf versiegeltes Glas aus. Koch schickte sich an, die Spangen zu öffnen.

«Dr. Koch!»

«Herr Stabsarzt», mahnte Koch, «Sie vergessen sich! Der Erreger kann nicht über die Luft übertragen werden.»

Weisser zog sich beleidigt zurück und sah zu, wie Koch mit sichtlicher Kraftanstrengung – nichtsdestotrotz vorsichtig – das Glas öffnete. Die Hanfstränge legte er beiseite, um sie später wieder zum Verschließen benutzen zu können. Koch roch an der Flüssigkeit. Und zuckte zurück. «Das riecht gut. Könnte gelungen sein.»

«Wenn man Dr. Rumpfs Aussage Glauben schenken möchte, hat er den Komma-Bazillus in dieser Lösung isoliert und nachgezüchtet.»

«Was haben Sie noch?» Mit der Beobachtungsgabe des Naturwissenschaftlers hatte Koch entdeckt, dass der Stabsarzt ein zweites Glas in seiner Tasche verbarg. Weisser druckste herum. «Die Stuhlprobe des mutmaßlich ersten Opfers: ein Polier aus dem Hafen. Bei Ausbesserungsarbeiten der Kaimauer am Kleinen Grasbrook brach er zusammen.»

«Warum weiß man in Berlin nichts davon?»

«Der behandelnde Arzt schrieb *Brechdurchfall* auf den Totenschein.»

«Dilettant!»

«Nein, Diplomat.»

«Ich denke, er ist Arzt!»

«Durchaus. Aber er ist noch kein Mitglied der Hamburger Ärztekammer, möchte es aber zu gern werden. Also vermeidet er, sich in die Nesseln zu setzen. Und schreibt *Brechdurchfall* statt *Cholera*.»

«Nun geben Sie schon her!»

Weisser versuchte erneut zu protestieren, doch diesmal ersparte Koch ihm den Hinweis auf die Hierarchie. Ein strenger Blick genügte, und der Stabsarzt händigte ihm das Glas aus. Koch besah sich alles ganz genau. Ein Stofffetzen, hellbraun bis grünlich, mit getrockneten Blutflecken durchsetzt. Ohne zu zögern, öffnete Koch das Glas. Und wieder roch er an den Ausdünstungen. Weisser schreckte unwillkürlich zurück, obwohl der Geruch ihn noch gar nicht erreicht hatte.

Auch Koch streckte das Glas rasch wieder von sich. «Ich kenne diesen Geruch», sagte er schmallippig. «Der Kranke ist mit *Kalomel* behandelt worden. Dafür spricht auch die grüne Farbe. Haben Sie den Chlorgeruch bemerkt?»

«Die Fahrkarten bitte!»

Die Doktoren zuckten zusammen. Aus einem der Nebenabteile war die Stimme des Schaffners an ihr Ohr gedrungen. Kochs Bewegungen waren schnell und präzise: Er wickelte Hanf und verschloss den Deckel. Just in dem Moment, da der Schaffner das Abteil betrat, waren die Gläser in Weissers Tasche verschwunden. Der Bahnbeamte atmete tief ein und verzog das Gesicht.

«Ist etwas?» Koch trug Unschuldsmiene.

«Dieser Geruch!», sagte der Schaffner.

Koch und Weisser warfen sich Blicke zu.

«Wonach soll es denn riechen?», fragte der Stabsarzt.

«Ist das Alkohol?» Der Schaffner musterte die Reisenden.

«Wir trinken nicht», sagte Weisser.

Wortlos ging der Schaffner dazu über, die Billette zu kontrollieren. Lochte sie und trat – mit vorgehaltener Zange, als müsse er seinen Abgang sichern – rückwärts aus dem Abteil. Schob schließlich die Tür ins Schloss, ohne eine gute Weiterfahrt zu wünschen.

Erleichtert sahen Weisser und Koch einander an. Dann mussten sie sich abwenden, um nicht laut herauszulachen. Da öffnete sich die Abteiltür erneut, und der Schaffner trat ein zweites Mal herein.

«Stimmt etwas nicht?», fragte Koch.

Der Schaffner sah die beiden Herren an, hob den Zeigefinger und sagte dann augenrollend: «Jetzt weiß ich, wie es riecht: nach Krankenhaus.»

Gottlob war der Weg von der Wenningstedter Pension bis hierher nicht weit. Er ging durch einen Dünengrasgürtel mit erheblichen Anstiegen. Die Staffelei und alle Malutensilien trug sie in einem Tornister auf dem Rücken. Kochs unvorhergesehene Abreise hatte ihr einen ganzen, wertvollen Tag zum Malen geschenkt. Nicht, dass der Geliebte sie in ihrer Kunstübung beschränkte. Doch in den bislang raren und kostbaren Stunden ihrer Zweisamkeit wollte sie ganz für ihn da sein.

Mitten in den Dünen rammte Hedwig die dürren Beine ihrer Staffelei in den Sand. Den Sommerhut mit Fliegenschleier, Krempe und Schleifenband hängte sie einfach über die Spitze des Stativs. Der blaue Stoff flatterte im Wind: die Standarte der Kunst. Die Leinwand hatte sie gegen die Streben geklemmt, damit sie nicht weggeweht wurde. Die Wolken über der See waren in Fetzen gerissen. Zumeist begann Hedwig ihre Gemälde, nachdem sie die Horizontlinie bestimmt hatte, mit der zarten Konturierung des Himmels. Sie malte ohne Skizze, direkt in Öl – in Paris war das längst *à la mode*. Die Bilder der französischen Künstler – Degas, Monet, Toulouse-Lautrec – wurden zum Maßstab für Europa und die ganze Welt.

Hedwig arbeitete konzentriert. Ein Paar am Strand, Arm in Arm vor der aufgehenden Sonne. Ein rot und weiß gestreifter Schirm, nicht, um es vor Regen oder Sonnenstrahlen zu schützen, sondern vor Unheil. Eine Chiffre für eine zerbrechliche Liebe, womöglich für ihre Liebe zu Koch, die von allen in Frage gestellt wurde. Kaum wagte er, sich zu ihr zu bekennen; verbarg die Geliebte vor den Augen der Öffentlichkeit, vor den Ohren seiner Tochter. Die Tränen schossen Hedwig in die Augen, sie würde Koch das Bild widmen.

Hedwig zog noch ein paar kräftige Pinselstriche, nachdem sie die Tränen getrocknet hatte, aber da war ihre Aufmerksamkeit schon abhanden. Sie hatte bemerkt, dass man sie beobachtete. Ein Mann mit gewichstem und gezwirbeltem Schnauzbart, dazu ein kecker Strohhut, hatte sich auf einer nahen Düne postiert, auf der Anhöhe, nur einen Steinwurf entfernt. Und er verunsicherte Hedwig, je länger er da stand und glotzte. Ob sie es wollte oder nicht, galt ihr Interesse nun nicht mehr dem Bild. Der unverschämte Kerl hatte sich gut sichtbar aufgestellt! Er musste sich bewusst sein, dass sie ihn sehen, mehr noch, dass sie ihn schlechterdings nicht *über*sehen konnte.

Ohne Bewegungen des Kopfes, nur mit einem kleinen Schwenk ihrer Pupillen in die richtige Richtung, war sie in der

Lage, den Mann genauer zu betrachten. Sie sah, dass er den Stock, auf den gelehnt er bis dahin gestanden hatte, mit einer energischen Bewegung aus dem Sand zog. Ihn sich unter den Arm klemmte, die Düne hinabschritt und auf sie zu! Der Sand spritzte bei jedem Schritt, und für einen Moment war seine Gestalt zwischen zwei Dünenkämmen verschwunden. Sie wünschte sich inniglich, dass es dabei blieb, aber nein, schon sah sie den Hut, im nächsten Moment würde er den letzten Kamm erklimmen, der sie noch trennte. Sie spürte, dass sie errötete. Zog den Hut vom Kreuz der Staffelei und setzte ihn sich fest auf den Kopf. Band den Fliegenschleier um ihr Kinn und verknotete die Enden. Dann tauchte sie den Pinsel ein und widmete sich der Staffelei. Schon drang sein Keuchen an ihr Ohr. Der Sand war tief, das Fortkommen kostete Kraft. Er kam den Hang hinab und blieb, ein Dutzend Schritte von ihr entfernt, stehen. Offenbar wartete er darauf, dass sie ihn wahrnahm, heranrief, begrüßte. Sie tat nichts dergleichen. Bearbeitete weiter die Leinwand, als bemerke sie ihn gar nicht. Doch anstatt sich abzuwenden und das Weite zu suchen, trat er näher. Hedwigs Herz schlug. Sie löste den Blick nicht von der Leinwand.

«Guten Tag, verehrtes Fräulein.» Er stand jetzt neben der Staffelei. Hedwig konnte sein Rasierwasser riechen, vom Wind herübergetragen. Es war süßlicher als das ihr so bekannte.

Hedwig murmelte einen flüchtigen Gruß. Zum Glück wusste er nicht, wie es in ihr aussah! Still standen sie beisammen, so lange, bis die Spannung unerträglich war.

«Sie wünschen, der Herr?», fragte Hedwig schließlich und war damit die Unterlegene im Nervenkampf.

«Ich wollte nur sichergehen, dass ich nicht aus Versehen auf Ihr Bild geraten bin.» Sein Tonfall war ruhig und höflich. Hedwig zog eine Augenbraue hoch.

«Darf ich?», fragte er und hatte die Staffelei so umrundet, dass er das Gemälde nun von der Vorderseite betrachten konnte. Er stützte sein Kinn in die Hand.

«Sie müssen sich nicht sorgen», sagte Hedwig da, «nichts und niemand gerät zufällig auf ein Gemälde.»

Er warf ihr einen amüsierten Blick zu. Offenbar ein Mann, der den Reichtum des Geistes und die Schlagfertigkeit bei einer Dame zu schätzen wusste.

Hedwig bemerkte seine dunklen Augen. Ein angenehmer Kontrast zum Strohhut. Dann widmete er seine Aufmerksamkeit wieder dem Bild. Immer noch hatten sie einander nicht vorgestellt! Anstatt der Höflichkeit Genüge zu tun, war er ganz in ihr Gemälde versunken – und sie wagte nicht, ihn zu stören.

«Darf ich beschreiben, was ich sehe?»

«Es ist noch nicht fertig.»

«Heißt das: Nein?»

Hedwig legte den Pinsel über die Palette und klemmte ihn mit dem Daumen fest. Dann legte sie sie beiseite und verschränkte die Arme. «Haben Sie etwas dagegen, dass ich einen Apfel esse, während Sie mein Bild interpretieren?» Sie trat einen Schritt zurück. Mit generöser Geste stimmte der Unbekannte zu. Hedwig holte einen Apfel aus dem Tornister und biss hinein.

Währenddessen war der Mann noch tiefer in die Betrachtung gesunken und unterhielt sich eher mit sich selbst. «Es drückt eine Sehnsucht aus. Die Sehnsucht einer jungen Frau, Teil eines Paars zu sein. Aus eins zwei zu machen, sich zu verbinden in der Harmonie des Meeres, verschmolzen mit der Sonne.»

Das Gerede war ihr entschieden zu pathetisch.

«Strand und Meer sind die Symbole der Unendlichkeit», fuhr er fort, «aber auch des Ankommens.»

Hedwig kaute den Apfel. «Tatsächlich? Na, wenn Sie meinen. Ich male, was ich sehe.»

«Irrtum. Sie malen, was Sie sehen wollen.»

Hedwig wusste nicht, was diesen Mann berechtigte, über ihre Kunst zu urteilen. Ihr Tonfall wurde gereizt. «Ich male, was ich sehe.»

«Sind Sie verheiratet?», fragte er sie geradewegs ins Gesicht.

Hedwig musterte den jungen Mann amüsiert. «Holla, mein Herr, so keck?»

«Ich möchte den Inhalt des Bildes verstehen.»

«Ich bin verlobt.»

«So ein Zufall, das war ich auch, bis vorgestern.»

Hedwig machte einen verächtlichen Ton. Was wollte ihr der Herr signalisieren? «Ach. Und was sind Sie jetzt?»

«Verheiratet. Seit gestern», fügte er hinzu. Und Hedwig konnte das Erstaunen nicht verbergen.

Der Fremde rieb sein Kinn zwischen Daumen und Zeigefinger und fuhr fort: «Ich würde sagen, dies Bild drückt die Sehnsucht nach Ihrem Verlobten aus. Paareinheit und Schutz derselben, verkörpert durch den Schirm.»

«Gut möglich.»

«Habe ich Sie in Berlin gesehen? Auf einer Bühne?»

Hedwig warf das Kerngehäuse des Apfels in hohem Bogen in die Dünen. «Das glaube ich nicht. Ich war lange nicht in Berlin.»

«Aber Sie stammen von dort, hab ich recht? Ich hör's doch am Tonfall.»

Hedwig nahm die Palette wieder auf. Der junge Mann betrachtete sie von der Seite. «Es war», sagte er dann und suchte nach Worten, «eine etwas, wie soll ich sagen, anrüchige Bühne.»

«Ich weiß nicht, was Sie meinen.»

«Ich möchte das Bild kaufen und meiner Braut schenken.»
«Es ist noch nicht fertig.» Und um keinen Zweifel zu lassen, fügte Hedwig hinzu: «In diesem Zustand ist es unverkäuflich.»
«Malen Sie nicht, um Bilder zu verkaufen?»
«Wollen Sie etwas Unfertiges haben?», entgegnete sie.

Der junge Mann lächelte hintersinnig: «Es ist wie in einer Ehe: Wenn man heiratet, ist man unfertig. Man muss sich überraschen lassen, was man bekommt. Und sich dann gemeinsam vollenden.»

Hedwig hatte den Kopf gesenkt. Dann hob sie ihn und sah ihm stolz in die Augen: «Ich würde jetzt gern weitermalen. Falls Sie nichts dagegen haben. Sonst wird es niemals fertig!»

«Die Idee», sagte der junge Mann und tippte sich an den Hut, «ist in vollem Umfang wiedergegeben. Und es ist eine wunderschöne Idee – einer wunderschönen Frau würdig.» Er reichte ihr eine Visitenkarte: Gustav Erlau – Galerist. Darunter, in großen Lettern: Berlin Mitte. Hedwig machte große Augen und wusste rein gar nichts mehr zu sagen.

Der nicht mehr ganz Fremde wandte sich um und entfernte sich. Hedwig atmete aus. Aber das Herz wollte einfach nicht aufhören zu klopfen.

Alle Sicherheitsvorkehrungen waren beachtet: Koch hatte sein mit Karbol getränktes Taschentuch über das Klapptischchen gebreitet. Von diesem wirksamen Desinfektionsmittel hatte er immer ein Fläschchen dabei. Mit der Pipette hatte er einen Tropfen aus der Nährlösung entnommen. Auch das Taschenmikroskop mit seinem ins Messing eingravierten Namen – ein Geschenk der Eltern – trug Koch stets bei sich. Auf einem gläsernen Objektträger lag der Tropfen aus der Lösung. Koch hatte ein Augenlid geschlossen. Das andere Auge kniff er zusammen und sah in die Linse.

«Mir ist nicht ganz wohl dabei, Dr. Koch. Wenn der Schaffner ...»

«Die Gefahr der Ansteckung ist nicht gegeben. Wir werden alles desinfizieren.»

«Ich weiß, aber ...».

Koch winkte ihn zur Ruhe, er musste sich konzentrieren.

«... ich halte den Versuch», fuhr Weisser fort, «nicht für gefährlich, sondern für vollkommen vergeblich. Nur unter einem guten Mikroskop ist der Bazillus überhaupt zu erkennen. Das schrieben Sie doch selbst, Dr. Koch ...»

Mit einer Geste forderte Koch ihn erneut auf zu schweigen. «Ich glaube ... es könnte ... ja doch ... Rumpf hat gute Arbeit geleistet ... kein Zweifel ... da ist das Komma, wir haben ihn!»

Es lag kein Triumph in Kochs Stimme. Wie auch, seine Entdeckung bedeutete tausendfachen Tod. In dem Moment sah Weisser den Schaffner auf dem Gang. Der Warnruf kam zu spät. Schon hatte er das Abteil erreicht.

«Was tun Sie da?» Der Mann überblickte die Situation, war aber weit davon entfernt, sie zu verstehen. «Dieser Geruch! Was ist das?»

Robert Koch richtete sich auf. Er stellte sich so vor den Schaffner, dass ihm der Blick auf den wissenschaftlichen Aufbau verborgen blieb. Es durfte sich ihm keinesfalls erschließen, worum es ging.

«Untersuchungen im Auftrag des Kaiserlichen Gesundheitsamtes, mein Herr. Nicht der Rede wert. Am besten, Sie vergessen gleich wieder, was Sie gesehen haben.»

«Wie könnte ich diesen Geruch vergessen! Am Ende haben Sie etwas mit dieser Seuche zu schaffen.»

Koch unterdrückte den Reflex, Weisser einen Blick zuzuwerfen.

Der Schaffner war nur noch eine Handbreit von der Erkenntnis entfernt. «Räumen Sie das alles wieder beiseite», sagte er dann mit plötzlicher Milde. «Wenn Sie das Abteil verlassen, möchte ich nichts mehr davon sehen.»

Koch willfuhr seinen Wünschen. Es war der einzig mögliche Ausweg. Der Schaffner durfte den Zug nicht in Panik versetzen!

Im Abgehen, durch Kochs Fügsamkeit sichtlich besänftigt, fügte der Reichsbahnbeamte noch hinzu: «Und öffnen Sie das Fenster!»

«Machen Sie sich keine Sorgen, es hat alles seine Richtigkeit. Ich bin kaiserlicher Geheim- und Medizinalrat.»

Koch langte nach dem Griff, nachdem der Schaffner das Abteil verlassen hatte, und schloss die Tür. Entkräftet ließ sich Weisser auf die Polster fallen. Koch beräumte das provisorische Labor, verstaute das Taschenmikroskop und desinfizierte Griffe und Polster. Seine überaus penible Sorgfalt beunruhigte ihn selbst. Und tatsächlich hatte er allen Grund dazu. Er senkte die Stimme und raunte Weisser zu: «Es besteht kein Zweifel mehr. Es ist die asiatische Form!»

Die Züge von Hamburg und Altona erreichten die preußische Hauptstadt auf dem Anhalter Bahnhof. Die Halle aus gelbem Klinker war niedrig, aber lichtdurchflutet. Die geschosshohen Bögen der Stirnseite, die die Oberlichter im gewölbten Dach rahmten, sorgten für die Helligkeit einer gotischen Kirche. Der Bahnhofsbau war ein Dreiklang aus Stahl, Klinker und Glas, wie es der Mode entsprach. Die Bahnhöfe waren die Kathedralen der neuen Zeit.

Die Rauchfahnen der Eisenbahnen zogen unters Dach und

verschlangen sich unentwirrbar. Während Stabsarzt Weisser eine Mietdroschke für die Fahrt zum Kaiserlichen Gesundheitsamt rief – vor dem Seitenausgang zur Möckernstraße warteten sie zu Dutzenden auf Fahrgäste –, eilte Koch zum Telegraphenamt in der Eingangshalle des Bahnhofs. In der Hand nur die Reisetasche, formulierte er im Kopf bereits die Nachricht an Hedwig. Am Schalter bedrängte er die Telegraphistin mittels seines Namens und Titels, eine Nachricht aufzunehmen, die unverzüglich nach Sylt abgehen solle. Eine Warnung, eine Liebesbotschaft, eine mehr als dringliche Bitte: Keinen Kontakt aufzunehmen mit Reisenden aus Hamburg!

Der sonst so kluge und klare Mann war in panischer Sorge um seine Verlobte. Der Weg von Sylt nach Hamburg war kurz und immer beliebter. Und wenn die Seuche schon in Hamburg war … Er hatte Erklärungen angefügt, Beteuerungen, Beschwörungen. Längst war die Zahl erlaubter Zeichen überschritten.

«Das sind zu viele Worte, Dr. Koch, sagen Sie es kürzer, bitte!», mahnte die Telegraphistin. Hinter der Milchglasscheibe erkannte Koch eine hoch getürmte Frisur.

Er zerknüllte das Formular, nahm einen neuen Zettel, formulierte um und strich zusammen. Dann reichte er der Telegraphistin die Zeilen.

«Das sind zwanzig Wörter, Herr Doktor!» Das Kopfschütteln war durch das trübe Glas nicht im mindesten gemildert.

Koch wusste um die Kosten, wusste um die Effizienz, auf die die preußischen Telegraphisten verpflichtet waren, damit das fragile Nachrichtennetz nicht an seine Grenzen geriet. Seit dem Beginn dieser Art der Verständigung war die Menge der verschickten Botschaften schier explodiert. Und die Telegraphistinnen waren angewiesen, keine Banalitäten anzunehmen.

Koch schob den zweiten Zettel beiseite, nahm noch einen und formulierte erneut. Verzichtete diesmal auf alle Erklärungen und Beteuerungen. Weisser stand bereits hinter ihm und mahnte zur Eile: Die Mietdroschke erwarte sie auf dem Vorplatz und die Kaiserliche Gesundheitsbehörde ohnehin längst.

Endlich kritzelte Dr. Koch drei Wörter auf den Zettel und reichte ihn der Dame unter dem Glas durch: «Nicht nach Hamburg!»

Sie schob die Nickelbrille höher auf die Nase. «Das ist alles?»

«Das ist alles», bestätigte Koch.

Mit spitzer Nase drehte sich die Telegraphistin um und reichte den Zettel dem *Operateur*. Der beugte sich über das Morsegerät und setzte das Telegramm ab. Koch kramte derweil in der Westentasche nach Münzen.

Der Sylter Badestrand maß etwa dreitausend Schritte von Nord nach Süd. Für die Gäste, die selbstverständlich nicht nackt in die Fluten steigen durften, sondern die Alltagskleider gegen eine ebenso taugliche wie sittliche Badekluft tauschten, gab es Badekarren. Dies waren auf eine einachsige Plattform montierte Umkleidekabinen. Für die Männer standen sie auf dem nördlichen, für die Damen auf dem südlichen Strandabschnitt bereit. Hölzerne Tritte führten zu einem Verschlag hinauf, der Privatheit gewährte. Um auch im Badekleid keine unsittliche Erscheinung abzugeben – die Wellen könnten womöglich die Säume so weit aufwerfen, dass Haut zu sehen wäre –, schoben Badeknechte die Wagen mitsamt ihren Passagieren so weit in die Fluten, dass beinahe die Hälfte des Karrens im Wasser stand. Dies ermöglichte dezentes Aussteigen.

Die Badezeiten waren von morgens, sechs Uhr, bis mittags, ein Uhr. So lange gab es Aufsicht und Karren. Nach jener Zeit waren die Badegäste auf sich gestellt. Es war halb ein Uhr, und Hedwig musste sich sputen.

Sie bestieg den Karren, nachdem sie mit dem Wagenknecht – zwangsläufig ein Mann, denn die Aufgabe erforderte Kraft – den Preis für das Hineinschieben ausgehandelt hatte. Er hatte kurze Hosen an, seine Waden waren salzverkrustet.

Ihr Badekleid trug Hedwig im Arm, eingeschlagen in ein Handtuch. So stieg sie die Stufen zum Verschlag hinauf und öffnete ihn. Holzduft, ein wenig modrig, schlug ihr entgegen. Die Feuchte setzte den Planken zu, eine lange Lebensdauer war den Badekarren gewiss nicht beschieden.

Das Innere war denkbar einfach: Eine Bank erleichterte das Umkleiden, schmale Schlitze unter dem Dach sorgten für ein Dämmerlicht, das das Erkennen der Kleidungsstücke ermöglichte – nicht mehr.

Rasch hatte sie ihre Kleidung abgestreift. Sie trug ein Bustier mit verstärkenden Rippen, kein Korsett. Sobald sie im Badekleid war, gab sie das vereinbarte Klopfzeichen, und der Karren setzte sich in Bewegung. Sie hielt sich an den Wänden fest, indem sie beide Arme so weit wie möglich ausstreckte und rechts, links gegen die Latten stemmte. Auf diese Weise hatte sie einigermaßen sicheren Stand. Schon drang Wasser durch die Bodenplanken, zunächst durch die Lücken, dann flutete es um ihre Füße und Knöchel, sodass Hedwig schon die Panik erfasste, der Knecht könne sie zu weit hinausfahren. Der Karren hielt, und der Mann gab das vereinbarte Klopfzeichen, das es Hedwig erlaubte, den Verschlag zu verlassen.

Sie öffnete die Tür der fahrbaren Garderobe, sofort schlug ihr die salzige Brise in die Nase. Hedwig starrte auf die unendliche See. Die Wellen umspielten die Trittbretter zu ihren Füßen, einen Schritt noch nach unten, und auf der zweiten Schwelle schon stand sie im Wasser. Sie setzte den Fuß weiter hinunter und spürte den Sand unter ihren nackten Sohlen, zwischen ihren Zehen. Die Lust der Berührung ließ sie erschauern. Ihr Herz juchzte auf, als sie sich, langsam, aber ohne zu zögern, bis zum Bauch in die Fluten sinken ließ. Hedwig hatte – anders als Koch – schwimmen gelernt. Dennoch blieb sie in einem Bereich, wo sie Sand unter den Füßen behielt. Angehockt ließ sie sich vom flachen Wasser bald hierhin, bald dorthin tragen.

Schon nörgelte der Karrenknecht, wie lange sie denn noch herumplanschen wolle, für diese Art Sportübung lange doch die Badewanne! Außerdem gehe es schnurstracks auf ein Uhr zu. Dann werde er den Karren einfach im Wasser stehen lassen. Sehen durfte er sich nicht lassen, geschweige denn ihr zuschauen. Er musste zwischen den Holmen – so wollte es die Vorschrift der kaiserlichen Badeordnung – ausharren, bis die Dame wieder im Kasten war. Hedwig bat um einen letzten Aufschub, den der Mann knurrend gewährte.

In weitem Bogen schwamm sie noch einmal Richtung hohe See hinaus, nichts vor sich als die Rauchsäule eines hinter dem Wellenhorizont verborgenen Dampfschiffs – womöglich eines der Sylt-Tondern-Linie? – und das weite Wasser der Nordsee.

Als sie umkehrte und schon auf den Badekarren zuhielt, fielen ihr am Ufer, gar nicht weit entfernt, zwei Gestalten ins Auge. Etwas an ihnen schreckte sie auf, sie wusste selbst nicht genau, was es war. Das Paar mochte gerade erst einem an Land zurückgekehrten Karren entstiegen sein, denn sie hielten tropfende Badekleidung in den Händen. Doch anstatt zum Ausgang zu eilen, steuerten sie, dicht an der Grenze vom Männer- zum Frauenbad, auf die Dünen zu. Und nun erkannte sie den Herrn im Strohhut: Es war zweifellos der aufdringliche Passant in den Dünen vom frühen Vormittag. Der Schnurrbart, das dunkle, pomadierte Haar, die breiten Schultern – just derselbe, der ihr Bild hatte kaufen wollen!

Mit einer Dame an seiner Seite strebte er den Dünen entgegen. Und obwohl die Sperrung des Geländes andauerte – es war immer noch vor ein Uhr –, betraten sie den Dünenstreifen und waren alsbald von hohen Grasbüscheln verschluckt. Was hatten sie dort wohl zu schaffen?, fragte sich Hedwig. Und beschloss, ihnen, sobald sie sich ihrer Kleider bemächtigt hatte und wohlbehalten an den Strand zurückgekehrt war, nachzustellen. Haargenau merkte sie sich die Stelle in den Dünen, wo die beiden verschwunden waren. Da setzte sich der Badekarren in Bewegung, ohne dass der Knecht sie gewarnt hätte, und Hedwig musste die letzten Schritte durchs Wasser hüpfen, um auf die Stiegen zu gelangen.

Auf dem Strand gab sie eine lächerliche Figur ab: Mit den Schnürstiefeln war der Marsch beschwerlich. Der Saum ihres leichten Sommerkleides schleifte über den Strand. Schon perlte Schweiß auf ihrer Stirn. Die Stelle, wo das Paar ins Dünengras getreten war, war nicht schwer zu finden. Aber dann verloren sich ihre Fußabdrücke zwischen den Büscheln und waren nur noch hier und da erkennbar. Bald zog Hedwig die Stiefel aus.

Die Zeit floss langsamer als der Schweiß. Schon wollte sie aufgeben, das Paar zu suchen, da hörte sie ein unterdrücktes Kichern, nicht weit von ihr entfernt. Als sei sie von der Strandpolizei mit der Kontrolle dieses Abschnitts beauftragt, trat sie auf den Ort zu, von wo die verdächtigen Geräusche kamen. Noch bevor sie auf dem Dünenkamm angelangt war, hatte sie die beiden entdeckt.

Die Dame – sicherlich die Braut des Mannes, anders konnte

es nicht sein – hatte sich ihres Überkleides entledigt und saß nur in Spitzenbustier und Unterröcken im Sand. Der Mann war bereits ohne Hemd, während die Frau sich anschickte, das Korsett aufzuhaken.

Mit einem versehentlichen «Ach» erklomm Hedwig den Kamm. Augenblicklich waren zwei Augenpaare auf sie gerichtet. Die Miene des Galeristen drückte Erkennen aus. «Die Malerin der Morgenstunde!», rief er erfreut. «Herzlich willkommen in den Wällen unserer Sandburg.»

Hedwig war zu verblüfft für eine Antwort.

«Kommen Sie doch zu uns! Gesellschaft ist immer gern gesehen.»

«Gerade eben hatte es noch nicht den Anschein.» Hedwig ärgerte sich über ihre Prüderie. Doch die Hand des Mannes auf der nackten Schulter seiner Gefährtin ließ sich schwerlich übersehen.

«Haben Sie etwas dagegen, wenn wir uns weiter entkleiden?», fragte der Mann und wartete ihre Antwort gar nicht erst ab. Die junge Dame stellte sich noch mit Namen vor, bevor sie das Korsett endgültig öffnete und ihre Brüste dem Sonnenlicht offenbarte.

Als Hedwigs Blick wieder zurück zum Mann wanderte – er hatte sich und seine Begleiterin nochmals vorgestellt: Gustav Erlau und Frieda, geborene Knesebeck –, hatte der sich seiner Hosen entledigt und lag, in ganzer Schönheit der Sonne preisgegeben, im Sand. Die Augen hielt er geschlossen. Zufrieden murmelte er: «Kurz nach dem Mittag ist es hier am wärmsten.»

Hedwig, glühend wie ein Ofen, hatte immer noch das Kleid bis oben zugeknöpft.

«Kennen Sie die Thesen der Sonnenrefomer, mein Fräulein?»,

fragte Frieda da. «Sie lehnen alle Stoffe ab, die aus einer Fabrik stammen, und versehen sogar ihre Feldarbeit ohne Kleider.»

«Nein, nie gehört», stammelte Hedwig und kam sich furchtbar unwissend vor.

«Die Sonne auf der nackten Haut ist überaus gesund. Man sollte sich mehrmals wöchentlich dem Licht exponieren. Vor allem solche Stellen des Körpers, die sonst nie dem Licht ausgesetzt sind. Das steigert das Wohlbefinden», dozierte Frieda freimütig.

«Mein Name ist Hedwig Freiberg, Kunstmalerin aus Berlin.» Mit der Linken zog sie den Schleifenknoten unter ihrem Kinn auf. Und mit einer feierlichen Geste legte sie die Kopfbedeckung neben sich.

Wenig später saß Hedwig ebenso unbekleidet bei ihren Gefährten. Zufrieden ließ sie sich zurücksinken und grub die Fingerspitzen in den warmen Sand. Nach einer Weile des stummen Genießens fragte Hedwig: «Haben Sie keine Furcht, dass man uns so findet? Nackt in den Dünen?»

Frieda lächelte. «Sollen Sie uns doch verhaften! Die neuen Regeln der Körperhygiene messen dem regelmäßigen Luftaustausch rund um unsere Haut eine eminent wichtige Rolle zu.»

Plötzlich schlug der Mann die Augen auf. «Und Sie? Haben Sie Angst?»

«Ein bisschen», antwortete Hedwig.

«Man wird es uns verzeihen, wir haben gestern geheiratet.»

Hedwig setzte sich auf. «Herzlichen Glückwunsch, das freut mich sehr!» Das Paar dankte artig.

«Können Sie uns nicht malen, zur Feier des Tages?»

Hedwig errötete erneut. «Ich habe nichts bei mir: keine Staffelei, keine Farben ...»

«Wir können zu einem anderen Zeitpunkt Modell sitzen», schlug Gustav vor.

Frieda winkte ab. «Ohne mich. Ich sehe mich schon in einem Berliner Museum, nackt, wie der Herrgott mich erschuf. Sie müssen wissen», und damit wandte sich Frieda an Hedwig, «Gustav ist Galerist in Berlin.»

«Ich weiß. Wir sind uns schon begegnet.» Hedwig nickte und kicherte wie ein Backfisch. Aktmalerei hatte zu ihrer Ausbildung bei Professor Graef gehört, doch da waren die Modelle anonym. Und bei weitem nicht so schön wie dieser junge Galerist und seine Gattin. Immer wieder warf Hedwig verstohlene Seitenblicke auf ihre bronzenen Körper. Offenbar waren sie an diese Übung in den Dünen gewöhnt. Das erklärte ihre Kaltschnäuzigkeit.

«Ach, ich fürchte, die Zeit reicht ohnehin nicht mehr», seufzte Gustav. «Für ein Porträt sind doch mehrere Sitzungen erforderlich ...»

«Das ist richtig. Sie reisen doch nicht etwa ab?» Das Bedauern war unüberhörbar. Die Jungvermählten strahlten sich an. Dann nickten sie synchron.

«Wohin geht die Reise? Zurück nach Berlin?», fragte Hedwig.

Schweigend sahen sie sich an. Der Mann ließ seiner Braut den Vortritt: «New York», platzte Frieda stolz heraus. Hedwig blieb der Mund offen.

«Es ist unsere Hochzeitsreise», ergänzte Gustav.

Der Galerist ließ mit beiden Händen Sand auf seine Oberschenkel rieseln. Hedwig sah, wie sich die Haufen bis auf wenige Körnchen gleich wieder auflösten. Die Bräune seiner Haut ließ darauf schließen, dass dies nicht das erste sonnenreformerische Bad war. Auch die Braut hatte eine schöne Färbung, allerdings war ihre Haut heller und von der Sonne gerötet. Im

Gesicht hatte sie Sommersprossen. Hedwig hätte sie malen mögen.

«Morgen brechen wir nach Hamburg auf. Dort schiffen wir uns auf die *MS Normannia* ein. Dann geht es direkt über den Großen Teich.»

«Ich beneide Sie aufrichtig! Ich reise für mein Leben gern.»

«Sechs Tage von Hamburg nach New York, kaum zu glauben, dass das heutzutage möglich ist», bestätigte Frieda.

«Was war Ihr weitestes Ziel?», fragte Gustav.

Hedwig blickte zu Boden und schob Sand mit ihren Fußsohlen zusammen. «Wenningstedt.»

«Sylt?»

Hedwig nickte. Der Galerist lachte.

«So sind Sie noch reiseunerfahren.»

«Ich schon. Aber mein zukünftiger Mann war schon in Afrika und Russland!»

«Alle Achtung», spottete Gustav.

«Wie alt sind Sie?», fragte Frieda.

«Siebzehn.» Hedwig errötete erneut. «Beinahe achtzehn.»

«Ein zartes Alter, da muss man die Welt nicht gesehen haben. Wann werden Sie heiraten?»

«Ich weiß nicht. Verlobt sind wir, aber mein Ehemann ist ...» Hedwig schwieg einen Moment, das jungvermählte Paar hing an ihren Lippen. «... noch verheiratet», sagte sie schließlich.

Frieda und Gustav sahen sich an. «Verheiratet?»

«Ja. Aber die Scheidung ist eingereicht. Es ist nur noch eine Frage von Monaten. Dann heirate ich Robert, und wir reisen nach Ägypten. Oder Indien, oder wohin immer es ihn verschlägt. Vielleicht New York.»

«Robert?», fragte Frieda. «Ein ungewöhnlicher Name.»

Hedwig biss sich auf die Lippen. Koch hatte stets größten Wert darauf gelegt, dass ihre gemeinsamen Reisen geheim blieben. Sie war erleichtert, dass keiner der beiden nach seinem vollen Namen fragte.

«Na, da wünschen wir Ihnen Glück!», sagte Gustav, ließ sich in den Sand fallen und schloss die Augen.

Mit stolzem Blick schaute der junge Kaiser Wilhelm II. in Öl von der Wand des Sitzungssaales des Kaiserlichen Gesundheitsamtes. Die Mienen der Akteure wurden umso verschlossener, je länger Stabsarzt Weisser Bericht erstattete. Koch stand neben ihm und nickte, um das Gesagte zu bestätigen. Die Situation im preußischen Altona kannte der Stabsarzt gut, die in Hamburg nur dem Hörensagen nach. Die Hamburger Senatoren und deren Gesundheitsbehörde gäben sich bedeckt, so Weisser. Kaum eine sichere Nachricht, allenfalls Gerüchte gelangten aus der Stadt heraus. Alles, was nach Berlin gemeldet werde, seien einzelne Fälle der *Cholera Nostra* – bei weitem keine Epidemie, und dazu noch die «unsrige», die *Cholerina*, die harmlose Form, doch es bestehe der Verdacht, dass die Hamburger Behörde die Angelegenheit wie so oft herunterspielen wolle.

Nachdem Weisser geendet hatte, ergriff Koch das Wort: «Meine sehr verehrten Herren» – Damen waren keine im Saal –, «die Proben, die Stabsarzt Weisser ermöglicht und unter Gefährdung seiner Gesundheit mitgebracht hat, enthalten ganz eindeutig den gefährlichen *Komma-Bazillus,* und zwar in contagiösen Mengen. Der Nachweis ist sicher und bedeutet, dass es die weit gefährlichere Form der Cholera ist, die Hamburg heimsucht, ohne dass die dortigen Behörden die Gefahr zur Kenntnis nehmen wollen!»

«Sie sind doch eben erst in Berlin eingetroffen», wandte einer der Räte ein.

Weisser und Koch verständigten sich kurz, und der Geheim- und Medizinalrat antwortete in beider Namen: «Wir konnten bereits auf der Fahrt hierher einen Blick auf die Proben werfen ...»

«Im Zug?»

«Unter den Umständen war keine Zeit zu verlieren ...», sagte Weisser, und Koch ergänzte: «Eine Gefährdung der Mitreisenden war zu keiner Zeit gegeben.»

Unfreundliches Raunen unter den anwesenden Räten. Während die angespannte Situation im Saal von einem undurchdringlichen Stimmengewirr abgelöst wurde, öffnete sich eine der Türen. Ein weißhaariger Herr mit Walrossschnurrbart und Galauniform trat zackig ein. Die versammelten Honoratioren erhoben sich, sobald sie seiner ansichtig wurden: Es handelte sich um Reichskanzler Leo von Caprivi, den Nachfolger Bismarcks im Amt. Die Ratsangehörigen mit militärischem Dienstgrad – so auch Weisser – salutierten.

Caprivi nickte in die Runde, steuerte auf einen freien Sitz in der zweiten Reihe zu und ermunterte die Herren, bevor er sich niederließ: «Lassen Sie sich nicht stören.» Mit einer lässigen Geste der Hand unterstrich er die Forderung fortzufahren.

Koch ergriff die Chance, um die Diskussion in eine andere Richtung zu lenken. «Wir kennen dieses Verhalten des Hamburger Senats aus vorherigen Epidemien, 1831 und 1832, da wollte die Seuche einfach nicht weichen, und auch 1848 ganz überraschend mit tausend Toten; zuletzt im Jahr 1872. Es war immer das nämliche Vorgehen: Der Hafen musste um jeden Preis geöffnet bleiben. Alle Maßnahmen, die das weitere Vordringen der asiatischen Cholera eindämmen sollten, fürchteten die Honoratioren wie der Teufel das Weihwasser. Denn was zuvörderst leiden würde, wäre der freie Warenverkehr. Zu sehr verquickt sind Wirtschaft und Politik in einer Stadt, in der der Erste Bürgermeister aus einer Reederfamilie stammt.»

«Und ein großer Teil des Senats aus Kaufleuten besteht», ergänzte einer, der es wissen musste.

Weisser ergriff das Wort: «Ich hielt mich letzte Woche in Altona auf. Dort gibt es bislang nur wenige Fälle. Noch! Doch man munkelte bereits von Dutzenden Toten im Hamburger Stadtgebiet. Der Bazillus wird vermutlich durch die Auswanderer in die Stadt getragen. Er verbreitet sich vom Hafen aus, wo viele von ihnen untergebracht sind. Mittlerweile werden es Hunderte Infizierte sein!»

«Natürlich ist der Hafen das Erste, was geschlossen werden muss», sagte Koch. «Und die Baracken der Auswanderer müssen in Augenschein genommen werden.»

«Dazu müssten Sie den Hamburger Bürgermeister fesseln und unter Hausarrest stellen», mischte sich der Reichskanzler ein.

«Und den Präses des Medizinal-Kollegiums, Senator Hachmann, noch dazu!»

«Ein jähzorniger Mann, wie man hört», nickte Caprivi.

«Und unglaublich stur», ergänzte Weisser.

«Wenn es der Reichshygiene dient, werden wir den ganzen Senat einsperren», entfuhr es Koch. Der Saal lachte. Nur Caprivi war ernst geblieben. «Was benötigen Sie? Ein Bataillon?», fragte der Reichskanzler, und Koch war durchaus im Ungewissen, ob das Angebot ernst gemeint war.

Der Gesundheitsminister des preußischen Kabinetts ergriff

das Wort: «Hamburg gefährdet nicht nur sich selbst und das Reich. Die Schiffe tragen die Seuche in die Welt! Mit welchem Recht?»

«Die Hansestadt schützt ihre Interessen», sagte Weisser. «Das ist unschön, aber legitim.»

«Die Hansestadt missbraucht ihre Autonomierechte innerhalb des Reichsverbunds!»

Reichskanzler Caprivi erhob sich von seinem Platz. Sofort verstummten alle Redner. «So kompliziert, wie die Dinge dort liegen, müssen wir unseren besten Mann abordnen. Eine Autorität, medizinisch wie menschlich, dessen Wort niemand in Zweifel zieht.»

Alle Augen suchten Koch.

«Exzellenz?», adressierte ihn der Reichskanzler unmittelbar.

Koch senkte den Kopf und seufzte. «Aber ich benötige Stabsarzt Weisser an meiner Seite. Der kennt sich in der augenblicklichen Situation besser aus als ich. Und alle Vollmachten des Reichskanzlers.» Koch sah Caprivi direkt an.

«Was immer Sie benötigen, Dr. Koch», bestätigte der. «Sie haben mein volles Vertrauen.»

Koch und Weisser warfen sich Blicke zu. «Wir müssen einen schlupfdichten *Cordon Sanitaire* rund um das Hamburger Stadtgebiet legen», sagte Koch. «Niemand darf hinein noch hinaus, ohne sich bei den Behörden zu melden. Ähnlich, wie wir es bereits sehr erfolgreich an der Grenze zu Russland praktizieren.»

«Altona ist das Problem», ergänzte Weisser, «dort stößt preußisches Hoheitsgebiet unmittelbar an Hamburger Stadtgebiet. Man teilt sich die Grenzstraßen.»

«Die Kontrollen müssen dort verschärft werden», sagte Caprivi.

Der Direktor der Kaiserlichen Gesundheitsbehörde nickte zustimmend. Dann sagte Koch: «Was soll's, es ist nicht meine erste Choleraepidemie. Schlimmer als in Kalkutta kann es in Hamburg doch nicht werden.»

Hedwig stand vor dem Spiegel und steckte sich die Haare hoch. Sie hatte, was selten vorkam, Rouge auf die Wangen gepudert. Als sie sich einer letzten kritischen Prüfung unterzog, klopfte es. Sie rief herein, und die Wirtin trug auf einem silbernen Teller – die Angewohnheit der allervornehmsten Häuser nachahmend – ein Telegramm herein.

Hedwig nahm es entgegen, riss den Umschlag auf und las die Botschaft:

```
--- Nicht --- nach --- Hamburg ---
```

«Von Ihrem Verlobten?» Die Wirtin lugte schon spitzäugig, als ob sie etwas auf dem Zettel erhaschen wollte. Hedwig drückte die Nachricht an ihren Busen. «Das geht Sie einen feuchten Kehricht an.»

Die Wirtin stieß Luft durch die Nase aus und machte auf dem Absatz kehrt. Im Herausgehen verkündete sie noch: «Ach, übrigens, Ihre Mietdroschke wartet vor der Tür.»

Hedwig warf sich eine Stola um und rauschte an der Frau vorbei. «Wenn da mal nicht ein junger Mann wartet!», giftete sie, als Hedwig vorüberlief.

Hedwig errötete, nicht weil sie sich irgendetwas vorzuwerfen hätte, sondern weil sie sich für die Unterstellungen der Wirtin schämte.

Wenig später saßen sie im Fischlokal «Zur Scholle» auf der Westerländer Naschmeile. Ein Gasthaus reihte sich ans andere –

und alle waren sie für wohlhabende Kundschaft und schmackhafte Fischgerichte berühmt. Gustav hatte Champagner geordert, und Frieda schien schon angeheitert. Legte manchmal wie beiläufig die Hand auf seinen Oberschenkel. Wenn sie sich unbeobachtet wähnte, zwickte sie sogar hinein. Es sollte der Welt verborgen bleiben, doch Hedwigs Augen waren gute Beobachter ...

Die Lebens- und Wesensart dieses Paares gefiel Hedwig. Für einen kurzen Moment wünschte sie sich, Koch wäre nicht ganz so ernsthaft und ein bisschen verruchter, so wie diese Jungvermählten. Schon die Aussicht auf Heirat schien ihm zu viel Rummel zu bedeuten.

Hedwig fragte die beiden auf das Genaueste über die Schiffsverbindung nach New York aus – es ging via Hamburg!

Dann, als sie die Vorfreude spürte, fühlte sie sich jedoch verpflichtet, die Nachricht aus Berlin zu verbreiten: In Hamburg sei die Cholera ausgebrochen und daher die Durchreise verboten. Die Stadt vermutlich unter Quarantäne, der Hafen stillgelegt.

Frieda und Gustav sahen sich an. «Die Gerüchte haben wir auch gehört, aber ...»

«Es sind keine Gerüchte. Mein Mann ist Experte auf diesem Gebiet. Wenn er es bestätigt ...»

Gustav runzelte die Stirn. «Dein Verlobter heißt mit Vornamen Robert und kennt sich mit Seuchen aus? Ist er Arzt?»

«Wenn ihr euch auf große Überfahrt begebt, nehmt ihr mich mit?», wich Hedwig aus.

«Holla», sagte Gustav amüsiert, «erst warnst du uns zu fahren, dann willst du uns begleiten?»

Hedwig senkte den Kopf und ließ den Fisch erkalten. «Ich will meinen Liebsten nicht allein lassen. Ich muss zu ihm.»

Frieda zuckte mit den Schultern, Gustav ergriff das Wort: «Unsere Billette sind gültig, aber ich glaube nicht, dass weitere Passagen zu haben sind.»

«Bitte», flehte Hedwig, «ich werde euch ewig dankbar sein!»

Die beiden sahen sich an: «Wir schauen, was sich machen lässt.»

«Aber», Frieda legte ihre Hand auf Hedwigs. Ihr Ton war plötzlich kühl, «wir werden unsere Hochzeitsreise nicht unbedacht gefährden, das wirst du doch verstehen, mein Spatz?» Es war das erste Mal, dass Frieda ein Kosewort für Hedwig benutzte. Hätte Gustav so mit ihr geredet, sie wäre sofort aufgestanden. Aber Frieda ...

«Das Risiko gehe ich gern ein», meinte Hedwig, durch den Champagner mutig geworden. Sie trank ein weiteres Glas und vergaß mit jedem Schluck mehr, dass sie einer Anweisung ihres Verlobten zuwiderhandelte. Und Koch, das wusste Hedwig nur zu gut, mochte es gar nicht, wenn man seine Wünsche ignorierte.

Am frühen Vormittag des 23. August fuhren Dr. Robert Koch und Stabsarzt Dr. Weisser im Prunkwagen des Kaisers von Berlin her kommend erneut in Hamburg ein. Die Bahnhofshalle war voller Menschen. Als sie auf den Bahnsteig traten, rollte ein weiterer Zug auf das Nachbargleis. Er war vollkommen leer und sollte in Richtung Lübeck aufbrechen. Sobald die Räder stillstanden, wurden die Waggons bestürmt, als sei dies die letzte Verbindung ins Reich. Kaum warteten die Passagiere das Verklingen der Bremsen ab.

Koch und Weisser – mit leichtem Gepäck – schlugen sich durch die Menschenmenge bis zur Halle. Koffer und Reisetruhen standen herum, die Gepäckträger mit ihren Karren gelangten schwerlich zu den Zügen. Überall hochrote Gesichter. Die Männer – nicht zimperlich, denn die meisten von ihnen waren Tagelöhner und hatten Mäuler zu stopfen – schrien und pufften Passanten beiseite, um ihr Gepäck wie gewünscht und rechtzeitig abliefern zu können. Die Reisenden drängten so zahlreich auf die Bahnsteige, dass einige ins Gleisbett zu stürzen drohten. Manche hatten sich Tücher oder Schals vor das Gesicht gebunden, aus Angst vor Ansteckung. Ein sicherer Beweis dafür, dass es auch in Hamburg noch Anhänger der Pettenkofer'schen Miasmenlehre gab: Man glaubte, der Bazillus vermehre sich in schlechter Luft. Dabei hatte Koch doch längst mit diesem Generalirrtum aufgeräumt. Die Erfahrungen in Kalkutta und Kairo hatten ihn gelehrt, dass sich der Komma-Bazillus vor allem über die Abwässer einer Stadt verbreitete. Weshalb die Entwässerung – neben den allgemeinen hygienischen Bedingungen – der entscheidende Faktor für dessen Bekämpfung war. Dennoch war Pettenkofers Errungenschaft, in allen modernen Krankenhäusern durch Ventilatoren für eine angemessene Erneuerung abgestandener Luft zu sorgen, das Verdienst nicht abzusprechen.

Als die Doktoren auf den Bahnsteig traten, war nirgends auch nur eine Persönlichkeit der Stadt zum Empfang der kaiserlichen Abgesandten zu sehen. Oder aber das Komitee war im Gewirr derjenigen stecken geblieben, die aus Hamburg flohen.

«Haben die Stadtvorderen das Telegramm des Kaiserlichen Gesundheitsamtes nicht erhalten?», fragte Weisser überrascht.

«Oder sie haben es erhalten und mit Bedacht ignoriert», mutmaßte Koch. «Mit einem Jubelempfang habe ich nicht gerechnet. Aber doch zumindest mit einem Senatsdiener, der uns ins Rathaus bringt ...»

«Vielleicht haben sich die Herren Senatoren und Bürgermeister auch in Sicherheit gebracht, und die Stadt ist bereits vollkommen führungslos?»

Koch wollte diesen entsetzlichen Gedanken nicht zulassen. Diese Art Ehrlosigkeit traute er den hohen Herren einfach nicht zu. Viele von ihnen hatten – wie er selbst – in den *Deutschen Kriegen* gedient.

Ein Zeitungsjunge rempelte ihn an, während er die Schlagzeilen des Abends ausrief. Darunter, als Aufmacher der ersten Seite, die Vermutung, dass es sich um einen Ausbruch der asiatischen Cholera handele. Koch reichte dem Jungen zwei Groschen und griff nach der Zeitung. Rasch blätterte er zu dem Artikel, der ihn am meisten interessierte.

«Dr. Rumpf, der Direktor des Neuen Allgemeinen Krankenhauses, sagt mit deutlichen Worten, dass es die indische Cholera ist. Endlich jemand, der die Wahrheit in aller Klarheit ausspricht!»

Weisser deutete auf die Menschenmassen im Bahnhofsgebäude. «Dann ist die Panik zu verstehen.»

Koch erblickte einen Jungen mit Schiebermütze, der an eine Säule gelehnt stand und – anders als alle anderen Passanten – in großer Gelassenheit die Menge betrachtete. Er schob ein Schwedenholz von Mundwinkel zu Mundwinkel und war gewiss nicht älter als dreizehn oder vierzehn Jahre. Koch trat auf ihn zu. «Junger Mann, wissen Sie, wo der Bürgermeister dieser ehrbaren Stadt residiert?»

Der Junge nickte.

«Können Sie uns hinbringen?», fragte Weisser.

«Wenn ihr aufhört, mich so höchlich anzuquatschen. Mein Name ist Ole.» Er schob das Schwedenholz auf die andere Seite.

«Wunderbar», rief Koch aus und klatschte zufrieden in die Hände. «Der Junge ist besser als jeder Senatsdiener.»

«Was ist mein Lohn?», fragte Ole auf Platt.

«Dass du diese Epidemie überlebst», sagte Koch. Das war im Scherz gesprochen, und doch zeigte es Wirkung.

Der Junge stieß sich von der Säule ab. «Folgen Sie mir gefälligst, die Herrschaften!»

Jakob Löwenberg benötigte keine Gepäckträger. Der Lehrer einer Dorfschule aus dem Hannöverschen hatte all sein Hab und Gut in einer Stofftasche mit Messingschließe verstaut. Nach dem Tod seiner Mutter und deren Begräbnis auf dem kleinen jüdischen Friedhof war in seinem Heimatdorf kein Platz mehr für ihn. Er wollte schon immer in die Großstadt, und Großstadt hatte nur einen Namen: Hamburg.

Sicher, so dachte sich Jakob, brauchte man Lehrer an einem Ort, an dem es von Kindern nur so wimmelte. Allein im Bahnhof liefen Hunderte herum. Manche gehörten zu den Familien mit den gehäuften Gepäckwagen, die offenbar das Weite suchten. Andere boten ihre Dienste an, sei es als Kofferträger, sei es als Reiseführer. Die schiere Zahl der Menschen überwältigte Löwenberg.

«Wohin wollen all diese Leute?», fragte Jakob den Nächstbesten. Es war ein Herr in Zylinder, mit gezwirbeltem Bart und einer Zeitung unterm Arm.

«Sie fliehen», sagte er in einem Tonfall, als ginge ihn das alles nichts an.

«Aber warum denn?», fragte Jakob.

Der Mann im Zylinder zuckte mit den Schultern. «Weil sie Gerüchten Glauben schenken.»

«Und wie lauten die Gerüchte?»

Jakob betrachtete das Gedränge auf dem Bahnsteig. Ihr gesamtes Hab und Gut schienen die Menschen mit auf die Reise zu nehmen. Jakob sah sogar einen Papageienkäfig ganz oben auf einem der Kofferstapel. Das Federvieh flatterte bei jedem Manöver des Gepäckwagens, um das Gleichgewicht zu halten. Und der Gepäckjunge machte sich einen Spaß daraus, ihn zum Flattern zu bringen, indem er den Wagen hart in die Kurven stieß.

«Ach was, kaum der Rede wert», sagte der Mann im Zylinder. «Ein wenig Durchfall, etwas Erbrechen. Nicht schlimmer als die Grippe. Mag sein, dass der eine oder andere gestorben ist, aber gestorben wird doch jeden Tag auf dieser Welt – sogar in Hamburg.» Dann schritt er von dannen.

Jakob ergriff die Lederschlaufen seiner Stofftasche – mit Blumenmuster, er hatte sie einfach aus dem Nachlass der Mutter übernommen. Gleich welches Gerücht: Sein Entschluss stand fest! Er trat auf den Vorplatz. In Bahnhofsnähe, so hatte er sich erkundigt, waren günstige Zimmer zu haben. Für die ersten Tage, dann würde er sich nach einer Wohnung umschauen.

Die lichtdurchflutete Glasfront war gewaltig und eindrucksvoll. Die Fenster schickten Strahlen über die Hüte und Häupter der Menschen hinweg, als wären sie die bogenförmige Sonne selbst.

Als Jakob vor die Tür trat, übertraf das Gewimmel auf dem Vorplatz noch dasjenige im Inneren des Bahnhofs. Sogar Automobile – Jakob hatte noch nicht viele in seinem Leben gesehen – standen Kühler an Kofferraum. Gepäckwagen von Heuwagengröße entluden ihre Last. Zahllose Burschen und Träger halfen, die Taschen und Schrankkoffer zu verladen. An Händen mangelte es nicht in dieser Stadt. Freilich, nach jedem noch so geringen Dienst wurden sie aufgehalten, und eine Münze wechselte den Besitzer. Jakob ließ seine Hand zur Probe in die Tasche fahren. Viele Münzen waren nicht darin, das Begräbnis hatte den Nachlass beinahe aufgezehrt.

Eine stete Brise hatte Jakob in Hamburg erwartet, so dicht am Meer, doch die Luft stand und mit ihr die Hitze. Da kam ein Mann mit irrem Gesichtsausdruck auf ihn zu. Immer wieder schrie er auf, doch Jakob konnte ihn nicht verstehen. Erst als er fast heran war, hörte er es: «Es ist die Pest! Die Pest ist nach Hamburg zurückgekehrt! Flieht, Leute, flieht!»

Eine wohlhabende Familie entlud auf dem Bahnhofsvorplatz eine Mietdroschke. Drei Gepäckkarren waren schon beladen, und noch immer schienen – wie aus einem Füllhorn – weitere Koffer und Taschen aus dem Gefährt zu purzeln. Diese Menschen strömten Weisser und Koch entgegen, während die beiden Ärzte zum Ausgang eilten.

Ole sprang auf den Bock und nahm neben dem Kutscher Platz. Mit der Hand bedeutete der Junge ihnen, im Inneren Platz zu nehmen. Unweit luden Männer mittleren Alters Gepäck von Leiterwagen. Sie unterhielten sich in einer slawischen Sprache. Koch fragte Weisser, ob dies die besagten Auswanderer aus Osteuropa seien. Der Stabsarzt zuckte mit den Schultern. Er wusste es nicht.

Als sie dem Bahnhof den Rücken gekehrt hatten, wurde es seltsam still. Bei allem Gerenne schienen die Geräusche auf seltsame Weise gedämpft, als getraue sich niemand, die Stimme zu erheben. Beinahe machte die Stadt einen ausgestorbenen Eindruck, doch bei der Masse der Bewohner musste das täuschen. Womöglich lag es auch an der Augusthitze, die wie ein Deckel über allem lag. Sie nahm die Luft zum Atmen.

Als der Wagen das erste Mal zum Halten kam, öffnete sich die Tür. Behände kletterte Ole in den Kutschschlag. Selbstbewusst nahm er Koch und Weisser gegenüber auf den Polstern

Platz. Seine Hosen waren an den Oberschenkeln fadenscheinig, die Knie hatten Löcher.

«Die Leute auf den Leiterwagen, woher kamen die?», fragte Koch.

Der Junge erinnerte sich. «Die ohne Familien? Auf dem Vorplatz?»

Koch nickte.

Ole nahm nun das Holz aus dem Mund. «Polnische Wanderarbeiter, sie helfen bei der Kartoffelernte. Die kommen jedes Jahr hierher. Doch seitdem es heißt, dass die Pest grassiert, verlassen auch sie Hamburg ...»

«Es ist nicht die Pest, es ist die Cholera.»

«Egal, wie ihr es nennt, die Menschen sterben daran.»

Der Kutschkasten schwankte zur Seite, Koch sah aus dem Fenster und entdeckte den Grund: Der Kutscher war einer Pferdestraßenbahn ausgewichen. «Die Pferdebahnen verkehren noch?», fragte er entgeistert. «Dicht an dicht aneinandergepferchte Menschen?»

Der Junge nickte. «Natürlich. Solange man sich ein Tuch vor den Mund bindet, besteht keine Gefahr. Außerdem werden jeden Abend Pestfeuer entzündet.»

Weisser griff sich an die Stirn. «Die Börse arbeitet sicherlich auch noch.»

«Natürlich», bestätigte Ole. «Allerdings ...», er machte eine Kunstpause, «alle Parteiversammlungen der Sozialisten sind abgesagt.»

Weisser und Koch sahen sich an. «Die Revolution fällt also aus», bemerkte der Stabsarzt ironisch.

Ole nickte. «Wegen Seuche vertagt.» Genüsslich streckte er seine Füße auf dem Polster aus. Sie waren nackt. Und man konnte sie nicht anders als schwarz nennen.

Dann rollte sich der Junge wie ein Kater zusammen und schlief sofort ein.

Beim ersten Wirt, nicht weit vom Bahnhof – man konnte die Dampflokomotiven schnaufen hören –, wurde der Dorfschullehrer Jakob Löwenberg fündig.

«Ein Zimmer?» Der vierschrötige Mann lachte. «Meinetwegen können Sie ein Stockwerk mieten! Derzeit wird vieles frei.»

«Weil die Menschen die Stadt verlassen?», fragte Löwenberg, indem er naiv tat.

«Und weil sie sterben wie die Fliegen, wenn sie hier bleiben.»

«Und warum fliehen Sie selbst nicht, der Herr?»

Der Wirt lachte wieder. «Wo ich ein Geschäft machen kann, bleibe ich.»

«Welches Geschäft kann man denn machen in dieser Zeit?»

Er winkte Löwenberg heran, senkte die Stimme, und Jakob näherte sich seinen Lippen. «Ich vermiete die Zimmer an Mädchen, die es für sich und ihren Schatz brauchen.»

Jakob nahm erschrocken Abstand und sah ihn an. «Ich verstehe nicht ...»

Der Wirt schien belustigt und schlug Jakob mit seiner mächtigen Pranke auf die Schulter. «Junge, woher kommst du? Vom Dorf?»

Jakob bestätigte. Der Wirt zog ihn am Halstuch wieder heran. Jakob roch an seinen Atem, dass er trotz der Vormittagsstunde Alkohol getrunken haben musste.

«Du wirst es schon verstehen, wenn du Tür an Tür mit ihnen wohnst.»

«So erklären Sie es mir doch!»

Der Wirt musterte ihn. Dann schüttelte er amüsiert den

Kopf. «Du musst es schon selbst herausfinden. Nur so viel: Wenn sie schreien und vielleicht sogar um Hilfe rufen, mag es auch klingen wie in höchster Not: Lass sie einfach! Sie wollen nicht gestört werden.»

Jakob nickte und wollte nicht weiter in ihn dringen, er würde es schon erfahren. Und hatte man ihn nicht vor den Abgründen der Großstadt gewarnt?

«Was kostet denn das Zimmer?», fragte er mit Unschuldsmiene.

Der Wirt nannte ihm einen Preis, für den er daheim wohl ein Haus hätte mieten können. Jakob willigte dennoch ein, denn der Wirt hatte ihn neugierig gemacht, und er wusste, in einer Stadt wie dieser gab es für Lehrer gut bezahlte Arbeit.

Was er noch nicht wusste: dass alle Schulen geschlossen und die Kinder in die *Pestferien* geschickt waren. Er zahlte den Monat im Voraus und machte dem Rest des mütterlichen Nachlasses den Garaus.

Wenig später, die Sonne hatte den Zenit überschritten, und dieser lange 23. August 1892 war in seine zweite Hälfte getreten, fuhren Stabsarzt Weisser und Seine Exzellenz Professor Doktor Koch vor dem Rathaus vor. Die Pferderücken dampften. Die Hitze setzte den Gäulen ebenso zu wie ihren Passagieren. Die Männer ließen die Taschen im Wagen und baten den Kutscher zu warten. Ole war aufgewacht und aufgefordert, die Ärzte zu begleiten.

Das neue Rathaus, auf der Rückseite der Börse gelegen, befand sich noch im Bau. Ein bereits fertig gestellter Flügel war in Benutzung, während der zur Kleinen Alster hin gelegene Flügel noch unter Kränen stand. Die Baustelle allerdings war zum Erliegen gekommen, kein Arbeiter weit und breit.

Als Koch und Weisser zum Eingang hinaufschritten, verharrte Ole unten. Er senkte den Kopf, und sein Blick fiel zwangsläufig auf seine Füße. «Ich kann dort nicht hinein.»

Koch kam ihm ein paar Stufen entgegen, ergriff ihn am Unterarm und zog ihn mit hinauf.

«Sei unbesorgt. Wir sind ebenso wenig willkommen.»

Als sie das Vestibül betraten, eilte ihnen ein Senatsdiener entgegen. «Dr. Koch?»

Der Angerufene sah dem Lakaien erstaunt in die Augen.

Der Senatsdiener machte eine Verbeugung. «Herzlich willkommen, Dr. Koch. Wir erwarten Sie schon.»

«Davon habe ich bislang, mit Verlaub, nicht viel gemerkt.»

Der Diener überhörte die Ironie geflissentlich. «Darf ich Sie zum Zweiten Bürgermeister Versmann bringen?»

«Verzeihen Sie, aber ich möchte mit dem Ersten Bürgermeister Mönckeberg sprechen.»

Der Senatsdiener ließ sich nicht beirren. «Ich bin beauftragt, Sie zu Bürgermeister Versmann zu bringen. Er versieht das Amt Bürgermeister Mönckebergs, der seine Geschäfte derzeit nicht wahrnehmen kann. Senator Versmann erwartet Sie in seinem Zimmer.» Der Diener warf einen Seitenblick auf Ole und Stabsarzt Weisser. Er räusperte sich. «Er rechnet mit Ihnen allein, Dr. Koch.»

Koch blieb hart. «Stabsarzt Weisser ist mir vom Kanzler des Deutschen Reiches zur Seite gestellt. Und mein Freund hier», er legte die Hand auf Oles Schulter, «ist der einzige Bewohner dieser Stadt, der mich willkommen geheißen hat. Er hat jedes Recht der Welt, mich zu begleiten.»

Der Senatsdiener sah auf Oles Füße und rümpfte die Nase. «Wie Sie meinen, Exzellenz.»

Über Freitreppen und Vestibüle führte der Diener sie ins

Obergeschoss. Die Gänge waren mit Skulpturen geschmückt, ihre Gewölbe mit Rippen versehen: der Kreuzgang eines Klosters der Bürokratie.

Endlich hielt der Senatsdiener vor einer Tür an. Erneut bat er Koch, seine Begleiter zurückzulassen. Der Senator sei ein Mann, der auf gute Sitten achte. Er möge ihn nicht gleich bei der ersten Begegnung vor den Kopf stoßen!

Koch seufzte. Dann bat er sein kleines Gefolge, vor dem Amtszimmer zu warten. Es spreche sich leichter unter vier Augen ... Wortlos fügten sich Stabsarzt Weisser und Ole in den Wunsch.

«Euer Exzellenz, ich freue mich sehr, Sie als Abgesandten der Reichsregierung und Seiner Majestät des Kaisers in Hamburg begrüßen zu dürfen.» Mit ausgestreckter Hand eilte der weißhaarige Senator dem kaum zehn Jahre jüngeren Wissenschaftler entgegen.

Koch erwiderte zwar den Händedruck, doch seine Haltung blieb steif. «Eigentlich rechnete ich bereits am Bahnhof mit einem Empfangskomitee.»

Versmann, der mit seinem gepflegten, aber angegrauten Kinnbart und dem gut sitzenden Zweireiher einen hanseatisch korrekten Eindruck machte, rieb sich die Hände. «Sicherlich haben Sie den Tumult am Bahnhof gesehen ... An einen offiziellen Empfang war nicht zu denken. Und außerdem wussten wir nicht, ob Sie nicht zunächst nach Altona reisen und dort Quartier nehmen würden.» Mit einer Geste bat er Koch, Platz zu nehmen, während er selbst um den Schreibtisch herumging und sich auf der anderen Seite verschanzte.

«Da Sie auf die Tumulte anspielen, Senator», begann Koch, «anscheinend weiß die gesamte Hamburger Bevölkerung, dass wir es mit einem Ausbruch der asiatischen Cholera zu tun haben. Die Proben, die uns in Berlin erreichten, sprechen eine deutliche Sprache. Nur der Senat und die Verwaltung der Stadt wirken immer noch arglos.»

Versmann reichte Koch die Durchschrift eines Telegramms, das ein paar Stunden zuvor, just während Koch und Weisser auf dem Weg hierher waren, nach Berlin abgegangen war. Koch nahm den Zettel und las: Der Senat der Freien und Hansestadt Hamburg erklärte der Reichsregierung gegenüber offiziell den Ausbruch der asiatischen Cholera in der Stadt.

Koch ließ den Zettel wieder sinken. Versmann ergriff das Wort: «Wie Sie sehen, Dr. Koch, sind wir im Bilde und in der Lage, alle notwendigen Maßnahmen zu ergreifen. Sie können getrost wieder abreisen. Der zuständige Senator der Gesundheitsbehörde und Präses des Medizinal-Kollegiums Gerhard Hachmann sowie Medizinalrat Kraus werden der Dinge rasch und ganz ohne Ihre Hilfe Herr werden.»

Koch überhörte die Ausladung einfach. «Wann ist der erste Fall mit deutlichen Symptomen der *Cholera Indica* aufgetreten?», fragte er stattdessen.

Versmanns Bart zitterte. Er legte die Finger aneinander. «Dr. Simon aus St. Pauli sprach von einem Bauarbeiter, der auf dem Kleinen Grasbrook an Maurerarbeiten beteiligt war, bevor er in der Nacht vom 14. auf den 15. August verstarb. Dieser Fall ist aktenkundig. Strittig ist jedoch, ob es sich um die gefährliche asiatische Cholera oder die wesentlich harmlosere *Cholera Nostra* handelte. Der Nachweis des Komma-Bazillus, dessen verdienstvoller Entdecker Sie sind, konnte in diesem Fall nicht erbracht werden.»

«Meine Kenntnisse sind andere», widersprach Koch.

«Nämlich welche?»

«Stabsarzt Dr. Weisser hat in einer Lösung Cholera-Vibrionen nachgewiesen. Ebenso Dr. Rumpf in Eppendorf. Sie stammten aus dem Stuhl eines Hamburger Opfers. Proben davon erreichten Berlin. Es ist eindeutig der Komma-Bazillus, ich habe selbst den Nachweis geführt. Und: Es ist die asiatische Form.» Koch schob die Nickelbrille so weit es ging hinauf. «Ich möchte es in aller Deutlichkeit sagen: Es die schlimmste Seuche nach der Pest! Sie tötet innerhalb von Stunden. Die Leute werden Ihnen wegsterben wie die Fliegen, wenn Sie nichts unternehmen.»

Mit versteinertem Ausdruck sah Versmann Koch ins Gesicht. Beinahe mechanisch sagte er: «Gesundheitssenator Hachmann hat eben noch dem amerikanischen Vizekonsul persönlich versichert, dass es sich nicht um die asiatische Form handelt. Die Auswandererschiffe sind nicht betroffen.»

«Das entspricht nicht meinen Erkenntnissen», erwiderte Koch. Trotz der inneren Erregung war er um einen besonnenen Tonfall bemüht. «Sie spielen, mit Verlaub, Exzellenz, mit dem Leben Hunderter, vielleicht Tausender unschuldiger Bürger.»

Versmann saß sehr aufrecht in seinem Amtssessel. Die Hände waren um die Knäufe gekrampft, die Knöchel weiß angelaufen. Ebenso blutleer waren die Lippen, die der Zweite Bürgermeister aufeinanderpresste.

«Acht Tage», setzte Koch fort, «sind verstrichen, bevor Hamburg das Auftreten der Indischen Cholera gegenüber der Reichsregierung zugab. Was ist seitdem passiert?»

«Wir haben Desinfektionsfahrzeuge ausgestattet und schicken sie durch die Stadt.»

«Seit wann?»

«Seit dem gestrigen Tag.»

Koch schwieg, das war Vorwurf genug.

«Sie müssen verstehen», setzte Versmann hinzu, «Beratungen müssen durchgeführt, Beschlüsse gefasst werden. Berlin arbeitet sicherlich anders. Dies hier ist eine Stadt, die durch ihre Bürger regiert wird. Alle Maßnahmen müssen besprochen werden. Das ist Demokratie, Dr. Koch: Volkes Herrschaft. Bei Ihnen in Berlin regiert der Kaiser.»

«Ich habe den Eindruck, Hamburg ist eine Stadt, die weniger vom Volk als von den Kaufleuten regiert wird.»

«Was führt Sie zu der Annahme?»

«Wie ich hörte, ist die Börse immer noch geöffnet.»

Der Zweite Bürgermeister verlor nicht die kleinste Bemerkung. Koch nahm dies als Bestätigung. «Die Börse muss geschlossen werden! Umgehend. Ebenso der Hafen.»

«Der Hafen ist die Lebensader der Stadt», sagte Versmann tonlos.

«Und eine Pestschleuder für die Welt.» Koch war vollkommen ruhig geblieben. Die Argumente sprachen für sich.

Versmann hielt dagegen: «Die Kapitäne geben vor dem Auslaufen schriftliche Erklärungen ab, dass es keine Krankheitsfälle auf dem Schiff gibt. Der amerikanische Vizekonsul – gestern erst saßen wir in dieser Angelegenheit zusammen – ist mit dieser Regelung vollkommen einverstanden.»

«Die Cholera kann übertragen werden, ohne dass der Überträger erkrankt ist. Sie müssen das Auslaufen der Schiffe verhindern, Senator! Niemand wird in der Lage sein nachzuvollziehen, von wem Gefahr ausgeht!»

Koch sprach, als müsse er gegen eine Lähmung ankämpfen.

«Fälle der *Cholera Indica* wurden in Moskau, Kiew, Tschernigow und Poltawa gemeldet, bevor sie Hamburg erreichte. Es scheint also mehr als wahrscheinlich, dass der Erreger durch Auswanderer eingeschleppt wurde», schloss er.

«Die Auswanderer werden auf einer überschaubaren Fläche im Hafen, jenseits der Elbe, kaserniert. Sie wohnen in Baracken, bevor sie die Schiffe besteigen.»

«Gibt es Kontrollen, wohin sie gehen?»

«Nein. Die Baracken werden bewacht. Aber eingesperrt werden die Auswanderer nicht. Es sind unsere Gäste. Sie wollen lediglich eine Überfahrt buchen ...»

«Vermutlich übertragen sie eine tödliche Krankheit. Sie gehören in Quarantäne!»

«Ich werde Gesundheitssenator Hachmann anweisen ...»

Koch verlor die Geduld und fiel ihm ins Wort: «Mit Verlaub, Senator Hachmann ist ein Anhänger der Miasmenlehre. Wie soll er geeignete Maßnahmen ergreifen, wenn er den wahren Charakter dieser Krankheit nicht erkannt hat? Er hatte acht Tage Zeit – Proben wurden genommen, Nährlösungen contagiert, Kulturen gezogen. Und Ihr Gesundheitssenator denkt immer noch, es sei die *Cholerina*!»

Versmann schwieg. Also fuhr Koch fort: «Ich werde die Hamburger Gesundheitsbehörde auf Geheiß des Kaisers instruieren und so schnell wie möglich Maßnahmen einleiten. Wie viele Fälle haben Sie bisher zu beklagen?»

Endlich sprach Versmann: «Mir persönlich sind bis heute 249 bekannt. Es könnten aber auch mehr sein, von denen wir keine Kenntnis erlangt haben.»

«Zweihundertneunundvierzig Infizierte?»

Versmann nickte betreten. «Siebzig davon sind gestorben.»

«Die Katastrophe ist in vollem Gange», schloss Koch. Er setzte die Brille ab und rieb sich die Augen. «Können Sie Angaben machen, wie die Fälle übers Stadtgebiet verteilt sind? Beschränkt sich der Ausbruch aufs Hafengebiet? Auf die Baracken der Auswanderer?»

Lange sah Versmann ihn an. Dann schüttelte er den Kopf. «Das kann ich nicht sagen.»

«Führt denn niemand Buch darüber?»

«Wir erwähnten bereits, dass wir den Ausbruch bislang für ein Vorkommen der kleinen Cholera hielten. Niemand ist darüber Rechenschaft schuldig.»

«Und genau diese Auffassung müssen wir beenden. Die Menschen haben den Ernst der Lage erkannt. Es wird Zeit, dass die Behörden mit der Bevölkerung gleichziehen!»

2. Kapitel

«Da ist ein junges Paar gewesen, Hamburger Hof oder da herum, war auf der Hochzeitsreise nach Helgoland. Wie sie nach der Landungsbrücke fahren wollen, kriegt sie's, und nun fährt sie nach Ohlsdorf.»

Unbekannter Zeitzeuge der Choleraepidemie 1892 in Hamburg

Das Munkmarscher Fährhaus war ein gedrungenes, längliches Gebäude mit schwarzem Schieferdach. Es thronte inmitten der Dünen am Rande einer Bucht auf der Seeseite der Insel, die vor kurzem erst durch Holzstege für die neuen Dampffähren erschlossen worden war. Die Außenhaut des Hauses erstrahlte in edlem Weiß, den Traditionen der Insel folgend, das Fachwerk war schwarz. Für gewöhnlich war der Hafen verträumt und nahezu verlassen, der Steg füllte sich erst kurz vor Ankunft der Fähre. Doch an diesem Tag gab es einen nie gekannten Ansturm von Menschen. Längst machte das Gerücht die Runde, dass Hamburg in Quarantäne genommen wurde.

Hamburger Gäste auf Sylt schienen besorgt, nicht mehr an ihre Assessoren-Schreibtische und in ihre Kaufmannskontore zurückkehren zu können. Die Billett-Schalter wurden bedrängt, dabei war die Fähre vom Festland noch nicht einmal in Sicht.

Die Mietdroschke, mit der Frieda und Gustav, das Paar in den Flitterwochen, Hedwig aus Wenningstedt abgeholt hatten, entließ ihre Passagiere am Bootssteg. Der Kutscher half, das Gepäck zu entladen, dann machte er sich flugs aus dem Staub.

Gustav nahm so viele Koffer und Reisetaschen als möglich, den Damen blieben nur noch ihre *Pompadours*. Unter Gustavs Führung – die sprichwörtliche Ruppigkeit der Berliner war hier von Vorteil – drangen sie, begleitet von wüsten Beschimpfungen, zum Steg vor. Eben erreichte die Fähre die Bucht und passierte die Duckdalben der Hafeneinfahrt. Dann ließ der Kapitän die Maschine stoppen. Das Ruder lenkte das schnittige Dampfboot längsseits, der rußige Rauch erreichte den Steg lange vor dem Boot. Die Wucht des metallenen Schiffskörpers durchrüttelte Stützen und Planken, Leinen wurden geworfen, Helfer auf dem Steg nahmen sie entgegen und zurrten sie fest. An der Reling standen – ebenfalls dicht gedrängt – die Passagiere vom Festland. Sobald sie in Rufweite waren, wurden Nachrichten ausgetauscht, Gerüchte bestätigt oder widerrufen. Die Botschaft aus Hamburg war eindeutig: Es gab Tote. Die Menschen erkrankten am Morgen und waren abends schon in Ohlsdorf auf dem Zentralfriedhof.

Die Neuigkeiten pflanzten sich von Mund zu Mund fort, wie eine Welle schwappte das Entsetzen über den Steg. Einige, die zuvor fest zur Abreise entschlossen waren, gerieten nun ins Wanken. Konnte man in eine Stadt, in der der Seuchentod Ernte hielt, zurückkehren wollen? Mit den von der Fähre strömenden Passagieren wandten sich auch der Abreisewilligen wieder zum Gehen: Sie hatten den Mut verloren.

Umso leichter fiel es Gustav, sich bis zur Fähre, die bereits wieder zur Abfahrt blies, vorzuarbeiten. Endlich waren sie an der Wasserkante angelangt. Gustav bat Frieda, die Billette vorzuzeigen. Hedwig duckte sich hinter die Frischvermählten. Mit ihren siebzehn Jahren hätte man sie für die jüngere Schwester der Braut halten können.

Der plietsche Bootsmann sah auf die Billette, dann wieder

auf die drei Leute, dann wieder auf die Billette. «Und Sie, mein Fräulein?»

«Unser Kindermädchen. Ist es nicht dabei?», fragte Gustav arglos.

Der Bootsmann präsentierte die beiden Billette. «Der Herr und die Dame, hier, das macht zwei. Von einem Kindermädchen keine Spur.» Seine Augen wanderten umher, vermutlich auf der Suche nach den Kindern.

«Wo kann es denn sein?», fragte Gustav in die Runde.

Die beiden Damen hielten sich verabredungsgemäß zurück.

«Gestern hatten wir es noch», beteuerte er und durchsuchte seine Taschen. Frieda tastete nach Hedwigs Hand und hielt sie fest. Der Bootsmann sah an ihnen vorbei. Er registrierte die Absatzbewegung auf dem Steg, die die Menge erfasst hatte. Er leerte sich schnell, die Zahl der Reisewilligen nahm rapide ab.

«Ich kann Sie so nicht an Bord lassen.»

Hedwig schossen die Tränen in die Augen, Friedas Griff wurde fester. Der Bootsmann sah es und seufzte. «Lösen Sie das Billett erneut, dann kann das Fräulein mitfahren.»

Drei Mienen erhellten sich mit einem Schlag. Hedwig war so erstaunt, dass sie laut fragte: «Und Sie fahren tatsächlich bis nach Hamburg?»

Gustav und Frieda hielten die Luft an, und Hedwig biss sich auf die Lippen. Der Bootsmann musterte sie streng. «Sie sind Transitreisende, da Sie eine Anschlussfahrt gebucht haben», er sah noch einmal auf die Billette, «nach ... New York ...»

«New York», seufzte Hedwig.

Der Mann entwertete die Fahrscheine mit einem Riss in die Kante. «Gute Reise!», sagte er dann, und flugs betraten sie das schlingernde Schiff.

Als ihr die Meeresbrise um die Nase wehte, hätte Hedwig aufjauchzen wollen.

Der nächste Weg führte Robert Koch und sein kleines Gefolge nach St. Georg: Stabsarzt Weisser in Uniform mit Schulterstücken, Ole im Gassenhabit mit nackten Füßen. Im dortigen «Allgemeinen Krankenhaus» hatte der mittlerweile weltberühmte Forscher und Anwärter auf den Nobelpreis als junger Assistenzarzt einige lehrreiche Monate zugebracht, bevor es ihn ins schlesische Wollstein verschlagen hatte, seine erste Stelle als Amtsphysikus.

Auf der Fahrt in die Vorstadt kam die Mietdroschke zum Stehen. Die Straße war gesperrt: Ein städtischer Wasserwagen besprengte diesen Abschnitt mit einem Tropfenregen.

«Was soll dieser Unfug?», fragte Koch.

«Ein Desinfektionswagen», sagte Ole.

Koch schnüffelte und konnte keinen der scharfen Gerüche identifizieren. «Was wird auf dem Boden verteilt?»

«Wasser», antwortete Ole. «Um die tödlichen Keime niederzuschlagen.»

Koch war fassungslos.

«Es gibt hier immer noch genügend Anhänger der Pettenkofer'schen Lehre», erklärte Weisser, «derzufolge sich die Krankheitserreger vor allem durch den Staub in der Luft verbreiten. Nach den trockenen Sommermonaten ohne Regen wird Trinkwasser benutzt, um ihn niederzuschlagen.»

Koch schüttelte den Kopf. «Hamburg scheint die letzte große Stadt zu sein, in der man diesen Irrlehren Glauben schenkt.»

Weisser nickte. «Die Miasmenlehre war lange Zeit das Maß der Dinge. Sie hat noch zahlreiche Anhänger, vor allem im Senat.»

«Es stimmt also nicht? Das mit den *üblen Dämpfen*?», fragte Ole erstaunt. Die Ärzte schenkten ihm nur mitleidige Blicke.

Bevor sie das Krankenhaus erreichten, musste die Kutsche nochmals halten. Koch sah hinaus. Vor einem ehrwürdigen Gebäude mit langen Bogenfenstern versperrten Turngeräte das Trottoir: Recks, Holzpferde, Matten, Stangen und Kegel. Sie standen nebeneinander, übereinander, teils aufgestapelt bis auf die Straße hinaus. Die letzten waren achtlos hingeworfen – man war in Eile. Passanten bedienten sich an den Geräten, ohne zu fragen. Schon wurden die kleineren fortgetragen. Der Auflauf der Armen, die nach Brauchbarem suchten – wenigstens Holz! –, und derjenigen, die dem undurchdringbaren Getümmel ausweichen mussten, verursachte eine erhebliche Stockung auf der Langen Reihe, der Schlagader des Stadtteils St. Georg.

«Was ist nun wieder los?», fragte Koch.

Ole sprang hinaus, kurze Zeit später kehrte er zur Kutsche zurück. «Die Turnhalle wird geräumt, um Kranke unterzubringen», erklärte er atemlos.

«So schlimm ist es schon bestellt?» Weisser erblasste.

Koch hielt es nicht mehr auf dem Sitz. Angesichts des Gedränges trat er ans Fenster der Droschke, zog die Scheibe herunter und rief auf die Straße hinaus: «Geht heim, Leute! Das ist das Beste, was ihr tun könnt, wenn ihr gesund bleiben wollt!»

Niemand reagierte auf die Ausrufe des unbekannten Herrn mit den raspelkurzen grauen Haaren.

Mit Engelsgeduld manövrierte der Mietkutscher die Droschke durch die Menge. Die Friedfertigkeit der Pferde angesichts dieses Menschenauflaufs war ein Wunder.

Die Plünderung der ausgeräumten Turnhalle würde noch den ganzen Tag über, bis zum Abend, anhalten.

Als die Kutsche endlich vor dem Krankenhaus am Rande der Vorstadt zum Stehen kam, bat Koch Ole, der Ansteckungsgefahr wegen im Wagen zu bleiben. Doch der Junge weigerte sich. Er wolle helfen, wo immer er könne. Koch wisse offenbar vieles über die Krankheit, die nun alle Bewohner der Stadt bedrohe. Und er, Ole, wisse wiederum vieles über Hamburg und seine Leute ... Mit klugen Augen sah Ole Koch an.

Koch musterte den Jungen. Sein wacher Geist stand im Widerspruch zur Abgerissenheit seiner Kleidung. Ein Zahn der Vorderfront war auf die Hälfte heruntergebrochen, Sommersprossen sprenkelten seine Nase. Manchmal verstand Koch kaum, was der Junge sagte, in seinem genuschelten Hamburger Platt. Doch warum sollte in den Armenvierteln nicht auch Intelligenz gedeihen? Ergeben harrte der Junge aus. Ohne Kochs Erlaubnis würde er sich nicht von der Stelle bewegen, da war sich der Wissenschaftler sicher. Also winkte ihn Koch heran. Er legte ihm eine Hand auf die Schulter. Dann bückte er sich zu ihm hinab und sah ihm ins Gesicht: «Hör gut zu: Die Cholera ist keine Krankheit des Blutes, wie viele vermuten, und auch nicht der Luft. Es ist eine Krankheit der Gedärme. Nicht vor Atem musst du dich schützen, sondern vor allem, was aus den Verdauungstrakten kommt: Erbrochenes, Fäkalien – und auch die Hände der Erkrankten, denn sie hatten mit all dem Kontakt.»

Ole erblasste übers ganze Gesicht. «Ist die Gefahr groß, dass ich mich anstecke, wenn ich Sie begleite, Euer Wohlgeboren?»

Koch lachte und wurde gleich wieder ernst. «Ich bin zwar kein Graf, aber ja, die Gefahr ist groß. Doch das richtige Verhalten schützt ...»

Ole straffte sich. Auch Koch richtete sich auf, um Oles Eid zu empfangen.

«Ich möchte Euch helfen – und wenn es mich mein Leben kostet, Euer Wohlgeboren», beharrte Ole auf Kochs Ehrentitel. Er kannte keinen anderen.

Der Treueschwur war so feierlich und aus dem Herzen heraus gesprochen, dass sogar Weisser Haltung annahm. Koch musste lächeln. «Wenn es unbedingt eine vornehme Anrede sein muss, dann bitte: Exzellenz.» Er klopfte dem Jungen auf die Schulter.

Zu dritt durchschritten sie das Säulenportal des Krankenhauses. Patienten – Männer und Frauen gleichermaßen und auf ungehörige Weise durcheinander – lagen auf den Gängen, auf den Bänken, ja sogar auf den Stufen der großen Treppe. Einige jammerten, andere stöhnten.

Die kleine Gruppe um Koch erregte Aufsehen. Ein Assistenzarzt im Kittel kam gleich auf sie zu: «Sie können hier nicht einfach reinspazieren, es besteht Ansteckungsgefahr!»

Koch zog den Hut: «Gestatten, wirklicher Geheimer und Medizinalrat Professor Doktor Robert Koch. Beauftragter der Reichsregierung Seiner Majestät des Kaisers für die Choleraepidemie.»

Der Assistenzarzt war starr vor Entsetzen. «Epidemie? Was reden Sie da!»

Koch deutete auf die Kranken in den Gängen: «Was soll das anderes sein, wenn nicht eine Epidemie? Wollen Sie ernsthaft behaupten, diese Patienten seien alle gleichzeitig und zufällig am Brechdurchfall erkrankt?» Kochs Stimme verkörperte die Autorität des Kaisers. Da verstummte der Assistenzarzt.

«Von wo bringen Sie die Kranken?», fragte Koch sofort, um das Überraschungsmoment zu nutzen.

«Aus dem ganzen Stadtgebiet. Wir sind das einzige Krankenhaus in Hamburg. Eppendorf soll nicht belegt werden.» Der

Assistenzarzt senkte den Kopf, und über dem kurzen Moment des Innehaltens brach er zusammen: «Ich weiß nicht, wie ich die Flut bewältigen soll ... Alle Betten sind belegt! Wir können die Menschen nur auf den Gängen lagern ... Die Turnhalle auf der *Langen Reihe* wird schon beräumt, doch ist sie längst nicht zur Aufnahme bereit. Und die Leute – sie sterben weg ... Wir kommen nicht hinterher, sie in die Leichenhallen der Stadt zu verteilen.»

«Wie lange hält diese Situation bereits an?»

Der Arzt hob den Kopf. Koch konnte die Verzweiflung in seinen Augen erkennen.

«In dieser Intensität? Seit vorgestern, dem 21. August. Zuvor gab es nur vereinzelte Fälle. Doch nun werden es jeden Tag mehr. Die Kette der Pferdekrankenwagen reißt nicht ab. Sie sind tagein, tagaus im Einsatz. Einige wurden schon zu Leichenwagen umfunktioniert. Sie fahren gleich nach Ohlsdorf, wenn keine Lebenszeichen mehr zu erkennen sind.»

«Welche Behandlungen lassen Sie den Kranken angedeihen?»

«Behandlung?» In der Miene des Arztes stand Resignation. «Wir kommen nicht zum Behandeln. Wir versuchen, den Patienten Ruhe und etwas zu trinken zu geben.»

«Welche Art Getränk verabreichen Sie?»

«Trinkwasser. Aus der Leitung.»

«Kochen Sie es ab?»

«Dr. Koch, wir haben hundert Patienten gleichzeitig!»

«Nur keimfreies Wasser rettet Leben. Ich flehe Sie an: Kochen Sie es ab, bevor Sie es den Patienten geben.»

Dem Assistenzarzt standen jetzt Tränen in den Augen. «Bitte entschuldigen Sie mich.» Er floh über den Gang aus Kochs Blickfeld.

Koch suchte Weisser und Ole, die sich während des medizinischen Disputs abseitsgehalten hatten. Ole stand über einen Kranken gebeugt und sah ihm in die leeren Augen. Koch trat neben ihn. «Das ist die Apathie, die letzte Phase der Krankheit», erklärte er. «Die Augen werden starr, als fänden sie in dieser Welt nichts mehr, woran sie sich halten könnten. Und die Haut ist wie Wachs, bedeckt von kaltem Schweiß. Von dem Moment an ist es nicht mehr weit bis zur Erlösung.»

Sie schwiegen einen Moment.

Ole nahm einen Schritt Abstand und starrte auf den Mann mittleren Alters. Der schien Kochs Äußerungen nicht mehr zu hören. Die Kleidung war einfach, das Hemd wies Spuren von Erbrochenem auf. Ein bestialischer Geruch ging von ihm aus. «So muss er ganz sicher sterben?», fragte der Junge.

Sanft legte Koch Ole die Hand auf den Rücken. «Er ist nicht mehr zu retten. Nicht mit den Mitteln, die wir heute kennen.» Koch wusste, was der Junge litt. Doch es war richtig, ihm die Wahrheit zu sagen: Es gab kein sicheres Mittel gegen die Cholera!

Ole hob den Arm und deutete den Gang hinauf und wieder hinunter. In Dreierreihen lagen die Patienten. Einige, die noch Kraft hatten, schrien aus voller Kehle nach Wasser. Schwestern waren selten zu sehen, und wenn, dann wirkten sie über alle Maßen erschöpft. Ärzte waren keine mehr am Ort.

«Diese ganzen Menschen, sie alle werden sterben?», fragte Ole und deutete in die Gänge.

Koch folgte seiner Bewegung. «Ein paar werden es schaffen. Aber man kann nicht sagen, wer – und auch nicht, wie viele. Die Krankheit ist nicht wählerisch. Und der Busenfreund des Todes ist der Zufall.»

Weisser hatte sich seiner Uniformjacke entledigt und krempelte nun die Ärmel hoch. «Ich werde bleiben. Auch ich habe einen Eid geschworen.»

Koch wollte ihm widersprechen, doch Weisser ließ ihn nicht zu Wort kommen.

«Fahren Sie nur mit dem Jungen nach Eppendorf, Exzellenz. Ein paar werden überleben, wie Sie sagten. Aber nur, wenn die Kranken sich nicht immer wieder gegenseitig infizieren.»

Koch blickte Weisser in die Augen, die Stimme versagte ihm. Verlegen wandte sich der Stabsarzt ab und ging an die Arbeit.

Schon wollte Koch wieder in die Mietdroschke steigen, da zupfte Ole ihn am Ärmel und machte ihn auf eine Szene aufmerksam, nur ein paar Schritte von ihnen entfernt: Wie eine Gefangene wurde eine Dame im gebauschten Kleid mit Schleife über dem Gesäß aus einem Krankenfuhrwerk gezerrt. Der Kutscher und der Träger, zwei kräftige Männer, zogen sie an den Ärmeln und Rüschenaufschlägen ihrer Bluse aus dem Wagen. Dann schleppten sie sie auf das Hauptportal zu. Die Dame konnte nicht nur aufrecht stehen und gehen, sie konnte sich sogar wehren, schimpfen und zetern! Aus voller Kehle schrie sie um Hilfe, etwas anderes hatte sie der blanken Gewalt nicht entgegenzusetzen. Mit einem scharfen Geräusch riss der Ärmel, die Stola war längst von ihrer Schulter gerutscht und lag im Staub.

Raschen Schrittes näherten sich die zufälligen Zeugen. «Was geht hier vor sich, meine Herren?», fragte Koch wütend.

Der größere der beiden, offenbar der Wortführer, schob die Mütze in den Nacken und kratzte sich an der Stirn. «Geht Sie einen feuchten Kehricht an!» Den Wissenschaftler mit der Nickelbrille musterte der Mann mit Vorsicht. Doch für den verlausten Jungen an dessen Seite hatte er, so erzählten seine Blicke, nur Verachtung übrig.

Koch kam ihm näher und roch den Alkohol. «Haben Sie getrunken?»

«Branntwein schützt vor der Pest. Das weiß man doch.»

«Geheim- und Medizinalrat Professor Dr. Koch, wenn Sie gestatten, Gesandter des Kaiserlichen Gesundheitsamtes in Berlin.»

Das machte Eindruck bei dem Mann mit den glasigen Augen. Der zweite Mann, der *Transporteur* und als solcher für das Einsammeln der Kranken zuständig, hielt sich im Hintergrund.

Die Dame nutzte den Moment und entriss dem Krankenkutscher ihren Arm. Mit wiedergewonnenem Stolz ordnete sie ihre Kleidung.

«Sie litt unter Krämpfen im Gedärm», verteidigte sich der Transporteur. «Die Nachbarin hatte beobachtet, wie sie sich mit schmerzverzerrtem Gesicht vornüberbeugte. Es war ihre Pflicht, uns zu rufen.»

«Ah, der werten Nachbarin habe ich das Vergnügen dieses Ausflugs zu verdanken!», bemerkte die Dame bitter.

Koch musste ihr nur ins Gesicht sehen, um zu wissen, dass sie nicht erkrankt war. Die Wut hatte es mit Röte überzogen. «Darf ich Sie unter vier Augen sprechen, verehrte Dame?» Ohne jede Grobheit führte er sie beiseite.

Die Dame vertraute sich ihm an und war froh, auf diese Weise Abstand zur tannengrünen Kutsche mit den schwarzen Vorhängen zu bekommen.

Die Helfershelfer des Todes kehrten zum Fuhrwerk zurück und widmeten sich einer weiteren aufgelesenen Person, einem jungen Mann in Fischertracht. Während sie den Unglücklichen an den Gliedern packten und zum Eingang des Spitals schleppten, sprach Koch mit der Dame.

«Ist es so, wie die Krankenfahrer behaupten: Leiden Sie an Krämpfen in den Därmen?», fragte er. «Sprechen Sie nur freiheraus: Ich bin Arzt.»

Die Dame errötete. «Allerdings, das ist ganz richtig. Doch sind es die monatlich wiederkehrenden Krämpfe, wenn Sie wissen, was ich meine. Frauenkrämpfe. Ganz gewiss nicht die Cholera.»

Schon wollte Koch sich den Krankenfahrern zuwenden, um ihnen darzulegen, warum die Dame nicht ins Krankenhaus gehörte. Doch die waren über alle Berge. Verwaist stand die Kutsche vor dem Krankenhaus, das Pferd widmete sich einem Haferbeutel.

«Dürfen wir Sie nach Hause bringen, meine Dame? Woher stammen Sie?»

«Aus Winterhude», sagte sie und brach in Tränen aus, «ein gesitteter Stadtteil – das dachte ich wenigstens bis heute.» Koch reichte ihr sein Stofftaschentuch. Sie schnäuzte sich hörbar. «Aber wenn man nicht einmal in der engsten Nachbarschaft vor übler Nachrede sicher ist ...»

Koch deutete auf seine gedungene Droschke. «Wir bringen Sie heim. Und erklären jedem, der es hören will, dass Sie nicht an der Cholera erkrankt sind.»

Koch und Ole blieben ein paar Schritte zurück, und der Arzt setzte den Kutscher in Kenntnis, damit er sich nicht weigerte, die Dame zu befördern: «Es war ein Irrtum. Sie ist vollends gesund, es besteht keine Gefahr.»

Der Mietkutscher schob die Lippen vor. «Jetzt womöglich nicht mehr. Sie hat Zeit neben einer Choleraleiche zugebracht und ihre Luft geatmet.»

Ernst sah Koch ihn an. «Das tut nichts zur Sache», sagte er nach kurzem Zögern, «solange sie sie nicht berührt hat!»

«Wie können Sie da so sicher sein?»

«Ich kann. Ich habe die Krankheit erforscht. In Indien, in Kairo. Die Luftübertragung ist ein Märchen, glauben Sie mir!»

«Schreckliche Zustände», bemerkte der Kutscher kopfschüttelnd.

«Die blanke Panik», bekräftigte Koch. «Wir kommen spät, diesmal. Aber nicht zu spät.»

Als Koch der Frau in die Mietdroschke half, saß Ole bereits auf dem Polster. «Wie viele Kranke gibt es in Ihrer Nachbarschaft, meine Dame? In jeder Familie einen? Oder zwei? Oder», er senkte die Stimme, «mehr?»

Die Vornehme zuckte zuerst mit den Schultern und gab dann doch Antwort. «Ein Dutzend vielleicht in der ganzen Straße. In den letzten Tagen sind es mehr geworden.»

«Winterhude ist doch», fragte er nun Ole, «einer der wohlhabenderen Stadtteile, nicht wahr?»

«Reiche-Schnösel-Gegend», bestätigte Ole.

«Gibt es Auswanderer in Ihrem Straßenzug?», fragte Koch, wieder an die Dame gewandt.

«Soweit ich weiß, gelangen nur wenige ins Stadtgebiet», sagte sie. «Sie sind im Hafen kaserniert.»

«Und dennoch haben Sie Tote in Winterhude? So weit vom Hafen entfernt?»

Die Dame nickte. Koch sah Ole mit ernster Miene an. Der runzelte, obwohl er nicht viel verstanden hatte, bedeutungsvoll die Stirn.

«Das ist merkwürdig», sinnierte Koch und sah aus dem Fenster. Eben beschleunigte eine Dampflokomotive auf dem Damm, der die Binnen- von der Außenalster trennte. Funken stoben aus dem Schornstein, der schweflige Geruch von Kohle wehte bis zu ihnen herüber. Mit sanften Rufen musste der Kutscher die Pferde beruhigen. Dann bog die Droschke auf die stadtauswärtige Pflasterstraße ein, die an der Außenalster entlangführte.

«Darf ich Ihnen eine etwas indezente Frage stellen?», fragte Koch nun.

Die Dame verneinte nicht, stimmte aber auch nicht zu.

«Verfügen Sie in Ihrer Wohnung über ein modernes Wasserklosett?»

Abschätzig musterte sie den Arzt. «Wir leben in einer Villa, in fußläufiger Nähe der Alster, mein Herr. Wir waschen uns täglich die Hände. Wir beziehen frisches Wasser über die *Findlater'sche Wasserkunst!*»

«Verzeihen Sie, meine Dame, ich wollte Ihnen nicht nahetreten. Versprechen Sie mir bitte, dass Sie sich weiterhin die Hände waschen. Mehrmals täglich!»

Und nach kurzem Schweigen fragte er: «Ist das üblich in Ihrem Teil der Stadt?»

«Fließendes Wasser gibt es in fast allen Haushalten», bestätigte sie.

«Das ist seltsam», sagte Koch und blickte erneut aus dem Fenster.

Die Kutschen auf dem Alsterweg waren ins Stocken geraten. Ungeduldig klopfte der Forscher an das Schiebefensterchen, um sich nach dem Grund zu erkundigen.

«Wieder einer dieser Desinfektionswagen, mein Herr», antwortete der Kutscher. «Es geht nicht schneller.»

Koch verdrehte die Augen. «Desinfektion – mit Wasser!»

Sie passierten den Wagen. Er hatte auf einer Kehre der

Alsterauen haltgemacht. Eben entleerte der Fahrer den Bodensatz des Tanks in den Sand. In der Pfütze, die mitten auf dem Damm entstand, sah Koch Bewegung, Leben. Kinder liefen herbei und umstanden sie. Koch hieß den Mietkutscher anhalten. Ohne dass das Fuhrwerk zum Stillstand gekommen war, sprang er aus dem Schlag. Ole hatte Mühe, ihm zu folgen. Die Dame blieb im Schutze des Schattens. Es ging auf Mittag zu. Offenbar hatte sie den Schock des Vormittags noch nicht verwunden.

Koch stand am Rande der Pfütze vor den Resten des Tanks, Ole hatte sich in den Schlamm gekniet. Kleine Fische – Neunaugen oder Stinte – krümmten sich darin. Ole sammelte sie aus der Flüssigkeit, die Stinte steckte er unter sein Hemd. «Mutter wird sich freuen», sagte er, an Koch gewandt. «Das wird ein Festmahl!»

Bald war das Wasser versickert. Kaum mehr als ein Fischlein hüpfte noch auf dem Sand. Ole sammelte auch dieses in sein Hemd. Einen kleinen Aal ließ er liegen. Ein anderes Kind steckte ihn flugs in die Hosentasche. Durch den Stoff konnte man ihn zappeln sehen ... Koch wandte sich an den Wasserfahrer.

«Woher haben Sie Ihre Fracht? Aus der Alster? Aus der Elbe?»

Der Kutscher verstand den Sinn der Frage nicht. «Weder noch.»

«Sondern?»

«Aus der *Billwerder'schen Wasserkunst*: bestes Trinkwasser!»

«Mit Fischen darin?»

«Wir sind in Hamburg. Hier ist viel Wasser. Und im Wasser ist Getier – immer.»

Koch nickte und ließ ihn stehen. Gedankenversunken bestieg er, gefolgt von Ole, wieder die Droschke.

Die Dame hob sogleich die Nase. «Riecht es hier nach Fisch?»

Ole griff unter sein Hemd und holte grinsend zwei Hände voll Stinte heraus.

Entsetzt nahm die Dame Abstand. «Woher hast du die?»

«Von der Straße gesammelt.»

«Ist es möglich», meldete sich Koch zu Wort, «dass in Hamburg, einer der modernsten und wohlhabendsten Städte des Kaiserreichs, Fische aus dem Wasserhahn kommen?»

«Aber natürlich, das kommt alle naselang vor», sagte sie.

«Ich habe schon Aale aus dem Wasserhahn kriechen sehen», bestätigte Ole.

Koch dachte eine Weile nach. Dann wandte er sich an die Dame. «Macht es Ihnen etwas aus, wenn wir einen Blick in den Tank Ihres Klosetts werfen?»

«In den Tank meines ...?», erwiderte sie. Allein der Gedanke war ungehörig. Doch in Anbetracht des Gefallens, den ihr dieser Mann und sein jugendlicher Begleiter erwiesen hatten, war es schlechterdings unmöglich, ihnen einen so banalen Wunsch abzuschlagen.

Gustav und Hedwig standen an der seeseitigen Reling. Gustavs Haare waren zerzaust vom Fahrtwind, seine Kopfbedeckung hatte er unter Deck gelassen, bei Frieda. Hedwig hatte das Schleifenband ihres Hutes fest unter dem Kinn verknotet. Er deutete auf den Zeichentornister, den sie auf dem Rücken trug. Hedwig weigerte sich, ihn abzustellen, sie wollte ihn immer bei sich tragen ...

«Du bist eine wahre Künstlerin», sagte er, «deine Bilder haben Charakter.»

Verlegen wand sich Hedwig. «Ach was, ich lerne noch.»

«Glaub mir, ich kenne mich aus. Allerdings überwiegt in deinen Bildern das Idyll. Das Publikum mag es heute härter, realistischer. So hart, wie die neue Zeit ist.»

«Ich zeichne, was ich sehe.»

Gustav nickte. Er schwieg, als fürchtete er den Effekt seiner Worte, obwohl er sie schon auf der Zunge trug.

«Nun sag schon», forderte ihn Hedwig auf, «ich spüre doch, dass du etwas sagen willst.»

Anstatt die notwendigen Worte zu formen, sah Gustav auf die See hinaus. Er zögerte lange. Dann sagte er, ohne sie anzuschauen. «New York wäre sicherlich ein spannender Ort für dich ...»

«New York? Ich habe nur bis Hamburg gelöst.»

«Wir könnten eine dritte Passage buchen ...»

Hedwig war sprachlos. Sie wandte sich ab von der See, den Aufbauten der Fähre zu. Die Sonne schien ihr ins Gesicht, doch der Fahrtwind blies jede Wärme fort.

«Es ist eure Hochzeitsreise!» Beinahe versagte ihr die Stimme.

Gustav wandte sich ebenfalls vom Meer ab. Unversehens ergriff er ihren Arm. «Es ist nicht ganz selbstlos, meine Liebe: Du würdest malen, was das Zeug hält – und ich würde diese Gemälde in Berlin verkaufen. Es wäre zum beiderseitigen Vorteil. Und rein geschäftlich.»

Hedwig entzog ihm ihren Arm. Sie rückte von ihm ab – und konnte ihm dadurch endlich ins Gesicht sehen: «Was sagt Frieda dazu? Hast du mit ihr gesprochen?»

Gustav senkte den Blick. «Nein. Aber sie erzählt so warmherzig von dir, innerhalb weniger Stunden seid ihr Freundinnen geworden. Ich bin mir sicher, es wäre auch ein Gewinn für sie, eine Vertraute in der Fremde zu haben.»

«Warum?»

«Hedwig, bitte! Ich werde Künstler besuchen, mit Galeristen sprechen, Frieda wird oft alleine sein.»

«Frieda benötigt keine Gouvernante», erwiderte sie mit einem schiefen Lächeln.

Gustav lachte. «Eine Gouvernante sicher nicht. Aber eine Freundin, der sie sich anvertrauen kann.» Dann sah er Hedwig tief in die Augen. «Und wenn ich es bin, der dich braucht?», fragte er keck.

Hedwigs Gedanken fuhren Karussell: New York, Berlin, Hamburg, Robert, Malen, Ausstellen, Malen, Reisen, Robert, Reisen, Gustav, Ausstellen, Frieda – Frieda!

«Ich werde mich wie geplant in Hamburg verabschieden», sagte sie. Sie ergriff die Riemen ihres Tornisters und zog sich in Richtung des Kajütendecks zurück.

Das Anwesen der Dame aus Winterhude war prachtvoll. An allen Seiten von Bäumen und Grün umgeben, die Alster in Sichtweite, erstrahlte das weiß getünchte Haus in blendender Eleganz. Dass überhaupt Menschen aus diesen Gegenden von Krankenfuhren fortgebracht wurden, erschien Ole unvorstellbar. Die Wohlhabenden erkrankten nicht. Und wenn, waren sie viel besser darauf eingerichtet ...

Gemeinsam betraten sie das herrschaftliche Anwesen. Die Dame warf einen pikierten Blick auf Oles Füße. Doch Koch winkte ihn herbei, und so durfte auch er das Säulenvestibül betreten.

Als Erstes wurde Oles Blick durch einen riesigen Kronleuchter in Anspruch genommen. Durch den Einfall der Sonne glitzerte er in allen Farben des Regenbogens, so etwas hatte er noch nie gesehen. Dann fühlte er etwas Weiches unter den Fußsohlen, beinahe wie Gras, doch nicht so biegsam. Er sah zu Boden und entdeckte einen Teppich mit fremdartigen Mustern. Verlegen strich er sich die nackten Fußsohlen an den Waden ab.

«Wären Sie so freundlich, uns in Ihr Badezimmer zu geleiten, meine Dame?», bat Koch.

Ein Zimmer zum Baden? Ole kannte öffentliche Bäder und das Bad in der Elbe, aber Baden in einem Zimmer? Wie konnte das angehen?

Die Dame rief nach der Dienerschaft, dann betätigte sie eine Klingel, doch niemand kam. Alles Gesinde war offenbar geflohen, das Gebäude verwaist. Niemand wollte in einem Cholerahaus arbeiten!

Für einen kurzen Moment schien die Dame den Boden unter den Füßen zu verlieren. Sie hielt sich an einem Pfeiler des Treppenaufgangs fest, bis das Zittern, das ihre Glieder erfasst hatte, abebbte. Dann fasste sie sich und schritt die Treppenstufen hinauf, langsam, wie von einer Last niedergedrückt.

Im ersten Stock betrat sie ein schmales Gelass, fensterlos, zwischen den größeren Zimmern: das Bad. Auch so etwas hatte Ole noch nie gesehen. Sein «Abtritt» war ein verschließbarer Eimer in einer Zimmerecke, sein «Bad» eine Emailleschüssel auf der Kommode, gefüllt mit Elbwasser. Nach der Körperwäsche konnte man es noch für den Boden benutzen. Hier, in diesem vornehmen Hause, aber waren die Hähne aus Metall, die Waschschale fest an der Wand verankert, aus blitzweißem Porzellan. Alles strahlte licht und sauber. Ole glitt mit den Fingerspitzen über die Waschschüssel, ohne sie zu berühren, aus Furcht, er könne etwas kaputt machen.

Koch, der sich offenbar mit Wundern auskannte, drehte den Hahn auf. In fingerdickem Strahl quoll glasklares Wasser heraus.

«Wie kommt der Druck zustande? Wir sind doch im ersten Stockwerk?», fragte Ole erstaunt.

Die vornehme Dame wusste Antwort. Sie deutete auf einen emaillierten Behälter oberhalb ihrer Köpfe, ebenfalls an der Wand verankert: «Nachts wird Frischwasser in diesen Behälter gepumpt. Er sorgt dafür, dass der Druck gleich bleibt und das Wasser konstant fließt.»

Koch nickte. In diesem Haushalt lebte man auf der Höhe des möglichen Komforts. Das war selbst für ihn ungewohnt. Auf einigen seiner Reisen waren ein Loch im Boden und ein Wassereimer der Hygienestandard gewesen.

«Haben Sie eine Leiter? Ich würde gern eine Probe aus dem Frischwasserreservoir entnehmen.»

Irritiert sah ihn die Dame des Hauses an. «Selbstverständlich, Dr. Koch. Was immer Sie benötigen.»

Sie war schon fast zur Tür hinaus, da rief Koch sie erneut. «Werte Dame, Sie könnten mir in einer weiteren Art und Weise behilflich sein.»

«Die wäre?»

«Kochen Sie zufällig ein? Ich würde zwei oder drei Einweckbehälter benötigen ...»

Sie nickte kurz und ging mit geistesabwesendem Blick von dannen.

Koch machte sich am Wassertank zu schaffen, überprüfte Zu- und Abläufe. Dann platzte es aus dem Jungen heraus: «Was hat das alles mit der Cholera zu tun? Ich dächte, in einem solchen Hause kann man nicht krank werden.»

Koch legte Ole die Hand auf die Schulter. «Krank werden kann man überall, mein Junge. Reichtum schützt nicht davor.» Ungläubig schob Ole die Lippen vor.

Endlich kehrte die Dame des Hauses zurück. In der einen

Hand ein Glas, in der anderen einen gläsernen Deckel, sie hatte tatsächlich Einweckgläser gefunden.

Kochs Oberlippe umspielte ein Lächeln. «Nach meinem Dafürhalten spielt unsauberes Trinkwasser eine essenzielle Rolle für die Verbreitung der Cholera ...»

«Aber ich bin doch gar nicht erkrankt», verteidigte sich die Dame.

«In der Tat. Sie verfügen über das sauberste Trinkwasser, das man in dieser Stadt bekommen kann. Gerade deshalb möchte ich herausfinden, wie sauber es tatsächlich ist.» Koch deutete hinauf zum Reservoir. «Dürfte ich noch um einen Stuhl bitten?»

«Wozu?», fragte Ole.

«Ich benötige eine Wasserprobe unmittelbar aus dem Tank.»

Ole nahm ihm das Glas aus der Hand und kletterte kurzerhand die Wasserleitung hinauf, die zum Frischwassertank führte.

«So geht es natürlich auch», murmelte Koch.

«Nicht, dass der Junge die Rohre verbiegt!», mahnte die Dame besorgt.

Koch schüttelte den Kopf. «Der ist ein Leichtgewicht, da ist das Wasser schwerer.»

Geschickt klammerte sich Ole mit den Füßen am Ablauf fest, während er mit der einen Hand den Keramikdeckel vom Tank schob. Mit der anderen angelte er hinein und zog wenig später das drei Viertel gefüllte Glas hervor. Koch nahm es tropfend entgegen, damit Ole den Deckel wieder auf den Tank schieben und herunterklettern konnte. Er hielt es gegen das Licht. Die Flüssigkeit war trübe. Größere Schwebeteilchen waren schon auf den ersten Blick zu erkennen. Einige davon bewegten sich: Mückenlarven. Stinte waren diesmal nicht darin.

«Hm», sagte Koch. «Wir werden es in aller Ruhe untersuchen. Aber wenn dies hier die beste Qualität der Stadt ist ...» Er versah das Glas mit Dichtungshanf und klemmte den Deckel darauf. «Es scheint, als benutzten Sie das gleiche Trinkwasser wie unser junger Freund.» Er sah die Dame an. «Auch dies scheint ordinäres Elbwasser zu sein.»

«Unmöglich», sagte sie. «Es stammt aus *Findlaters Wasserkunst*! Die ist bekanntlich die beste der Stadt.»

«Und enthält doch dieselben organischen Bestandteile wie das, was man auf den Straßen versprengt. Ich würde Ihnen raten, meine Dame, bis auf weiteres das Wasser abzukochen. Denn nur dadurch werden die enthaltenen Bazillen zuverlässig getötet. Wenn Sie sich vor der Cholera schützen wollen, bleiben Sie daheim, berühren Sie niemanden! Am besten, Sie beschaffen sich in einer Apotheke Desinfektionsmittel: Karbolin oder Kalomel oder Chlorwasser, etwas in der Art. Zur Not tut es auch eine Flasche Schnaps oder Whiskey. Damit sollten Sie auch jeden sich zu waschen bitten, der von draußen hereinkommt.»

Die Hausherrin war blass geworden. «Es ist also wirklich die asiatische Cholera, die uns befallen hat?»

Koch schwieg.

«Wer will noch daran zweifeln», fügte Ole naseweis hinzu und fing sich prompt einen bösen Blick ein.

So charmant es nur ging, fragte Koch: «Meine Dame, dürfen wir Glas und Deckel und womöglich auch noch einen Korb zum Transport mitnehmen? Und haben Sie vielleicht noch ein paar Gläser, die Sie uns freundlicherweise überlassen könnten? Wir sind Ihnen unendlich zu Dank verpflichtet. Und für die Monatsbeschwerden kann ich Ihnen einen Rat geben: Kampferdämpfe – das hilft gegen die Krämpfe.»

Als sie wieder in der Kutsche saßen und Koch das Wasserglas sicher unter der Sitzbank verstaut hatte, rieb sich Ole die Hände und fragte: «Wohin fahren wir jetzt?»

Koch zog seine Taschenuhr heraus und registrierte die Zeit. «Früher Nachmittag. Bevor wir Dr. Rumpf in Eppendorf aufsuchen, werden wir den Hafenbaracken noch einen Besuch abstatten.»

«Dort, wo die Cholera zuerst ausgebrochen ist?»

«Vermutlich ist sie dort ausgebrochen», sagte Koch. «Genaueres können wir erst sagen, wenn wir dort waren und uns ein Bild gemacht haben.»

Die Kutsche ließen sie am stadtseitigen Elbufer zurück. Beim Blick über die Norderelbe, die sich hier mitsamt dem Wasser der Alster zur Fläche eines ansehnlichen, überaus bewegten Sees verband, meinte Koch seinen Augen nicht zu trauen: Die Hafenbetriebsamkeit, die er noch aus seiner Zeit als Assistenzarzt kannte, war ungebrochen! Werftarbeiter, deren Frühschicht eben zu Ende gegangen war, strömten von den Schaluppen. Andere begaben sich zum Schichtbeginn auf die Werften. Hunderte Jollen, die die Schiffsoffiziere und Kapitäne an ihren Arbeitsplatz brachten, kreuzten das Fahrwasser. Dazwischen einzelne Dampfbarkassen. Friesische Ewer wurden getakelt, während Hamburger Frauen Kartoffeln und Kohl aus den Säcken heraus vom Schiffsdeck weg kauften. Kessel standen unter Dampf und Segel im Wind, die Greifarme der Kräne schwenkten über Ladeluken und löschten Ballen, Kisten, Bündel und Stiegen. Darunter, wie Nussschalen auf dem schwarzen Wasser, geruderte Nachen, zerbrechlich und stets in Gefahr, von der Last der Kräne erschlagen zu werden, wenn mal ein Ballen vom Haken rutschte.

Koch entdeckte sogar einen der großen Überseer mit drei Schornsteinen, einer davon unter Dampf. Alles deutete darauf hin, dass er im Begriff war auszulaufen. Wut keimte in ihm, denn nichts ließ an dieser Szenerie erahnen, dass auch hier im Hafen die Cholera wütete und dass sie hier sogar – das war mehr als wahrscheinlich – ihren Ausgang genommen hatte! Die Arglosigkeit, mit der die Menschen ihrem Schicksal überlassen wurden – und es konnte der Tod sein –, machte den Arzt fassungslos.

Auf der gegenüberliegenden Elbseite, am Kleinen Grasbrook, sah Koch schon von weitem ihr Ziel: die Baracken der Auswanderer. Lange Reihen von provisorischen Holzhäusern, in simpelster Blockbauweise errichtet, dazwischen einige Zelte. Hier warteten die Menschen Wochen, bis die Fallreepe der Transatlantik-Linien heruntergelassen wurden und sie die Planken betreten konnten, um eine Reise ohne Wiederkehr anzutreten. Manche monate- oder gar jahrelang, wenn sich nämlich die armen Seelen aus Russland, Galizien oder Podolien verkalkuliert hatten und sich als Tagelöhner verdingen mussten, bis die Kosten für die Überfahrt zusammengespart waren. Doch wer nichts hat, kann nicht viel sparen.

Nicht wenige Hamburger machten sich diese Notlage zunutze, indem man die Tagelöhner sich immer weiter von ihrem Ziel weg schuften ließ. Das Leben in Hamburg war teuer – ein Vorgeschmack auf New York.

Schlingernd suchte sich ihre Dampfbarke den Weg durch auslaufende Frachter und Passagierschiffe. Auch ein Auswandererschiff der HAPAG war darunter: zwei Schornsteine unter Dampf!

«Ein Unding, dass immer noch Schiffe auslaufen», schrie Koch in den Fahrtwind.

Ole nickte: «Das ist die *MS Normannia*. Sie hat Kabinen für siebzig Passagiere. Das Zwischendeck fasst noch einmal über hundert.»

«Wenn nur jeder Zehnte infiziert ist ...» Koch ließ den Satz offen – und auch den Gedanken brachte er lieber nicht bis ans Ende.

Hart rammte die Fähre den Steg. Auf der anderen Seite war die Atmosphäre technischer. Der Hafenbetrieb lief in den gewohnten Pfaden. Das Horn der Hafenbahn trieb die Arbeiter von den Schienen. Von den Werften hallten die Schläge der Nietenhämmer herüber. Der barfüßige Gassenjunge und der immer noch im Cutaway gekleidete Wissenschaftler – das Paar hätte ungleicher nicht sein können.

Sie hatten nur einen Fußweg zu bewältigen, hellwach, weil mit den Gepflogenheiten des Freihafens nicht vertraut. Während seiner Zeit als Assistenzarzt war Koch niemals hier herübergekommen. Der Hafen war eine Stadt für sich – mit eigenen Regeln, eigenen Institutionen. Man betrat ihn nicht, wenn man dort nichts zu schaffen hatte. Und überall lauerten Gefahren, die ein Ortsfremder niemals einschätzen konnte.

Die Baracken waren von einem mannshohen Zaun umgeben. Hafenpolizei schob Wache, mehrere Patrouillen umrundeten das Gelände.

«Hier sollte eigentlich niemand unbemerkt herauskommen», ließ sich Koch zu einem Urteil hinreißen.

Am Tor wurden sie aufgehalten, Ole grob am Arm zurückgerissen. «Wer sind Sie?», fragte der Hafenpolizist.

Der Wissenschaftler stellte sich in erprobter Weise mit ganzem Titel vor. Doch diesmal blieb die Wirkung aus. Mit seinem Körper verbarrikadierte der Polizist den Weg.

«Ich bin vom Gesundheitsminister Seiner Majestät des Kaisers sowie von Reichskanzler Caprivi beauftragt, alles Menschenmögliche zu unternehmen, um die weitere Ausbreitung der Cholera in dieser Stadt zu unterbinden.»

«Die Cholera? Diese Krankheit werden Sie bei uns nicht finden. Wir haben ein paar Fälle der *Cholerina*, nichts weiter.»

«Ich muss Sie auffordern beiseitezutreten, damit ich mir vom Zustand der Baracken ein Bild machen kann.» Es kam Koch theatralisch vor, doch dann fügte er hinzu: «Dies ist ein Befehl.» Der banale Satz tat seine Wirkung, der Gendarm trat beiseite.

Während sie der nächstgelegenen Baracke zueilten, verpflichtete Koch den Jungen auf die wichtigsten Maßregeln: «Fasse niemanden an! Nimm deine Hände niemals an den Mund, solange du sie vorher nicht in klarem Wasser abgewaschen hast! Trinke kein Wasser, bist du auch noch so durstig! Und Finger weg von frischem Obst! Egal, was man dir anbietet, iss nichts, trinke nichts! Warte, bis wir wieder über die Elbe sind!»

«Aber ich dachte, die ganze Stadt sei betroffen?»

«Das stimmt. Doch diese Baracken müssen, wenn man um die Herkunft der Krankheit weiß, der Hauptinfektionsherd sein.»

«Welche Herkunft?», fragte Ole. Der Gendarm schritt weit genug voran, dass sie ungezwungen reden konnten.

«Anfang Juli dieses Jahres», sagte Koch, «trat die Krankheit von Afghanistan kommend in Moskau auf. Anfang August hatte sie bereits Kiew erreicht, kurz darauf Tschernigow. Von dem Zeitpunkt an ließen wir – die Regierung des Deutschen Kaiserreichs – Auswanderer in verschlossenen und versiegelten Sonderzügen durchs Reichsgebiet transportieren. Ausstieg verboten. Dennoch wurden Ende Juli Fälle aus Wien gemeldet.

Und am 14. August wurde in Altona der erste Erkrankte registriert. Er arbeitete im Hafen.»

Ole sagte verblüfft: «Eine Welle, die ganz allmählich näher kommt.»

«Richtig. Die Hamburger Behörden wurden informiert. Das Kaiserliche Gesundheitsamt hatte schon vor Monaten gewarnt! Wir versuchten, sie zu lenken und zu kontrollieren. Bis hierhin», er deutete mit der flachen Hand über das Gelände, «ist es uns auch gelungen. Keine Kranken in Berlin, keine in Köln oder Magdeburg, nicht in Dresden, Danzig oder Königsberg. Das ist auch der Grund, warum sie hier im Hafen kaserniert werden: damit sich die Seuche nicht noch weiter ausbreitet.»

«Doch irgendwas ist schiefgelaufen», ergänzte Ole.

Koch schwieg. Innerlich musste er ihm zustimmen.

Endlich betraten sie die Baracke. Auf den letzten Metern hatte sich der Polizeihauptmann, der die Hafentruppe befehligte, an ihre Spitze gesetzt. Nun hielt er sogar die Tür auf.

Das Leid der Menschen, das Koch und Ole nun entgegenschlug, spiegelte sich im Entsetzen ihrer Gesichter: Männer, Frauen, Mütter mit ihren Kindern, manche davon Säuglinge. Sie hingen an Brüsten, denen die Auszehrung anzusehen war. Dabei hatten sie die weitaus schwierigste Etappe noch vor sich!

Die Feldbetten waren mit löchrigen und fadenscheinigen Vorhängen abgeteilt. Jetzt, am Tage, raffte man sie zu geschnürten Stoffwürsten, um, der Pettenkofer'schen Theorie der Lufthygiene folgend, die Luft zirkulieren zu lassen. Koch und der Polizeihauptmann schritten Seite an Seite durch die Gänge. Mit einigem Abstand folgte der Junge, nicht aus Respekt, sondern weil es genug gab, das genauerer Betrachtung lohnte. Zerlumpte Kinder spielten auf den Gängen und huschten um seine Füße, denn wo sonst sollten sie spielen?

Die erwachsenen Menschen saßen auf ihren Betten und nickten freundlich. Kranke waren offenbar nicht darunter. Koch warf einen Blick auf die hölzernen Aborteimer, die in verschiedenen Ecken der Baracke untergebracht waren. Sie waren mit Deckeln versehen, die eigentlich luftdicht sein sollten. Dennoch zog der Gestank Kochs Aufmerksamkeit auf sich.

«Was geschieht damit, wenn sie voll sind?», fragte er den Gendarmen.

Der Polizeihauptmann zuckte mit den Schultern: «Wir schütten den Unrat in die Elbe.»

«Gibt es frisches Wasser?»

Der Gendarm deutete auf ein großes Fass, abseits der Aborteimer. Daneben Bottiche zum Abfüllen.

«Dort waschen sich die Menschen?»

Der Hauptmann nickte.

«Und sie trinken auch daraus?»

Auch dies bestätigte er.

«Kommt das Frischwasser aus der Elbe?»

«I wo! Das wird von der *Wasserkunst* geliefert, in einem Tankwagen.»

«Wissen Sie, woher es stammt? Ist es abgekocht?»

Der Hauptmann schüttelte den Kopf.

«Wie viele Baracken gibt es?»

«Zwölf. Und zwanzig Biwakzelte.»

«Und die sind allesamt gleich? Mit derselben Ausstattung, identischer Belegung?»

Der Hauptmann zögerte einen Moment. Dann nickte er.

Koch war das Zögern nicht entgangen. «Dürfen wir alle besichtigen?»

«Selbstverständlich», klang es in vordergründiger Bereitschaft.

Gemeinsam durchschritten sie noch fünf weitere Baracken. Sie machten alle den nämlichen Anschein. Noch war Koch nicht besänftigt. Er hielt Ausschau, das sah man genau. Doch wonach?

Da erblickte Koch eine männliche Gestalt, die vor einer Baracke gelehnt stand und sich den Magen hielt. Seine Hose war nass zwischen den Beinen, Reste von Auswurf hingen im Bart.

«Ich würde gerne noch eine letzte Baracke besichtigen», sagte Koch, und der Polizeihauptmann wollte schon aufatmen.

Doch als der Arzt auf sein Ziel zustrebte, erblasste der Gendarm: «Die nicht!»

«Nun gerade diese!», erwiderte Koch.

Schon waren sie an der Tür. Der Gestalt, die vor ihnen am Boden kauerte, beide Arme um den Unterleib geknotet, schenkte er keine Aufmerksamkeit.

Mit dem Öffnen der Tür schlug ihm bestialischer Gestank entgegen. Die Luft war geschwängert vom Schreien der Kinder und Stöhnen der Kranken. Auf einigen Pritschen schlugen die Menschen um sich, auf anderen regte sich nichts mehr. Die Nasen spitz in die Höhe gereckt, die Augen in die Höhlen gesunken, war jede Lebensäußerung erloschen. Kochs Blick fiel auf überquellende Aborteimer. Die Deckel lagen herum, entleert wurden sie offenbar nicht. Niemand betrat freiwillig diesen Vorhof der Hölle.

«Das ist unwürdig», fuhr Koch den Polizeihauptmann an, «unter jeder Menschlichkeit.»

«Wir haben versucht, sie zu isolieren», gab der Offizier kleinlaut zu. Er schrumpfte förmlich in seiner Uniform. «Das ist unsere Quarantänebaracke ...»

Koch war außer sich vor Wut. Von Offizieren war er noch nicht belogen worden. «Sie wissen ganz genau, dass dies die

Cholera Indica ist! Diese Menschen sind dem Tode geweiht. Wo ist ein Arzt?»

«Die Krankenfuhren erreichen nur sporadisch den Hafen. Der Weg ist weit, und sie kommen einfach nicht nach.»

«Was machen Sie mit den Toten?»

Der Hauptmann hielt den Kopf gesenkt.

Koch presste sich die Nase zu. Dennoch kroch der Gestank durch alle Öffnungen. Selbst Ole, der einiges gewohnt war, atmete flach. Sie mussten die Baracke verlassen.

Als sie endlich in der frischen Hafenluft standen und tief durchatmeten, nahm Koch Haltung an. «Als Beauftragter Seiner Majestät des Kaisers und Emissär des Kaiserlichen Amtes für Gesundheit verhänge ich die Quarantäne über das gesamte Lager. Kein Mensch darf ohne Erlaubnis hinein, keiner hinaus! Und sorgen Sie dafür, dass die Toten zur Abholung vorbereitet werden. Sie müssen nach Ohlsdorf!»

«Aber warum?», warf sich der Gendarm halbherzig zum Widerstand auf.

«Sie ermöglichen einer gefährlichen Epidemie, sich über die ganze Welt zu verbreiten. Darum.»

«Niemals. Wir lassen doch die Kranken nicht auf die Schiffe!»

«Und wie erkennen Sie, wer krank ist? Auch wer ohne Symptome ist, kann so contagiös wie ein Erkrankter sein.»

Der Gendarm verstummte.

«Auf der Herfahrt», fuhr Koch fort, «ist uns ein Mensch auf der Elbfähre begegnet: Er war ganz offenbar cholerakrank. Und er kam aus diesem Lager.»

«Das kann nicht sein», antwortete der Gendarm. «Die Auswanderer dürfen nicht in die Stadt.»

«Aber wie kam dann dieser Mann auf die Fähre?»

Alle schwiegen.

Ole raffte seinen Mut zusammen. «Ich weiß es», sagte er zitternd, «und Sie wissen es auch.»

Der Polizist fuhr zusammen. «Was kannst denn du schon wissen?»

«Man muss nur genug Geld anbieten. Dann darf man das Lager ...»

Nun fiel ihm der Polizeihauptmann doch ins Wort. «Um den Menschen Ausgang zu gewähren und ihnen die Möglichkeit allfälliger Besorgungen zu geben ...»

«Sie gewähren Ausgang für Geld?», fragte Koch.

«Eine kleine Gebühr, die Fähre müssen sie doch auch bezahlen!»

«Wer es sich also leisten kann, darf das Lager verlassen?»

«Es mag sein, dass solche Fälle geschehen», sagte der Hauptmann. «Mir persönlich ist das noch nicht untergekommen, aber zu verhindern ist es wohl nicht.» Am Ende seiner Rede war er ganz in sich zusammengesunken.

Koch bändigte seinen Zorn nur mühsam. Unheilvoll zischte er: «Sie, mein Herr, sind ein Makler der Hölle und im Begriff, den Tod über die Welt auszugießen!»

Löwenberg klangen die Worte des Vermieters im Ohr: Er solle sich nicht durch Geräusche aus dem Nebenzimmer irritieren lassen. Doch nachdem er die Dame einen halben Tag lang hatte stöhnen hören – seit den frühen Morgenstunden ununterbrochen, und nun hatte die Sonne den Zenit überschritten –, konnte er nicht anders: Er trat hinaus auf den Gang, die Tür der Nachbarin war nur wenige Fuß entfernt, ebenso schachtartig wie der Flur waren die Zimmer, und klopfte an. Niemand rief herein. Doch das Stöhnen brach immer noch nicht ab. Er klopfte noch einmal, mit Nachdruck, und als die Antwort wieder ausblieb, öffnete er die Tür. Augenblicklich sah er den Grund, warum er die Dame so deutlich gehört hatte: Ihrer beider Matratzen lagen Wand an Wand, getrennt nur durch eine dünne Schicht Ziegel und Mörtel.

Neben ihrem Bett auf den Dielen stand eine Emailleschüssel, gefüllt mit blutig-wässrigem Auswurf. Im Gesicht sah er die vertrauten Zeichen: in die Höhlen gesunkene Augen, eingefallene, wächserne Wangen.

Jakob suchte nach Wasser und fand einen Krug auf einem Tischchen. Einen Lappen gab es nicht, also nahm er den Ärmel einer Bluse zu Hilfe, um der jungen Frau das Gesicht zu säubern.

Er versuchte, mit ihr zu reden, vergeblich. Entkräftet fiel ihr Kopf immer wieder zur Seite, selbst wenn er die Haut mit Wasser benetzte. Mit seinem Eintreten war das Stöhnen verstummt, stattdessen hatte stille Agonie eingesetzt. Das erschreckte Jakob noch mehr. Das allmähliche Verklingen der Lebensgeister – so hatte sich auch das Sterben seiner Mutter vollzogen. Er mochte es nicht noch einmal durchleiden.

Beherzt wickelte er den Körper der Frau in eine Decke. Sie war nicht nackt, das nicht, doch nur mit wenigen Kleidungsstücken versehen. Eine fragwürdige Mode, die Jakob auf dem Lande nie bemerkt hatte.

In ihr Laken eingeschlagen, hob Jakob die Nachbarin auf seine Schulter, ging so – beladen wie ein Hafenarbeiter – ins Erdgeschoss hinunter und auf die Straße. Den erstbesten Passanten fragte er nach dem Weg zum Krankenhaus und erfuhr, dass es unweit des Bahnhofs, am Ende der *Langen Reihe*, ein Spital gebe. Das einzige der Stadt, so die Auskunft. Dort seien Ärzte, Krankenschwestern, dort würde man der Frau sicherlich helfen können.

Gemächlich zog die Barkasse der Sylt-Tondern-Linie an dem gewaltigen Überseer vorbei, der am Kai der Norderelbe stand; bereit, sich nach dem sanften Wasser bis zur Mündung der Elbe bei Cuxhaven dem wilden des Nordatlantiks entgegenzuwerfen. Aus den Schornsteinen stieg Dampf, auf den Decks drängten sich die Menschen, um Abschied zu nehmen.

«New York», seufzte Hedwig.

Gustav legte den Arm um seine Braut.

«Komm mit uns!», schlug Frieda da unvermittelt vor.

Gustav sah Hedwig an, doch die wich seinem Blick aus. «Es geht nicht. Mein Verlobter erwartet mich. Ich gehöre an seine Seite.»

«Das muss wahre Liebe sein, den Totentanz in Hamburg der Party in New York vorzuziehen», höhnte Gustav.

«Ich verstehe sie», ergriff Frieda Partei. «Wenn eine Frau sich entschieden hat, weiß sie, wohin sie gehört.»

Hedwig lehnte sich gegen die Reling und schwieg. Tatsächlich war ihre Entscheidung nicht so klar, wie sie aus Friedas Mund klang.

Wenig später standen die drei am Fuße des Fallreeps, das zum Passagierdeck der *MS Normannia* führte. Steil hinauf ging es zur ersten und zweiten Klasse. Kaum hundert Schritte den Kai abwärts, zum Heck hin, war ein zweites Fallreep. Es schien direkt in den Bauch des Schiffes zu führen: das Zwischendeck. Der Steg war umlagert von Männern mit wuchernden Bärten und schwarz gekleideten Damen. Welch ein Unterschied zu Friedas Sommerkleid!

Leiter- und Pritschenwagen transportierten Schrankkoffer und große Taschen so nah wie möglich an das Schiff heran. Träger halfen den dunkel gekleideten Menschen, das Gepäck das Reep hinaufzuschaffen.

«Emigranten», sagte Gustav, als er Hedwigs neugierige Blicke bemerkte. «Sie kommen aus Polen, aus dem Zarenreich, aus Galizien oder von der Krim. Und sie haben ein Ticket vierter Klasse gebucht – *one way*.»

Man konnte sich verlieren auf Reisen – oder finden. Hedwig war sich nicht sicher, von welcher Art Frieda war. Von sich selbst wusste sie, dass sie sich auf Sylt gefunden hatte. Sowohl, was ihre Gefühle, als auch, was ihre Berufung betraf.

Zum Abschied umarmte Hedwig die Freundin. Gustav gab sie die Hand.

«Sehr schade, dass du nicht mitkommst», sagte er.

«In drei Monaten sind wir zurück. Dann musst du uns unbedingt in Berlin besuchen, Liebes!», beharrte Frieda. «Versprichst du mir das?»

Frieda trat einen Schritt zurück, hielt aber weiter Hedwigs Hände. Dann zog sie sie wieder heran, um ihr einen Kuss auf die Wange zu pressen. Errötend sah Hedwig zur Seite. Sie spürte den sanften Druck des Griffes – und wollte nicht loslassen.

«Viel Erfolg auf der Suche nach deinem Verlobten!», wünschte Gustav noch. Doch da war er schon halb das Fallreep hinauf. Sicherlich wollte er die Träger nicht aus den Augen verlieren, die sich mit den Koffern und Taschen des Paars abmühten.

Hedwig verharrte noch am Fuß der *Gangway*. Spürte das Wanken des Steges und das Rucken der Taue unter ihren Schritten. Dann sah sie Gustav und Frieda jenseits der Reling verschwinden.

Sie hatte keine Idee, wo sie zuerst nach Koch suchen sollte. Aber wenn er sich in dieser Stadt aufhielt, dann würde sie ihn finden. Nur wenige hundert Meter kaiabwärts – Hedwig konnte sie mit bloßen Augen sehen – standen die Hafenbaracken der Auswanderer.

Bevor sie ihr Fuhrwerk bestiegen, suchte Koch auf dem weitläufigen Hafengelände einen Frischwasserbehälter. Er hieß Ole, eines der Einweckgläser unter seinem Hemd hervorzuholen. Koch roch den Fisch, den Ole ebenso unter dem Hemd getragen hatte. Er schüttelte den Kopf und nahm eine Probe. Verschraubte das Glas sorgfältig und stellte es auf das Hafenpflaster. Als er den Kopf wieder hob, fiel sein Blick auf ein Schiff, das nicht weit von ihnen entfernt unter Dampf stand: die *MS Normannia*. Und Koch musste – warum, wusste er selbst nicht – in diesem Moment an Hedwig denken. Es hätte ihn nicht verwundert, sie an der Reling stehen zu sehen mit wehendem Schleier und der Schleife des Hutbandes unter dem Kinn. Er wünschte es sich so sehr, dass er nur hätte hinüberlaufen müssen, sie in die Arme nehmen, aber es war bloß die Vision eines Moments. Warum sollte sie hier sein? Ein Glück war sie auf Sylt, weit weg von der Gefahr ...

Dann zog er ein kleines Paket aus der Tasche. Ein Bindfaden hielt ein wächsernes Tuch um einen kleinen Barren gewickelt. Koch löste den Faden, entfaltete das Tuch und entblößte ein Stück Kernseife. Mit ruhigen, konzentrierten Bewegungen legte er den Rock seines Anzugs ab, krempelte das Hemd Zoll für Zoll den Arm hinauf bis in die Ellenbeuge, mahnte Ole zuzuschauen und säuberte sich dann sorgfältig. Zunächst die Unterarme vom Ellenbogen bis zur Handwurzel. Wusch dann den restlichen Arm mit frischem Wasser ab. Anschließend seifte er sich die Hände mit derselben Sorgfalt.

«Schau genau hin! Wenn ich fertig bin, bist du an der Reihe.»
«Warum das?», fragte Ole.

«Falls du mit den Bazillen in Kontakt gekommen bist, hilft sauberes Wasser – und gründliches Waschen. Sie kommen aus dem Wasser, sie gehen mit dem Wasser.»

Ole nahm das schaumige Stück an sich und verfuhr damit auf exakt die Weise, die Koch ihm vorgeführt hatte. Zufrieden musterte Koch ihn von der Seite: Er lernte gut – aus dem Jungen konnte was werden. Erst als er auch die Stinte unter dem Hemd hervorzog und abseifen wollte, musste Koch ihn zurückhalten.

«Wohin fahren wir jetzt?», fragte Ole, als sie wieder die Droschke bestiegen. Es schien, als hätte er sich bereits vom Gassenjungen zum Herrn gewandelt.

Während sie unterhalb einer Treppe in der Kaimauer auf der Stadtseite des Hafens anlandeten, fragte Koch den Jungen: «Wo halten sich die Auswanderer eigentlich auf, wenn sie nicht in den Baracken sind?»

Ole zuckte mit den Schultern. «Man findet sie überall in der Stadt. Je nachdem, wie wohlhabend sie sind.»

«Und wo findet man die meisten von ihnen?»

«Ich denke, im Gängeviertel.»

«Ist das weit von hier?»

Ole schüttelte den Kopf, und Koch wies den Kutscher an, dorthin zu fahren. Sie kamen durch das sehr dicht von Matrosen und Hafenarbeitern bewohnte Quartier entlang des Kais. Während sie noch mitten im Gespräch waren, ruckte die Kutsche und hielt schließlich an. Der Kutscher öffnete den Schlag.

«Was gibt's?», fragte Koch.

«Die Häuser stehen so dicht, dass sie nur durch die Gänge betreten werden können.»

Also stiegen sie aus.

Die *Gänge* waren mit unebenem und lückenhaftem Pflaster versehen. Zwischen den Steinen stand trotz der Trockenheit das Wasser. Kein Regen- oder Grundwasser, es war Abwasser. Ole mahnte Koch, die Blicke so oft wie möglich aufwärts zu richten, denn die Bewohner der oberen Geschosse entleerten ihre Fäkaleimer durch die offenen Fenster auf die Straße. Und es war müßig nachzuschauen, ob jemand getroffen werden konnte.

Türen standen offen, Lärm und Geschrei drangen heraus. Hungrige Säuglinge erkannte Koch schon am Tonfall. Ob in Kairo oder Kalkutta, sie klangen überall gleich.

Aufs Geratewohl betrat Koch eines der kleinen Häuser, die nur deshalb aufrecht standen, weil sich eines ans andere lehnte. Kaum ein Sonnenstrahl im Inneren. Tageslicht schaffte es nicht bis in die *Gänge*. Und künstliches Licht, aus Talg oder gar Petroleum, konnte sich niemand leisten.

Koch kniff die Augen zusammen, um besser sehen zu können. Es half nicht viel. Im Untergeschoss fanden sie eine Küche – eigentlich nur eine Feuerstelle. Essensreste und halbe Heringe lagen herum. Schwarze Wolken aus Fliegen flogen auf, ganz gleich, wohin man trat. Der Gestank, schon auf den Gassen unerträglich, schien hier wie Dunst in den Räumen zu liegen. In dieser Luft konnte selbst Koch zum Anhänger der Miasmenlehre werden.

«Nichts anfassen!», zischte Koch Ole zu. Es war unnötig. Ole hatte seine Lektion gelernt.

Durch eine Luke in der hölzernen Decke streckte ein halbwüchsiger Knirps seinen Kopf. Ole rief ihn an: «He da!»

Wie eine Maus im Mauseloch war der Kopf gleich wieder verschwunden. Ole sah Koch an. Und Koch sah die Angst in den Augen des Jungen. Also stieg der Wissenschaftler über die hölzerne Stiege nach oben, Ole dicht hinter ihm.

Oben entdeckten sie ein Dutzend Personen, versammelt um eine Lagerstatt aus Decken und Stroh. Darauf kauerte ein älterer Herr mit weißem Bart und schütterem Kopfhaar. Die Augen waren eingefallen. Dunkel und glänzend starrten sie aus Höhlen, deren Ränder so grau wie der Tod waren.

«Der Cholerablick», murmelte Koch.

Ole hörte die Bemerkung und erstarrte.

Der alte Mann atmete, die Familie weinte, drei Weiber, etliche Kinder, ein anderer Mann, der sein Sohn sein mochte, denn er sah ihm ähnlich.

«Es ist die Cholera», sagte Koch an die Familie gewandt. Die Botschaft schien niemanden zu erschüttern. Mehrere Personen antworteten, doch in einer Sprache, die sie nicht verstanden. Auch Koch schien ihrer nicht mächtig. Er versuchte es in anderen – Englisch, Französisch –, aber keine von diesen wurde erwidert.

«Soll ich auf die Gasse hinuntersteigen und einen *Transporteur* herholen?», fragte Ole.

Der Arzt schüttelte den Kopf. «Der Mann ist so gut wie tot. Die stieren Augen, siehst du das?»

Der Junge nickte.

«Das ist die Todesagonie ...»

Eine Frau sprach offenbar ein Gebet. Ihr Oberkörper pendelte vor und zurück.

«Welche Sprache ist das?», fragte Ole flüsternd.

«Eine slawische; Russisch vielleicht ... Oder Ukrainisch. Das ist dem Polnischen ähnlicher. Auf jeden Fall sind es Auswanderer. Und sollten nicht alle Auswanderer in Quarantäne auf dem Kleinen Grasbrook sein?»

Ole nickte.

«So lautet wenigstens die Aussage des Bürgermeisters.»

«Die offenbar nicht befolgt wird, da die Hafenpolizei gegen ein Handgeld ein Auge zudrückt», fügte Ole hinzu.

Koch ergab sich in eine Geste der Resignation. «Ich denke, wir haben den Verbreitungsherd der Krankheit gefunden.»

«Menschen, die sprechen und aussehen wie diese hier, findet man überall in der Stadt», bekräftigte Ole.

Koch nickte. «Sie warten auf ihre Überfahrt. Eine Woche, einen Monat, niemand weiß es. Die Billette werden von Agenten der HAPAG gehandelt. Manche an den Orten der Herkunft, manche erst hier in Hamburg. Das Geschäft ist undurchsichtig. Oft verlangen Zwischenhändler Aufschläge, die müssen dann erst beschafft werden.»

Ole machte große Augen.

«Und auf diese Weise breitet sich die Cholera in alle Stadtviertel aus», schloss Koch.

«In Winterhude gibt es keine Auswanderer», wagte Ole zu bemerken.

Koch musterte ihn aufmerksam. «Kann man da sicher sein?»

Sie ließen die Familie in ihrer Trauer zurück und kletterten die Stiege wieder hinunter. Endlich vor der Tür, sogen sie gierig Luft ein. Gegen den Todeshauch der Kammer rochen selbst die morastigen Gassen des Gängeviertels wie eine Frühlingswiese. Dann folgte der nächste Schrecken: In Sichtweite lag eine Gestalt vor einem Haus wie dasjenige, das sie eben hinter sich gelassen hatten. Auch in jenen Winkel gelangte keine Sonne.

Schon in der Annäherung kamen sie zu dem Schluss, dass die Person nicht atme. Am Leichnam angekommen, versuchte Koch, die Gestalt zu wenden, ohne sie zu berühren. Er benutzte seine Ellenbogen, doch es war mühselig.

Als der leblose Körper endlich zur Seite kippte, starrten Koch offene Augen entgegen. Der Arzt prallte zurück. Er hatte viele Cholera-Tote gesehen, doch diese Leiche übertraf alle. Die Flecken im bleichen Gesicht nicht schwarz, sondern leuchtend in allen Farben des Regenbogens. Koch erhob sich, sah die Gasse hinauf und wieder herunter. Niemand war zu sehen, dem der Tote angehören konnte. Dennoch, irgendjemand musste ihn doch abgelegt haben! Er konnte doch nicht auf der Gasse krepiert sein!

Ole schien Kochs Gedanken zu erraten. «Durchs Gängeviertel kommen keine Krankenfuhren. Wie auch? Die Fuhrwerke sind zu breit.»

Es platschte und spritzte. Einige Tropfen trafen die Leiche. Keine zwei Meter entfernt war ein Aborteimer von einem der oberen Stockwerke auf die Straße entleert worden. Im Gespräch waren Koch und der Junge unvorsichtig geworden. Um ein Haar wären sie auch getroffen worden.

Der Arzt schüttelte den Kopf. «Ich war in Kalkutta», sagte er. «Da war es schlimm. Doch hier ist es schlimmer.»

«Was ist Kalkutta?», fragte Ole.

«Eine Stadt in Indien, an einem Fluss, dem Ganges.»

Koch erhob sich, unsicher, ob Ole wissen konnte, wo Indien lag. Die oberen Stockwerke ließ er nicht mehr aus den Augen. Aus jeder Fensterhöhle konnte der Tod herabstürzen.

«Ich werde einen Totenkutscher anweisen, die Leiche zu holen. Und Gesundheitssenator Hachmann werde ich empfehlen, dieses Stadtviertel erst zu evakuieren und dann niederzubrennen. Auch ohne die Cholera ist das ein Krankheitsherd erster Ordnung!»

«Was bedeutet *evakuieren*?»

«Leer räumen», antwortete Koch fast mechanisch. Er sollte

sich für den Jungen eine einfachere Sprache angewöhnen, dachte er.

Als sie endlich aus dem Gassengewirr traten und ihre Lohnkutsche fanden, stieg Koch kopfschüttelnd in die Karosse und fluchte sich die Niedergeschlagenheit vom Leib. «Nennen wir es nicht *Gängeviertel*, nennen wir es *Gangesviertel*.»

Jakob Löwenberg stand am Eingang der Turnhalle von St. Georg. Von den Geräten auf der *Langen Reihe* war nicht mehr viel übrig. Holz, Leder, selbst die Polsterfüllungen waren geplündert. Wie Gerippe lagen schwere Metallteile herum.

Die Frau, die, in eine Decke gewickelt, wie ein Sack quer über seinem Kreuz hing, hatte lange keine Geräusche mehr von sich gegeben. Jakob getraute sich auch nicht, nach ihr zu schauen. Ein Arzt im Kittel versperrte ihm den Weg, als er sie durch den Türbogen in den Raum tragen wollte. Im Inneren konnte er provisorisch aufgeschlagene Bettpritschen sehen, frische Laken, Decken mit dem Stadtwappen.

«Ich habe eine Kranke», beteuerte Löwenberg und drehte sich so, dass der Arzt das Bündel begutachten konnte. Doch das Leinen war vollständig über dem Körper geschlossen, nicht einen Blick konnte er erhaschen.

«Zeigen Sie sie mir!»

Behutsam nahm Löwenberg die Frau von der Schulter, setzte sich auf einen Treppenabsatz, stützte den dünnen, zerschlissenen Körper, der immer wieder wegsacken wollte, mit dem seinen und entfaltete das Laken. Das Gesicht kam zuerst zum Vorschein. Die Augen waren geschlossen, Speichel lief aus dem Mundwinkel der Frau. Der Arzt schaute skeptisch.

Löwenberg hob ihren Mund an seine Wange. In dem Moment, wo er ihr Gesicht zwischen Daumen und Zeigefinger hielt, um ihren Atemstoß gegen seine Haut zu lenken, kam der Kranken ein Wort über die Lippen: «Wasser.»

«Sie lebt!», beteuerte Löwenberg. Der Arzt rannte ins Innere der Turnhalle. «Doktor!», rief Löwenberg, doch der Arzt schien ihn nicht zu hören.

«Wasser», flehte sie erneut. Die Augen lagen tief in den Höhlen.

Löwenberg strich ihr über die Wangen. «Hilfe kommt», beteuerte er, «wir haben es beinahe geschafft.»

Die Lider fielen ihr zu. Mit geschlossenen Augen wimmerte die Frau zum dritten Mal um Wasser. Da endlich erschien der Arzt, einen Blechbecher in der Hand. «Es ist abgekocht», sagte er und reichte ihn Jakob. Der führte ihn an den Mund der Frau. Die Lippen wollten sich nicht öffnen. Der Arzt weckte sie mit leichten Schlägen auf die Wange. Da schlug sie die Augen auf. Jakob legte ihr den Becher an die Lippen, und gierig, mit tiefen Schlucken, sog sie das Wasser ein. Bald war der Becher leer, und der Arzt füllte ihn erneut. Jakob saß immer noch auf der Schwelle, die Frau auf seinem Schoß.

Als sie den dritten Becher leerte, sagte der Arzt: «Hier können Sie nicht bleiben, wir sind überfüllt. Ebenso das Haupthaus. Wenn Sie die Kraft haben, bringen Sie die Frau nach Eppendorf in die Obhut Dr. Rumpfs. Dort, hört man, gibt es noch freie Betten.»

«Ich bin fremd in Hamburg», sagte Löwenberg.

«Fragen Sie sich durch! Oder vertrauen Sie sie einer Krankenfuhre an! Falls es noch Platz gibt auf einer...»

Jakob Löwenberg seufzte. Doch war es nicht die reine Menschlichkeit, die ihm gebot, eine Todkranke nicht ihrem Schicksal zu überlassen?

Hedwig stand am Hafen und wusste nicht, wo sie Koch suchen sollte. Sie konnte ein Telegramm schreiben, aber wo war das nächste Telegraphenamt? Selbst wenn sie jetzt gleich eins aufgeben konnte, würde am Abend noch keine Nachricht zurückgekehrt sein. Also musste sie sich darauf einstellen, ein Fremdenzimmer zu suchen. Daran gab es keinen Mangel in dieser Stadt, die stets darauf eingestellt war, Gäste zu beherbergen.

Doch Hedwigs Barschaft war bescheiden, ihr gesamtes Hab und Gut – vor allem die Staffelei, Palette und Farben – trug sie auf dem Rücken.

Als sie ihre Börse gestürzt und gezählt hatte, stellte sich Ernüchterung ein. Viel mehr als eine Nacht würde sie sich nicht leisten können. Sie musste Koch am nächsten Tag finden! An der Wasserkante wurden von Ausrufern Zimmer feilgeboten, Schilder hingen an Hauseingängen, die Stadt schien leer gefegt, während der Hafen noch immer geschäftig war.

In Sylt hatten sie aus dem Fenster über das blassgrüne Dünenwogen aufs Meer schauen können. Sie wünschte sich ein Zimmer, wo dies möglich war, wenigstens auf die Elbe hinaus wollte sie blicken! Vielleicht könnte sie aus dem Fenster heraus noch den Hafen malen, dieses Gemenge aus Wasser, Holz, Stahl und Menschen. Sie suchte den nächstbesten Eingang mit dem Schild *Zimmer frei* und trat beherzt darauf zu.

3. Kapitel

*«Die Händler bieten keine Ware mehr auf den Straßen aus,
die Kutscher knallen nicht mehr, die Kinder spielen nicht
mehr. Die Menschen gehen wortlos aneinander vorüber,
ängstlich bemüht, nur nicht einander zu berühren. Jeder
fühlt, wie es mit unsichtbaren Händen nach ihm greift,
ihm den Bissen Brot vergiftet, den er essen will, ihm den
Atem verpestet, den er ziehen will. Das Leben schleicht
sich scheu in dem Schatten der Häuser entlang, drückt
sich an den heißen Mauern vorbei, berührt mit zittern-
dem Fuß den gelblich weißen Chlorkalk, der vor die Türen
hingestreut ist, und sieht sich ängstlich um, ob nicht der
Mörder ihm dicht auf den Fersen sei.»*

Jakob Löwenberg, Zeitzeuge der Choleraepidemie 1892 in Hamburg

Der schicksalsträchtige und für Hamburg ungewöhnlich wol-
kenlose 23. August 1892 ging zu Ende. Der Wind frischte auf
und blies die Hitzeglocke beiseite, unter der die Stadt seit Tagen gegart wurde. Schleierwolken am Himmel nährten trüge-
risch die Hoffnung auf Regen: Nach Ansicht vieler würde er die
Cholera-Miasmen endlich aus der Luft waschen und die Epidemie beenden.

Die Aufgabe war also groß, und Koch wusste, dass ihm nicht
viel Zeit blieb. Er eilte, noch im Licht der untergehenden Sonne,
den erst vor kurzem ernannten Direktor des neuen Allgemeinen Krankenhauses in Eppendorf aufzusuchen. Koch wusste,

dass Dr. Theodor Rumpf gute Arbeit leistete, hatte er doch als einer der wenigen Hamburger Ärzte einen von Kochs Cholera-Kongressen in Berlin besucht. Rumpf war also in der Lage, Vibrio-Bazillen zu identifizieren und zu isolieren, sie auf eine Nährlösung aufzubringen und daraus Stämme dieses Erregers zu züchten.

Auf dem Weg zur Stadt hinaus fielen Ole die Augen zu. Sein Hinterkopf war gegen die Polster gelehnt, die Mütze in die Stirn gerutscht. Der Mund stand offen.

Leise lächelnd betrachtete Koch den Jungen. Wider Erwarten war eine große Hilfe an seine Seite getreten. Darüber hinaus konnte er ihn gut leiden. Niemals hatte Koch einen Sohn gehabt. Und diesen Jungen hatte er in der kurzen Zeit in sein Herz geschlossen. Vielleicht konnte man sich weiterhin seiner Dienste versichern? Warum ihn jetzt wegschicken, da man so vertraut miteinander geworden war? Also weckte er ihn nicht, um ihn aus der Kutsche und auf den Heimweg zu befördern, sondern nahm ihn mit aufs Land, die Stadt hinaus nach Eppendorf.

Als sie schon beinahe über den Eilbek-Kanal waren, drang der Ausruf eines Zeitungsjungen an sein Ohr: «Quarantäne über Hamburg verhängt. Senat telegraphiert Ausbruch der asiatischen Cholera an den Kaiser!»

Es war der Aufmacher der Abendzeitung! Koch ließ sich ein Exemplar des Blattes in den Wagen reichen und überflog den Artikel. «... fühlten sich die hanseatischen Kaufleute genötigt, der Faust des Kaisers zuvorzukommen ...», las er mehr sich selbst als dem schlafenden Jungen vor. Ole sog tief Luft ein und drehte sich auf die andere Seite. Das Hemd klaffte über dem Bauch auf, und einer der eingesammelten Stinte rutschte auf das Polster. Koch ließ die Zeitung sinken und angelte nach dem Fisch.

«Was ist?» Schlaftrunken öffnete Ole die Augen.

Mit versonnenem Lächeln sah Koch vor sich hin. «Sie sind wie dein Fisch.»

«Ich verstehe nicht ...»

«Das Vertrauen der Reichsregierung haben sie längst verspielt.»

Ole sammelte den Fisch vom Polster und wollte ihn wieder unter sein Hemd stecken. Doch Koch zog eine Seite aus seiner Zeitung, um das Tier darin einzuwickeln. Mit einer Geste forderte er den Jungen auf, auch die übrigen Fische zum Einschlagen herzugeben. Ole legte die gesammelten Stinte fein säuberlich nebeneinander auf das Papier. Dann betrachtete er sie nachdenklich. «Wann kehren Sie nach Berlin zurück, Euer Wohlgeboren?», fragte er.

Koch spürte, dass den Jungen etwas bewegte. «Wenn meine Arbeit getan ist.»

«In ein paar Tagen?»

«Wenn es sein muss, in einem Monat. Oder in dreien. Wer weiß schon, wie lange die Epidemie andauert.»

Ole seufzte. «So lange kann ich nicht bei Ihnen bleiben, Euer Wohlgeboren. Mutter wartet. Unmöglich, sie allein mit den Geschwistern zu lassen.»

«Du willst ihnen ihr Abendbrot bringen?» Koch deutete auf die Fische auf der Zeitung.

Ole grinste breit und nickte. «Kennen Sie frisch gebratene Stinte? Mit geröstetem Brot? Köstlich!»

Koch musste lachen. «Wenn wir uns einmal wiedersehen, bereitest du sie für mich zu.»

Der Junge war sichtlich erleichtert. Er erhob sich vom Polster.

«Geh nur», ermunterte Koch ihn, obwohl er ihn nur schweren Herzens ziehen ließ, «ich komme schon zurecht.»

«Viel Glück!», sagte Ole noch. Dann tippte er mit dem Finger gegen seine Mütze, öffnete den Schlag und sprang aus der fahrenden Kutsche.

Die Anlage des neuen Krankenhauses, das das alte, viel zu kleine in St. Georg ablösen sollte, gefiel Koch außerordentlich. Weit vor der Stadt und ihrer Enge, von Obst- und Ziergärten umgeben und durchzogen von Kanälen und Sielen, lagen die Gebäude in einem Park wie hingestreut. Einige waren noch im Bau, der rote Backstein war nach der langen Trockenheit von Mörtel- und Wegestaub überpudert. Andere strahlten bereits in herrschaftlicher Pracht, mit Tympanon-Giebeln und Säulenzierrat an den Fassaden und auf den Dächern. Die modernen Regenrinnen waren aus Kupfer.

Koch betrat das Hauptgebäude, um nach dem Bureau des Direktors zu fragen. Der Steinboden gewährte Kühle, das schärfte Blick und Verstand. Ein Sekretär gab zur Auskunft, der Direktor sei in einem Blockhaus am Rande des Geländes zu finden, eine umgewidmete Bauhütte, die Rumpf provisorisch bezogen habe.

Als Koch sich dem Häuschen näherte, unter Birkenlaub, fühlte er sich wie in den russischen Wäldern. Das einfache hölzerne Gebäude war umgeben von niedrigen Obstbäumen. Das Neue Allgemeine Krankenhaus war licht und luftig – was für ein Gegensatz zum Gedränge St. Georgs!

Koch klopfte an die Haustür und hörte Schritte. Ein Mann mit Schnurrbart, ansonsten jedoch glatter Gesichtshaut, öffnete. Als er Koch erblickte, packte er ihn beherzt an den Schultern und schüttelte den zwei Köpfe Kleineren. «Dr. Koch! Sie schickt der Himmel!»

«Genauer gesagt war es Seine Majestät der Kaiser.»

Rumpf lachte wie ein Bär.

«Selbiges könnte ich von Ihnen behaupten, Dr. Rumpf», fügte Koch hinzu

«Warum?» Der Arzt schien irritiert.

«Ihre Vibrio-cholerae-Kulturen waren es, die das Kaiserliche Gesundheitsamt in Berlin davon überzeugt haben, dass es sich um einen Ausbruch der asiatischen Form handelt.»

«Dank Ihrer Lektion, Dr. Koch. Jetzt müssen wir nur noch den Hamburger Senat überzeugen.»

Koch winkte ab. «Haben Sie schon einen Blick in die Abendzeitungen geworfen?»

Rumpf verneinte.

«Die Quarantäne wurde verhängt, der Ausbruch offiziell nach Berlin gemeldet.»

«Endlich», sagte Rumpf erleichtert.

«Doch die bisher ergriffenen Maßnahmen sind vollkommen unzureichend.»

«Wir werden sehen, was folgt. Die Stadtvorderen müssen handeln.»

«Darauf sollten wir nicht warten!»

Rumpf schwieg beipflichtend.

«Gibt es Cholera-Patienten in diesem Krankenhaus, Dr. Rumpf?», fragte Koch.

«Ein Dutzend etwa.»

«Mehr nicht?» Koch war entsetzt. «In der Stadt sterben die Menschen wie die Fliegen! Das alte Krankenhaus in St. Georg ist hoffnungslos überfüllt. Die Turnhalle auf der *Langen Reihe* wurde schon zum Behelfsspital umgerüstet, doch der Platz reicht nicht.»

Rumpf senkte den Kopf. «Davon habe ich gehört. Doch wenn ich meine Pforten für alle öffne, karren sie mir die Siechen und

Leichen fuderweise vors Haus. Rennen mir die Tür ein, und ich kann mich um niemanden fachgemäß kümmern. Ich lasse den Patienten eine aufwendige Behandlung zukommen, erprobe eine Methode, die einer meiner Assistenzärzte eben erst eingeführt hat ...»

«Papperlapapp, Dr. Rumpf, das sind Wunschträume! Unter diesen Bedingungen ist beherztes Eingreifen entscheidend! Die Leute dürfen nicht auf den Straßen sterben. Bedenken Sie, welches Signal wir damit geben!»

Rumpf schwieg.

«Sie werden augenblicklich», fuhr Koch fort, «eine Quarantänestation eröffnen. Und ich werde Senator Hachmann auffordern, Holzbaracken errichten zu lassen, vielleicht ein Dutzend ...»

«Ein Dutzend Baracken?»

«Fürs Erste», bestätigte Koch. «Das Gelände ist doch groß.»

«Für wie viele Patienten?»

«Wenn es schlimm kommt, werden wir hier bald tausend Kranke haben, Dr. Rumpf, das wissen Sie. Wir benötigen jede Pritsche, die wir kriegen können!»

«Was veranlasst Sie zu dieser Prognose?»

«Wir haben das Gängeviertel gesehen, wir waren im Hafen. Die Auswanderer sind überall. Die armen Teufel in ihrer Unwissenheit haben die Bazillen eingeschleppt, sie verteilen sie vermutlich auch übers Stadtgebiet! Ein Wunder, wie gelassen die Hamburger damit umgehen.»

Dr. Rumpf holte tief Luft. «Diese Klinik ist aber noch nicht auf den Ansturm vorbereitet. Mehr als die Hälfte der Gebäude sind noch im Bau.»

«Mein lieber Theodor, Sie sind doch ein Mann der Tat.»

Rumpf hielt den Kopf gesenkt. «Ich war es stets, doch ...»

«... seien Sie es!», unterbrach Koch ihn. «Ohne Wenn und Aber.»

Damit war die Diskussion für ihn beendet. Er zog seine Tasche hervor und das Einweckglas heraus. «Apropos: Könnten wir heute noch eine Vibrio-Kultur aus dieser Flüssigkeit anlegen?»

Rumpf nickte. «Das Laborgebäude ist fußläufig.» Vorsichtig nahm er Koch das Glas aus der Hand und betrachtete die trübe Flüssigkeit. «Was ist das?»

«Hamburger Frischwasser. Aus der Leitung. Winterhude.»

«Und Sie vermuten Cholera-Bazillen darin?»

Koch zuckte mit den Schultern. «Undenkbares war darin: Fische, sogar Aale!»

«Im Trinkwasser? Wie ist das möglich?»

«Das müssen wir herausfinden. Und es ist nicht das einzige Rätsel.»

Als Rumpf und Koch zwischen die jüngst gepflanzten Obstbäume traten, wurden sie von Hilferufen aufgeschreckt. Sie kniffen die Augenlider zusammen, um besser sehen zu können. Da trat ein kleiner Mann mit dunklen Locken auf sie zu, er zog ein Bündel von seiner Schulter.

«Endlich», rief er und legte es vor den Ärzten auf den Boden. «Bitte, meine Herren Doktoren! Retten Sie diese Frau. Ich kann es nicht.»

Rumpf schlug das eng gewickelte Leinentuch beiseite. Er fühlte den Puls, während Koch ihr Gesicht besah. «Ihr Atem geht ruhig.»

«Das Herz ist stabil», bestätigte Rumpf.

«Hat sie gekrampft?», fragte Koch ihren Begleiter. Er hatte ein kluges Gesicht: Brillenträger.

«Sie stöhnte vor Schmerzen, stundenlang.»

«Wann?», fragte Koch.

«Letzte Nacht.»

Koch und Rumpf sahen sich an. «Wenn sie den Tag überlebt hat ...», sagte Koch schließlich.

«Sie scheint von guter Kondition zu sein.»

«Sind Sie ihr Ehemann?»

Erschrocken trat der Mann einen Schritt zurück. «Gott bewahre! Wir waren zufällig in derselben Pension.»

Die Blicke, die sich Koch und Rumpf nun zuwarfen, waren von anderer Natur. «Die Frau ist in Unterwäsche», bemerkte Rumpf streng.

Der Mann mit den dunklen Locken hob die Hände. «Ich habe sie gefunden, und sie bat mich um Hilfe. Dann habe ich sie hierhergebracht – mehr nicht.»

«Dies ist die Aufgabe der Krankenfahrer!», sagte Koch. «Die Gefahr ist groß, dass Sie sich angesteckt haben.»

«Es war keine Droschke zu beschaffen.» Wieder hob der Mann die Hände, um seine Unschuld zu bedeuten.

«Sie haben sie den ganzen Weg getragen? Eine Fremde?»

«Von St. Georg hierher», bestätigte er.

Erneut warfen sich Koch und Rumpf Blicke zu. «Wir schaffen sie in Baracke zwei.»

Rumpf nahm den ausgemergelten Körper, hob ihn auf und ging damit an Kochs Seite in der Dämmerung davon.

Als sie ein paar Schritte entfernt waren, wandte sich Koch noch einmal zu dem Mann mit den dunklen Locken um. «Verbrennen Sie Ihre Kleidung und waschen Sie sich sorgfältig. Mit abgekochtem Wasser!»

Dann ließen sie Jakob Löwenberg in der Dämmerung stehen.

Es war die Aussicht, die sie erwartet hatte. Die letzten Münzen ihrer Barschaft hatten ihr ein Zimmer ohne Frühstück beschert, aber es lag in der ersten Reihe, der Blick ging unverstellt über den Hafendeich hinweg, er verlor sich im Gewimmel der Masten und Schornsteine, und die *MS Normannia* lag in ihrer ganzen Schönheit vor ihr im Hafenbecken. Weißer Dampf stieg ins Blau, Hedwig griff gleich zum Öl. Diesen Moment einzufangen, gelang nicht mit Kohle. Die Farben änderten ständig ihren Ton, Hedwig hatte nicht einmal den Tornister ausgepackt, nur das Notwendigste, was sie zum Malen brauchte. Der Rest lag achtlos auf dem Bett.

Während sie den Schiffskörper zunächst umriss und dann mit Schraffuren füllte, wanderten ihre Gedanken zur Freundin an Bord, irgendwo im Bauch dieses eleganten Monstrums, dessen Inneres von Feuer beseelt war. Und als sie den Bug in den Blick nahm, um auch ja jede Schattierung des dunklen, metallischen Körpers zu erfassen, erblickte sie einen Pulk Menschen, es mochten, dreißig, vierzig, vielleicht mehr Personen sein, in dunklen Anzügen oder Kleidern, die von Uniformierten die Kaimauer entlang auf das Schiff zugetrieben wurden. Eine merkwürdige Prozession, deren Anlass sich Hedwig nicht erklären konnte. Aber auf eine unerklärbare Weise pflanzte sie Besorgnis in ihr Herz: Angst um ihre Freundin.

Hedwig malte, bis die Dunkelheit auch den letzten Rest Tageslicht verdrängt hatte. Dann verschwammen die Konturen. Sie ließ das Fenster offen stehen, legte sich so, wie sie war, aufs Bett und schlief augenblicklich ein.

Der Schiffskörper zitterte von der Kraft der Maschinen. Frieda hatte gespürt, wie der dritte der Motoren ansprang, nun stand also auch der letzte Schornstein unter Dampf, und es wäre nur eine Frage von Stunden, bis die *MS Normannia* mit ihrem Ziel Hafen von New York, auf der Halbinsel Manhattan, endlich ablegte.

Frieda hatte die enge Kabine verlassen und ihren Weg an Deck gefunden. Gustav war bereits eingeschlafen. Das Schiff schien voll belegt, selbst auf den Gängen drängelten sich die Passagiere. Sie sah an der Stelle über die Reling, wo das Fallreep am Nachmittag noch auf den Kai hinuntergeführt hatte. Nun lag es auf der Hafenmauer. Der Aufgang war mit einer Sperrkette verschlossen.

Die Passagiere der ersten und zweiten Klasse waren vollständig an Bord. Frieda sah auf die Kaimauer. Zum Heck hin war das zweite Fallreep noch fest mit dem Schiff vertäut. Und am Ende des Steges drängelten sich Menschen. Mehrere Dutzend, vielleicht fünfzig, überschlug Frieda. Sie tummelten sich am hafenseitigen Ende des Reeps, bevor sie sich, jeder einzeln, auf den Steg begaben und zum Schiffskörper hinankletterten. Mensch an Mensch, Körper an Körper, mit der Emsigkeit eines Ameisenstaates. Was waren das für Passagiere, die im Schutz der Dämmerung an Bord getrieben wurden?, fragte sich Frieda. Sie sehnte sich Hedwig herbei, um sich mit ihr austauschen zu können, doch die neu gewonnene Freundin war – sie wusste nicht, wo. Irgendwo im Gewimmel der Stadt, auf der anderen Seite des Flusses.

Frieda wandte sich ab und beschloss, sich neben Gustav auf die Pritsche zu legen, um ihr Glück im Schlaf zu suchen. Im Bett angekommen, legte sie sich auf den Rücken und schloss die Lider. Sie fiel in einen traumlosen Schlaf.

Im ersten Licht der Morgensonne nahm das Vibrieren der Maschinen zu. Dröhnend bäumte sich der Schiffskörper auf. Die Planken quietschten, als er sich in die Fluten neigte und drei Motoren gegen die Elemente zu arbeiten begannen. Gewaltige, noch vor wenigen Jahren nur von der Natur zu mobilisierende Kräfte trieben die *Normannia* an, als sie ihren Liegeplatz im Hamburger Hafen verließ und sich dem Strom der Elbe anvertraute.

4. Kapitel

«Gestern bin ich den ganzen Tag unterwegs gewesen von einem Hospital zum anderen, im Hafen zu den Auswanderern und auf die Schiffe. Es war mir zumut, als wanderte ich über ein Schlachtfeld. Überall Menschen, die noch wenige Stunden vorher vor Gesundheit strotzend und lebensfroh in den Tag hineingelebt hatten und nun in langen Reihen dalagen von unsichtbaren Geschossen dahingestreckt, die einen mit dem eigentümlich starren Blick der Cholera-Kranken, andere mit gebrochenen Augen, noch andere bereits tot: kein Jammern hört man, nur hier und da einen Seufzer oder das Röcheln der Sterbenden. Es ist ein Anblick, der selbst für den Arzt, und wenn er schon öfters Derartiges erlebte, immer etwas Grausiges hat. Das ist die Cholera, die hier offenbar in ihrer fürchterlichsten Gestalt aufgetreten ist. Wenn das Anwachsen der Epidemie in gleicher Weise wie in den letzten Tagen fortgeht, dann können sich schreckliche Zustände entwickeln.»

Robert Koch in einem Brief an Hedwig Freiberg am 25. August 1892

Am Morgen des 24. August begab sich Dr. Robert Koch in aller Frühe zum Rathaus. Als Bevollmächtigter der Reichsregierung hatte er mit der Quarantäneerklärung des Senats auch die Oberaufsicht über die Gesundheitsverwaltung an sich genommen. Dies war wenigstens die Absicht, und Dr. Koch sollte es durchsetzen. Der Bürgermeister und der Gesundheitssenator mussten noch in Kenntnis gesetzt werden.

Im Kopf war Koch die Maßnahmen auf dem Weg hierher durchgegangen: Sperrung des Hafens und der Bahnhöfe, um die weitere Verbreitung des Bazillus nach außen zu unterbinden, Verlängerung der Aussetzung des Schulunterrichts, Schließung der Märkte und Geschäfte, ausgenommen die Lebensmittelläden und Apotheken. Den größten Widerstand würde die Schließung der Börse hervorrufen, dem wirtschaftlichen Herzen der Hansestadt. Hier wurden die Güter, die von überallher ankamen und im Hafen gelöscht wurden, gehandelt; die Preise für Tee, Kaffee, türkische Teppiche, Zucker und vieles andere mehr im Kaiserreich ermittelt.

Vom Amtsdiener ließ er sich in Bürgermeister Versmanns Büro bringen. Der trat ihm jovial entgegen, streckte die Hand aus, doch Koch entgegnete: «Solange wir uns noch die Hände schütteln, haben wir den Ernst der Lage nicht erkannt.»

Versmann stockte kurz, dann teilte er mit: «Bürgermeister Mönckeberg lässt ebenfalls Grüße ausrichten. Er ist schwer erkrankt und nicht in der Lage, die Regierungsgeschäfte zu besorgen. Daher muss ich Sie bitten, mit mir vorliebzunehmen.» Versmann fasste Koch an der Schulter und dirigierte ihn wie ein Kind zur Tür. «Kehren Sie nach Berlin zurück und vermelden Sie, dass wir die Lage im Griff haben.»

Koch machte sich frei und blieb im Raume stehen. «Mit Verlaub: Sie haben was?»

«Die Lage im Griff. Gestern haben wir der Reichsregierung den Ausbruch der *Cholera Indica* vermeldet. Die Stadt befindet sich in Quarantäne. Gemeinsam mit den preußischen Gendarmen wird der Verkehr herein und hinaus streng kontrolliert. Was ist mehr zu tun?»

Koch benötigte einige Atemzüge, um die Behauptung zu verwinden, dann steuerte er auf einen Sessel zu, schob seine Brille höher und fragte: «Darf ich mich setzen?»

Versmann zögerte einen Moment. «Aber sicher.»

Gemessenen Schrittes umrundete er den Schreibtisch und nahm auf der anderen Seite Platz. Seine Miene drückte Unwillen aus.

«Ich konnte mir gestern einen Eindruck verschaffen», sagte Koch. «Darf ich kurz schildern?»

Mit einer Geste gestattete Versmann Koch fortzufahren.

«Sowohl im Hafen als auch in den Krankenhäusern, aber auch im Gängeviertel und in Winterhude: Überall habe ich dasselbe gesehen. Selbst ein Schiff konnte ich inspizieren.»

«Sie sind herumgekommen in unserer Stadt!»

«Nicht überall», fuhr Koch ungerührt fort, «waren die Maßnahmen dem Stand der Epidemie angemessen. Desinfektionswagen – solche jedenfalls, die dieses Namens würdig sind – habe ich keine entdeckt. Stattdessen fahren immer noch Sprengwagen herum, die den Staub niederschlagen. Eine völlig unzulängliche Maßnahme. Sie verkennt den tatsächlichen Charakter des Bazillus.»

«An trockenen Sommertagen ist dies bei uns üblich, unabhängig davon, ob eine Epidemie ins Haus steht oder nicht.»

«Die Epidemie steht nicht ins Haus, sie ist schon da», bemerkte Koch. «Laut Doktor Rumpf sind bereits Hunderte Patienten betroffen. Kennen Sie, Herr Bürgermeister, die Lage in St. Georg?»

Versmann schüttelte kaum wahrnehmbar den Kopf.

«Dort liegen Schwerstkranke und Tote auf den Gängen.»

«Wir haben die Turnhalle auf der *Langen Reihe* räumen lassen.»

«Sie ist überfüllt, kaum dass sie geöffnet wurde.»

«Woher haben Sie Ihre Informationen?»

«Ich war dort.»

Versmann starrte Koch an. Dann rief er: «Wir haben die Situation unter Kontrolle! Vermelden Sie dies Ihrem Kanzler!»

«Ich werde diese Stadt erst wieder verlassen, wenn ich Vertrauen in die Maßnahmen der hiesigen Regierung habe. Wir können uns keinen Infektionsherd im Reich leisten. Den Ausbruch zu marginalisieren, ist nicht die richtige Vorgehensweise.»

«Welche unserer Maßnahmen sind denn bitte schön unzureichend?»

«Es gelang nicht, die Infektionsherde wirksam zu isolieren und eine weitere Verbreitung zu verhindern.»

«Von welchen Infektionsherden sprechen Sie?»

«Ich war in den Baracken im Hafen. Von dort aus verbreiten sich die Komma-Bazillen in die Stadt.»

«Das stimmt nicht! Das Gelände ist abgeschirmt.»

«Gegen ein Handgeld an die Aufseher darf jeder hinein und hinaus.»

Das Gesicht des Senators und Zweiten Bürgermeisters war zur Maske erstarrt.

«Gehen Sie durch die Straßen», schlug Koch vor, «schauen Sie sich um. Die Symptome sind eindeutig. Der Erreger breitet sich aus.»

Der Bürgermeister ließ sich in seinen Sessel fallen. Mit blassen Lippen fragte er: «Welche Maßnahmen empfehlen Sie, Doktor Koch?»

Der Forscher zögerte nicht lange. «Verstärken Sie die Krankenfuhren. Erhöhen Sie die Zahl der Desinfektionsmannschaften. Kaufen Sie Karbol, so viel Sie bekommen können. Und, so leid es mir tut: Verstärken Sie die Mannschaften der Totengräber, wir werden sie brauchen.»

Der Bürgermeister stützte die Stirn in die Handflächen.

«Lassen Sie Massengräber ausheben», fuhr Koch fort. «Es gibt bislang kein wirksames Mittel gegen die asiatische Cholera – gar keines, Senator! Hunderte sind dem Tode geweiht, schon jetzt. Es werden Tausende werden, wenn Sie nicht handeln. Es hängt einzig an Ihrer Entschlossenheit.»

Es schien, als starre Versmann die Tischplatte an. Dann hob er den Kopf und sah Koch in die Augen. «Eine Katastrophe für unsere stolze Stadt.»

«In der Tat: eine Katastrophe. Aber es liegt an uns, wie viele Menschen sterben werden.»

Koch gab seinem Gegenüber einige Minuten, um die Tragweite des Gesagten zu verinnerlichen.

Nach einer Weile ergänzte Versmann: «Wir haben für zehn Uhr am Vormittag eine außerordentliche Sitzung des Senats und aller mit dem Medizinalwesen befassten *Amts-Physici* einberufen, um über die Lage zu beraten ...»

«Warum weiß ich davon nichts?», fragte Koch.

«Nun wissen Sie es ja ...» Er hob den Blick. «Gern können Sie später zu der Sitzung dazustoßen. Wo Sie nun schon einmal hier sind.»

Koch kniff die Lippen zusammen. Nicht viele nahmen sich heraus, so mit dem Entdecker des Tuberkelbazillus zu reden ...

«Darf ich Sie nun bitten, draußen zu warten? Ich muss mich auf die Sitzung vorbereiten.»

Auf Versmanns Geheiß führte der Amtsdiener den Wissenschaftler vor den Sitzungssaal und bat ihn, so lange dort auszuharren, bis man ihn hereinrufe. Koch zog seine Uhr aus der

Westentasche: Es war noch nicht einmal neun. Drei geschlagene Stunden wollte man ihn warten lassen! Um seine aufgebrachte Stimmung zu dämpfen, entschied er sich, das Rathaus zu verlassen und – gemäß der Pettenkofer'schen Theorien – frische, unverbrauchte Luft zu atmen.

Als er vor das Gebäude trat, war der Himmel strahlend blau, wie seit Wochen – ungewöhnlich für die Hansestadt. Kaum war er die wenigen Stufen der Freitreppe hinuntergegangen und auf dem Vorplatz stehen geblieben, da entdeckte er in einiger Entfernung eine junge Dame in hochgeschlossenem Kleid und einem Cape. Etwas an ihrer Art, sich zu bewegen, traf ihn mitten ins Herz. Schnell wusste er, aus welchem Grund: Ihre Körperhaltung, die Art, wie sie einen Fuß vor den andern setzte, erinnerte ihn an Hedwig. Der Anblick versetzte ihm einen Stich. Es war eine Ewigkeit her, seitdem er sie auf Sylt zurückgelassen hatte. Doch dort war sie in Sicherheit. Die Angst, die er um sie empfand, zeigte ihm, wie tief die Liebe war.

Aufmerksam beobachtete Koch die scheinbar vertraute Gestalt. Der Hut, die braunen Locken ... Sein Atem ging schneller, fiebrige Gedanken jagten einander. Die Dame, die eine nicht zu leugnende, verblüffende Ähnlichkeit mit Hedwig besaß, kam weiter auf ihn zu. Sie trug sogar einen Tornister auf dem Rücken, das erkannte Koch an den Riemen über der Schulter, und plötzlich ein Schrei, und schon war ihre Miene ein einziges Erkennen. Dann lief sie auf ihn zu ...

Koch versteinerte. Sein Äußeres mobilisierte Widerstand, doch sein Herz klopfte wie rasend. «Was tust du denn hier?»

Hedwig hatte ihn noch nicht ganz erreicht. Hatte die Arme ausgebreitet, um ihn zu empfangen, doch nun hielt sie inne. Die Hände fielen kraftlos zurück an ihre Flanken, Tränen sprangen ihr in die Augen. «Freust du dich denn nicht, mich zu sehen?»

Koch war immer noch zu fassungslos, um seine Starre zu überwinden. «Ich habe dich doch gewarnt ...», stammelte er.

Hedwig senkte den Kopf. «Ich weiß, Geliebter. Aber ich war in solcher Angst um dich ...»

Koch wollte ihr seine Verzweiflung ins Gesicht schreien: Wie sie es wagen könne, sich solchem Risiko auszusetzen! Eine Stadt des Todes zu besuchen, wo sie doch bereits in Sicherheit gewesen war! Doch er sah auch die Tränen in ihren Augen, die enttäuschte Vorfreude ... Und spürte, wie glücklich er war, sie zu sehen.

Koch trat einen Schritt näher. Hedwig hob den Kopf. Aus wunden Augen sah sie ihn an. Da erstarb jede Wut. Endlich fielen sie sich in die Arme und wollten lange nicht voneinander lassen.

Dann, nachdem die erste Sehnsucht gestillt war, nahm Koch etwas Abstand, um Hedwig zu betrachten. Ihre Taille hielt er weiter in seinen Händen. «Wie kommst du überhaupt hierher?»

«In Munkmarsch hieß es, dies sei die letzte Verbindung nach Hamburg – für lange Zeit. Da bin ich an Bord gegangen.»

«Hamburg steht unter Quarantäne, das weißt du?»

«Aber es laufen immer noch Schiffe den Hafen an.»

Aus Kochs Gesicht war das Blut gewichen. «Bist du sicher?»

«Aber ja doch! Als unser Postschiff einlief, lag die *Normannia* unter Dampf. Sie fährt unter amerikanischer Flagge, Ziel New York.»

«Woher weißt du das?»

«Ich lernte ein junges Paar kennen. Sie sind auf Hochzeitsreise dorthin.»

«Hat das Schiff schon abgelegt?»

Hedwig nickte. «Gestern. Und in der Nacht noch sind Menschen an Deck gegangen ... viele.»

«In der Nacht?»

«Darf das nicht sein?», fragte Hedwig mit Bangen in der Stimme.

«Selbstverständlich nicht!»

Er zog die Uhr aus seiner Westentasche. Es war noch nicht halb zehn. Er konnte es nicht erwarten, vor die Senatoren und Abgeordneten der Bürgerschaft zu treten und ihnen die Leviten zu lesen!

Koch ergriff Hedwig am Arm – und drückte heftiger zu als beabsichtigt. Sie schrie auf vor Schmerz. «Verzeih!», bat er und bedauerte aufrichtig. Doch hier konnte Hedwig nicht bleiben. Nun hätte er den Jungen gebrauchen können! Aber Ole war zu seiner Familie zurückgekehrt.

Während er sie zum Warteplatz der Mietdroschkenfahrer brachte, erteilte er ihr Instruktionen: Sie solle nach Eppendorf hinausfahren und Dr. Theodor Rumpf, den Direktor des Neuen Allgemeinen Krankenhauses, aufsuchen. Sie könne sich vertrauensvoll an ihn wenden, er sei ein alter Freund. Rumpf werde sie beherbergen und auf sie achtgeben, bis er, Koch, aus der Stadt zurückgekehrt sei. Unmittelbar nach Beendigung der Senatssitzung werde er ihr folgen, um dann ihr Wiedersehen gebührend zu feiern.

«Du schickst mich schon wieder fort?» Sie blieb stehen. «Jetzt, da ich froh bin, dich gefunden zu haben?»

Er zog sie weiter. «Nur zu deiner Sicherheit.»

Koch tat entschlossen, obwohl es innerlich schmerzte. Als sie vor der Mietdroschke standen, sah er ihr tief in die Augen. «Der Totentanz hat noch nicht einmal richtig begonnen.»

«Das war mir vollkommen bewusst.» Hedwig ergriff seine Hand. «Ich wollte bei dir sein. Ich kann nicht einfach herumsitzen und auf schlechte Kunde warten. Verstehst du das nicht?»

«Ich bitte dich», sagte er mit brechender Stimme. «Tue von jetzt an, was ich dir sage!»

Die Kutsche fuhr an, und Koch sah ihr lange nach. Dann zog er erneut die Uhr aus der Westentasche, warf einen Blick darauf und ging die wenigen Treppenstufen hinauf ins Rathaus.

«Haben Sie meine Frau getroffen?», war das Erste, was Koch Rumpf fragte, als er ihn überraschend vor dem Saal traf. Dabei konnte es doch gar nicht sein. Die beiden Männer warteten darauf, dass sie hereingerufen wurden. Im Saal war es hoch hergegangen. Die Partei, die sich für den Schutz der Gesundheit in der Stadt starkmachte, war in der Minderheit. Die Mehrheit wollte die Wirtschaftskraft erhalten. Und beide Fraktionen bekämpften sich mit äußerster Härte.

«Ihre Frau?», fragte Rumpf erstaunt.

Allein die Rückfrage war Antwort genug.

«Sicherlich haben Sie sich verpasst», sagte Koch. «Sie war auf der Suche nach Ihnen.»

«Ich begab mich hierher, Dr. Koch, sobald ich gesehen hatte, wie die Bazillen-Kolonie zu wuchern begann.» Endlich hatte Koch Augen für die Bazillen. «In einer Geschwindigkeit – so etwas habe ich noch nie gesehen. Wie kommt der Erreger ins Hamburger Trinkwasser?»

Koch zuckte mit den Schultern. «Ich weiß es nicht. Aber es ist das Erste, was wir herausfinden müssen.»

Koch und Rumpf hatten gerade das Nötigste miteinander abgestimmt, da wurden sie endlich in den Versammlungssaal gerufen.

Als sie ihn betraten, waren die Versammelten ruhig und diszipliniert. Alle saßen auf ihren Plätzen. Nichts deutete auf die vorangegangene Auseinandersetzung hin. Allein Bürgermeister Versmann stand am Rednerpult.

«Dr. Koch, Dr. Rumpf, bitte entschuldigen Sie, dass wir Sie warten ließen. Der Senat und die Bürgerschaft haben einen Beschluss gefasst.»

Koch hielt die Luft an. Er wechselte einen kurzen Blick mit Rumpf, der ebenso angespannt wirkte.

«Wir werden uns unter Ihre Maßgaben fügen. Vollständig.» Versmann hielt dem Blick des Arztes stand. «Und nun bitte ich Sie, Dr. Koch, das weitere Vorgehen zu erläutern.»

Koch räusperte sich kurz, holte tief Luft. Und reihte dann die allerwichtigsten Maßnahmen aneinander: Möglichkeiten zum Abkochen des Hamburger Wassers auf den Straßen. Plakate zur Warnung vor dem Genuss nicht abgekochten Wassers. Unverzügliche Schließung der öffentlichen Bäder, ebenso der Börse und des Hafens. Rohes Obst und Gemüse dürfe nicht mehr vom Wagen auf der Straße verkauft werden, auch nicht von den Booten im Hafen. Befallene Häuser und Kammern müssten augenblicklich desinfiziert werden. Die Zahl der Desinfektionskolonnen sei zu vervielfachen, ebenso die Zahl der Totengräber. Hamburg müsse sich auf Tausende Erkrankte und schlimmstenfalls ebenso viele Todesopfer einstellen. Alle Schulen sollten bis auf weiteres geschlossen bleiben. Der Hafen stehe ja bereits unter Quarantäne, aber sie müsse streng durchgesetzt werden. Alle öffentlichen Tanzvergnügungen seien abzusagen!

Die Versammlung ächzte angesichts der Liste der Grausamkeiten, die Koch den Hamburgern abzuverlangen gedachte. Die Stadt sollte – im Kampf gegen den Tod – allen Lebens beraubt werden!

Aber Koch war noch nicht am Ende: Ab sofort seien keine Besuche mehr in Gefängnissen, im Arbeitshaus, im Armenhaus und ähnlichen Einrichtungen gestattet. Außerdem solle man Sorge tragen, dass ein von einem gewissen Dr. Paul Sachse, Geheimen Sanitätsrat in Berlin, leicht verständlich abgefasstes und in Berlin erprobtes Flugblatt mit dem Titel *Schutzmaßregeln gegen die Cholera* gedruckt und verteilt werde.

Als Koch geendet hatte, hätte man eine Nadel im Sitzungssaal fallen hören. Die Stimmung war feindselig. Die Erwähnung der Hauptstadt brachte die Herren in Harnisch, das spürte Koch. Unterordnung war immer noch nicht die Haltung der Hamburger. Und würde es wahrscheinlich niemals sein.

Er beschloss, noch einen letzten Satz zu sagen: «Ich bitte Sie, zum Schutz von Menschenleben alles zu tun, was in Ihrer Macht steht, um die Verheerungen der schlimmsten Epidemie, die Hamburg in der modernen Zeit gesehen hat, zu begrenzen. Und zwar», er warf über die Gläser seiner Nickelbrille hinweg einen strengen Blick in die Runde, «Sie alle! Jeden Einzelnen von Ihnen!»

Als Koch und Rumpf vor die Tür traten, fing der Saaldiener die beiden Herren ab: «Gesundheitssenator Hachmann wünscht Sie zu sprechen. Seine Droschke steht vor dem Rathaus bereit.»

Erstaunt sah Koch Rumpf an.

Der Saaldiener gab keine weitere Auskunft. Er wandte sich ab und ging seiner Wege.

Wenn der Berg nicht zum Propheten kommt, dachte Koch in sich hineinlächelnd, dann kommt der Prophet eben zum Berg.

Der Mietkutscher ließ die Gäule vor dem Haupteingang des Klinikums halten. Mit tastenden Schritten trat Hedwig hinaus. Sie schwang den Tornister, den sie in der Kutsche auf dem Schoß verwahrt hatte, auf ihren Rücken. So war er besser zu tragen. Nach der Nacht im unbequemen Bett einer lauten Pension fühlte sie sich erschöpft. Die ganze Zeit über waren Menschen gekommen und gegangen, es war einfach keine Ruhe eingekehrt. Hedwig ertappte sich dabei, wie sie sich kurz nach der Stille Sylts sehnte ...

Dort war von Cholera nicht das Geringste zu spüren gewesen. Hier hingegen bestürmten sie die Bilder und Geräusche der Seuche in einem fort.

Etwas abseits hatte eine Krankenfuhre gehalten, stöhnende und krampfende Patienten wurden ausgeladen. Hedwig sah, wie ein Kranker, der sich in Krämpfen wand, schon von einem Straßenhund beschnüffelt wurde. Der Mann schrie in Panik, bis einer der Transporteure kam und den Hund mit einem Tritt vertrieb.

Die Malerin wandte sich vom Leiden und Sterben ab und betrat das Hauptgebäude. Tröstliche Kühle umfing sie. Hedwig verharrte einen Moment, schloss die Augen, um die Stille zu genießen, dann sprach sie jemanden an. Das Büro des Direktors, so erfuhr sie, sei auf dem ersten Stock gelegen.

Niemand hinderte sie daran, die Treppe hinaufzugehen. Das Büro war leicht zu finden, eine akribische Aufstellung der Zimmer und ihrer Funktionen auf einer Emailletafel im Treppenhaus wies den Weg. Das Spital machte einen geordneten Eindruck. Wenn dies vom Direktor ausging, war es ein gutes Zeichen.

Hedwig atmete tief durch und klopfte an die Tür des Vorzimmers. Eine Schwester in Tracht, mit dem Wappen der Hansestadt an der Stirnseite der Haube – das dreitürmige Stadttor auf rotem Grund –, empfing sie.

«Ich muss zu Dr. Rumpf», bat Hedwig.

Über eine spitze Nase hinweg sah die Schwester sie an. «Das sagen viele. Wer sind Sie?»

«Die Assistentin Dr. Kochs», erklärte Hedwig, der Weisung ihres Geliebten gemäß. Augenblicklich errötete sie angesichts der Haltlosigkeit der Lüge.

«Ich weiß von keiner Assistentin.»

«Dr. Koch war schlichtweg nicht in der Lage, mich anzukündigen, da er nichts von meinem Eintreffen wusste.» Hedwig senkte den Kopf. Ein Schritt zur Ehrlichkeit war getan.

Wieder beäugte die Schwester Hedwig misstrauisch. «Wie denn, wenn Sie seine Assistentin sind? Wie konnte er nicht von Ihrer Ankunft wissen? Handeln Sie eigenmächtig? Gegen seinen Willen?»

Hedwig spürte, dass das Rot nicht weichen wollte. «Es war ein Missverständnis.»

«Soso, ein Missverständnis. Dann muss ich Sie bitten, Dr. Rumpfs Rückkehr abzuwarten. Er ist hier der Direktor, und Dr. Koch ist sein Gast.»

«Kann ich vielleicht Dr. Kochs Zimmer aufsuchen? Ich bin erschöpft. Er sagte mir, er bewohne hier einen Gebäudetrakt.» Hedwig spürte, wie ihre Beine zu zittern begannen. Ihr Magen rumorte, sie war ohne Frühstück geblieben.

«Davon weiß ich nichts», sagte die Schwester.

Hedwig sah den Boden schwanken. Die Beine drohten ihr wegzusacken.

«Ich möchte Sie bitten, draußen ...»

Die Stimme der Krankenschwester klang, als käme sie aus einem Tunnel. Hedwig sah ihre Lippen sich bewegen, doch die

Wörter konnte sie kaum noch verstehen. Ihr Blickfeld verengte sich. Es war, als würde sie durch ein Nadelöhr schauen.

«Ist Ihnen ...?», hörte sie die Schwester noch sagen. Dann brach sie zusammen.

Das Aufschlagen auf den Dielen spürte sie nicht.

An der Alster entlang fuhr die Droschke des Gesundheitssenators. Koch war der einzige Passagier, Rumpf hatte es vorgezogen, unverzüglich an seinen Platz im Eppendorfer Klinikum zurückzukehren.

Koch überkam das ungute Gefühl, dass die Kutsche nicht auf dem schnellsten Wege ihr Ziel ansteuerte. An der Außenalster angekommen, verlangsamte sie sogar die Fahrt, um Koch einen angenehmen Blick zu gewähren. Was dachte sich der Senator? War Koch ein Tourist auf der Suche nach Sehenswürdigkeiten?

Je länger der Wissenschaftler auf die enorme Wasserfläche mitten in der Stadt hinaussah, desto mehr nahm ihn der Anblick gefangen: Das von stetem Wind bewegte Blau erweckte den Eindruck von Frieden, Ruhe. Hier und da knatterten Segel zwischen den breiten Schilfgürteln, allerdings auf der gegenüberliegenden, der Harvestehuder Seite. Sicherlich hatte Hachmann diesen Eindruck beabsichtigt: das Bild einer gesunden Stadt. Zumindest hier, am Alsterufer, war es beinahe wahr.

Ja, in diesem Teil der Stadt schien der Tod noch fern. In anderen war er bereits ständiger Begleiter auf den Straßen und in den Gassen.

Die Kutsche hielt vor einem mehrstöckigen Haus mit Ziergiebeln aus Stuck. Das Mauerwerk zwischen den Fächern aus weißen Balken waren rote Ziegel: die Farben der Stadt. Ein Diener im Frack öffnete, Koch wähnte sich in England.

Der Butler führte Koch durch ein Vestibül mit orientalischen

Teppichen und Kronleuchtern in einen geräumigen Salon zu ebener Erde. Gesundheitssenator Hachmann hatte sich mit der Grandezza eines Sultans auf einem bequemen, zweisitzigen Sofa platziert. Als Koch den Raum betrat, erhob er sich und kam auf ihn zu.

«Dr. Koch», rief er erfreut, «Exzellenz! Wenn ich von Ihrem höchstpersönlichen Auftritt im Rathaus erfahren hätte, wäre ich selbstverständlich hinzugeeilt.» Er reichte ihm die Hand.

Koch überwand seine Abneigung. Die Jovialität des Gesundheitssenators war ansteckend.

«Der berühmte Entdecker des Tuberkulin!», polterte Hachmann, während sie Hände schüttelten. Hachmanns Gesicht war rot angelaufen, es schien dessen natürliche Farbe zu sein. Die Adern, die es durchzogen, waren dunkelrot.

Koch vermochte die Züge nicht zu ergründen, die hinter dem Bart lagen. Die Erwähnung des Tuberkulin war zweischneidig. Sie konnte auch als Frechheit gelten. Der Wirkstoff, der sich als unwirksam erwiesen hatte, war das bei weitem umstrittenste Verdienst des Wissenschaftlers. Anders als seine Entdeckung des Erregers war die Tuberkulose-Medizin keine Erfolgsgeschichte.

«Dies ist wohl nicht die rechte Art, einen Gesandten Seiner Majestät des Kaisers zu begrüßen. Nicht einmal in Hamburg», entgegnete Koch. «Allerdings habe ich Ihre Anwesenheit bereits bei meinem Eintreffen vermisst.» Kochs Gesichtsausdruck war freundlich, doch die Worte waren scharf und deutlich gesprochen.

Hachmann blieb gelassen. «Sie sind ein Mann des offenen Visiers, Dr. Koch. Das schätze ich sehr.»

Mit generöser Geste bat er Koch, an seiner Seite Platz zu nehmen. Der blieb stehen.

«Wenn Sie offene Worte schätzen, dann hören Sie dies: Wertvolle Zeit ist verstrichen, Gesundheitssenator, Menschen haben gelitten und sind gestorben, während die Verantwortlichen – auch Sie – die Epidemie geleugnet haben. Gegen besseres Wissen. In Altona, das unter preußischer Ägide steht, ist seit dem 16. August die Quarantäne ausgerufen, Senator. Und hier?»

Hachmann beugte sich vor. Seine Augen waren klein, der Wangenbart zitterte. Koch vermeinte, Alkohol zu riechen. Er trat einen Schritt zurück, Hachmann folgte ihm.

«Altona, Dr. Koch, hat auch keinen Hafen. Altona ist wirtschaftlich ein Zwerg. Hamburg ist ein Riese. Und auch Berlin – möchte ich meinen – will diesen Riesen nicht straucheln sehen. Sonst stürzt das Reich.»

«Es geht nicht um Wollen. Es geht um die Zwangsläufigkeit der Geschehnisse. Sie zwingen zum Handeln. Wenn diese Epidemie um sich greift, wird der Riese nicht nur straucheln, sondern stürzen. Und sich womöglich nie mehr erheben, weil jeder vierte seiner Bewohner gestorben sein wird.»

Hachmanns Augenlider verengten sich. «Wie kommen Sie zu solchen Zahlen, Dr. Koch?»

«Der Bazillus verbreitet sich stetig und gleichmäßig in der Stadt. Über welche Wege, ist uns noch nicht eindeutig bekannt.»

Unmerklich hatte der Senator den Kopf gesenkt. Nun hob er ihn wieder, um Koch in die Augen zu schauen. «Sie haben doch bereits veranlasst, dass die Menschen abgekochtes Trinkwasser bekommen. Ihre Maßnahmen reichen weit, Dr. Koch. Was also wollen Sie noch? Unseren Ruin?»

Koch musterte Hachmann. Er erriet, warum die Kutsche so langsam – und einen Umweg – gefahren war: Der Gesundheitssenator war bereits über alle Beschlüsse, alle Vorgänge im Rathaus informiert.

Es dauerte einen Moment, bis er wieder Herr seiner selbst war. «Sie kennen, Senator, die Auswirkungen dieser Krankheit? Den Verlauf?»

Hachmann schwieg.

«Es beginnt mit einem unbestimmten Unwohlsein, tief in den Gedärmen, manchmal begleitet von einem Gefühl leichter Taubheit. Dem folgen heftige und langanhaltende Anfälle von Erbrechen und Durchfall. Es ist, als laufe man an allen Körperöffnungen aus. Die Ausscheidungen werden immer dünner. Am Ende schießt es aus Ihnen hinaus wie Reiswasser. Haben Sie, Senator, schon einmal Reiswasser gesehen?»

Wortlos starrte Hachmann Koch an.

«Auf diese Weise verlieren die Opfer ein Viertel ihres Körpergewichts. In dieser Phase sind sie bereits dem Tode geweiht. Aufgrund des Wasserverlustes verdickt sich das Blut. Die Organe können nicht mehr arbeiten. Nicht die Lunge, nicht der Magen, die Nieren, das Herz. Die Haut wird blau und wellig. Die Augen der Opfer sinken immer tiefer in die Höhlen und verlieren ihren Glanz. Hände und Füße sind eiskalt und beginnen abzusterben, da sie nicht mehr durchblutet werden. Der Körper wehrt sich gegen den Verfall. Die Organe krampfen, das kostet wertvolle Energie. Die Umgebung wird den Sterbenden immer gleichgültiger – wenn sie bei Bewusstsein sind. Manchmal hat Gott ein Erbarmen und nimmt es ihnen. Dann ist es nur eine Frage von Minuten, bis das Herz oder die Nieren versagen.»

Hachmann wollte etwas sagen, doch seine Stimme brach. Mit schwacher Geste wies er noch einmal auf den freien Platz auf dem Sofa. Diesmal ließ Koch sich bitten.

«Manche sagen, Dr. Koch», befand Hachmann, als er wieder

zu Stimme gekommen war, «Sie seien einer der glänzendsten Wissenschaftler des Kaiserreichs.»

Koch schlug das Bein über, sagte aber nichts.

«Ich werde den Teufel tun, einer Koryphäe wie Ihnen, Exzellenz, zu widersprechen, aber ich bitte Sie: Behalten Sie das Wohl dieser Stadt im Auge! Ohne florierende Wirtschaft werden wir binnen kürzester Zeit ein Heer von Armen haben. Die sterben nicht an der Cholera, sondern am Hunger! Nicht binnen Stunden, sondern über Jahre. Eine Stadt wie diese ist wie ein Körper: Wenn man ein Organ herausschneidet, kollabieren die anderen.»

Koch wiegte den Kopf. Er hatte nicht vor, sich beirren zu lassen. «Wir wissen, wie sich diese Krankheit verbreitet. Wir können ihre Verbreitung stoppen. Daher ist es nicht hilfreich, Schiffe in die Welt zu schicken.»

Hachmann streckte Koch die Hand entgegen. «Schlagen Sie ein. Ich werde Ihnen ein verlässlicher Partner sein.»

Koch zögerte. «Warum haben Sie nicht früher gehandelt, Senator?»

Hachmann sprach langsam, aber mit fester Stimme: «Ich gebe zu, ich habe die Seuche unterschätzt.»

Da schlug Koch ein.

«Ich werde meinen Senatsassessor anweisen, Dr. Koch», fuhr Hachmann fort. «Teilen Sie Ihre Wünsche mit, ich werde sie umsetzen.»

Koch erhob sich zum Gehen. Als er auf der Türschwelle stand, sagte Hachmann: «Dr. Koch, wir sind Verbündete in diesem Krieg gegen die Seuche, keine Feinde.»

Koch warf ihm einen langen, prüfenden Blick zu. «Das wird sich erweisen.»

Hedwig schlug die Augen auf und fand sich auf einer Krankenpritsche wieder. Abendsonne fiel durch die Oberlichter, nicht weit von ihr entfernt lag eine weitere Patientin. Dann hörte sie, wie Flüssigkeit aus ihrem Körper entwich. Das Plätschern auf dem Boden aus Stein oder Lehm klang, als gösse jemand eine Waschschüssel aus. Hedwig schrie um Hilfe.

Schritte näherten sich rasch, bald stand eine Schwester an ihrem Bett. «Leiden Sie unter Krämpfen? Haben Sie Durst?»

«Ich bin nicht krank, ich will bloß zu meinem Mann», rief Hedwig.

«Sie sind zusammengebrochen, vor unseren Augen!», erinnerte die Schwester.

«Ich war schwach und überfordert. Ich kann mich jederzeit aus diesem Bett erheben.» Hedwig setzte ein Bein auf den Boden, es war kalt, ein Zittern durchfuhr sie, dann versuchte sie, das zweite aufzusetzen und sich aufzurichten.

Die Schwester schob sie zurück auf die Pritsche. «Ohne Erlaubnis des Arztes darf ich Sie nicht aufstehen lassen.»

«Ich bin keine Gefangene, lassen Sie mich!»

Die Schwester nahm entsetzt Abstand, entfernte sich und kehrte kurze Zeit später mit einem Arzt zurück.

«Sie wünschen?», fragte er sehr höflich.

Die Anwesenheit des Mannes beruhigte Hedwig auf eigentümliche Weise. Kraftlos sank sie zurück. In einer üblichen Routine gefangen, begann der Arzt, Hedwig zu untersuchen. «Mein Name ist Karst, Ludwig Karst. Bitte lehnen Sie sich entspannt zurück.»

Hedwig zeigte sich folgsam. Vorsichtig schlug Karst die Decke zurück, ebenso das leinene Krankenhemd und tastete mit der flachen Hand ihren Bauch ab. Dann berührte er ihre Stirn, begutachtete ihre Pupillen, maß ihren Puls und vollführte noch zwei oder drei Handlungen, deren Zweck Hedwig nicht einordnen konnte.

«Ich kam hierher, um meinen Verlobten zu treffen.»

«Dies ist kein Ort für ein Rendezvous», schmunzelte er.

Hedwig schüttelte den Kopf: «Mein Mann ist ebenfalls Wissenschaftler.»

«Kenne ich zufällig seinen Namen?»

Hedwig senkte die Stimme. «Eigentlich darf ich gar nicht hier sein.»

Als sei dies ein Spiel unter Kindern, senkte Karst ebenfalls die Stimme: «Verraten Sie mir seinen Namen! Ich sag's nicht weiter.»

«Es handelt sich um Doktor Robert Koch.»

Der Arzt nahm Abstand. Ungläubig lächelte er sie an. «Der große Epidemiologe? Ich wusste nicht, dass er in Hamburg lebt...»

«Lebt er nicht», beteuerte Hedwig, «er wurde gerufen.»

«Soso. Und warum sollte er hier sein?»

«Weil der Kaiser das so will. Das Kaiserliche Gesundheitsamt, um genau zu sein. So stand es auf dem Telegramm.»

Karst warf der Schwester einen Blick zu. Die Erwiderung war ebenso ratlos.

«Und wie kommen Sie hierher, wertes Fräulein?», fragte Karst weiter.

«Koch hat mich herbeordert.»

«Ihr Zukünftiger?»

«Genau. Er sagte, ich solle Doktor Rumpf aufsuchen.»

Dr. Karst ergriff Hedwig an beiden Schultern und drückte sie sanft, aber unerbittlich auf die Matratze. «Nun ruhen Sie sich erst einmal aus. Schließen Sie die Augen, beruhigen Sie sich, dann sehen wir weiter.»

Hedwig wollte sich wehren, doch ihr Widerstand erlahmte, sobald sie lag. Sie war unendlich müde und wollte nur noch eines: schlafen.

Senator Hachmann führte Koch auf die Stufen der Freitreppe vor seinem Haus. Die Außenalster glitzerte im Mondlicht. Jenseits des Gewässers loderten große Feuer – Dutzende. Koch wies auf den flackernden Schein. «Der reine Aberglaube, Senator Hachmann. Diese Pestfeuer reinigen keineswegs die Luft. Überhaupt muss man sich um die Luft keine Sorgen machen. In Indien konnte ich nachweisen, wie wohl sich die Cholera-Vibrionen im Wasser fühlen. Die Feuer sind ganz und gar überflüssig.»

«Aber wenn die Leute daran glauben? Lassen Sie ihnen doch ihren Glauben, viel mehr haben sie nicht.»

Koch wollte in Hachmanns Miene lesen, ob er seine Worte auch ernst meinte. Doch niemand konnte hinter dieses Gesicht schauen.

«Darf ich eine Probe aus dem Leitungswasser Ihres Hauses nehmen?»

«Wozu?»

«Ich erzähle Ihnen, Exzellenz, eine Geschichte von weit her: Ein ganzes Dorf wusch seine schmutzige Wäsche in ein und demselben See, denn es war das einzige Wasser, das sie hatten. Und in diesen See, aus dem sie auch ihr Trinkwasser entnahmen, leerte das ganze Dorf seine Koteimer aus. Als die Cholera ausbrach, waren binnen kürzester Zeit alle Einwohner infiziert. Die Cholera breitet sich über die Ausscheidungen aus, Senator Hachmann. Die Menschen haben sich dort systematisch immer wieder selbst contagiert. Die Todeszahlen in diesem kleinen Dorf waren die höchsten in ganz Indien.»

Hachmann sah den Wissenschaftler durchdringend an. «Ich mag eine einfache Natur sein, Dr. Koch, dem Weine zugetan und auch anderen Vergnügungen. Doch so dumm, mich der neuen Zeit zu verschließen, bin ich nicht. Allwöchentlich wartet die Wissenschaft mit atemberaubenden Erkenntnissen auf. Und Sie sind ein äußerst anerkannter Wissenschaftler. Ich respektiere Sie und Ihre Forschungen.»

Die Männer schwiegen. Es war ein gemeinsames, einvernehmliches Schweigen. In die Stille hinein fragte Koch: «Wie kommen die Choleraerreger ins Hamburger Trinkwasser?»

Der Senator sah weiter auf die Außenalster hinaus, als habe er die Frage überhört. Koch schloss aus, dass er schwerhörig war. Viel wahrscheinlicher war, dass er genau diese Frage nicht beantworten wollte. Und die Antwort sehr wohl wusste.

«Gewiss werden Sie nach Eppendorf zurückkehren wollen», stellte Hachmann fest.

«Wären Sie so freundlich, mir eine Kutsche zu ordern», bat Koch.

Der Senator hielt einen Finger in den Wind, nachdem er ihn zuvor mit der Zunge befeuchtet hatte. Dann sagte er: «Kommen Sie!»

Gemeinsam überquerten sie den Uferweg der Alster. Ein Bootssteg führte mitten hinein in einen Schilfgürtel. Es war nicht zu erkennen, wo er endete. Ohne zu zögern, betrat Hachmann den Steg.

«Wollen Sie etwa schwimmen, Senator?»

Hachmann ging weiter. Seine Schritte polterten über den Steg. Alles an diesem Mann polterte. Koch folgte dem Senator geräuschlos, bevor er sich im Dämmerlicht verlor. Seine Schritte waren kürzer, der Rhythmus schneller. Rechts und links Röhricht. Leises Plätschern, das die Schilfstängel umspielte. Bald darauf endeten die Bohlen. Sie erreichten das offene Wasser. Es war schwarz wie die Nacht. Das Boot lag so tief darin, dass Koch es erst im letzten Moment entdeckte.

Da war Hachmann schon hineingesprungen. Er hängte die Ruder in die Dollen und reichte Koch die Hand. Der sprang hinterher, ohne sie zu ergreifen. Hachmann machte die Leine los. Das Boot schwankte und schlug Wellen. Koch hielt sich rechts und links an der flachen Bordwand fest, obwohl er bereits auf der Bugbank saß. Hachmann jedoch, dieser Baum von Mann, bewegte sich wie ein Wiesel auf dem schwankenden Untergrund. Schließlich schob er das Boot mit einem beherzten Stoß vom Steg. Der Senator handhabte Leinen und Ruder, als sei dies – und nicht das Studium von Akten und Vorlagen – sein tägliches Geschäft.

Als der Nachen schon hinaustrieb, nahm der Senator endlich auf der Ruderbank Platz. Immer noch klammerte sich Koch an die Bordwand. Die Alster war nicht sehr einladend um diese Tageszeit. Sternenglanz funkelte auf der Oberfläche, darunter aber war schwarzer Abgrund. Die jenseitige Uferlinie war durch die Cholerafeuer gut zu erkennen. Doch sie war weit und der Weg dorthin ein dunkles Nichts. Schon hatte der Gesundheitssenator die Holme gepackt und legte sich in die Riemen.

«Sie wollen mich nach Eppendorf *rudern*?», fragte Koch befremdet. Die Dollen ächzten unter dem kräftigen Zug des Senators. Das Boot nahm Fahrt auf, Koch spürte Wind in den Haarstoppeln.

«Ich war Juniorenmeister meines Jahrgangs, Dr. Koch. Zum Mühlenteich und zurück, das war meine Trainingsstrecke.»

Er nahm weiter Fahrt auf, und Koch zweifelte keinen Moment an diesen Worten.

Senator Hachmann querte die Außenalster an der Stelle, wo die Mündung des Flusses in den angestauten See überging. Dann schwenkte er mit ein paar kräftigen Schlägen den Bug nach steuerbord, bog in den Flusslauf ein und ruderte ein Stück alsteraufwärts. Obwohl die kleinere Schwester der Elbe träge dahinfloss, zwang ihn die Strömung dazu, stärker zu arbeiten.

Sie querten die Mündung des Goldbekkanals, blieben aber auf der Alster. Vereinzelt standen Häuser am Wasser. Auch wenn der Flusslauf direkt durch ihre Gärten führte, fühlten sich deren Bewohner unbeobachtet. Sie lebten ihr Familienleben mit Handarbeit und Gesang, mit offenem Feuer im Kamin, und scherten sich nicht darum, wer gerade vorüberfuhr. Hier, an der Eppendorfer Alster, war von den tödlichen Gefahren der Seuche nichts zu spüren. Zumindest nicht zu nachtschlafender Zeit.

Das Schweigen der Männer dauerte an, doch als Wind und Strömung schwächer wurden – und bevor sie den Eppendorfer Mühlenteich erreichten –, brachte Hachmann doch noch ein Thema auf. «Ein Wort, bevor ich Sie entlasse: Wenn Sie sich Anerkennung in dieser Stadt erarbeiten wollen, Dr. Koch, bringen Sie Ihr Privatleben in Ordnung!»

«Mein Privatleben?» Koch schürzte die Lippen. «Das ist in Ordnung. In bester Ordnung sogar.»

Der Mond spiegelte sich auf Hachmanns Gesicht. «Sie haben eine Geliebte. Eine Frau, die beinahe dreißig Jahre jünger ist als Sie selbst. Sie leben in Trennung von Ihrer Ehegattin.»

«Das Scheidungsverfahren ist in Gang. Doch die Mühlen der Justiz – ach, was sage ich Ihnen, Senator, das wissen Sie doch am besten. Ich lebe schon lange nicht mehr im gemeinsamen Haushalt mit meiner ersten Frau. Die Trennung ist öffentlich, und ich muss mich allein vor dem Scheidungsrichter dafür verantworten.»

«Scheidung?» Hachmann spie einen Laut aus. «Hat man jemals von Scheidung in ordentlichen Verhältnissen gehört? Das tut doch ein Mann Ihres Formats nicht, Dr. Koch! Denn es leistet jenen Kräften Vorschub, die alle Sitte und allen Anstand zerstören wollen.»

«Was tut denn ein *ordentlicher Mann* Ihrer Meinung nach? Betrügt seine Frau, ohne darüber zu reden?»

Hachmann äußerte seine Missbilligung durch einen abfälligen Laut. «Diese Kokotte ist doch keine Ehefrau! Eine Schauspielerin! Oder war sie Malerin? Dr. Koch, *je vous en prie!* So etwas taugt zur Geliebten, doch nicht zur Gattin!»

Innerlich versteinerte Koch auf der Bugbank. Als Hachmann Hedwig erneut beleidigte, verschloss er sich ganz. «Ich glaube, dies ist ein Punkt, den ich nicht mit Ihnen erörtern will.»

«Die Öffentlichkeit hat ihr moralisches Urteil gefällt, Koch. Halten Sie Ihr Privatleben bedeckt, solange Sie hier in Hamburg wirken, das ist alles, was ich Ihnen raten kann. Man munkelt, Sie haben gar Ihre Geliebte in die Stadt geholt ... Ich prophezeie Ihnen: Wenn das bekannt wird ... Das sind keine Zustände. Die Zeitungen werden über Sie herfallen!»

Ein Glück herrschte Dunkelheit, Hachmann konnte die Röte in Kochs Gesicht sicher nicht sehen. «Mein Privatleben ist mein Privatleben. Es geht keinen Menschen etwas an», presste der Forscher schließlich heraus.

«Sorgen Sie dafür, dass es so bleibt, Dr. Koch.»

Hachmann hob das Ruder und trieb längsseits an einen hölzernen Steg. Das Anlegemanöver war untadelig. Mit knappen Worten wies Hachmann noch den Weg zum Spital. Dann entließ er Koch in die Dunkelheit.

Als Koch nun schon die zweite Nacht in Folge auf dem Rumpf'schen Kanapee verbringen wollte und er sich gerade auf den knarzenden Federn niedergelassen hatte, hörte er, wie Rumpf an das Sofa trat.

«Dr. Koch?»

«Was gibt's denn noch?», fragte Koch unfreundlicher, als er eigentlich beabsichtigt hatte. Kaum war sein Kopf auf einem – wenn auch unbequemen – Sofakissen gebettet, übermannte ihn die Müdigkeit dieses überlangen Tages. Es fiel ihm schwer, die Augen erneut zu öffnen.

Durchaus überraschend setzte sich Rumpf auf die Sofakante. Der Direktor des Neuen Allgemeinen Krankenhauses zögerte und seufzte dann, bevor er zu sprechen begann. «Die Zahl der Opfer schießt in die Höhe. In Ohlsdorf kommen die Totengräber nicht nach. Es ist fürchterlich.»

Mit einem Mal war Koch hellwach. «Das war absehbar, wir haben darüber geredet. Die Bevölkerung muss so schnell wie möglich informiert werden.»

Rumpf nickte. Zumindest war es das, was Koch in der Dunkelheit vermutete. «Gestern erst haben wir zwei Holzbaracken provisorisch auf dem Gelände errichtet. Die erste war am Abend schon derart überfüllt, dass wir die zweite vollends belegen können, sobald der letzte Nagel eingehauen ist. Die armen Menschen verbringen die Nacht unter freiem Himmel. Wir kommen einfach nicht nach ...»

«Wertvolle Zeit wurde vertan», sagte Koch.

Rumpf räusperte sich. «In der neu eröffneten Damenbaracke gibt es eine Patientin, die verlangt energisch nach Ihnen.»

Koch lachte auf. «Ich wüsste nicht, dass ich in Hamburg noch eine Verehrerin aus meiner Assistenzarztzeit habe ...»

«Wie man hört, haben Sie nicht nur eine Verehrerin ...»

Koch überhörte dieses Angebot eines Herrengesprächs.

Rumpf entfaltete derweil ein Telegramm und wollte es Koch übereichen, doch der hatte seine Brille schon abgelegt und fand sie auch durch Tasten nicht wieder. «Lesen Sie es mir doch bitte vor, Dr. Rumpf, wenn Sie so freundlich wären!»

Rumpf drehte die Flamme des Gaslichts auf und zog die Falten des Papiers glatt. Irritiert bemerkte er: «Es sind nur zwei Worte.»

«Nun lesen Sie schon!»

«Altona --- solution», las Rumpf vor.

«Von wem kommt diese Nachricht?», fragte Koch. Er war nun wieder hellwach.

Rumpf untersuchte den Zettel, Vorder- wie Rückseite. Dann sagte er: «Da steht nur ein L.»

«Wer soll das sein?»

«Es gibt viele Namen mit ‹L› in Hamburg. Können Sie sich einen Reim darauf machen, Dr. Koch?»

Er streckte seine Beine aus, sie ragten über die Lehne hinaus. Er wollte nur noch aufhören zu denken. «Heute werden wir keine Lösungen mehr finden. Lassen Sie uns schlafen, Dr. Rumpf. Morgen ist auch noch ein Tag.»

Rumpf erhob sich von der Sofakante. «Gute Nacht, Dr. Koch. Schlafen Sie wohl!»

Als er endlich allein war, fand Koch dennoch keine Ruhe. Ein Gedanke drängte sich ihm auf, den er für den Großteil des Tages unterdrückt hatte. Doch nun war er wieder da – mit Macht: Wie mochte es Hedwig ergangen sein? Seit ihrer Trennung vor dem Rathaus hatte er nichts mehr von ihr gehört. Und Rumpf hatte kein Wort darüber verloren, ob sie etwa in Eppendorf eingetroffen war...

So viele Gedanken er auch wälzte, Koch kam zu keinem Ergebnis. Ihm blieb nichts anderes übrig, als den nächsten Morgen abzuwarten.

Glücklicherweise hielten die Sorgen dem andrängenden Schlaf nicht stand. Bald war er eingeschlafen.

Zum Frühstück hatte Rumpf es sich nicht nehmen lassen, ein *english breakfast* vorzubereiten: Gebratene Eier waren über jeden Verdacht erhaben, Krankheiten zu übertragen. Koch trug bereits seinen zerschlissenen Laborkittel. Sein Plan war, so viele wie möglich der vor Ort befindlichen Patienten auf den Cholera-Bazillus zu untersuchen und damit die betroffenen Stadtteile zu ermitteln.

Koch sah Rumpf zu, der sehr gewandt Speck, Tomaten, Bohnen, Bratkartoffeln, Rührei zubereitete.

«Leben Sie allein, Dr. Rumpf?»

Rumpf zog ein schiefes Lächeln. «Ich hatte wenig Gelegenheit, nach einer Gattin Ausschau zu halten. Die Arbeit hält mich gefangen, Tag für Tag. Das kennen Sie vermutlich.»

Koch nickte. «Man muss auf den Zufall hoffen.»

«Ihnen ist er ja anscheinend hold.»

«Wie meinen Sie das?»

«Man hört, dass Sie im reifen Alter das Glück hatten, auf eine reizende Frau zu treffen.»

Koch versuchte, eine Haltung aus Rumpfs Miene zu lesen, eine Meinung zu diesem Umstand, wie beinahe jeder Mensch ihm eine Meinung zu seinen privaten Verhältnissen aufdrängte. Doch vollkommen arglos präsentierte der Arzt ihm das warme Frühstück. Der nahm sich Brot und begann, es in die warmen Bohnen zu tauchen.

«Welchem Zufall haben Sie dies angenehme Schicksal zu verdanken?»

Koch lachte auf. «Einem ganz gewaltigen.»

«Bitte, Exzellenz, erzählen Sie!», flehte Rumpf und ließ sich an der gegenüberliegenden Kante des Tisches nieder.

«Auch auf die Gefahr hin, dass das Frühstück erkaltet?»

Rumpf nickte.

«Nun gut. Aber bitte, legen Sie es mir nicht als Eitelkeit aus.» Koch räusperte sich. «Ich war zu dem berühmten Porträtisten Professor Graef geladen, der für einen dieser elend langen Flure in der Berliner Gesundheitsbehörde ein Bild von mir anfertigen sollte.»

Rumpf nickte, während er Ei auf seine Gabel nahm.

«Zu jener Zeit war meine Verlobte Assistentin dieses Porträtmalers.»

«Assistentin», wiederholte Rumpf mit Unterton.

«Hedwig malt ganz passabel in Öl und fertigt Skizzen in Kohle an. Bemerkenswerte Versuche ...»

Die Erinnerung übermannte Koch und ließ ihn verstummen. Eine Weile schwiegen sie.

«Ich habe», begann Rumpf dann unvermittelt, «in Gedanken die ganze Nacht über diesem Telegramm zugebracht.»

«Mir ging es ebenso», stimmte Koch zu. Er sah auf. «Und zu welcher Lösung sind Sie gelangt?»

Dr. Rumpf legte die Gabel auf den Teller und faltete die Hände darüber, gerade so, als bete er. Dann pfiff ein Wasserkessel, und Rumpf erhob sich, um den Tee aufzugießen.

Koch ließ seinen Blick über Teller und Tassen wandern. «Alles heiß zubereitet. Sie befolgen die Hygieneregeln auf das Strengste, lieber Kollege.»

«Ich bevorzuge das englische Frühstück nicht nur in Zeiten der Epidemie.»

Koch nahm einen Bissen, Rumpf begann zu sprechen. «Wer

immer Ihnen das Telegramm sandte, irgendwie muss er zu der Überzeugung gelangt sein, die Lösung des Rätsels sei in Altona zu finden.»

«Aber warum *Solution*? Was hat das lateinische Fremdwort in so einem Sachverhalt zu suchen?»

Rumpf schüttelte den Kopf. «Womöglich ist es ein Wissenschaftler, der schreibt? Der sich einer gebildeten Wendung bedienen will.»

«Mag sein.» Koch kaute und dachte gleichzeitig nach. «Altona», sprach er vor sich hin, «warum ausgerechnet Altona?»

«Es wird preußisch verwaltet und steht seit zwei Wochen unter Quarantäne. Alle Maßnahmen, die Sie selbst, Dr. Koch, und Ihr Institut für Preußen und das Reich entwickelt haben, werden dort eingehalten.»

«Traten dort die ersten Fälle auf?»

Rumpf verneinte. «Soweit ich weiß, traten die ersten *echten* Cholera-Fälle unter Hafenarbeitern auf. Im Nachhinein ist jedoch schwer zu ermitteln, ob es tatsächlich bereits die gefährliche asiatische Cholera war ... Womöglich gab es gelinde Verläufe weit vorher.»

«Gibt es Auswanderer in Altona?»

«Was sollten sie dort? Sie halten sich meist in der Nähe des Freihafens auf – und in billigen Quartieren wie etwa dem Gängeviertel. Außerdem würden sie die Grenzkontrollen scheuen. Man gelangt derzeit nicht so einfach auf Hamburger Stadtgebiet. Aber falls – wie Sie ja vermuteten – die Ansteckung durch die Fäkalien Infizierter die Regel sein sollte, ist Altona besonders ungünstig gelegen.»

«Warum?», fragte Koch.

«Es liegt elbabwärts. Alle Hamburger Abwässer landen letztlich in der Elbe. Aus dem Hafen, aus der Stadt, alles geht dort hinunter, Richtung offenes Meer. Und Altona bezieht für gewöhnlich sein Frischwasser daraus. Also, falls jemand am Abwasser erkrankt, dann sollte es dort sein.»

Koch starrte Rumpf aus großen Augen an. Das Rührei auf seinem Teller erkaltete. «Sie sagen es! Es müsste ein Brennpunkt der Seuche sein. Aber ist es das?»

Rumpf sah Koch genauso erstaunt an: «Meines Wissens nicht. Das wäre uns doch zu Ohren gekommen. Nein, Altona scheint sauber.»

«Ich werde an Stabsarzt Weisser nach Berlin kabeln. Er kennt sich dort aus. Und wir werden Proben aus der Elbe nehmen.»

«Die Kranken werden zu Hunderten eingeliefert, Dr. Koch», mahnte Dr. Rumpf. «Die neue Baracke ist schon jetzt voll belegt!»

«Lassen Sie zehn weitere errichten. Solange wir nichts Genaues über die Ansteckungswege wissen, müssen wir mit dem Schlimmsten rechnen.»

«Sie wollen also zuerst nach Altona?»

«Zuerst möchte ich mir Ihre Cholerakranken anschauen, Dr. Rumpf. Und ein paar Proben nehmen. Wir müssen weitere Kulturen ziehen, rasch, um ganz sicherzugehen.»

Seite an Seite betraten die Doktoren die Baracke. Noch lag der Geruch frisch verarbeiteten Holzes in der Luft. Nur ganz allmählich wurde er von anderen Aromen überlagert: Menschliche Ausdünstungen legten sich über den Harzgeruch. Das scharfe Karbol-Aroma schwebte als Grundton über allem. Und in der Agonie der Krampfenden und um ihr Leben Kämpfenden lag die Stille des Todes.

Schwestern waren damit beschäftigt, Kranke zu waschen,

die sich mit ihren eigenen Ausscheidungen besudelt hatten. Nach jeder Handlung tauchten sie ihre Hände in eine Schüssel Karbolsäure. Da dieses Desinfektionsmittel aus der ersten Jahrhunderthälfte die Haut in Mitleidenschaft zog, waren die Schwestern nicht nur an roten Hauben, sondern auch an ihren geröteten Händen zu erkennen.

«Woher beziehen wir eigentlich unser Wasser, Dr. Rumpf?»

«Dieses Haus, meinen Sie?»

Koch nickte.

Rumpf wies auf einen Zinkblechtank. «Wir erhalten es von der Bille-Brauerei auf dem Bullenhuser Damm, in einem Tankwagen, zweimal täglich. Dann wird es abgekocht.»

«Und woher bezieht die Bille-Brauerei ihr Wasser?»

«Soweit ich weiß – und wie der Name es schon andeutet – aus dem Flüsschen Bille, das bei dem Stadtteil Hammerbrook in die Elbe mündet.»

«Wir sollten auch dieses Wasser untersuchen – bevor wir es abkochen.»

Dr. Rumpf nickte. «Ich werde Proben nehmen und mikroskopieren.»

Koch schaute sich weiter um. Sein Blick war zufrieden mit dem, was er sah. «Und die Fäkalien?»

«Die Eimer werden stündlich geleert. Und der Boden der Baracke wird dreimal täglich mit Karbolsäurelösung besprüht.»

«Was geschieht mit den Toten und deren Kleidung?»

«Die Kleidung wird verbrannt, die Bettwäsche gekocht, bevor wir sie wiederverwenden. Das Bettgestell und alles, was der Tote hätte beschmutzen können, wird desinfiziert. Das gilt auch für sämtliche medizinischen Instrumente, die im Einsatz waren: entweder abgekocht oder desinfiziert, am besten beides.»

Koch nickte. «Kein frisches Obst oder Gemüse für die Kranken! Nichts, was nicht vorher abgekocht wurde!»

«Dr. Koch», Rumpf senkte den Kopf, «es gibt in der ganzen Stadt kein frisches Obst mehr, seitdem die Quarantäne verhängt wurde. Es sei denn, man bezahlt ein Vermögen. Überhaupt», fuhr er fort, «hat sich die ohnehin miserable Qualität der Nahrungsmittel seit Verhängung der Quarantäne noch verschlechtert. Der Wasseranteil an der Frischmilch ist gestiegen.»

«Milch wird mit Wasser gestreckt?»

Rumpf nickte. «Und man zahlt ein Vermögen für die gepanschte Milch!»

«Wir müssen die Menschen davor warnen!»

Krankenschwestern und Assistenzärzte hatten sich um die beiden geschart. Wie von einem Bienenschwarm umschwirrt schritten Koch und Rumpf die Reihen der Betten ab. Nur die Mutter Oberin war nirgends zu sehen. Die Gestelle standen dicht an dicht, von der Stirnseite der Baracke bis zu deren Ende in wohlgeordneter Reihe. Kein einziges war unbelegt. Die Fenster waren weit geöffnet, die weißen Leinenvorhänge wehten im Wind – endlich: Wind!

Die meisten Patientinnen lagen in niedrigen Betten, nur eine Handbreit über Bodenhöhe.

Dann, beinahe zum Ende des Saales hin auf der zweiten Reihe der linken Seite, entdeckte Koch eine Frau, deren Anblick ihn wie ein Wetterschlag traf. Er stürmte den Gang entlang, lief förmlich auf sie zu. Sie setzte sich in ihrem Bett auf, gerade rechtzeitig, bevor er sie erreichte. Koch ließ sich auf der Bettkante nieder, nahm Hedwigs Gesicht in beide Hände, küsste sie, die Welt vergessend, Liebesschwüre flüsternd. Er sah ihr prüfend in die Augen. «Hast du Krämpfe, Liebes? Fieber?»

Hedwig verneinte.

«Warum zum Teufel bist du dann hier? Unter lauter Schwerkranken und Contagiösen?»

Direktor Rumpf hatte zu ihm aufgeschlossen. Mittlerweile war auch die Oberschwester an seiner Seite. Beide starrten Hedwig an, als wäre sie von den Toten auferstanden.

«Sie kennen diese Frau?», fragte Rumpf.

«Dies», Robert Koch räusperte sich, «ist just die Dame, über die wir beim Frühstück sprachen: meine Verlobte Hedwig Freiberg.»

«Dame?», wagte die Oberschwester mit den streng zum Dutt gezogenen Haaren zu fragen.

Röte und Scham übermannten Koch. Immer wieder brachte ihn Hedwig in solche Situationen! Das war schwer auszuhalten für einen Wissenschaftler. Auf der anderen Seite liebte er diese kreative Impulsivität, den kleinen Trotzkopf unter den langen, dunklen Haaren.

«Warum», stieß Rumpf hervor, «bringen Sie, um alles in der Welt, Ihre Verlobte an diesen Ort?»

«Ein Irrtum, der sich schnell aufklären lässt. Sie war auf der Suche nach Ihnen, Dr. Rumpf! Ich hatte niemals vor, sie hierher ...»

«Nach mir? Aber wer hat sie denn hierherbefohlen?»

Hedwig öffnete den Mund, um Antwort zu geben, schloss ihn jedoch rasch wieder, als sie Kochs Blick gewahr wurde.

«Dr. Rumpf», sprach der mit Entschlossenheit, «es ist das Recht eines jeden Mannes, sich in solch einer lebensbedrohlichen Situation der Anwesenheit eines geliebten Menschen zu versichern. Ich selbst bat Fräulein Freiberg, auf gut Glück die Passage nach Hamburg anzutreten und mich aufzusuchen. Zu diesem Zweck gab ich ihr den Namen Ihres Krankenhauses, des einzig sicheren Anlaufpunkts, den ich hatte. Nur wurde sie hier offenbar für eine Cholerapatientin gehalten.»

«Ich fand sie bewusstlos auf einem der Wege, Dr. Koch», stammelte nun die Oberschwester, «... ich nahm an, dass sie wegen der Cholera hier ist ... wie alle.»

«Meine Frau ist gesund! Wie können Sie nur auf die Idee kommen, sie hier in dieser Cholerahölle aufzubewahren? Wir benötigen, Dr. Rumpf, eine kleine Wohnung auf dem Klinikgelände. Dann werde ich Ihnen nicht weiter zur Last fallen – und meine Verlobte ebenso wenig.»

«Sie beide? In einer Wohnung? Auf dem Klinikgelände?» Rumpf sah skeptisch vom einen zur anderen. Hedwig schmiegte sich an ihren Zukünftigen.

«Ja, wohin wollen Sie meine Verlobte sonst schicken, Herr Kollege?» Koch redete sich in Rage. «Hamburg ist eine durchseuchte Stadt und Fräulein Freiberg eine Fremde! Wohin soll sie sich denn wenden?»

Rumpf starrte zu Boden.

«Und wenn es zwei Pritschen im Labor sind, Dr. Rumpf, wir nehmen damit vorlieb. Nur trennen lassen wir uns nicht mehr.»

Hedwig legte den Arm um ihn, die Mutter Oberin rümpfte die Nase. Auch Rumpf seufzte. «Ich betrachte dies als einen Befehl, dem ich mich nicht widersetzen kann.»

«Wenn Sie so wollen», sagte Dr. Koch.

Freuen konnte er sich nicht über diesen Sieg. Nach innen empfand er nichts als Niederlage. In was für eine untragbare Situation hatte Hedwig ihn manövriert!

In nacheilender Freundlichkeit überließ Dr. Rumpf dem Kollegen und seiner Geliebten das Direktorenhäuschen am Rande des weitläufigen Geländes. In der großen Küche, auf ebendem einfachen Holztisch, an dem sie gefrühstückt hatten, richteten sie einen behelfsmäßigen Laboraufbau ein. Rasch hatte Rumpf nach einem Fleischer geschickt, um Blut zu beschaffen. Konzentriert und wortkarg hatten sie daraus eine Nährlösung bereitet. Dann holten sie die Einweckgläser mit den Proben und öffneten eines nach dem anderen. Schließlich brachten sie Abstriche auf die Nährböden aus. Dann mussten sie abwarten. In diesem Sommer war es warm genug, ohne Brutkästen auszukommen, die das Wachstum der Bazillen beschleunigten. Sorgfältig schirmten sie die Kolonien vor Verunreinigung ab und stellten sie in die Küchenschränke. Das Rumpf'sche Porzellan stapelten sie hingegen an geeigneten Orten der Küche auf.

Ein Assistenzart namens Dr. Karst brachte, während die Männer bei der Arbeit waren, Proben aus dem Darm einer Gestorbenen. Auch diese wurde abgestrichen und auf die Nährlösung appliziert. Nachdem er zunächst jeden Handgriff der Wissenschaftler verfolgt hatte, sah sich Karst gründlich in der Laborküche um.

«Was suchen Sie, Dr. Karst?», fragte Rumpf.

«Ich wollte mich nach dem Wohlergehen meiner Patientin erkundigen.»

«Welcher Patientin?»

«Die auf dem Weg aufgefunden wurde, bewusstlos. Ich war der Erste, der sie untersuchen durfte.»

«Und da ist Ihnen nicht aufgefallen, dass meine Braut nicht an der Cholera erkrankt ist?», fragte Koch.

«Ihre Braut? So müssen Sie Robert Koch sein, der berühmte Wissenschaftler?»

Karst reichte ihm die Hand.

«Das Händeschütteln sollten wir uns in diesen Zeiten lieber abgewöhnen», bemerkte Koch kühl.

Schweigen senkte sich zwischen die Männer. Während Rumpf und Koch allfällige Handlungen verrichteten, trat Karst verlegen von einem Fuß auf den anderen. «Sie ist wohl nicht am Ort, die Dame?»

Koch sah von seiner Probe auf. «Es geht ihr gut, sie ist in guten Händen. Sie schläft in der Baracke und ist gesund.»

Dr. Karst lachte gezwungen. «So kann ich mich ganz beruhigt zurückziehen?», fragte er nach einer weiteren unangenehmen Minute des Schweigens.

«Bedenkenlos», entgegnete Koch.

«Würden Sie meine besten Genesungswünsche ausrichten?»

«Wie gesagt, es geht ihr gut. Morgen verlässt sie die Baracke.»

Immer noch zögerte Karst. «Und eine Entschuldigung, untertänigst», brachte er schließlich heraus.

«Eine Entschuldigung? Wofür?»

«Dass ich ihr nicht glauben wollte ...»

«Was glauben?»

«Dass sie wegen Seiner Exzellenz nach Hamburg kam! Dass sie die Verlobte des ehrwürdigen Medizinal- und Geheimrats Robert Koch ist.»

Koch schwieg. Er betrachtete die Unterhaltung als beendet. Karst blieb für einen Moment unschlüssig, dann wandte er sich mit militärisch korrekter Wendung ab und verließ den Raum.

Die beiden Männer arbeiteten nebeneinanderher, ein jeder in seine Gedanken versunken. Rumpf war es, der nach einer Weile das Wort ergriff.

«Es hätte dieses Beweises nicht bedurft, um zu zeigen, warum ich mir Sorgen mache.»

Koch schwieg beharrlich. Er hatte die Anspielung verstanden. Doch empfand er sie als Vorwurf. Schließlich brach es aus ihm heraus: «Was wollen Sie? Soll ich meine Verlobte verleugnen?»

5. Kapitel

«Das Wort ‹in den Sack stecken› war gar keine Redefigur; es fehlte bald an Särgen, und der größte Teil der Toten wurde in Säcken beerdigt. Als ich vorige Woche an einem öffentlichen Gebäude vorbeiging und in der geräumigen Halle das lustige Volk sah, die springend munteren Französ'chen, die niedlichen Plaudertaschen von Französinnen, die dort lachend und schäkernd ihre Einkäufe machten, da erinnerte ich mich, dass hier während der Cholerazeit, hoch aufeinandergeschichtet, viele hundert weiße Säcke standen, die lauter Leichname enthielten, und dass man hier sehr wenige, aber desto fatalere Stimmen hörte, nämlich wie ein Leichenwächter mit unheimlicher Gleichgültigkeit ihre Säcke den Totengräbern zuzählten und diese wieder, während sie solche auf ihre Karren luden, gedämpfteren Tones die Zahl wiederholten oder gar sich grell laut beklagten, man habe ihnen einen Sack zu wenig geliefert, wobei nicht selten ein sonderbares Gezänk entstand. Ich erinnere mich, dass zwei kleine Knäbchen mit betrübter Miene neben mir standen und der eine mich frug: ob ich ihm nicht sagen könne, in welchem Sacke sein Vater sei?»

Heinrich Heine, Augenzeuge der Choleraepidemie 1830 in Paris

Am nächsten Morgen wäre Koch am liebsten gleich zu Hedwig geeilt. Als reine Vorsichtsmaßnahme – niemand konnte sicher sein, ob sie nicht doch die Cholera hatte – hatte sie die Nacht in der Baracke verbracht. Doch der Arzt und Forscher konnte nicht untätig bleiben. Der Tod war allgegenwärtig, und Koch musste so schnell wie möglich herausfinden, wie er sich ausbreitete.

Der Senat hatte provisorische Krankenkutschen bestellt: einfache Lastenfuhrwerke, die schwarz angestrichen wurden. So war die Flotte innerhalb weniger Tage auf die doppelte Anzahl gewachsen. Die Leichen wurden darin nicht der Regel oder einem sittlichen Trauerritual folgend aufgebahrt, sondern ohne Schnickschnack übereinander-, nebeneinandergestapelt – ein Vorgeschmack dessen, was die Toten in Ohlsdorf erwartete.

Als Koch auf die Mietdroschke vor dem Haupteingang zutrat, wurden Leichen in merkwürdig kleinen Särgen auf einem offenen Pritschenwagen gestapelt. Und zur gleichen Zeit, nur einen Steinwurf entfernt, wurden neue Patienten von den Krankendroschken abgeladen. Einige der Körper waren schon leblos und hätten nur umgeschichtet werden sollen. Der Kreislauf des Lebens, auf einen Vorplatz von nicht mehr als zwanzig mal zwanzig Meter reduziert.

Ein Assistenzarzt in Schutzkleidung inspizierte mit Hilfe einer Schwester die Ankommenden und unterzog sie einer ersten oberflächlichen Untersuchung. Koch ließ die Mietdroschke warten und näherte sich dem Arzt. Er erkannte den jungen Kollegen, der sich am Vorabend nach Hedwig erkundigt hatte, und betrachtete ihn etwas genauer: Der Mann hatte sich der Mode seines Vorgesetzten angenähert und trug einen schmalen, an den Spitzen gezwirbelten Bart auf der Oberlippe. Die Krankenschwester ging mit Eimer und Wasserkelle von Bahre zu Bahre und gab den Lebenden davon. «Trinken Sie! Trinken Sie, so viel nur geht!», sagte sie zu jedem, der nach der Kelle verlangte.

«Junger Mann, verzeihen Sie, darf ich Sie erneut nach Ihrem Namen fragen?», bat Koch.

«Dr. Ludwig Karst. Eine Ehre, dass Sie mich wiedererkennen, Exzellenz.»

Die ehrfürchtige Begrüßung versöhnte Koch etwas. Es irritierte ihn, wie sehr die Gefühle sein Handeln bestimmten. Beinahe schämte er sich für seine Neugier ...

«Wo bringen Sie die Kranken unter?», stellte er Karst zur Rede.

«Sobald ich sicher sein kann, dass sie leben, lasse ich sie unter den Bäumen im Schatten lagern. An der frischen Luft ist die Ansteckungsgefahr geringer.»

Koch musste an sich halten. Die Miasmen! Mit kaum verhaltenem Zorn winkte er die Schwester heran: «Sorgen Sie dafür, dass Sie nicht allen von der gleichen Kelle zu trinken geben. Auf diese Art werden die weniger Kranken noch kränker. Die Schwere des Verlaufs ist auch abhängig von der Zahl der aufgenommenen Bazillen.»

«Wie Sie meinen, Dr. Koch», sagte der Assistenzarzt ein wenig zerknirscht. «Ich dachte nur, es kann nicht schaden.»

Koch musterte ihn von der Seite: Der Kittel war nicht mehr weiß zu nennen. Spuren menschlicher Ausscheidungen und Auswürfe hatten ihn besprenkelt. Koch nahm dies zum Anlass, ihn zu bitten: «Nehmen Sie, so oft es nur geht, Proben vom Stuhl oder von Erbrochenem! Versehen Sie sie mit Namen und Wohnort der Erkrankten, der Stadtteil reicht mir. Dann bringen Sie die Proben in mein Labor. Dr. Rumpf wird Ihnen anweisen, wohin.»

«Wie Sie wünschen, Dr. Koch.»

Koch hatte sich schon zum Gehen gewandt, da fiel ihm noch etwas ein. «Wann schaffen Sie die armen Seelen nach drinnen? Ich hoffe, vor Einbruch der Dunkelheit?»

«Die erste Baracke ist vollends belegt, die zweite wird erst im Laufe des Tages einsatzbereit. Die Tischler kommen nicht nach. Sie sind mit dem Bau von Särgen beschäftigt.»

«Die Baracken sind wichtiger als Särge! Sagen Sie das auch Dr. Rumpf. Wir müssen unsere Kräfte dem Überleben widmen.»

Mit diesen Worten ging Dr. Koch von dannen und bestieg die Mietkutsche.

Die Schwesternschülerin hatte die Oberschwester aus Ratlosigkeit herbeigerufen. So eine Kranke hatte sie wahrlich noch nie gesehen: Als sie die Decke, in die die Frau gewickelt war, auseinanderschlug, um sie zu waschen, hatte sie die Unterwäsche entdeckt – schwarz, mit Spitze, Strumpfhalter ebenso wie der Unterrock: Es trieb ihr die Röte ins Gesicht.

Als die Oberschwester an der Pritsche stand und ihrem Blick auf die Wäsche der Patientin folgte, da wanderten ihre Augenbrauen so hoch in die Stirn hinauf, als wollten sie sich mit dem grauen Haupthaar verbinden.

«Wer hat sie gebracht?», fragte die Oberschwester.

Die Schwesternschülerin zuckte mit den Schultern. «Jemand berichtete von einem jungen Mann mit dunklen, lockigen Haaren. Auf Nachfragen, wie er heiße, sei er einfach wortlos verschwunden.»

Die Oberschwester konnte ihren Blick nicht von der jungen Schlafenden abwenden. Ihre Atemzüge waren gleichmäßig. Die Brust hob und senkte sich in ruhigem Rhythmus. Die Haut war fahl, doch nicht fleckig. Womöglich war die Kranke sogar auf dem Weg der Besserung ...

«Was ist mit dieser Frau?», fragte die Schwesternschülerin.

«Sie übt einen unehrbaren Beruf aus.»

«Einen unehrbaren ... Ich verstehe.»

«Benachrichtigen Sie Dr. Karst!», sagte die Oberin.

Die Schwesternschülerin hob den Kopf. «Worüber soll ich ihn in Kenntnis setzen?»

«Dass es hier eine junge Dame gibt, die gegen seine Experimente sicherlich nicht viel einzuwenden haben wird.»

Die Schülerin war nicht sicher, ob sie sich schon entfernen durfte. Hin- und hergerissen stand sie zwischen der Oberschwester und der Kranken.

«Worauf warten Sie noch?», blaffte die Oberschwester. Da nahm die Schülerin die dürren Beine in die Hand.

Die Durchquerung der Stadt war gespenstisch. Auf den Gassen lagen jammernde Kranke, Ratten huschten zwischen den Leichnamen umher. Koch betete, dass keine Lebenden darunter waren. Sonst schien sie menschenleer. Sogar die Kinder waren wie vom Erdboden verschluckt. Das übermütige Wort von den «Pestferien» war von der Gegenwart eingeholt. Das waren keine Ferien, nein: Das Leben selbst war weitgehend zum Erliegen gekommen – Lebensferien.

Geschäfte und Märkte waren geschlossen. Jedem Einzelnen war überlassen, welche Methoden er anwandte, um an Lebensmittel zu kommen. Etliche hatten sich fürs Stehlen entschieden. Vom Dieb zum Bestohlenen war es nur ein kleiner Schritt, und oft wechselte man innerhalb eines Tages die Fronten.

Vor den Apotheken, die als Einzige öffnen durften, bildeten sich lange Schlangen. Koch wusste, was dort feilgeboten wurde: die beliebten Choleratropfen, die nicht viel mehr als Kampfer enthielten; das Blauspänswasser auf der Grundlage von Senfgeist. Je strenger der Geruch, desto größer der mutmaßliche Nutzen!

Ein Bromberger Arzt – man musste ihn unverfroren nennen – hatte ein *garantiert wirksames* Heilmittel für nicht weniger als 50 000 Mark in den Zeitungen angepriesen. Koch wusste es besser: Eine wirksame Medizin gegen die Cholera gab es nicht. Und da er auf der Höhe der Forschung war, war ihm klar, dass es keinen relevanten Fachmann gab, der daran arbeitete. Man musste auf die Heilkräfte des eigenen Körpers vertrauen.

Einige nahmen, in nutzloser Logik, Desinfektionsmittel ein. Die waren zumindest giftig, in größeren Mengen sogar tödlich: Salol, Chlorwasser, Milchsäure, Kalomel, Jod, Chinin, Terpentin, Kreosot, Salzsäure, Strychnin und sogar Arsen! Am häufigsten wurden Salol und Kalomel angewendet – Letzteres seit der Epidemie von 1830 / 31 ein beliebtes Mittel –, unverdünnt und in einer Dosierung von bis zu einem halben Gramm.

In den frühen Stadien der als leicht eingestuften Fälle wurden häufig Abführmittel gegeben, weil man hoffte, damit die Eingeweide zu entleeren, bevor sich der Erreger vermehren konnte. Der Nutzen war zweifelhaft, doch ganz sicher wurde dadurch die Auszehrung beschleunigt, während der Erreger sich längst im Körper – und auch außerhalb – ausbreitete.

Derart in Gedanken, war Koch an die Stadtgrenze zwischen Hamburg und Altona gelangt. Vor nicht allzu langer Zeit – man konnte die Jahrzehnte an einer Hand abzählen – war dies die Grenze zum Königreich Dänemark gewesen. Markiert war sie allein durch in das Pflaster eingelassene Steine. Und durch die Anwesenheit einiger Beamten.

Wie an Grenzen üblich, wurde Kochs Kutsche aufgehalten. Die preußischen Beamten versahen ihre Aufgabe mit Pickelhaube und Gewissenhaftigkeit.

«Verzeihen Sie, Dr. Koch, die Anweisungen sind eindeutig:

Vom Hamburger Stadtgebiet aus darf niemand auf Altonaer Gebiet übergehen.»

«Ich bin Beauftragter der Reichsregierung und muss Aufschluss über die Lage in Altona haben! Des Rätsels Lösung liegt jenseits dieser Grenze.» Koch wies hinüber auf das Altonaer Gebiet, und im Deuten war der Arm schon auf der anderen Seite.

Die preußischen Grenzbeamten blieben hart. «Bringen Sie uns eine Sondergenehmigung mit amtlichem Siegel, Dr. Koch, und wir lassen Sie passieren.»

Zornentbrannt wandte sich der Wissenschaftler zum Gehen.

Der Kutscher empfing ihn mit ernster Miene. «Was gibt es denn so Dringendes zu sehen in Altona, Dr. Koch?»

«Es hat mit dem Abwasser zu tun. Ich muss dorthin!»

«Es gibt einen Weg an der Elbe entlang, den alten Treidelpfad. Von dort aus kann man die Kanäle einsehen.»

«Kommt man an die Abwässer heran?»

Der Kutscher nickte.

«Worauf warten wir noch?»

«Dann man los», willigte der Mietkutscher ein.

Kurze Zeit später standen sie auf Altonaer Höhe am Elbufer, gegenüber den Hafenbaracken. Koch erkannte die Stelle auf der anderen Seite der Norderelbe, wo die Fäkalien der Auswanderer dem Fluss übergeben wurden: Der Inhalt der Koteimer hatte eine Spur gegen die Kaimauer gezeichnet.

Am diesseitigen Ufer, seicht ins Wasser abfallend, nicht steil und befestigt wie auf der Hafenseite, sah es nicht besser aus. In einem breiten, braunen Strom ergossen sich die Abwässer der Freien und Hansestadt in den Fluss. Ungefiltert und ungeklärt. Aller enthaltener Unrat strömte hinein und wurde fortgeschwemmt. Aufgrund der Trockenheit floss die Elbe wie ein Rinnsal dahin, träge und stockend vom Ballast, als sei auch diese Hamburger Lebensader von der Cholera befallen.

Die Uferränder und große Teile des Flussbetts waren trocken und rissig, die Kruste schilferte ab wie alte Farbe. In wenigen tiefen Furchen bahnten sich die Fäkalien einen Weg durch das ausgetrocknete Flussbett.

Was von oberhalb herabströmte, sah alles andere als klar und rein aus, doch als das Hamburger Abwasser hinzutrat, war das Gebräu nicht mehr vom Inhalt eines Aborteimers zu unterscheiden.

Koch zog ein Einmachglas aus seiner Ledertasche. «Die Bedingungen sind ideal!»

«Was wollen Sie tun?», fragte der Kutscher ahnungsvoll, mit angewidertem Gesichtsausdruck.

«Ich nehme eine Probe des Abwassers, um zu untersuchen, wie hoch der Anteil der Cholera-Bazillen darin ist.»

«Eine Probe? Dann muss ich Sie leider bitten, zu Fuß zurückzulaufen.»

Erstaunt sah Koch zu dem Hünen auf, ein Vierkant von Mensch.

«In meiner Kutsche transportiere ich die Gülle nicht!»

«Ich verschließe das Glas vollkommen dicht.» Zur Not, versicherte sich Koch, ohne es auszusprechen, liefe er eben zu Fuß zurück. Er musste diese Probe nehmen! Hier lag der Schlüssel zum Erfolg, das spürte er.

Kurzentschlossen stieg Koch die Uferböschung hinab. Zum Fluss hin wurde das Gelände ebener. Der Strom, der sich aus dem in Ziegelbauweise gemauerten Abwasserkanal ergoss, und die Furchen, die er in den Lehm grub, wurden immer breiter. In der Hitze gedieh der unerträgliche Gestank noch besser. Koch blieb der Atem weg. Die säureschwangere Luft schien die Lungenflügel wegzuätzen. Mit jedem Atemzug kämpfte er gegen die Schmerzen an, Tränen stiegen ihm in die Augen. Greifwerkzeuge hatte er nicht zur Hand, also musste er das Glas mit blanken Fingern in die Brühe strecken. Er tauchte es nicht ganz unter, sondern ließ es nur sachte und dünn über den Rand fließen. Auf diese Weise blieben größere Schwebstoffe außen vor und die Finger unbeschmutzt.

Gegen Ekel und Würgereiz ankämpfend, hielt Koch das Glas in den Güllestrom, bis es zur Hälfte gefüllt war. Dann hob er es heraus. Die Unterseite war stark verschmutzt. Koch hatte kein Tuch, es zu säubern. Also ging er weiter Richtung Flussmitte, um es von außen zu waschen. Etwas unterhalb, wo sich Elbe und Abwasser vermischten, war es nur noch ein einziger brauner Strom.

Koch ließ seinen Blick flussabwärts schweifen: Am Ufer, schon auf Altonaer Gebiet, sah er ein Ziegelbauwerk, darunter, durch ein massives Gitter vom Fluss abgetrennt, eine Art Schleusentor. Es war einen Spaltbreit geöffnet, und Elbwasser – vermischt mit dem Hamburger Abwasser – floss durch das Gitter hinein.

Als Koch wieder auf den alten Treidelpfad geklettert war, wies er auf das vornehme Ziegelgebäude und fragte den Kutscher, was für ein Institut dies sei.

Der Kutscher starrte auf den Inhalt von Kochs Einwegglas, als könne er Geruch und Gefahr mit Blicken bannen. «Das ist die Frischwasserentnahmestelle der Altonaer Wasserkunst», sprach er tonlos.

«Frischwasser?»

«Was man dafür hält.»

«Es befindet sich keine fünfzig Meter unterhalb der Hamburger Stadtentwässerung!»

«Durch das Niedrigwasser sieht alles so schlimm aus. Normalerweise trägt die Elbe genug Frischwasser, die Kloake wird verdünnt.»

Entsetzt schüttelte Koch den Kopf. «In Altona trinkt man verseuchtes Hamburger Abwasser!»

Der Kutscher hob die Schultern und ließ sie wieder fallen. «Wie man hört, gibt es in Altona kaum Cholerakranke. Und schon gar keine Toten.»

«Aber wie kann das sein? Das ist mit Vernunft nicht zu erklären!»

«Das weiß ich nicht. Aber es ist so», bekräftigte der Mann in seiner einfachen Aufrichtigkeit. «Ich habe eine Nichte in Altona. Kaum Kranke, kaum Tote: Wie zwei Welten.»

Und Koch fügte hinzu: «Wenn es doch eine Erklärung gibt, erhalten wir womöglich einen wichtigen Hinweis darauf, was in Hamburg, anders als in Altona, nicht gelingt.»

Der Kutscher nickte. «Wenn es eine Erklärung gibt, werden Sie sie finden – ein weltberühmter Forscher wie Eure Exzellenz!»

In diesem Moment war Koch dankbar für diesen naiven Glauben an ihn und seine Fähigkeiten. Für ihn selbst war es ein Moment größter Ratlosigkeit.

«Ich muss Stabsarzt Weisser um seine aktuelle Einschätzung bitten, er kennt die Situation in Altona genau. Wo finden wir die nächste Telegraphenstation?»

Die Schwestern hatten die junge Frau gewaschen. Die Schminke aus dem Gesicht entfernt. Auch die Spitzenunterwäsche war fort, man hatte sie verbrannt, wie alles, was vermeintlich mit der Cholera in Berührung gekommen war.

Die Frau schlief. Ihre Atemzüge waren ruhig, Karst und die

Mutter Oberin standen an ihrem Bett und bewunderten den Schlaf.

«Niemand weiß, woher sie stammt. Ein Unbekannter brachte sie, in eine Bettdecke eingeschlagen. Er kannte nicht einmal ihren Namen», erläuterte die Oberschwester. «Die Krankheit scheint ihr nicht so zuzusetzen wie den anderen. Beinahe scheint sie bereits auf dem Weg der Gesundung.»

«Letztlich wissen wir nicht, ob es an unserer Therapie oder an der Konstitution der Patientin liegt.» Mit dem Daumen strich Karst über die Einstichstelle in der Armbeuge der Frau und betrachtete sie eingehend.

«Es ist ein Anfang», sagte die Oberschwester.

In dem Moment schlug die Patientin die Augen auf. «Reden Sie über mich?», fragte sie mit seltsamer Klarheit.

«Verspüren Sie Durst?», fragte Karst zurück.

Die Kranke fuhr mit der Zunge über ihre Lippen. «Ich könnte Wasser vertragen.»

Die Oberschwester winkte eine Hilfsschwester mit Kelle heran. Gierig sog die Unbekannte die Flüssigkeit über die Lippen.

Karst ließ sich neben ihr nieder. «Ich würde Sie gern immer mit frischem Wasser versorgen. Ohne dass Sie es schlucken müssen. Es hilft Ihnen zu überleben.»

«Wasser ohne zu trinken? Wie soll das gehen?»

Karst legte behutsam seine Hand auf ihren Arm, über die Einstichstelle. «Ich werde es Ihnen zeigen.» Der Arzt wollte sich erheben, um die notwendigen Instrumente zu holen. Doch die Unbekannte zog ihn mit einem energischen Griff zurück an ihre Seite.

«Werde ich leben, Doktor?»

Karst runzelte die Stirn. «Tun Sie, was ich Ihnen empfehle, dann haben Sie beste Chancen.»

Wie jeden Tag kehrten Frieda und Gustav nach dem Abendessen in der Bar auf dem Oberdeck ein. Sie hatten Southampton verlassen und nahmen, wie Kapitän Hebich zum Dinner stolz verkündet hatte, Kurs auf die raue See des Nordatlantiks.

«Ab morgen müssen wir die Flaschen in den Regalen festklemmen.»

Frieda hakte sich bei Gustav unter. «Dann müssen wir heute das Schwanken also noch alkoholisch erzeugen?»

Der Barkeeper grinste. «Versuchen Sie es. Aber ich darf Ihnen keinen starken Alkohol verkaufen. Nichts Hochprozentiges, nur Wein und Bier, vielleicht einen Sherry.»

«Warum das?» Frieda zog eine Miene des Bedauerns.

«Reine Vorsichtsmaßnahme. Ich darf nicht darüber reden.» Er sah Frieda an. «Nicht einmal, wenn Sie mir diesen Augenaufschlag zuwerfen ...»

Gustav lachte. Das Paar war in den letzten Tagen vertraut mit dem Barkeeper geworden, kannte seine Geschichte, wusste, in Hamburg wartete eine Braut auf ihn.

Frieda und Gustav tranken einen Wein, dann zwei. Dann waren sie angeschickert, ohne volltrunken zu sein wie am Vorabend, wo sie eine geschlagene Stunde durch den Schiffsbauch geirrt waren.

Als sie nun nach ein paar Gläsern Sherry in ihre Kabine zurückwankten, schlug ihnen durch den schweren Dieseldunst der Geruch von Alkohol entgegen. Er strömte aus einer offenen Kabinentür. Bett- und Leibwäsche lag auf einem Haufen und blockierte den Gang.

Im Eingang zur Kabine entdeckten sie den Schiffsarzt mit Gesichtsmaske. Ein Diener der HAPAG in Livree rannte ihnen entgegen: «Bitte nehmen Sie einen anderen Weg, hier dürfen Sie nicht durch.»

«Was tun Sie da?», fragte Gustav.

Der Diener senkte den Kopf. «Das darf ich Ihnen nicht sagen.»

«So hat man also Geheimnisse an Bord – vor den Passagieren?»

«Sprechen Sie Kapitän Hebich an, mein Herr, von ihm stammt die Weisung!»

«Und wo finde ich ihn?»

Der Junge rang die Hände. «Ich weiß es nicht. Auf der Brücke? Ich bitte Sie nur, einen anderen Aufgang zu benutzen. Hier darf ich Sie nicht vorüberlassen.»

Gustav wandte sich zum Gehen. Dann fragte er, über die Schulter hinweg. «Warum stinkt es hier derart nach Alkohol? Desinfizieren Sie die Zimmer?»

Die Augen des Jungen weiteten sich zu Wagenrädern. Es konnte keinen Zweifel geben, dass Gustav den Umstand richtig erraten hatte. «Bitte sagen Sie niemandem etwas davon!»

Gustav legte seinen Arm um Frieda und führte sie die Treppe zum Deck wieder hinauf, um einen anderen Abgang zu wählen.

«Bitte, mein Herr», rief ihnen der Schiffsdiener hinterher, «verraten Sie nichts!»

«Was geht hier vor, Gustav?», flüsterte Frieda, nachdem sie weit genug entfernt waren.

Gustavs Gesicht war versteinert. Frieda bekam es mit der Angst zu tun. Und was Gustav zu sagen hatte, war wenig geeignet, sie ihr zu nehmen: «Die Cholera. Sie ist an Bord. Ein Zimmer wird desinfiziert. Deshalb schenken sie keinen Whiskey mehr aus. Sie rechnen mit weiteren Fällen.»

Frieda atmete tief ein. Sie verstand. Und schwieg.

Die Mutter Oberin trat an Hedwigs Bett. Die früh ergrauten Haare hatte sie zu einem gewaltigen Dutt getürmt. Darauf die Haube der Hamburger Krankenschwester, mit dem Stadtwappen an der Stirnseite. «Da Sie ohne Symptome sind, darf ich Sie bitten, sich anzukleiden und mir zu folgen!»

Hedwig entsprach ihrem Wunsch. In dieser Baracke waren nur Frauen untergebracht. Dennoch schämte sie sich gegenüber der stämmigen Matrone, die sie nicht aus den Augen ließ. Sie verbarg ihre Beine unter der Bettdecke, solange es ging. Die Strümpfe knöpfte sie mit Sorgfalt an das untere Ende ihrer Korsage, zuletzt zog sie die Schnürstiefel über. Bei alledem hatte ihr die Mutter Oberin schweigend und ohne die Miene zu verziehen zugeschaut.

Hedwigs Hab und Gut war in einer Pappschachtel verstaut. Die stand neben der Bettpritsche. Den Tornister mit den Malutensilien konnte sie nirgends entdecken. Sie klemmte die Schachtel unter den Arm und erhob sich vom Bett. «Ich bin bereit.»

Die Mutter Oberin schritt ihr voraus, ohne sich umzudrehen. Und so verließen sie den Ort der Schrecken und des Todes und gingen hinaus ins Leben, begleitet von den eifersüchtigen Blicken derer, die bleiben mussten.

Als sie in der Tür der Baracke stehen blieb und ihre Nase hinaus in den frischen Hamburger Wind streckte, der die Sonne mittlerweile erheblich herabkühlte, fühlte sich Hedwig tatendurstig wie nie, als sei sie wirklich krank und nicht nur erschöpft gewesen.

Zwei steinerne Tritte führten auf den Rasen hinab. Die parkähnliche Anlage des Neuen Allgemeinen Krankenhauses bezauberte Hedwig. Die Oberschwester suchte ihren Weg durch eine bereits errichtete und eine im Bau befindliche Baracke hindurch, und Hedwig hatte Mühe, Anschluss zu halten. Dutzende Zimmerleute waren auf der Baustelle beschäftigt, hier war von Krankheit keine Spur. Hedwig spürte die Blicke der Männer.

Sie stiegen über grob gehobelte Bretterstapel, umrundeten Eimer voller Nägel und duckten sich unter dem niedrigen Geäst junger Bäume hindurch, bis sie zu einer Art Gartenhaus kamen, das etwas abseits stand und dennoch Teil des Geländes war. Weißes Fachwerk, gefüllt mit rotem Backstein im Stile der alten Friesen – ein herrlicher Anblick. Auf Sylt sahen die Häuser ganz ähnlich aus.

«Das ist das Direktorenhäuschen», erläuterte die Oberschwester. «Dr. Rumpf hat es für Dr. Koch räumen lassen. Es enthält auch ein kleines Labor und eine Küche. Keine Villa, aber man kann darin leben.»

Sie waren vor dem Häuschen zum Stehen gekommen. Hedwig stellte die Schachtel und ihre Tasche ab, zögerte aber, die Schwelle zu überschreiten. «Und Dr. Rumpf?»

«Für ihn ist gesorgt. Er möchte, dass es Ihnen an nichts fehlt. Er bewundert Ihren Gatten.»

Hedwig senkte den Kopf. «Wir sind nicht verheiratet.»

Die Oberschwester schwieg.

«Aber Koch und ich», jetzt sah sie die Oberschwester an, «wir sind füreinander bestimmt.» Und trotzig setzte sie hinzu: «Ich liebe ihn.»

«Ihr Essen beziehen Sie aus der Krankenhausküche. Für den Rest müssen Sie selbst sorgen. Für sich und Ihren ... Liebhaber.» Die Oberschwester warf Hedwig noch einen triumphierenden Blick zu, dann wandte sie sich ab und ging. Hedwig schob die Tür mit der Spitze ihres Schnürstiefels auf, denn in den Händen trug sie die Pappschachtel. Die Reisetasche ließ sie vor der Schwelle stehen. Sie tat einen mutigen Schritt hinein. Der erste

Blick fiel auf den Tornister mit den Malutensilien, den wohl irgendwer hatte herbringen lassen. Er lehnte gegen einen Garderobenständer im Eingangsbereich. Hedwigs Brust entließ einen Freudenschrei.

Den ganzen ersten Tag auf offener See hatte Frieda in der Kajüte verbracht. Die Decke über dem Kopf, denn sobald sie aus dem Bullauge starrte, wurde ihr schlecht. Seekrankheit wurde das Übel genannt. Mit ganzer Wucht hatte Frieda sie erst auf hoher See ereilt, am dritten Tag nach dem Auslaufen. Mit der raueren See und dem zunehmenden Wellengang, so schien es, kam die Übelkeit.

Auch Gustavs aufgeregt überbrachte Nachrichten führten keine Besserung herbei: «Wir haben den Firth of Fourth passiert! – Edinburgh! – Die Isle of Skye!»

Keine dieser Meldungen konnte Frieda aus dem Trübsinn retten.

Erst am vierten Tag, das Schiff hatte seinen Bug schon den rauen Winden des Nordmeers entgegengeworfen, konnte sie, von Gustav gestützt, endlich einen Ausgang machen. Der erste Moment an Deck war freilich eine Überraschung. Nie zuvor hatte Frieda die *Normannia* unter Segeln gesehen. Ein erhabener Anblick: die Takelage im Einklang mit den rauchenden Schornsteinen, die Möwen als Eskorte, der Wind in den Wanten, das Tuch gebläht von gewaltiger Kraft. Alles knarzte und knarrte, denn das Rauschen der hohen See und das Stampfen des Schiffes waren ein gewaltiges Symphoniekonzert.

Dann richtete Frieda den Blick aufs Meer und wurde der Wellenberge gewahr. Mit ihrem Anblick und dem Bewusstsein, wie diese unendliche Reihung auf das Schiff zurollte; wie sie nun, mit dem Sichtbarwerden, auch das Gefühl dafür bekam, dass die Welle unter dem Rumpf hindurchrollte; wie diese das Schiff langsam emporhob, um es dann einen Moment lang auf ihrem Kamm zu balancieren, bevor sie es wieder ins Tal hinabtauchen ließ: Als dieses Sehen und Spüren nun zu einer schrecklichen Ahnung der nächsten Tage auf hoher See wurden – und sie hatten noch keinen Sturm erlebt! –, da lief sie zur Reling und spie den gesamten Inhalt ihres Magens in den Wind. Aus den Augenwinkeln wurde sie gewahr, dass die Möwen nichts Eifrigeres zu tun hatten, als sich auf ihren Auswurf zu stürzen.

Gustav zog sie an sich und lenkte ihre Schritte durch die schmale Tür und eine eiserne Stiege hinunter auf das Deck erster Klasse.

Er schlug Frieda in eine Decke ein. Sie hatte am ganzen Leib zu zittern begonnen. Schweiß lief ihr von der Stirn, und sie war blass.

«Was hast du, Liebes? Wie geht es dir?»

«Furchtbar ... Ich glaube, ich muss sterben.»

Gustav konnte nur schwerlich einen Lachanfall unterdrücken. «Ach, was redest du für einen Unfug!» Er drückte ihr einen Kuss auf die Wange. «Nun schlaf erst einmal, dann wird es dir bald besser gehen. Es ist nur die Seekrankheit.»

Mit blassen Lippen flüsterte Frieda ein Wort, das Gustav kaum verstand. Er hatte eine Ahnung, doch er wollte es von ihr wissen: «Was hast du gesagt?»

Frieda wandte ihm ihr schweißnasses Gesicht zu. «Die Cholera.»

Kraftlos wickelte sich Frieda in die Decke und drehte sich zur Kajütenwand um. Gustav war zu sprachlos, um etwas zu erwidern.

Hedwig hatte das Rumpf'sche Häuschen im Zustand einer Junggesellenresidenz vorgefunden. Sie durchsuchte zunächst die Schränke nach Wäsche, Lappen und Bürsten, nach Scheuersand, Seife und Vorräten. Nachdem sie sich einen Überblick verschafft hatte, zog sie ihr Kleid aus und machte sich, allein im Unterkleid, an die Arbeit. Wenn Koch nach Hause kam, sollte alles glänzen. Sofern das in dieser Umgebung möglich war. Direktor Rumpf war dem Überfluss abgeneigt, alles in diesem Häuschen hatte einen erkennbaren Zweck, Zierrat gab es keinen: Man konnte es karg nennen. Und sicherlich wäre es in Kochs Sinne, größtmögliche Sauberkeit – und Hygiene! – herzustellen.

Sie krempelte die Ärmel ihrer Bluse hoch und machte sich ans Werk. Es sollte den ganzen Vormittag in Anspruch nehmen.

Nachdem sie es vollbracht hatte, stützte sie die Fäuste in die Hüften. Alle Räume waren nun gerichtet und geordnet, nur das zum Labor umgebaute Arbeitszimmer Rumpfs hatte sie im chaotischen Zustand von Reagenzgläsern, Petrischalen und Brutkästen hinterlassen, in denen Kolonien von Bazillen wucherten. Sie hatte nicht gewagt, einen Schritt hineinzusetzen.

Plötzlich fühlte sie etwas, das sie in ihrem Leben nicht akzeptieren wollte: überflüssig zu sein. Wäre es nicht eine unglaubliche Verschwendung von Energie, hier herumzusitzen und die Rückkehr ihres Geliebten zu erwarten? In einer Stadt, in der Tod und Sterben regierten?

Ein Klopfen riss Hedwig aus den Gedanken. Die Tür schwenkte auf, ein Bote stand auf der Schwelle. «Ein Telegramm für Seine Exzellenz, Dr. Robert Koch.»

«Er ist nicht zu Hause. Doch ich kann es für ihn entgegennehmen.»

Der Bote musterte sie eindringlich. Hedwig wurde gewahr,

dass sie barfuß war und nur ein leichtes Unterkleid trug, und ignorierte die unverschämten Blicke.

Der Mann verzog den Mund. «Wer sind Sie?»

Hedwig stutzte. Eine Funktion, die in den Augen des Boten Bestand gehabt hätte, fiel ihr nicht ein. «Dr. Kochs Haushälterin», sagte sie.

Mit dieser Antwort hatte er ein Einsehen und hinterließ ihr das Telegramm zu treuen Händen.

Hedwig – zum Zerplatzen neugierig – ließ es im Umschlag. Dann zog sie ihre Schuhe wieder an, die sie zum Großputz beiseitegestellt hatte, und überlegte.

Jakob Löwenberg war der Verzweiflung nahe. Seine Barschaft – der Rest des mütterlichen Nachlasses – neigte sich dem Ende. Und Lehrer wurden in Hamburg derzeit nicht benötigt. Sein Zimmer hatte er seit zwei Tagen nicht bezahlt, der Wirt hatte ihm eine letzte Tagesfrist gesetzt. Er musste so schnell wie möglich eine Arbeit finden.

Ärzte und Schwestern wurden händeringend gesucht, doch eine derartige Anstellung kam für Löwenberg nicht in Frage. Nicht nur fehlte ihm die medizinische Qualifikation, ihm wurde stets unwohl, wenn er jemanden bluten sah. Er wunderte sich immer noch über sich selbst, wie er es kurzerhand auf sich genommen hatte, die fremde Frau ins Spital zu tragen ...

Da fiel Löwenbergs Blick auf eine Litfaßsäule. Dies hatte es auf dem Land nicht gegeben, in Hamburg gab es alle naselang eine, und auf den meisten stand immer dasselbe. Er nahm ein Plakat mit dem Wappen der Stadt in Augenschein. Eine amtliche Verlautbarung. Die Freie und Hansestadt suchte Desinfektionsfahrer und Totengräber. Erforderliche Qualifikationen: keine.

Das war zwar unter der Lehrerwürde, aber auf der anderen Seite benötigte Löwenberg ein Einkommen, und zwar dringend, wenn er nicht aus seiner Bude geworfen werden wollte. Also kritzelte er die Adressen, die auf dem Plakat notiert waren, in sein Notizheft und begab sich schnurstracks nach Ohlsdorf, wo die Gestellung statthaben sollte.

Als Hedwig den Campus des Neuen Allgemeinen Krankenhauses überquerte, war sie überrascht von der massiven Zunahme Kranker. Teils lagen sie auf Bahren, teils saßen sie in den Schatten von Bäumen oder Gebäuden, kraftlos und bleich; alle, die nicht krampften, starrten vor sich hin. Auf einer abgewandten Seite lagen Körper ohne jedes Lebenszeichen auf der Wiese. Manche waren bereits mit grobem Leinen zugedeckt. Die Bahren, auf denen sie noch vor kurzem gelegen und gelitten hatten, waren, nachdem man sie mit Chlorwasser abgewaschen hatte, schon wieder in Gebrauch. Totengräber wuchteten die Körper in grob gezimmerte Holzkisten. Sie waren oft zu klein, und so wurden die Leichen hier und da gequetscht und gestaucht. Vor allem die Nase war im Weg. Einfühlsamere unter den Totenkutschern drehten die Köpfe zur Seite, bevor sie den Deckel schlossen. Andere drückten einfach kräftig zu oder setzten sich obendrauf.

Waren die Kisten endlich vernagelt, wurden sie auf einen schwarz-grünen Wagen gehievt. Die Krankenträger trugen weiße Übergewänder, die von den Spuren der Seuche verunreinigt waren, an den Füßen Stulpenstiefel.

Kranken- und Hilfsschwestern waren damit beschäftigt, die Patienten, die verzweifelt nach Wasser schrien, mit der begehrten Labung zu versehen. Über allem lag das Gehämmer der Zimmerleute, die immerfort neue und neueste Baracken errichteten. Eine dritte, eine vierte und fünfte nahmen bereits Gestalt an.

Hedwig hastete durch die schmerzverzerrten und todesstarren Mienen. Dem seltsamen Aberglauben zahlreicher Menschen verfallen, hatte sie eine Hand vor den Mund geschlagen, um den Todeshauch nicht einzuatmen. Endlich lag das Leichenfeld hinter ihr. Sie trat in das Hauptgebäude, schritt die Treppe hinauf und bewegte sich schnurstracks auf das Sekretariat der Oberschwester zu.

An der Schwelle traf sie sie an, vertieft in einen Disput mit einem etwas schlaksigen Mann im weißen Kittel und einem Schnauzbart nach der Mode des neuen, jungen Kaisers. Es war derselbe, der sie am ersten Tage untersucht hatte, als noch niemand wusste, wer sie war. Das braune Haar war mit Pomade gewachst und eng, doch in sanften Wellen an den Kopf gelegt. Die Stirn war hoch und glänzend.

Hedwig blieb stehen und wollte abwarten, ob er sie erkannte. Doch der Arzt schien sie gar nicht zu bemerken. Stattdessen erkannte die Oberin sie:

«Zum Wohle Ihrer eigenen Gesundheit, bleiben Sie doch um Gottes willen im Haus!», rief sie ihr zu.

Wie ein trotziges Kind schüttelte Hedwig den Kopf.

Verärgert trat die Oberschwester auf sie zu. «Sehen Sie nicht, mein Fräulein, dass wir hier andere Sorgen haben?»

«Ich sehe die Kranken und zum Tode Verurteilten. Ich kann nicht untätig herumsitzen, während Menschen sterben. Ich möchte meine Hilfe anbieten. Welche Dienste auch immer, teilen Sie mich ein! Ich werde alles mit Sorgfalt versehen!»

Hedwig präsentierte ihre schwielenlosen Handflächen. Für gewöhnlich waren sie fleckig von Farbe, doch seit Sylt hatte sie nicht mehr in Öl gemalt.

In der Miene der Oberin lag Verachtung für die makellose Reinheit ihrer Haut. «Sie?» Unterdessen maß sie Hedwig von Kopf bis Fuß.

Der Assistenzarzt, nach dessen Namen Hedwig vergeblich in ihrem Gedächtnis suchte, kam der Oberin zuvor. «Das nenne ich mutig gesprochen, mein Fräulein!» Und an die Oberschwester gewandt: «Suchen wir nicht unerschrockene junge Damen? Als Hilfsschwestern?»

«Diese? Unmöglich! Sie ist eine Zelebrität!»

Auf die fragende Miene des Arztes hin nahm die Oberin ihn zur Seite, geleitete ihn ein paar Schritte von Hedwig fort und sprach in sein Ohr.

«Tatsächlich?», brach es aus ihm heraus. Er trat wieder an Hedwig heran und verbeugte sich.

«Gestatten, Dr. Ludwig Karst, Assistenzarzt bei Dr. Rumpf, falls Sie sich nicht erinnern. Von dem Moment unseres Kennenlernens an konnte ich mich nicht mehr entscheiden, wen ich mehr bewundern soll: den Wissenschaftler oder die Frau an seiner Seite.»

Verschämt schlug Hedwig die Augen nieder.

«Glauben Sie mir», fuhr er fort, «dies ist eine äußerst gefährliche, aufreibende Arbeit. Sie laufen Gefahr, sich zu infizieren. Ihr Gatte würde mir unendliche Vorwürfe machen!»

Hedwig hob den Kopf. Ihre Miene strotzte vor Kampfeslust. «Ich selbst würde mir unendliche Vorwürfe machen, säße ich untätig herum – während um mich her Menschen stürben!»

Karst sah seine Schuhspitzen an.

«Bitte, Doktor Karst, ich sehe doch, dass überall Hilfe benötigt wird!»

Karst seufzte tief, dann rang er sich durch: «Ich bitte Sie:

Nehmen Sie diese tatendurstige junge Dame als Hilfe an, Mutter Oberin. Man wird es Ihnen danken!»

Pikiert rümpfte die Oberin die Nase. Einem Arzt, wenn auch einem Assistenzarzt in Ausbildung, konnte sie schwerlich einen Wunsch abschlagen. «Die letzte Entscheidung liegt bei Direktor Rumpf», sagte sie. Mehr Widerstand war unschicklich.

«Sicherlich. Aber ich kann mir nicht vorstellen, was dagegen sprechen sollte, in dieser Lage.» Der durchaus gutaussehende Arzt nahm Hedwigs Hand in die seine und strich geistesabwesend darüber. Ihrer beider Hände waren ohne jeden Ring.

«Ich danke Ihnen schon jetzt», sagte Hedwig.

Die Oberschwester ließ die verschränkten Hände nicht aus den Augen. Ihre Miene gefror.

«Setzen Sie Dr. Rumpfs Einverständnis voraus», sagte Karst zu ihr. «Ich übernehme die Verantwortung.»

«Dann müssen wir wohl als Erstes zur Kleiderkammer, um sie einzukleiden», sagte sie grummelnd und an Hedwig vorbei, während der Arzt sich mit einer knappen Verbeugung verabschiedete und zu seinen Patientinnen eilte.

Nach anfänglicher Skepsis hatte die Mutter Oberin sogar einen Kittel und ein Häubchen für Hedwig aufgetrieben. Dass tatsächlich jede Hand gebraucht wurde, hatte zum Gesinnungswandel beigetragen.

Hedwig wollte sich im Direktorenhäuschen noch mit einer Stärkung versehen, dann würde sie den Dienst antreten. Die frischgebackene Hilfsschwester sollte sich so bald wie möglich in der Damenbaracke III einfinden, im Klinikjargon kurz *D-III* genannt. Die war am Vortag erst errichtet worden, seit dem Vormittag in Gebrauch und bereits zur Hälfte gefüllt. Die Zahl der leeren Betten schrumpfte schnell. Doch in der Nachbarschaft wuchsen bereits *D-IV* und *H-VI* in die Höhe.

Die Baracke *Damen III* war, so erfuhr Hedwig von der Mutter Oberin, Dr. Karst unterstellt. Sie wusste nicht, was deren Beweggründe sein mochten, sie ausgerechnet diesem Arzt zuzuordnen, doch Hedwig war nicht unglücklich darüber. Ihr erster Eindruck war äußerst positiv.

Derart in Gedanken versunken, überholte sie auf dem Campus einen Mann in weißem Kittel mit angegrauten Schläfen. Sie eilte vorüber und nahm einen vertrauten Geruch wahr. Dennoch war sie ganz auf ihr Ziel fixiert. Als er sie anrief, war sie schon fast vorüber: «Hedwig!»

Sie wirbelte herum. Sie hatte tatsächlich richtig gehört! «Robert!», rief sie aus.

Es war selten, dass sie ihn beim Vornamen nannte. Schließlich hatten sie in den Jahren, in denen sie sich näher und näher gekommen waren, Kosenamen gefunden; Namen der Leidenschaft und Vertrautheit, nur für ihrer beider Ohren bestimmt. In der Öffentlichkeit hingegen nannte sie ihn immer nur «Koch».

Hedwig wollte den Verlobten umarmen, doch bevor sie ihn erreichte, wurde Kochs Blick hinter den Gläsern seiner Nickelbrille streng. Er trat einen Schritt zurück und besah sich ihre Kleidung. «Was soll diese Maskerade? Seit wann bist du eine Krankenschwester?»

Hedwig errötete. «Hilfskrankenschwester! Jede Hand wird gebraucht», sagte sie zu ihrer Rechtfertigung. «Die Baracken füllen sich schneller, als sie erbaut werden.»

Kochs Blick ruhte lange auf ihr. Die Stirn hatte er in tiefe Falten gelegt und schien mit sich zu kämpfen. «Du solltest doch im Haus bleiben! Dich keiner Gefahr aussetzen! Was, wenn du dich ansteckst?»

Hedwig zog einen Schmollmund. Ihre Blicke wanderten über Kochs Kittel. «Den ganzen Tag untätig auf meinen Liebsten warten? Das ist wider meine Natur!»

Koch schwieg.

«Wo warst du? Ich dächte, du bist in Altona», fragte sie ihn.

Koch wand sich. «Wir haben Proben genommen. Ich habe Kulturen auf Blutserum angelegt. Der Komma-Bazillus ist überall. Wir müssen schnellstens die Quelle der Verbreitung finden.»

«Du arbeitest. Ich arbeite. Menschen sterben, und wir können etwas dagegen tun. Helfen wir beide, Liebster, das können wir, anstatt untätig zu warten. Du als Forscher, ich als Schwester, jeder nach seinen Kräften.»

Koch wollte immer noch keine Stellung beziehen. Schweigend liefen sie nebeneinanderher, ohne sich über das Ziel zu verständigen, und standen dann unvermittelt vor dem Direktorenhäuschen. Koch öffnete die Tür und trat ein. Er war überrascht von dem Glanz, den Hedwig hier hatte einkehren lassen. Scharf lag der Geruch von Desinfektion in der Luft, obwohl Hedwig die Fenster offen stehen gelassen hatte.

Sie gingen in die kleine Wohnküche. Selbst der Tisch war geschrubbt. Da entdeckte er das Telegramm.

Hedwig schlug sich mit der Hand vor die Stirn, zur Hälfte von der Schwesternhaube verdeckt. «Das hätte ich fast vergessen: Es ist am Morgen für dich abgegeben worden.»

Wortlos, aber mit einem vorwurfsvollen Blick in Hedwigs Richtung, ergriff Koch das dünne Papier. Riss den Umschlag auf und überflog den Text. «Das ist unmöglich», murmelte er, ohne Hedwig anzuschauen, «völlig unmöglich.»

Hedwig wurde mulmig, als sie ihn so ungläubig und verzweifelt sah. «Schlechte Nachrichten?»

Koch ließ das Blatt sinken und starrte in die Ferne. Dann wandte er sich seiner Geliebten zu. Der Anflug eines Lächelns zierte sein Gesicht. «Nein, eigentlich gute.»

«Rede, Liebster, worum geht es?»

«Stabsarzt Weisser kabelt aus Berlin: Es gibt immer noch kaum Cholerakranke in Altona. Eine Handvoll, mehr nicht! Unglaublich.»

«Das ist doch wunderbar!»

«Ja, schon. Aber leider auch vollkommen unerklärlich. Sämtliche Hamburger Abwässer – aus dem Hafen, aus der Stadt – münden unmittelbar an der Altonaer Frischwasserentnahme in die Elbe.»

«Das heißt, eigentlich müsste das Altonaer Wasser verseucht sein?»

«Natürlich. Denn das Hamburger Frischwasser wird weit oberhalb des Abwasserkanals entnommen, sogar weit oberhalb der Stadt. Es müsste demzufolge eigentlich sicherer sein als das Altonaer! Stattdessen ist es unendlich viel stärker kontaminiert.»

«Aber wie ist das möglich?», fragte Hedwig. «Die Altonaer trinken verseuchtes Wasser und sind gesund? Die Hamburger haben frischeres und sterben wie die Fliegen?»

«Das vermeintlich frischere Hamburger Wasser ist viel stärker verseucht. Ich habe Proben untersucht. Selbst in den feineren Stadtteilen: dreitausend Vibrionen auf einen Milliliter, eine unglaublich hohe Konzentration! Das Altonaer Wasser untersuche ich gerade im Labor. Ich habe Kulturen angelegt, bald werden wir sehen, ob es Kolonien bildet ... Nach allem, was Weisser nun kabelt, müsste es beinahe sauber sein. Ein Wunder!»

«Was stellen die Altonaer nur mit ihrem Wasser an, damit die Menschen nicht erkranken?», fragte Hedwig.

Über den Rand seiner Brille hinweg sah Koch die Verlobte an. «Das sollten wir herausfinden! So schnell wie möglich.»

In ihr Schweigen hinein drang Türklopfen. Koch öffnete. Ein Senatsdiener in Livree stand davor. «Gesundheitssenator Hachmann wünscht, Sie zu sprechen, Dr. Koch. Das Fuhrwerk steht bereit, es ist sehr dringend!»

Koch sah an sich hinunter. In diesem Aufzug war er schlechterdings nicht vorzeigbar. «Ich muss nur rasch den Kittel gegen den Cutaway tauschen.» Er wandte sich ab, um zu gehen, da sah er aus dem Augenwinkel, wie der Senatsdiener sich an der Tischkante abstützte. Die Beine schienen ihm wegzusacken.

«Ist Ihnen nicht gut?»

Die Aufmerksamkeit des berühmten Arztes auf sich, stemmte er sich mühsam in die Höhe. «Es geht schon wieder.»

Sie kamen kaum bis an die Alster, als der Senatsdiener den Kutscher anhalten ließ. Die Räder rollten noch, da sprang er aus dem Schlag und übergab sich an den Wegesrand.

Koch stieg ebenfalls aus. Er wartete, bis der Mann sich wieder aufgerichtet hatte, und sah ihm ins Gesicht. Die Augenhöhlen des Dieners waren dunkel und eingefallen. Koch trat einen Schritt zurück. Er vermied es, ihn zu berühren. Der Senatsdiener war kaum zwanzig Jahre alt, die Gesichtshaut ohne Falten.

«Versprechen Sie mir eines, junger Mann: Sobald wir unser Ziel erreicht haben, lassen Sie sich gleich wieder nach Eppendorf fahren. Melden Sie sich bei Dr. Theodor Rumpf, hören Sie: Doktor Theodor Rumpf! Sagen Sie, ich hätte Sie geschickt. Legen Sie sich sofort in ein freies Krankenbett. Geben Sie auf dem Weg niemandem die Hand, fassen Sie so wenig wie möglich an. Ich werde mich heute Abend nach Ihnen erkundigen. Es gilt, keine Zeit zu verlieren!»

Der junge Mann starrte Koch an. «Es ist die Cholera, hab ich recht?» Seine Stimme zitterte.

Koch senkte den Blick. Dann hob er ihn wieder. «Wie heißen Sie?»

«Petersen, Jon Petersen.»

«Haben Sie Familie?», fragte Koch.

«Twej Lütte», sagte der Mann und verfiel ins Platt. «De Deern twej, de Großen vier Joor.»

Koch nickte, obwohl er den Dialekt nur schwerlich verstand. Er versuchte, ihm durch einen entschlossenen Blick Festigkeit zu verleihen. «Begeben Sie sich sofort in die Obhut eines Arztes. Dr. Rumpf wird sich um Sie kümmern. Sie haben gute Chancen, denn Sie können noch auf den Beinen stehen. Die Krankheit befindet sich im Anfangsstadium. Aber sie schreitet für gewöhnlich rasch voran. Sehr rasch.»

Da hörten sie von draußen Tumult. Sie waren beinahe am Rathaus angelangt, doch vor einer Apotheke hatte sich eine Menge versammelt. Es schien, als schlügen die Menschen aufeinander ein. Schreie und Keifen. Koch sah, wie sich Damen an den Haaren zogen und einander mit Sonnenschirmen traktierten. Hüte rollten über den Boden. Ohne dem Kutscher Halt zu gebieten, sprang Koch aus dem Schlag und war bei der Menge. Beinahe zeitgleich kamen von rechts und links Gendarmen gerannt und bliesen ihre Alarmflöten.

«Was gibt's hier? Was ist der Anlass für diesen Aufruhr?»

Eine Dame gab Auskunft: «Jener Herr», sie deutete auf einen eleganten Mann mit Strohhut, «hat das letzte Kalomel erbeutet! Und jener andere», fuhr sie fort und deutete auf einen Rotschopf, «hat es ihm geraubt. Es darf doch nicht sein, dass in Cholerazeiten alle Gesetze außer Kraft sind!»

«Und da greifen Sie zur Lynchjustiz?»

Die Dame sah ihn aus großen Augen an.

«Auseinander, auseinander!», riefen da die Gendarmen und wollten die Menge forttreiben. Doch Koch ergriff einen von ihnen am Arm. Der entrang sich gleich wieder. «Was fällt Ihnen ein!»

«Lassen Sie die Menge ausharren», beschwor Koch ihn, «aber verschaffen Sie mir Gehör!»

«Wer sind Sie?»

«Dr. Robert Koch, Seuchenbeauftragter seiner Majestät des Kaisers.»

Der Gendarm schien beeindruckt. Er informierte seinen Kollegen, und gemeinsam gingen sie dazu über, die Menge zur Ruhe anzuhalten, anstatt sie zu vertreiben. «So behaltet doch Ruhe!»

Als die Schar einigermaßen herabgestimmt war, stellte der Gendarm den Beauftragten der Regierung Seiner Majestät des Kaisers vor. Anstatt zu verstummen, brach sich ein Sturm der Entrüstung Bahn.

«Seiner Majestät? Unsere Majestät ist es nicht, wenn sie nicht einmal für Medikamente sorgen kann!»

«Berlin hält sie zurück. Es ist ihnen glattweg egal, ob wir hier verrecken oder nicht», behauptete einer mit Mütze, doch ohne jeden Beweis.

«Helfen Sie uns gefälligst, wenn Sie Beauftragter sind!»

Koch wartete, bis sich die Menge beruhigt hatte. Dann begann er zu sprechen: «Ich verstehe Ihre Empörung, meine Damen und Herren. Es nützt nur nichts, sich um Medikamente zu schlagen, weil diese ohnehin keinen erwiesenen Nutzen haben. Schier gar keinen! Sie könnten genauso gut Stroh zu sich nehmen, der Effekt wäre derselbe.»

Sofort brach ein neuer Sturm los. «Das ist eine Lüge! Es gibt

Medikamente, doch sie sind unter Verschluss. Niemand will sie uns aushändigen.»

«Ja, es gibt Medikamente», sagte Koch ruhig, «aber sie sind von Quacksalbern zusammengerührt und ohne jede Wirkung. Wenn ihr euch gegen die Cholera schützen wollt, nehmt Wasser zu euch, klares, abgekochtes Wasser. Es ist das einzige Heilmittel!»

Bevor ein neuer Tumult losbrechen konnte, kehrte Koch der Menge den Rücken. Er hatte kein Ohr mehr für diesen Streit. Vor allem aber fehlte ihm die Zeit.

Er stieg auf den Tritt der Kutsche und öffnete den Schlag. Da sah er, noch bevor er das Chassis erklomm, im Inneren den Senatsdiener bewusstlos auf der Bank liegen. Er machte kehrt, warf den Kutschschlag zu und rief dem Kutscher zu: «Fahren Sie, so rasch es geht, nach Eppendorf. Geben Sie den Pferden die Peitsche! Dr. Rumpf soll sich um ihn kümmern. Ich laufe die paar Schritte.»

Der Kutscher nickte und wendete. Währenddessen hastete Koch im Eilschritt zum Rathaus hinüber.

6. Kapitel

«Desselben Abends waren die Redouten besuchter als jemals; übermütiges Gelächter überjauchzte fast die lauteste Musik, man erhitzte sich beim Chahût, einem nicht sehr zweideutigen Tanze, man schluckte dabei allerlei Eis und sonstig kaltes Getränk: als plötzlich der lustigste der Arlequine eine allzu große Kühle in den Beinen verspürte und die Maske abnahm und zu aller Welt Verwunderung ein veilchenblaues Gesicht zum Vorschein kam. Man merkte bald, dass solches kein Spaß sei, und das Gelächter verstummte, und mehrere Wagen und Menschen fuhr man von der Redoute gleich nach dem Hôtel-Dieu, dem Zentralhospitale, wo sie, in ihren abenteuerlichen Maskenkleidern anlangend, gleich verschieden.»

Heinrich Heine in: Französische Zustände. Über die Choleraepidemie von 1830 in Paris.

Dr. Karst war der zuständige Arzt für die Damenbaracke III. Die Oberschwester hatte ihm Hedwig zugeteilt. Und beiden schien es gleichermaßen peinlich wie angenehm zu sein.

«Ich weiß, dass Sie eine verständige junge Frau sind. Aber haben Sie auch Erfahrung in der Behandlung der Cholera?», fragte Karst als Erstes.

Hedwig wollte antworten, dass Koch ihr einiges über die Ansteckungswege und die Nachweismöglichkeiten sowie die Vermehrungsweise der *Vibrii cholerae* erzählt habe. Doch nach kurzer Überlegung verschwieg sie all dies und schüttelte den

Kopf. Also führte Dr. Karst sie durch die Baracke und zeigte auf einzelne Betten.

«Die Stadien der Cholera sind gut zu erkennen. Ein Blick in die Gesichter reicht: In der Krampfphase sind sie schmerzverzerrt, der Kampf gegen den Bazillus dauert an. Das ist auch unser Kampf. Denn in dieser Phase sind die Patienten noch zu retten. Falls sie die richtige Behandlung erfahren.» Karsts Umgang war geschäftsmäßig. Er hielt Abstand. Konnte dies derselbe Mann sein, der so gefühlvoll ihre Bauchdecke abgetastet hatte?

«Wie lautet die richtige Behandlung?», fragte Hedwig. «Meines Wissens gibt es keine schlagkräftigen Medikamente.»

Über den Brillenrand hinweg musterte Karst sie – ein klarer, aufrichtiger Blick –, beinahe wie Koch sie gelegentlich ansah, dachte Hedwig.

«Ich wage es kaum auszusprechen ...» Karst lächelte verschmitzt.

«Nun sagen Sie schon!»

«Wasser», sagte der Arzt da. «Große Mengen. Aber abgekocht. Außerdem ... haben wir gute Erfahrungen mit intravenös verabreichter Kochsalzlösung. Aber da stecken wir noch in den Kinderschuhen, was Menge und Dosierung anbelangt.»

«Wasser in die Venen? Wozu?»

«Um das Austrocknen des Körpers zu verhindern. Über die Gefäße erreichen wir das am schnellsten, da gelangt es direkt in den Blutkreislauf, und die Funktion der Organe wird erhalten.»

Hedwig musterte Karst. Der fuhr währenddessen fort: «Die Cholera schwemmt mitsamt den Bazillen derart große Mengen Flüssigkeiten aus, dass der Körper bald vollkommen ohne Wasser ist. Wir sagen: dehydriert. Diesen Effekt können wir ausgleichen und den Körper stärken. Dann haben wir der Krankheit ein Schnippchen geschlagen. Dort in der Ecke», Karst wies auf einen Tank, «befindet sich abgekochtes Wasser. Alle Patientinnen, die noch Kraft haben, sollen trinken, trinken, trinken. Helfen Sie ihnen dabei, und Sie haben ein Gutteil dessen getan, was Sie für diese Patientinnen tun können.»

Sie durchschritten eine Gasse, die in einen durch Paravents abgetrennten, hinteren Bereich der Damenbaracke führte. «Hier liegen die Todgeweihten.» Karst hatte die Stimme gesenkt. «Schauen Sie sich die Gesichter an. In diesem Zustand können wir nichts weiter tun, als auf den Tod zu warten.»

Hedwig nickte ohne eine Regung ihres Gemüts. Die Anwesenheit des massenhaften Sterbens schien ihr nichts mehr anhaben zu können. Die Mienen der Todgeweihten, die spitz aus dem Gesicht ragenden Nasen mit den eingefallenen Flügeln, die Würde der Sterbenden, all dies erfüllte sie mit feierlicher Stille. Sie spürte das Bedürfnis zu malen.

«Sobald eine Patientin das Zeitliche gesegnet hat, verbrennen wir alle Wäsche – ihre Leibwäsche, ihre Bettwäsche. Feuer vernichtet den Bazillus. Dann besprühen wir das Bettgestell mit Karbol oder Chlorwasser. Wir warten eine Stunde, und es ist bereit für den nächsten Kranken.»

«Sie arbeiten ohne Schutzmaßnahmen, Dr. Karst, nicht einmal Handschuhe. Wie verhindern wir die Ansteckung?»

«Waschen Sie sich die Hände, von mir aus besprenkeln Sie sie mit Karbol, vor allem aber nehmen Sie sich vor den flüssigen Ausscheidungen in Acht.»

Hedwig bemerkte, dass Dr. Karst sie von der Seite betrachtete.

«Was ist?», fragte sie mit einem Lächeln.

«Ich ...», begann Karst unsicher. Dann brach er ab: «Ach nichts. Haben Sie noch Fragen?»

Hedwig schüttelte den Kopf.

«Dann an die Arbeit.»

Als sie den Mittelgang der Baracke durchschritten, wurde an der Stirnseite gerade eine weitere Dame von zwei Krankenhelfern in ihr Bett gelegt. Karst nahm sich ihrer augenblicklich an. Schaute in ihre Pupillen, überprüfte ihren Puls und sagte dann schließlich: «Kochsalzlösung, wir probieren es mit Kochsalz. Sie kommt spät, zum Trinken ist sie schon zu schwach. Wir haben keine andere Wahl.»

«Sagten Sie nicht, Sie haben noch wenig Erfahrung mit dieser Methode?»

«Ich sagte: Wir haben keine andere Wahl!» Karsts Ausdruck war bestimmt, seine Augen blitzten, seine Stimme war energisch. Diesen Ausdruck kannte Hedwig von ihrem Geliebten. Er duldete keinen Widerspruch. Auch wenn Karst schmächtiger war als Koch.

Eine erfahrene Schwester hatte in aller Schnelle eine Infusionsspritze mit einer durchsichtigen Flüssigkeit herbeigeholt. Dr. Karst nahm eine sehr lange Nadel und führte sie in die Vene der Armbeuge ein. Dann drückte er den Stempel in den gewaltigen Kolben, er mochte einen halben Liter fassen. Bald war die Flüssigkeit vollständig in den Körper der Kranken gepresst. «Beginnen wir mit einem halben Liter, dann sehen wir weiter.»

«Kochsalz», sagte Hedwig ungläubig. «Ein halber Liter!»

«Kochsalz*lösung*», entgegnete Dr. Karst, «isotonisch.»

«Was soll Salzwasser gegen eine Krankheit wie die Cholera ausrichten?»

«Die Salzkonzentration entspricht der in unseren Zellen. Die Mineralien halten das Wasser im Körper. Es setzt an derselben Stelle an wie die Krankheit und verhindert die Austrocknung. Das ist alles vollkommen wissenschaftlich und nachvollziehbar. Ich würde diese Methode, wenn sie sich bewährt, zu gern Ihrem Zukünftigen vorstellen.»

Hedwig war noch nicht überzeugt.

«Wir dürfen die einfachen Wege nicht verschmähen, nur weil sie einfach sind», ergänzte Karst.

Hedwig sah ihm in die Augen, Karst hielt dem Blick stand. Dann lächelte er und wandte sich der Patientin auf der Pritsche zu. Mit sanfter Stimme und in ruhigem Tonfall erkundigte er sich nach ihren Schmerzen.

Als Robert Koch in Hachmanns Amtszimmer trat, brauste ihm der Senator entgegen: «Dr. Koch, wann handeln Sie endlich? Es werden immer mehr Tote!»

«Wir handeln jeden Tag.»

«Sie fahren in der Stadt umher und nehmen Wasserproben! Haben Sie schon eine Erklärung für die Verbreitung des Bazillus?»

«Ich bin auf einer Spur», sagte Koch und fügte gleich hinzu: «Ich habe keine Plakate gesehen. Wo bleiben sie? Wir sprachen darüber. Sie erinnern sich?»

Hachmann nahm endlich Platz und faltete die Hände über einem Stapel Akten. «Darüber wollte ich mit Ihnen sprechen: Wie hoch soll die Auflage sein? 20 000 Exemplare? Ich habe mehrere tüchtige Drucker angefragt, aber ...»

«Wie viele Haushalte gibt es in dieser Stadt?», fragte Koch.

«Eine Viertelmillion.»

«Ich möchte, dass zusätzlich zu den Plakaten ein Flugblatt gleichen Inhalts in jeden Hamburger Haushalt gelangt. Ein jeder möge sich an die Maßgaben halten, sofort. Wie Sie schon sagten: Wir müssen handeln, unverzüglich!»

«Eine Viertelmillion Flugblätter?»

«Natürlich.»

«Wie sollen wir eine solche Masse über Nacht beschaffen? Wer soll sie drucken? Und wer verteilen? Schon die Suche nach dem Plakatdrucker gestaltet sich schwierig – in diesen Zeiten!»

Koch schwieg.

Mit schmalen Lippen räumte Hachmann ein: «Es gibt nur eine Organisation, die Zigtausende Plakate in einer einzigen Nacht verkleben kann.» Ein Anflug von Ekel verrohte sein Gesicht. «Die Sozialdemokratische Partei. Die haben einen Druckergenossen: Auer & Compagnie. Meine Polizei beobachtet seine Aktivtäten seit langem. Längst hätte ich dies Nest verbotener Gedanken ausgeräuchert. Aber die Gesetze des Reiches gestatten es nicht mehr ...»

«Ausräuchern?» Koch starrte Hachmann an. «Wo denken Sie hin? Diese Druckerei wird Leben retten!»

«Ich mache keine gemeinsame Sache mit Mitgliedern dieser Partei. Fragwürdige Subjekte, allesamt: Sozialisten! Meine Polizei sammelt sie täglich von der Straße.»

«Von heute an nicht mehr. Wir brauchen die Straßen, wir brauchen diese Leute, wir brauchen ihr Wissen.»

«Niemals werde ich gemeinsame Sache mit Sozialdemokraten machen!», polterte Hachmann.

«Sie werden doch Untergebene haben, Senator, Mitarbeiter. Wer die Revolution erklären kann, der kann auch die Cholera erklären! Nehmen Sie Kontakt mit dem Vorstand der Hamburger Sozialdemokraten auf – jetzt. Jede Minute, die ohne Maßnahme verfließt, ist eine verlorene.»

Hachmann haderte mit sich, das war ihm anzusehen.

Koch beugte sich vor. «Es gibt keine Sozialdemokraten mehr, keine Liberalen, keine Kaisertreuen und keine Klerikalen. Es gibt nur noch: Kranke und Gesunde.»

Hachmann hob den Kopf. «So ist es.»

Koch erkannte, dass der Senator längst nicht überzeugt war. Etwas anderes ließ seinen Widerstand erlahmen: Ratlosigkeit. Koch hingegen wusste Rat.

«Bring mich ans Schulterblatt!», rief Koch dem Kutscher zu, dessen Gefährt er jetzt betrat.

Das *Schulterblatt* war eine der wichtigsten Grenzstraßen zwischen Preußen und der Freien und Hansestadt, preußische und hamburgische Grenzpolizei patrouillierte gemeinsam. Es konnte keinen bildhafteren Ort für das zusammenwachsende Deutschland geben.

Aufgrund der Quarantäne waren die Patrouillen von der preußischen Seite her verstärkt worden. Das Hinüber und Herüber sollte erschwert werden. Vollständig zu unterbinden war es nicht.

Dort angekommen, stieg Koch aus der Kutsche. Er sah die breite, schnurgerade Straße hinunter, und tatsächlich: Was Weissers Zahlen belegten, war hier ganz anschaulich. Auf der hamburgischen Seite hielten zwei Kranken- und sogar eine Totenfuhre. Kein einziges Fuhrwerk mit schwarzen Vorhängen hingegen auf der Altonaer Seite. Schenkte man Weissers Zahlen Glauben, konnte man die Altonaer Toten an einer Hand abzählen. In Hamburg erreichten sie schon die Tausendergrenze.

Warum nur war Altona verschont geblieben, wenn es nach menschlichem Ermessen doch stärker betroffen sein musste, da es, aufgrund seiner Lage an der Elbe, die Hamburger Abwässer förmlich trank?

Koch stellte sich auf die Straßenmitte und rief ein Weib heran, das das Trottoir kehrte.

«Meine Dame!» Mit diesen Worten trat er über die Linie, die

durch ins Pflaster eingelassene Grenzsteine markiert war. Sofort kamen ein hamburgischer und ein preußischer Beamter herbei, ergriffen ihn an den Armen und zogen ihn zurück auf die Hamburger Seite.

«Mein Herr», sagte der Hamburger Gendarm, «jeder Kontakt auf die andere Seite ist bei Gefängnis verboten!»

«Es sei denn, Sie haben einen Passierschein», ergänzte der Preuße pflichtschuldig.

Koch fasste sich ans Herz und begann zu stöhnen. «Darf ich nicht um Wasser bitten?»

Die Gendarmen prallten ängstlich zurück.

Die Dame sah Kochs schweißnasse Stirn. «Haben Sie doch Mitleid mit dem Herrn!», rief sie. Schon eilte sie ins Haus.

Koch setzte sich aufs Pflaster zwischen die beiden Gendarmen, mitten ins hanseatisch-preußische Niemandsland. Ratlos sahen die Diener der öffentlichen Ordnung auf ihn hinab.

«Geht es besser?», fragte der Preuße.

«Ich bin Arzt», sagte Koch. «Ich brauche nur Wasser.» Zur Bekräftigung keuchte er schwer. Die Gendarmen warfen sich Blicke zu. Einen Todkranken wollten sie nicht auf ihrer Grenze.

Ein Glück kam das Weib bald zurück. In der Hand eine Blechtasse. Dankbar nahm Koch das Wasser entgegen. Vorsichtig, in der Absicht, nicht zu viel in den Mund zu nehmen, befeuchtete er die Lippen – freilich ohne zu trinken. Dann schenkte er dem Weib einen Augenaufschlag. «Es geht schon besser.» Er nahm noch ein Lippenbad, um die kleine Notlüge zu untermauern. Dann bedeckte er den Emaillebecher mit seinem Handteller und machte Anstalten, sich zu erheben. Die beiden Grenzpolizisten griffen ihm unter die Arme und schleppten ihn auf die Hamburger Seite, sichtlich erleichtert, dass sich die Störung im Tagesablauf so leicht zu verflüchtigen schien.

Koch bat die Polizisten darum, ihn zu seinem Fuhrwerk zu geleiten. Die Emailletasse hielt er einfach in der Hand. Er spürte den überraschten Blick der Dame ob des Verlustes, ohne dass die Erkenntnis in Protest gemündet hätte. Dennoch beschloss er, ihr die Tasse baldmöglichst zurückzuerstatten, sobald er deren Inhalt analysiert hatte.

Als Hedwig in das Direktorenhäuschen zurückkehrte, fühlte sie sich kraftlos. Ein halber Tag im Dienst hatte sie ausgelaugt. So viel Neues, so viel Ungesehenes! Die Oberin hatte sie heimgeschickt. Doch Koch war nicht hier, und plötzlich spürte sie das Bedürfnis zu zeichnen. Die Kranken, die Krankheit, die Bahren, die Baracken, alles. Also bewaffnete sich Hedwig mit Skizzenbuch und Stiften und begab sich erneut in die Damenbaracke III.

Die Frau, die Dr. Karst am Nachmittag behandelt hatte, schien sich wie durch ein Wunder erholt zu haben. Die Wangen waren nicht mehr ganz so eingefallen, sogar wirkte die Haut ein wenig aufgefrischt. In ihrer Armbeuge Spuren mehrerer Einstiche, es war nicht bei einem halben Liter geblieben.

Hedwig nahm sich einen Hocker und setzte sich neben die Pritsche. Sie musterte das Gesicht der Kranken, die nur wenig älter als sie selbst sein mochte. Musterte den Oberkörper, den Unterleib, die Füße. Dies alles zeichnete sich unter der grauen, grobleinenen Decke ab. Sie setzte den Stift an und begann mit den Umrissen. Im Profil die wächserne Stirn, die eingefallenen, dunklen Augenhöhlen, die spitze Nase, die – in der Form einem Komma-Bazillus nicht unähnlich – aus dem Gesicht ragte, das fließende Kinn. Dann ging sie mit sanften Strichen zum Oberkörper über. Der Brustkorb war kaum wahrnehmbar unter der Decke.

«Was tun Sie?», fragte die Kranke schwach.

«Ich zeichne.»

«Mich?»

Hedwig nickte.

Die Frau wandte den Kopf zur Seite. «So bleibt wenigstens etwas von mir.»

«Sie werden nicht sterben.» Hedwigs Stimme zitterte. Es war eine mutige, doch haltlose Prophetie.

Die Kranke ließ sich nicht darauf ein. «Sind Sie Ärztin?»

«Krankenschwester.» Hedwig zögerte. «Hilfskrankenschwester», ergänzte sie dann, der Wahrheit halber. «Und Malerin.»

«Ihr Name?»

«Freiberg. Hedwig Freiberg.»

«Gott schenke Ihnen ewiges Leben, Fräulein Freiberg. Sie haben Gutes für mich getan.»

«Indem ich Sie zeichne?»

«Indem Sie mich hier aufgenommen, gewaschen, gefüttert, umsorgt haben.»

Mit einem Mal fiel die ganze Last des Tages auf Hedwigs Herz. Das Sterben und das Leiden, das sie in sich aufgenommen hatte, ohne zu fühlen, ohne darüber nachzudenken, ohne es abzuweisen – jetzt holte es sie ein.

Entkräftet ließ sie den Skizzenblock los. Die Zeichenkohle fiel ihr aus der Hand, der Kopf sank auf den Brustkorb der Frau nieder, und alle Hygienevorschriften waren vergessen. Hedwigs Tränen sickerten in die graue Decke. Plötzlich spürte sie eine Berührung an ihrem Hinterkopf. Es war die Hand der Cholerakranken. Sie streichelte ihr sachte übers Haar.

Nach einer Weile – Hedwig wusste nicht, wie lange – schreckte sie hoch. Sie war auf dem Brustkorb der Patientin eingeschlafen. Ein Zucken durchfuhr sie, wähnte sie sich doch auf dem Körper einer Toten. Dann sah sie, dass sich die Brust hob und senkte: Die Patientin war am Leben!

Aber wenn die Patientin schlief, wer hatte sie dann eben an der Schulter berührt? War es Koch?

Im Umdrehen entdeckte sie den Assistenzarzt. Karst hielt den Skizzenblock und betrachtete das Porträt der Patientin.

«Sie sind eine ausgezeichnete Malerin, Fräulein Freiberg.»

Hedwig sprang auf und strich ihre Schwesterntracht glatt. «Entschuldigen Sie vielmals, Herr Doktor, ich muss eingeschlafen sein ...»

«Es war ein anstrengender Tag – für uns alle. Sie sollten Ihre freie Zeit nicht hier verbringen.»

Hedwig spürte Karsts Blicke auf sich ruhen. Dann räusperte er sich: «Draußen wartet ein junger Mann auf Sie.»

Hedwig sprang auf, stürmte aus der Baracke. Es war Abend geworden. Die Sonne stand noch am Himmel, war aber durch die Gebäude, Bäume und Baracken hindurch nicht zu entdecken. Ihr Abglanz jedoch, ihr mildes Licht tauchte den Abend in ein freundliches Gold.

Ein Junge in zerschlissenen Hosen mit Schlägerkappe stand vor der Baracke. «Dr. Koch! Ich suche Dr. Koch!»

Hedwig wusste sofort, wer er war, obwohl sie ihn nur aus Kochs Erzählung kannte.

Oles Gesicht war von Tränen gezeichnet. Entkräftet fiel er in Hedwigs Arme, hilfesuchend legte er seinen Kopf gegen ihren Bauch. Seine Worte erstarben im fortwährenden Schluchzen. Hedwig streichelte seinen Rücken, seinen Nacken, seinen Kopf, um ihn zu beruhigen. Und ganz allmählich verstand sie seine Worte. «Sie wird sterben», stammelte er in einem fort, «meine Mutter wird sterben.»

Der Stadtteil Hammerbrook war nicht viel geräumiger als das Gängeviertel. Faulig durchzogen die Fleete die Wohnreviere wie auch die Speicherstadt. Nicht alle waren gut durchflutet, mancherorts standen die Abwässer. Sandbänke, durch die Flut angeschwemmt, vereitelten den Abfluss. Die Häuser aus Fach- und Klinkerwerk waren in atemberaubenden Höhen gebaut und beherbergten eine unsittliche Anzahl Menschen. Die Ärmsten der Armen wohnten unterm Dach, und dahinauf stiegen sie nun: Ole, wortkarg und mit gesenktem Haupt voran, Hedwig hinterdrein.

Als Hedwig dann am Krankenbett stand, musste sie Ole recht geben: Die Mutter war vom Tod gezeichnet. Es war das Gesicht mit den eingefallenen Augenhöhlen, das Hedwig mittlerweile so gut kannte. Doch ihr Blick – und das flößte Hoffnung ein – verfolgte jede ihrer Bewegungen. Die Schwesterntracht beruhigte die Kranke, Erleichterung glomm in ihren Augen.

«Sind Sie gekommen, um mir zu helfen?»

Hedwig nickte und fühlte nach ihrem Puls. Nicht ohne sie zuvor mit Karbol, wovon ein Fläschchen mitzuführen sie sich angewöhnt hatte, abgerieben zu haben. Ihre wunden Glieder schmerzten, so war auch sie in den Orden der Rothände aufgenommen.

Der Puls der Kranken war noch energisch, nicht flatternd oder flach. Das Herz schlug kraftvoll, die Körperfunktionen schienen einwandfrei. Es konnte sich nur um ein frühes Stadium der Krankheit handeln, wenn auch das Gesicht etwas anderes ausdrückte. Womöglich war sie nicht nur von der Krankheit erschöpft.

«Ist es die Cholera?», fragte Oles Mutter. In ihrem Hamburger Platt klang es wie *Kulero*.

Hedwig befahl Ole, auf dem kleinen Ofen, der mitten in der Dachkammer stand, Wasser abzukochen.

«Sie müssen mir keine Antwort geben», richtete sie sich erneut an Hedwig. «Es reicht mir, dass Sie es nicht verneinen.»

Hedwig seufzte: «Ganz sicher sein können wir erst, wenn wir eine Probe genommen und eine Bazillen-Kolonie daraus gezogen haben.»

Mit dem Eintreten der Krankenschwester hatten sich die Geschwister in eine entfernte Ecke des Zimmers zurückgezogen. Aus ehrfürchtigem Abstand betrachteten sie die Frau in grauer Kluft. Der weiße Unterrock schaute fingerbreit unter dem Stoff hervor und verlieh dem einfachen Kleid einen festlichen Abschluss.

Da kam Ole mit dem Wasser. Hedwig fühlte zunächst, ob es nicht zu heiß war. Es war mehr als warm. Die Mutter gierte danach, ihre Lippen waren spröde von Trockenheit, doch Hedwig hielt das Wasser zurück, bis es eine annehmbare Temperatur hatte. Die Mutter flehte mit Blicken und Worten, aber Hedwig blieb hart. Erst als es heruntergekühlt war, gab sie es der Patientin.

Die Kranke ergriff den Becher und führte ihn zitternd, doch aus eigener Kraft, an die Lippen.

Ole sprangen Tränen in die Augen.

«Wo ist dein Vater?», fragte Hedwig.

Ole zuckte mit den Schultern.

«Du hast keinen Vater?»

«Das schon. Aber ich weiß nicht, wo er ist.»

Sie deutete auf die Geschwister: «Muss denn keines mehr zur Schule?»

Ole schüttelte den Kopf. «Wir haben Pestferien.»

«Pestferien?»

«Die Schulen sind geschlossen, damit die Krankheit zurückgedrängt wird.»

Hedwig schwieg.

«Muss sie sterben?», fragte der Junge mit brüchiger Stimme.

«Ich weiß nicht, ob sie es schafft. Aber wenn sie eine Chance haben soll, muss ich sie mitnehmen. Hier kann man sie nicht behandeln. Und *ich* kann sie ohnehin nicht behandeln. Das muss ein Arzt tun.» Der Gedanke an Dr. Karst flößte ihr Hoffnung ein.

Ole sah hinüber zu seinen Geschwistern. Das jüngste konnte kaum laufen.

«Tagsüber muss ich Geld verdienen. Da kann ich nicht hierbleiben und auf sie aufpassen ...» Oles Ausdruck war Bedauern.

Hedwig kramte Münzen aus der Tasche ihres Kleides. «Das sollte für eine Weile reichen ...»

Ole schaute die junge Frau an wie eine Erscheinung des Himmels. «Was soll ich dafür tun?»

«Nichts. Auf deine Geschwister aufpassen.»

«Das werde ich tun, werte Madame, mit allem, was mir zur Verfügung steht.»

Hedwig lachte. «Ich bin keine Madame, mein Junge, ich bin ein Fräulein.»

Ole straffte seinen drahtigen, hoch aufgeschossenen Körper.

«Hilfst du mir», sagte sie, «deine Mutter hinunterzutragen? Unten steht ein Krankenfuhrwerk.»

Schon hatte sie, vor Oles staunenden Augen, das schmutzige Laken so um die Frau gewickelt, dass man sie gut darin tragen konnte. Ole ging derweil zu seinen Geschwistern und erklärte, was geschehen würde. Dass er die herzensgute Madame vom Orden der roten Hände hinunterbegleiten und dann wiederkehren werde.

Als die Kinder sahen, dass die Mutter in ein Tuch gewickelt und forttransportiert wurde, brach ein Jammern aus.

«Darf ich sie noch einmal küssen?», fragte die älteste Schwester.

«Auf gar keinen Fall», entschied Hedwig.

Unten angelangt, lagerten sie die Mutter mit Kissen und Decken so bequem wie möglich. Zum Abschied erinnerte Hedwig Ole daran, sämtliche Wäsche der Mutter sofort zu verfeuern, sich danach die Hände zu waschen und alles zu desinfizieren.

«Ich habe kein Desinfektionsmittel. So etwas können wir uns nicht leisten.» Er sah zu Boden.

Hedwig übergab ihm die Flasche Karbol, die sie bei sich trug. Dann bestieg sie die Kutsche und befahl loszufahren.

Lange rannte Ole noch hinterher und schrie ihr eine Litanei des Dankes durchs Fenster, bevor er endlich stehen blieb und die Droschke mit ihrer kostbaren Fracht fahren ließ. Er zögerte nur einen Moment, dann machte er kehrt und rannte zu den Geschwistern zurück.

In Berlin verfügte Koch über eine ganze Zimmerflucht von Laboren. Er residierte in einem Amtszimmer, größer als mancher armer Leute Wohnung, und befehligte die besten Mediziner, Chemiker, Biologen des Kaiserreichs.

Nun vollführte er jeden Handgriff selbst: stapelte Proben in ein Geschirrregal und bereitete Nährlösung auf dem Rumpf'schen Küchentisch. Koch fühlte sich zurückversetzt in die Zeiten als Student oder als Assistenzarzt.

Doch das provisorische Labor im Direktorenhäuschen war mehr, als Koch in Kairo je zur Verfügung gestanden hatte. Es war so viel mehr, als was er während seiner Ausbildung in Wollstein sein Eigen nennen durfte. Es war – von dieser Seite her besehen – ein Glücksfall.

Auf einem Tisch, der längsten Wand entlang, waren die Proben aufgereiht: die Dame aus Winterhude, die Auswanderer vom Kleinen Grasbrook, Stuhlproben der Patienten aus Eppendorf und St. Georg, die Probe aus dem Sprengwagen, das Altonaer Wasser vom Schulterblatt und das Elbwasser bei Altona – sortiert nach Entnahmedatum. Davor jeweils zugeordnet die daraus bereiteten Nährböden. Das Blutserum bot den Komma-Bazillen optimale Bedingungen.

Erst am nächsten Morgen wüsste er mehr. Unterdessen wollte er arbeiten oder wenigstens seine Aufzeichnungen im Arbeitstagebuch weiterführen. Doch die Gedanken an Hedwig ließen ihm keine Ruhe.

Über eine Holzstiege ging Koch hinauf ins Schlafzimmer. Hedwigs Nachthemd aus Spitze lag gefaltet auf dem Bett, sie hatten es im Kaufhaus Wertheim in Berlin erworben, das erste Warenhaus, in dem man Wäsche vor dem Kauf frei zugänglich betrachten und prüfen konnte. Es fühlte sich weich an wie ihre Haut.

Er nahm den Stoff und führte ihn an seine Wange. Der Geruch machte sein Herz wund. Koch wusste selbst nicht, wie er so sentimental geworden war, er, der nüchterne Wissenschaftler! Diese Frau hatte ihn nicht nur von außen nach innen gekehrt, sie hatte ihm die Pforte zur Welt seiner Gefühle geöffnet.

Koch beherrschte nun eine Fähigkeit, die ihm zuvor fremd gewesen war: sich auf das eigene Fühlen zu besinnen. Auf das Denken konnte man sich wie auf eine Insel im tosenden Meer zurückziehen, aber Gefühlen lieferte man sich aus. Dass er sich diesem stürmischen Ozean überlassen konnte, war ihm neu. Musste man erst nach Hamburg kommen, um dies zu lernen?

Doch indem er diese neue, unbekannte Welt betrat, öffnete er sich auch dem Schmerz und der Eifersucht. Und, er musste es zugeben, einer maßlosen Wut: dass Hedwig es wagte, seinen Anweisungen nicht zu folgen! Nicht da zu sein, wenn er heimkam! Ihm nicht gleich Mantel und Tasche abzunehmen, wie es selbstverständlich gewesen war für Emmy, und ihn zum Sofa zu geleiten! Die Kissen aufzuschütteln und unter seine müden Knochen zu legen! Nichts von alledem, woran sich ein Mann gewöhnen konnte. Wo war Hedwig überhaupt?

Er ließ das Spitzennachthemd aufs Bett fallen, nahm seinen Hut – die Jacke ließ er liegen, den Arztkittel gleich gar – und trat im Hemd vor die Tür, um sich die Beine zu vertreten. Und den Gefühlssturm in Bewegung zu verwandeln.

Dr. Karst war, obwohl die Abendstunde weit vorgerückt war, noch im Dienst. Sein Gesicht wirkte schmal und abgespannt. So trat er Hedwig entgegen:

«Wen bringen Sie da?»

Hedwig straffte sich, um gegen den hochgewachsenen Mann so groß wie möglich zu erscheinen. «Dr. Karst, ich flehe Sie an, Sie müssen diese Frau retten!»

Instinktiv hatte Oles Mutter den inneren Kampf der beiden wahrgenommen: den Kampf gegen die Müdigkeit des Körpers und die Erschöpfung der Mittel. Sie griff nach Hedwigs Hand und ließ nicht mehr los. Das verlieh Hedwig ungeahnte Kraft.

Die Träger setzten ihre Last ab. Karst beugte sich hinunter, fühlte den Puls, sah ihr in die Augen. Dann erhob er sich seufzend und deutete mit dem Finger auf den hinteren, mit Vorhängen abgetrennten Bereich der Baracke: das Sterbe-Kabinett.

«Nein!», rief Hedwig. «Versuchen Sie es, Doktor! Geben Sie ihr Salzlösung!»

Dr. Karst wollte Hedwig am Arm beiseitenehmen. Ihr in verhaltenem Ton eine Predigt halten: Wie sie es wagen könne, sich in die Belange der Therapie zu mischen! Nicht einmal Schwester sei sie! Er zerrte an ihrem Arm, doch Hedwig riss sich los. Die Kranke hielt Hedwigs Hand noch immer umklammert. Dr. Karst löste die Finger der Patientin einzeln mit Gewalt und führte Hedwig ein paar Schritte abseits. Er redete auf sie ein und schüttelte ihre Schultern.

«Fräulein Freiberg, glauben Sie mir, für diese Frau kommt jede Hilfe zu spät. Alles, was wir täten, wäre verschwendet.»

«Das kann nicht sein, Doktor, sie hat Kinder, kleine Kinder! Es gibt keinen Vater dazu, und der Älteste ist erst dreizehn Jahre alt! Wenn sie stirbt, sind auch die Kinder des Todes.»

Karst sah ihr lange ins Gesicht. Wie beiläufig legte er seine Hand auf ihre Wange und strich ihr mit dem Daumen eine Träne von der Haut. Zuerst schreckte Hedwig vor der Berührung zurück – dann ließ sie es geschehen.

«Es mag ungewohnt für Sie sein», sagte er mit ruhiger Stimme, «Menschen gehen zu sehen. Für mich ist es tägliches Brot. Menschen, die sterben, haben meistens Angehörige, Kinder, Enkel und Liebste. Der Tod ist nicht wählerisch. Ich bin nicht das Schicksal, ich kann nicht alle retten. Ich gehorche dem Ratschluss Gottes und wehre mich nicht. Mir ist vollkommen bewusst, dass das schwierig zu verstehen ist – für eine Hilfsschwester.»

Hedwig spürte Kälte und Abweisung, doch sie gab nicht auf.

«Kochsalzlösung, Dr. Karst, bitte versuchen Sie es!», bedrängte sie ihn. «Es steckt noch Kraft in ihr, ich habe ihren Griff gespürt, sie will leben. Sie *muss* leben!»

Karst senkte den Kopf, seine Schultern hingen. Dann straffte er sich, fand neue Energie, woher auch immer, wies den Trägern mit einem Kopfnicken eine freie Bettstatt an – einen halben Meter diesseits der Grenze, durch den groben Stoff eines Vorhangs markiert: der Grenze zwischen Leben und Tod.

Die Matratze war noch nicht wieder bezogen, eben erst war eine Patientin mitsamt ihrem Bettzeug hinter den Vorhang verlegt worden. Hedwig wartete ab, bis alles durch die Desinfektionsschwestern keimfrei gemacht worden war. Dann spannte sie ein frisches Laken und legte eine Decke darauf. Das dumpfe Chloraroma lag noch in der Luft.

Behutsam entkleidete Hedwig die Frau. Unter der Kleidung war sie nur Haut und Knochen. Vorsichtig wusch sie sie. Obwohl das Wasser warm war, begann die Kranke zu zittern. Hedwig trocknete sie rasch ab und half ihr, ein schlichtes Hemd überzustreifen.

Als Dr. Karst die Hohlnadel bereit machte, zog die Frau sie zu sich hinunter. «Mein Taufname ist Anne, aber alle Welt nennt mich Änni», sagte sie leise. «Ich lege mein Leben in Ihre Hände, Madame.» Ihre Augen waren glasig vor Rührung.

Hedwig räusperte sich und sprach dann, so kraftvoll es ihr möglich war: «Bitte, Dr. Karst, eine hohe Dosis, die höchste, die Sie bislang verwendet haben.»

Karst warf ihr einen entnervten Blick zu. Sie hätte ihn umarmen mögen dafür: für seine Bereitschaft, etwas ausschließlich ihr zuliebe zu tun, weil sie ihn darum bat. Selbst wenn es in diesem Moment zu viel war.

Ein paar Handgriffe, dann war die Lösung in Ännis Adern. Schnell zog Karst einen neuen Kolben auf. «Das wird die Entwässerung ihres Körpers aufhalten», erklärte der Arzt und setzte erneut an. Auf diese Weise verabreichte er ihr mehrere halbe Liter. «Nun braucht Ihre Patientin Ruhe, Schwester Hedwig.» Und dann, mit gesenkter Stimme: «Und Sie, Fräulein Hedwig, benötigen sie ebenfalls.»

Es war das erste Mal, dass er sie beim Vornamen nannte, und Hedwig hätte lügen müssen, um zu behaupten, dass sie das nicht auf eine ganz eigentümliche Weise berührte.

Erst spät kehrte Koch ins Direktorenhäuschen zurück. Die Luft des Abends – der Wind lebte auf, sobald die Sonne untergegangen war – hatte ihm gutgetan. Nun hätte er Hedwig wirklich erwartet, in Schürze, am Herd, mit einem Abendbrot. Doch das Haus, das Rumpf ihnen so uneigennützig überlassen hatte, war immer noch verwaist. Lichtleere Fensterhöhlen empfingen ihn. Koch betrat die dunklen Räume und entzündete einige Petroleumlampen. Sie begannen, ihr gedämpftes Licht zu verbreiten.

Seine Reagenzgläser und Nährschalen teilten sich allmählich den Platz mit Hedwigs Staffelei und Farben. Die Küche war ihrer beider Arbeitsplatz geworden. Er spürte Groll. Nicht darüber, dass kein Essen bereitet war, sondern darüber, dass seine Frau sich herumtrieb. Ihr Platz war bei ihm!, bohrte es in der Magengrube. Weshalb sonst war sie an diesen Ort des Todes gekommen? Doch dann kam er zu Bewusstsein und kämpfte den dumpfen, archaischen Zorn nieder. Auch er war ausgeblieben, auch er hatte sie verlassen, in Wenningstedt, auf einen Befehl hin, ohne sich zu erklären, ohne ihr auch nur einen Hinweis auf seine Rückkehr zu geben. Mit welchem Recht forderte er nun Gehorsam?

Koch hängte den Hut an den Garderobenhaken, ging hinüber ins Küchenlabor, beugte sich über den Tisch und prallte zurück. Eine Fratze starrte ihn an, die graue Maske des Todes. Leidverzerrt, mit aufgerissenen Augenhöhlen, hohlen Wangen, schmalen Lippen. Noch dazu überlebensgroß. So groß konnte kein Kopf, kein Gesicht sein!

Mit einem Griff drehte Koch den Hahn einer Petroleumlampe auf. Die Flamme im schlanken Glasgewand wuchs empor und erhellte den Raum. Er fasste sich ein Herz und beugte sich erneut über den Tisch: Ein grässliches Gesicht starrte ihn aus dem Skizzenbuch an.

Das Tiefblau, Blutrot und Violett hatte sich in Grautöne verwandelt. Doch die Skizze in Kohle war nicht weniger erschreckend als das Leben. Koch war ohne Zweifel: Hedwig hatte einen Cholerakranken – womöglich einen Toten! – verewigt. Oder einen Menschen in jener Übergangsphase zum Tode, das Fenster in die andere Welt. Die Zeichnung war gelungen, zweifellos, doch es ekelte ihn. Das, was er jeden Tag ansehen musste, wollte er nicht auch noch in seiner guten Stube ertragen!

Er wollte Hedwig zur Rede stellen. Aber wo war sie? Er fand sie nicht in der Schlafstube im Obergeschoss, nicht in der Wohnstube, nicht in der Küche, nirgends. Sie war einfach nicht da!

Koch konsultierte seine Taschenuhr: kurz vor Mitternacht. Er beschloss, schlafen zu gehen, um auch den Groll auf seine Verlobte zur Ruhe zu betten. Und sich dann, bei ihrer Ankunft – wenn sie denn irgendwann nach Hause käme – mit aller Macht zu entladen ...

Bevor er sich entkleidete – denn die Hitze saß im Mauerwerk –, sah er noch einmal nach seinen Kulturen. Seine Neugier war einfach zu stark. Sie standen auf dem Stubentisch abgedeckt, aber fürs Auge gut sichtbar. Mit dem Handmikroskop und bei Gasbeleuchtung warf er einen Blick darauf.

Das Ergebnis: Die Komma-Bazillen hatten sich vermehrt. Alle Proben waren ausnahmslos durchseucht. Es gab in ganz

Hamburg also nicht die geringste Möglichkeit, an unbedenkliches Wasser zu kommen. Bis in die Frischwasserzufuhr waren die Bazillen gelangt! Einzig und allein das Altonaer Wasser war nicht contagiert. Und darauf konnte sich Koch erst recht keinen Reim machen. Hatte er doch die erzbraune Fäkalbrühe aus Hamburg unmittelbar in die Altonaer Wasserentnahme hineinschwappen sehen.

Mitten in der Nacht. Ruhe lag über der Baracke, nur das Atmen der Patientinnen war zu hören. Hin und wieder seufzte eine auf. Hedwig erwachte von einer Bewegung neben ihrer Schulter. Doch es war nicht Oles Mutter, die sich gerührt hatte, es war Dr. Karst. Seine Hand lag erneut auf ihrer Schulter.

«Nicht erschrecken. Ich muss die Lösung spritzen.» Er hatte Hedwig berührt, um sie zu beruhigen. Nichts weiter. Hedwig sah auf den Kolben mit der rettenden Mischung.

«Ihr Körper saugt die Flüssigkeit auf wie Löschpapier.» Dr. Karst flüsterte, was seine Stimme noch samtiger machte.

Hedwig beobachtete die schlanken Finger des Arztes. Wie geschickt er die Nadel in die Armbeuge trieb, mit sicherer Hand. Wie er ruhig und ohne zu stocken den Inhalt des Kolbens in die Vene jagte, ohne sie zum Platzen zu bringen.

Nachdem er mehrere halbe Liter injiziert hatte, legte er die Spritze beiseite und sah der Frau mittleren Alters ins Gesicht. Die Dunkelheit war nur von einer Blendlaterne erhellt, die Karst neben dem Bett abgestellt hatte. Dann kniff er mit Daumen und Zeigefinger in die Haut der Patientin.

«Die Haut ist nicht eingefallen», stellte er fest, als diktiere er ein Bulletin. «Sie strafft sich gleich wieder, fast erscheint sie mir rosig.»

Sofort war Hedwig hellwach. «Heißt das, sie ist gerettet?»

«Für eine Prognose ist es zu früh. Aber sie scheint die Flüssigkeit gut anzunehmen.»

Er ergriff Hedwig an beiden Schultern und schob sie beiseite. Der Griff war bestimmt, aber zart, nicht brutal. Hedwig registrierte auch diese Berührung. Sie spürte, wie sich die Haare auf ihren Armen aufstellten.

Karst beugte sich hinunter und hob vorsichtig das Becken der Patientin an. «Das ist großartig. Sie behält die Flüssigkeit bei sich. Der Durchfall scheint eingedämmt, ebenso das Erbrechen.»

Hedwig erhob sich. «Wie viel haben Sie ihr gegeben?»

Karst stand ebenfalls auf. Er war etwas größer als Hedwig. Und wich ihrem Blick aus. «Sieben halbe Liter.»

«Dreieinhalb Liter Flüssigkeit?», fragte sie ungläubig.

Karst nickte. «So viel wie noch nie. Und sie verträgt es gut.»

«Dr. Karst, das müssen Sie unbedingt meinem Mann erzählen!»

Der Arzt wagte es immer noch nicht, sie anzusehen. «Ihrem Mann? Ich dächte, Sie seien noch nicht verheiratet?»

Hedwig meinte, Enttäuschung in seinem Tonfall zu vernehmen. Seine Miene war verschlossen. Hedwig nickte ohne ein Wort.

«Besser, Sie gehen jetzt zu Bett», sagte er, zur Seite schauend. «Die Nachtschwestern bewachen den Schlaf der Patientinnen. Die Tagschwestern aber sollten nachts ruhen.»

Hedwig gehorchte der Vernunft und entfernte sich von der Pritsche. Sie spürte, wie seine Blicke sie nun, da sie sich von ihm abgewandt hatte, umso neugieriger verfolgten. Sie erwartete, dass er sie zurückrief. Doch es kam nur eine Ermahnung: «Stolpern Sie nicht über den Knaben, wertes Fräulein! Er gibt nur auf die Mutter acht.»

Hedwig wusste nicht, worauf seine Bemerkung anspielte, bis sie die Tür zur Baracke aufstieß und hinaustrat. Vor dem untersten Absatz, zusammengerollt wie ein schlafender Kater, lag Ole. Zärtlich strich Hedwig ihm über den Kopf. Er erwachte nicht von der Berührung. Also stieg sie über ihn hinweg. Die Nacht war warm, er würde sich nicht erkälten. Und offensichtlich war es für ihn wichtiger, in der Nähe der Mutter zu sein, als an einem warmen Ort.

Die Luft stand im Direktorenhäuschen, obwohl Koch die Fenster aufgerissen hatte. Schon von weitem hörte Hedwig die ruhigen, doch nicht ganz lautlosen Atemzüge ihres Zukünftigen. Sie kamen aus dem runden Schlafzimmerfenster im Giebel. Er war längst zu Bett gegangen.

Hedwig verzichtete darauf, ein Hemd überzuziehen. Splitternackt schlüpfte sie unter die Decke. Ihre Hand tastete sich vor bis zur Hüfte des Ehemannes. Sie streichelte den Knochen, der die Haut straffte, und fuhr den Rundungen seines Gesäßes nach. Dann glitt die Hand höher, über den Nabel, umkreiste ihn zärtlich. Weiter hinauf zur Brust. Sein gleichmäßiges Atmen brach ab. Stattdessen sog er tief Luft ein. Sie presste sich an ihn und küsste seine Schulter. Ihre Fingerspitzen fuhren dabei durch die Locken seiner Brusthaare. Koch seufzte, als habe er einen schönen Traum. Doch der Schlaf der Erschöpfung wollte ihn nicht hergeben. Also schmiegte sich Hedwig noch enger an ihn und legte einen Schenkel auf seine Hüfte, um so einzuschlafen. Das vertraute Gefühl, das mit seinem Rasierwasser und seinem Körpergeruch einherging, die innige Verbundenheit in diesem Moment der Unschuld wurde nur durch einen Gedankensplitter getrübt: Hatte sie doch nicht verhindern können, dass ihre Gedanken zurück in die Baracke und zu dem glatten, überaus entschlossenen Gesicht mit dem gezwirbelten Bärtchen wanderten. Zur Berührung des Dr. Karst, als er ihre Schultern umfasste und sie ebenso bestimmt wie zärtlich zur Seite schob. Hedwig konnte, bei aller Ehre und Sittsamkeit, nicht verhindern, dass sie sich fragte, wie sich wohl die Haare auf seiner Brust anfühlten.

Mit den aufbrandenden Gesängen der Vögel erwachten Koch und Hedwig. Als Koch entdeckte, wie nackt seine Verlobte war, fragte er teils amüsiert, teils befremdet: «Was war gestern Abend? Ich kann mich nicht erinnern ...»

Hedwig zuckte mit den Schultern. «Nichts.»

Sie setzte sich auf. Die leichte Leinendecke war auf die Hüfte hinabgerutscht und umgab ihren glatten, hellen Bauch wie die Schärpe einer klassischen griechischen Statue. Ebenso nackt wie unschuldig sah sie ihm in die Augen. «Ich hatte Sehnsucht nach deiner Nähe.»

«Die stellte sich wohl erst spät ein», sagte Koch trocken. Die Frage «Wo warst du?» lag in der Luft. Doch Koch ließ sie im Ungewissen. Er stand schon am Waschtisch und schlug Rasierschaum. «Ich muss tief geschlafen haben», sagte er und besah, nachdem der Schaum fest genug war, seinen Halsansatz im Spiegel. Er zog die Haut unter dem Kinn glatt und begann, mit dem Messer eine Spur in das Weiß zu ziehen.

«Das hast du», sagte Hedwig amüsiert.

«Warum bist du so spät heimgekehrt?», fragte er, während er mit dem Messer konzentriert eine zweite Bahn zog.

Ohne einen Anlass, aber auch ohne dass sie es verhindern konnte, errötete Hedwig. «Ich bin nicht von Ännis Seite gewichen.»

«Wer ist Änni?»

«Oles Mutter. Sie ist an der Cholera erkrankt.»

«Ole?» Koch blieb wortkarg, weil das Messer dicht an seinem Kehlkopf entlangfuhr.

«Der Junge, der dich die ersten Tage begleitete. Du hast mir von ihm erzählt.»

«Ach, der. Ja.»

Koch schlug den Schaum vom Messer. Und setzte erneut an.

«Dr. Karst probiert eine neue Behandlungsmethode, die sehr gut anzuschlagen scheint.»

«Dr. Karst war auch dort?» Koch ließ das Messer sinken und sah ihr in die Augen.

Hedwig senkte den Kopf. «Ja. Er muss doch die Patienten versorgen, den Fortgang der Therapie überwachen.»

In diesem Moment fluchte Koch. Das Messer zuckte zur Seite. Dicht neben dem Kehlkopf zog das Blut eine Spur durch den Schaum.

Hedwig hatte sich derweil – nach kurzer Wäsche aus der Porzellanschüssel – die Schwesterntracht übergestreift. «Ich muss nach ihr schauen. Ich darf keine Zeit verlieren.»

Hastig suchte Koch nach einem Alaunpflaster für die Schnittwunde. Er tastete nach seiner Brille und fand sie nicht. Hedwig ordnete ihre Haare und steckte sie dann unter dem Schwesternhäubchen zusammen. Schon war sie an der Tür, «ich schaue nur rasch nach ihr!», und eilte hinaus, bevor Koch protestieren konnte.

Er war nicht einmal dazu gekommen, sie nach der Zeichnung zu fragen.

7. Kapitel

«Ich halte es für erwiesen, dass im Trinkwasser kein ursächliches Element für die Cholera gesucht werden könne. Damit will ich aber nicht ausgesprochen haben, dass bei einer Choleraepidemie gleichgültig ist, ob die Bevölkerung gutes oder schlechtes Wasser zu trinken habe ...»

Max von Pettenkofer, Arzt und Hygieneforscher

«Gibt es in diesem ehrwürdigen Gremium eine Person, die mir Auskunft über ein Phänomen geben kann: Warum treten in Altona fast keine Cholera-Fälle auf, obwohl die Frischwasserentnahme der Altonaer Wasserkunst *unterhalb* der Hamburger Abwassereinleitungen stattfindet?»

Koch blickte in die sichtlich beunruhigten Gesichter der Senats-Versammlung.

«Ich habe Proben», fuhr er fort, «aus den Hamburger Abwässern entnommen. Es fanden sich dreitausend Komma-Bazillen auf den Milliliter. Das heißt: Die Hamburger Abwässer sind hochgradig contagiös. Eine schlimme Cholerabrühe, auf Deutsch gesagt, die da täglich über die Elbe in die Altonaer Wasserkunst schwappt. Und dennoch hat preußisch Altona nur eine Handvoll Opfer zu beklagen ... Liegt es am Wasser oder an den Altonaern? Diese Frage möchte ich von Ihnen beantwortet haben!»

Stille lag über der Versammlung. Da hörte Koch endlich Stuhlbeine über den Holzboden schaben. Am hinteren Tischende erhob sich ein kleiner, beinahe kahler, aber am Rande seines Hauptes mit dunklen Locken versehener Mann. Über der Oberlippe trug er einen schmalen Bart in französischer Manier. «Gestatten, Samuel Samuelson, Leiter der Hamburger Wasserwirtschaft.»

«Sehr erfreut, Sie kennenzulernen, Herr Samuelson! Wenn auch etwas spät.» Koch warf Senator Hachmann einen vorwurfsvollen Blick zu.

«Können Sie mir erklären, Herr Samuelson, was Hamburg wassertechnisch von Altona unterscheidet? Was macht die Hamburger krank? Und was erhält die Altonaer gesund?»

Koch spürte Widerstand im Saal. Nicht jedem gefiel es, dass der kleine Mann das Wort ergriff. Nein, nicht selbst ergriff, sondern von Koch zugewiesen bekam. Samuelson nutzte die Gelegenheit, sammelte Energie, hob die Stimme und begann: «Ich müsste mich schämen, wäre ich nicht in der Lage. Bei meiner Ehre, es ist mein Ressort!»

Unwilliges Raunen im Saal. Samuelson fuhr fort: «Es ist ganz banal: Das preußisch verwaltete Altona verfügt seit längerem über eine moderne Sandfilteranlage. Hamburg verweigert den Bau einer solchen seit Jahren, ach was, Jahrzehnten.»

Unruhe im Saal. Einer rief: «Ungeheuerlich!»

«In Hamburg sollte ebenfalls solch eine Anlage gebaut werden», fuhr Samuelson unbeirrt fort, «der berühmte englische Ingenieur William Lindley hatte sich dafür starkgemacht ...»

Samuelson musste seine Rede abbrechen, die Protestbekundungen machten ihn mundtot. Er senkte den Kopf, trat ab und erntete giftige Blicke, bevor er sich auf den hinteren Stühlen niederließ. Senator Hachmann musste seine ganze Autorität aufwenden, um den Saal zu befrieden. Derweil drehten sich Kochs Gedanken um den Mann, den die Menge verschluckt hatte. Und jenen einen Namen, den der stille, zurückhaltende Sprecher genannt hatte: William Lindley.

«Es muss ausgesprochen werden, was ausgesprochen werden muss», sagte Hachmann. Seine Stimme zitterte.

«Wollen Sie ernsthaft behaupten», meldete sich ein anderer, «dass ein bisschen Sand den Choleraerreger besiegen kann? Das ist, mit Verlaub, lächerlich!»

Koch ergriff das Wort. «In der Tat, das ist banal und hält doch einen Großteil der Bazillen auf mechanische Weise zurück. Die Erklärung ist einfach: Der Komma-Bazillus ist ungewöhnlich groß und verfängt sich im Sand. Dort stirbt er nach einer Weile, weil er kein Wirtstier findet.»

«Es gibt einen einzigen Grund», sagte Hachmann, «warum dies nicht der Unterschied zwischen preußisch Altona und der Freien und Hansestadt sein kann.»

Koch ließ ihn nicht aus den Augen. «Welchen?»

«Auch Hamburg verfügt über eine Sandfilteranlage, wie Sie sie beschrieben haben. Nachdem wir sorgfältig Kosten und Nutzen gegeneinander abgewogen haben, entschlossen wir uns im vergangenen Jahr zum Bau. Und seit jüngster Zeit ist diese moderne Anlage auch in Betrieb.»

Samuelson erhob sich erneut, diesmal auf den hinteren Rängen. «Ja, das stimmt. Allerdings, die Kapazitäten lassen sehr zu wünschen übrig ...»

Hachmann wischte den Einwurf mit großer Geste beiseite. «Lassen Sie uns doch, Dr. Koch, die Anlage besichtigen! Sie werden feststellen, dass Hamburg in diesem Punkt auf der Höhe der Zeit ist. Und dass dies nicht die Lösung Ihres Problems ist – nicht sein kann. Sie sind auf dem Holzweg!» Und rief dann laut in den Saal: «Die Sitzung ist beendet.»

In Windeseile hatte Hachmann ein Ratsfuhrwerk bereitgestellt. Koch hatte auf der Begleitung durch Samuelson bestanden. Das Fuhrwerk des Senats war geräumig. Wie am Wirtshaustisch saß man beisammen, und Senator Hachmann verbreitete die passende Laune. Er machte keinen Hehl daraus, dass er einem guten Whiskey niemals abgeneigt war – auch nicht am Vormittag.

«Der Vorschlag von Mr. Lindley», verschaffte sich Samuelson mit nachdenklicher Stimme Gehör, «ist zehn Jahre alt. Ungefähr so alt ist auch die Altonaer Wasserkunst, die nun die Bevölkerung des Königreichs Preußen in diesem Landesteil wirksam schützt. In Berlin wird das Wasser der Spree bereits seit 1856 mit Sand gefiltert. In Hamburg dagegen gab es bis vor kurzem nur ein Absinkbecken, um den gröbsten Unrat abzuscheiden. Und dies betraf ausschließlich den leblosen Unrat. Fische und Krebse gelangen unbehelligt in die Frischwasserrohre.»

«Unfug», polterte Hachmann. «Die Hamburger Wässer sind für ihre Qualität bekannt. Alle großen Schifffahrtslinien entnehmen ihr Trinkwasser der Wasserkunst bei Blankenese. Noch nie hat sich jemand beschwert.»

Samuelson schwieg. Koch mutmaßte, dass er sich nicht noch offener gegen seinen Vorgesetzten stellen wollte. Er musste es schaffen, mit Samuelson unter vier Augen zu reden. Das wäre ein aufschlussreiches Gespräch!

«Ach, was soll das Rechten, wir werden es gleich mit eigenen Augen sehen», brachte Hachmann vor. Die drei Herren blickten aneinander vorbei, doch nicht nach draußen. Ungesehen zog Hamburg an ihnen vorüber. Sie wussten freilich, was sich dort abspielte: Geräuschlos litt die Stadt. Keine Marktbude geöffnet, alle Läden geschlossen, ebenso alle Gastwirtschaften, niemand arbeitete mehr, selbst der quirlige Hafen war zum Erliegen gekommen – für jede Hamburgerin, jeden Hamburger ein schwer zu ertragender Anblick. Senator Hachmann atmete tief ein und brachte es auf den Punkt: «Wie mir diese untätige Stadt an die Nieren geht!»

«Wie würde Ihnen erst eine tote Stadt an die Nieren gehen?», gab Koch zu bedenken.

«In meinen Augen ist die Stadt tot, wenn niemand arbeitet.»

«Aber die Menschen leben. Sind die Menschen erst gestorben, wird die Stadt auf ewig tot sein. Sobald die Krankheit besiegt ist, wird der scheinbar tote Organismus aufblühen. Der Pulsschlag kehrt zurück, die Stadt wird die Augen aufschlagen, und das Leben wird wieder seinen Gang gehen. So war es nach jeder Epidemie, die diese Welt heimgesucht hat, und so wird es auch nach dieser sein.»

Ungläubig sah Hachmann Koch ins Gesicht. Die Ränder unter den Augenhöhlen waren dunkel, der Mann sah müde aus.

«Sie sollten sich etwas Ruhe gönnen, Senator!»

Hachmanns Schnauben drückte Verachtung aus. Mehr hatte er nicht zu sagen.

Nachdem sie sich durch das Arbeiterviertel Hammerbrook elbaufwärts gearbeitet hatten, gelangte die Kutsche an den Billwerder Ausschlag, eine Insel zwischen Elbe und Bille. Das Gebäude der Wasserkunst war jüngst erbaut, die Ziegel glänzten von frisch gebrannter Glasur. Bögen hoben ein kühnes, seinen Zweck transzendierendes Bauwerk gen Himmel.

Die Kutsche hielt, auf Samuelsons Anweisungen hin, an einer Baustelle, nicht weit von der Elbe entfernt. Bleiern konnte Koch das Band des Flusses liegen sehen. Es erstreckte sich beinahe bis zum Horizont. Darüber nur ein schmaler Streifen Grün: das jenseitige Ufer der Norderelbe.

Über gemauerte Siele wurden die Elbfluten ins Landesinnere geleitet. Zu Füßen des Abraumhügels, auf dem sie nun standen, erstreckten sich vier große, ausgehobene Becken. Eines davon war bereits mit Wasser gefüllt. Die anderen Siele waren noch durch Sperrwerke geschlossen und lagen trocken. Einzig das dampfbetriebene Pumpwerk war schon in Gebrauch, der Schornstein rauchte munter.

«Und diese Größe – ein einziges Becken – reicht aus für die ganze Stadt?»

Samuelson wiegte das Lockenhaupt. «Für gewöhnlich schon. Das ist abhängig vom Wasserbedarf ...»

«Der im Sommer naturgemäß niedrig ist», fügte Koch ironisch hinzu. Hachmann warf Samuelson einen strengen Blick zu, und Koch verzichtete darauf nachzufragen. Der Wall des Schweigens war errichtet.

«Warum bauen Sie dann vier Becken?», fragte Koch.

«Die Stadt wird wachsen», erläuterte Hachmann. «Und der Durst nach Wasser auch. Es wird weitere sehr trockene Sommer geben ...»

«Ich habe lebende Stinte im Hamburger Frischwasser gefunden. Wie kann das sein?», fragte Koch.

Samuelson wollte Auskunft geben, doch Hachmann fiel ihm ins Wort. «Hin und wieder springt einer ins Becken.»

«Man hört sogar von Schlangen und Hechten im Trinkwasser. Wie schaffen es diese Tiere durch die Sandfilteranlage?»

«Meines Wissens sind Sie Arzt und Seuchenspezialist, Doktor Koch. Was geht Sie die Wasserwirtschaft an!»

«Wären Sie so freundlich und passten auf meine Tasche auf?» Koch hatte ein Glas herausgezogen. Den Lederriemen ließ er von seiner Schulter gleiten. Dann wandte er sich ab und ging hinunter zu den Becken, um eine Probe zu nehmen. Einmachgläser führte er seit den Erfahrungen der ersten Tage mit sich. Er kniete sich auf den gemauerten Rand, fauliges Aroma schlug ihm entgegen. Mit Blicken prüfte er das Wasser am Einlauf. Braune Brühe quoll über das Wehr. Dann schritt er am Beckenrand entlang zur Auslaufsperre. Von hier aus wurde das Wasser in die Frischwasserzufuhr der Stadt verteilt. Immerhin, hier war es nicht mehr braun, aber immer noch trübe. Vorsichtig hielt er das Glas in den Strom und wartete ab, bis eine ausreichende Menge hineingelaufen war. Er ließ es offen, die Deckel hatte er in der Tasche zurückgelassen. Dann stapfte er zurück.

Hachmann starrte Koch aus großen Augen an. Er warf einen Blick auf die Wasserprobe und nahm ihm das Glas aus der Hand. Sein Griff war fest und Koch ängstlich, dass er die Probe verschütten könnte. Der Widerstand gering, der Kampf kurz, Hachmann obsiegte.

Ohne dass der Arzt es verhindern konnte, setzte Hachmann den Rand des Glases an seine Lippen, legte den Kopf in den Nacken und trank beinahe die Hälfte des Inhalts in raschen Schlucken. Entsetzt sahen ihm die beiden Männer dabei zu. Nach vollbrachter Tat wischte sich der Gesundheitssenator mit zufriedenem Brummen über die Lippen. «Köstlich.»

Samuelson stand der Mund offen.

Koch forderte sein Glas zurück. «Ich werde eine neue Probe nehmen.»

«Papperlapapp, das Hamburger Wasser ist sauber.»

Koch überließ Hachmann das halbvolle Glas und stieg, ohne zu klagen, erneut den Hügel hinunter. Nachdem er die zweite Probe genommen hatte, schlug er sich den Dreck von den Knien. Niemand sollte ihn daran hindern zu beweisen, wie es um die Qualität des Hamburger Trinkwassers beschaffen war!

Koch verstaute die Probe in seiner Tasche, dann bestiegen sie die Kutsche. «Ich habe genug gesehen, meine Herren.»

Die Wortkargheit seiner Mitreisenden auf dem Rückweg aber nährte Kochs Verdacht, dass er bei weitem nicht alles gesehen, geschweige denn erfahren hatte.

Als Robert Koch ins Labor zurückkehrte, stellte er die neue Probe auf den Mikroskoptisch. Er würde sich ihr später widmen. Dann suchte er im Haus nach Hedwig. Er fand sie nirgends, keine Spur von ihr. Die Schwesterntracht war allerdings auch nicht zu finden, also ging Koch davon aus, dass sie ihren Dienst versah. Eifersucht schwärte in seinem Herzen.

Das Gefühl war neu für ihn. Mit seiner ersten Frau hatte er es nicht kennengelernt. Konnte man da überhaupt von Liebe sprechen? Koch war sich nicht sicher. Das Gefühl, das er Hedwig entgegenbrachte, unterschied sich gewaltig von der Bindung zu Emmy. Doch durfte man eine Form der Liebe gegen eine andere aufwiegen? Oder war nicht jede einzig und andersartig? Koch hatte sehr jung geheiratet, was wusste er da schon von der Liebe? Der Wissenschaftler gab sich dem Grübeln über ein flüchtiges Gefühl hin, bis er sich selbst dabei ertappte und sich sofort dafür verachtete. Hatte er doch weitaus Wichtigeres zu klären!

Was wusste William Lindley? William Lindley – warum hatte Koch bisher nicht von diesem Mann gehört? Und woran erinnerte ihn seine Forderung, in Hamburg eine ähnliche Anlage wie in Altona bauen zu lassen? Koch hielt einen Moment inne. Da kam es ihm in den Sinn: Das geheimnisvolle Telegramm! «Altona – solution»! Da war er doch enthalten, der Hinweis auf Altona! Und der Absender L.: Konnte es Lindley selbst sein, der sich hinter der Signatur verbarg?

Kochs Herz schlug höher. Plötzlich ergab das verwendete

Wort *Solution* Sinn: Es war nicht lateinisch, sondern englisch: solution – die Lösung! Er hätte gleich erkennen sollen, dass hier ein Engländer schrieb!

Koch nahm sich vor, später zu kabeln, vielleicht sogar einen Brief an Stabsarzt Weisser zu schreiben. Er spürte, dass die Lösung bereits in seinen Händen lag.

Während er die Fragen im Kopf überprüfte, streifte er sich den Kittel über und eilte ins Behelfslabor. Das Einweckglas mit der Probe vom Billwerder Ausschlag stand unberührt im Raum. Eigenhändig rührte er das Blutserum an, das die Nachzucht der Bazillen ermöglichen sollte. Dieser Nachweis war unbedingt erforderlich, um seinen eigenen Ansprüchen zu genügen. Den letzten Schritt der Indizienkette, die isolierten und nachgezüchteten Bazillen auf einen anderen, tierischen Organismus zu übertragen, war Koch im Falle der Cholera bislang schuldig geblieben. Auch in dieser Hinsicht war der Komma-Bazillus widerspenstig.

Mit einer Pipette übertrug Koch Proben vom Billwerder Ausschlag auf die Nährböden. Zuchtschalen auf der einen, Kontrollschalen auf der anderen Seite, wie es die Welt der Wissenschaft und seine eigenen Maßstäbe verlangten.

Dann, als die jüngsten Proben verarbeitet waren, widmete sich Koch den älteren. Und siehe da: Alles, was er bislang herausgefunden hatte, bestätigte sich. Beinahe alle Proben aus dem Hamburger Stadtgebiet waren contagiös. Das tödliche Komma fand sich überall, in ähnlich hoher Konzentration, von Barmbek über Pöseldorf bis Blankenese. Die Proben aus Altona hingegen waren beinahe unbelastet – Sandfilter sei Dank.

Kein Wunder, dass die Politiker diese Information nicht gern hörten: Diese letzte und tödlichste Epidemie des Jahrhunderts hätte vermieden werden können.

Es war Jakob Löwenbergs zweiter Tag in der Desinfektion. Es sollte der schwerste werden. Und nicht, weil ihn das Karbol immer noch zum Würgen reizte.

Der Instrukteur hatte den Desinfektionswagen zum Rosenhof geschickt, einem engen, dunklen Wohnhof, wie man ihn hundertfach in allen ärmeren Stadtvierteln fand. Unter dem Vorderhaus hindurch führte ein finsterer Torweg. Der Bote, der den Kolonnenführer informiert hatte, hatte von einer kleinen Wohnung gesprochen, zwei Kammern nur, das sollte bald abgetan sein.

Vor dem Hinterhaus standen Frauen und Kinder und gafften in den Türschlund, wo es rein gar nichts zu sehen gab. Andere starrten aus den Fenstern hinunter auf den Hof. Löwenberg und seine Helfer traten durch die Menge und ihre feindselige Stimmung hindurch in das Hinterhaus. Jakob hatte keine Erklärung dafür. Kamen sie nicht als Helfer?

Als sie die Kammern fanden, stellten sie fest, dass sie zu zeitig am Ziel waren. Die Kranke war noch darin und ihre beiden Kinder mit ihr. Löwenberg musste der Frau nicht lange ins Gesicht schauen. Sie war dem Tode geweiht. Ihr Atem war nur noch ein Röcheln.

«Wir sind zu früh», zischte der erste Mann an Jakobs Seite.

Löwenberg nickte.

«Was sollen wir tun?»

«Wir warten auf den Wagen.»

«Und die Kinder?»

«Bringen wir ins Kurhaus!»

Er nickte, und Löwenberg trat an das Mädchen heran, das vor seiner Mutter kniete und wimmerte. Löwenberg ging in die Hocke und legte seine Hand auf ihre Schulter. «Komm mit, mein Kind. Mutter wird schon wieder besser werden.»

Als sich das Mädchen erhob, ohne eine Gefühlsregung, fiel Löwenbergs Blick auf ihren linken Fuß. Er war mit Tüchern umwickelt. Darauf gefragt, antwortete das Mädchen: «Den hab ich mir verbrannt.»

«Wie denn, mein Kind?»

«Der Topf ist mir hinuntergestürzt. Beim Wasserkochen. Und das Wasser ist über den Fuß geflossen. Mutter schafft es nicht mehr. Seit Tagen.»

Vorsichtig löste Löwenberg die Bandagen. Darunter war rotes Fleisch, schon eitrig. Rasch wickelte er den Stoff wieder darum.

Währenddessen schilderte das Mädchen mit schmerzverzerrtem Gesicht, wie sie allein die Wirtschaft geführt habe – für sie und ihren Bruder.

«Wo ist dein Bruder?», fragte Löwenberg.

Das Mädchen deutete unter das Bett. Löwenberg kroch auf allen vieren hin und sah nach. Wie ein Tier in der hintersten Ecke: ein kleiner, schmächtiger Kerl, das aschblonde Haar fiel ihm in die Stirn. Fünf Jahre oder jünger, höchstens erste Klasse – falls er jemals eine Schule von innen gesehen hatte, dachte Löwenberg. Mit kräftigem Griff zog er ihn hervor.

«Ich will nicht, ich bleib bei Mutsch, sicher geht es ihr bald besser!»

Löwenberg sprach beruhigend auf ihn ein. Und zog ihn zur gleichen Zeit unerbittlich hervor. Doch der Junge ließ sich nicht einfach fortzerren. Mit der Kraft der Verzweiflung klammerte er sich an den Bettfuß. Löwenberg musste einzeln die Finger lösen. Längst jammerte und zeterte der Junge so laut, dass die Nachbarn die Furcht überwanden und ihrer Neugier nachgaben: Im Dutzend, Seite an Seite, rückten sie ins Zimmer vor und hielten Maulaffen feil. «Lassen Sie das Kind!» – «Er soll hierbleiben!» – «Wir werden ihn schon satt kriegen!» – «Loslassen, Schinderknecht!»

Der Junge klammerte sich an die Haustür. Jakob Löwenberg zerrte und erklärte zugleich: «Man wird für ihn sorgen. Ich bringe ihn ins Kurhaus. Er ist nicht die einzige Cholerawaise. Ihr bringt euch doch selbst kaum durch!»

«Wenn ihr ihn erst in den Fingern habt, ist alles vorbei!»

Löwenberg seufzte. Er kannte die Menschen. Er wusste, dass sie die hehren Gefühle jederzeit für einen vollen Magen eintauschten. Wo waren denn die Nachbarn gewesen, als das Mädchen ganz allein die Wirtschaft besorgte?

«Glaubt mir, es ist das Beste für ihn», beschwor er sie.

Endlich hatte er die Finger des blonden Sturkopfs von der Tür gelöst. Als er ihn die Treppen hinuntertrug, kam ihm bereits der *Transporteur* entgegen. Der Kutscher war offenbar bei den Pferden geblieben. Löwenberg trat mit dem Jungen über der Schulter vor das Vorderhaus und sah die Totenfuhre. Zwei Leichen lagen schon auf der Pritsche.

Löwenberg nahm den Jungen vor die Brust auf den Arm. Der klammerte seine Ärmchen um den Hals des Erwachsenen. Das Mädchen folgte willenlos. Löwenberg rief eine Mietdroschke und befahl: «Zum Waisenhaus!» Nun musste er noch seinen Kopf aus der Armschlinge des Jungen ziehen. Es gelang, da der Widerstand des Kindes allmählich erlahmte. Zum Abschied strich er ihm über den Kopf. «Alles wird gut werden», sagte er mit belegter Stimme. Er war sich der Lüge vollkommen bewusst.

Jakob entlohnte den Kutscher im Voraus und kehrte durch den Torweg ins Hinterhaus zurück. Als er das Treppenhaus hinaufstieg, kam ihm der *Transporteur* schon mit der Kranken – in Decken geschlagen – entgegen. Sie gab keinen Mucks mehr von sich.

Er erreichte seinen zweiten Mann oben, der schon alle Kissen und Matratzen in den Hof hinabgeworfen und begonnen hatte, die Bettgestelle mit der Karbolspritze zu besprühen. Jakob zog sich das Tuch vors Gesicht, er konnte den Gestank nicht mehr ertragen.

Hedwig fand Ole im Licht der Morgensonne. Er schlief nicht, sondern saß auf der Schwelle zur Baracke und zog am Mundstück eines Tonpfeifchens. Rauch war nicht zu sehen, Tabak war weit und breit keiner zu haben.

«Wie geht es deiner Mutter?», fragte Hedwig schon von weitem. Ole sprang auf, um der Frau im Schwesternornat Ehre zu erweisen. «Ich hoffe, besser?»

Er zuckte mit den Schultern. Die kalte Pfeife steckte zwischen seinen Lippen. «Weiß nicht.»

«Warum gehst du nicht hinein und erkundigst dich?»

«Der Doktor hat mich hinausgeworfen.»

Hedwig nahm seine Schultern in beide Hände, drehte ihn herum und schob ihn vor sich her in die Frauenbaracke.

Die Patientinnen waren erwacht, die Schwestern gingen durch die Reihen und teilten Frühstück aus. Es waren viele Freiwillige unter ihnen, zu erkennen an der grauen Tracht mit dem roten Stadtwappen.

Hedwig entdeckte Dr. Karst an Ännis Lager, über sie gebeugt. Gerade bereitete er eine neue Infusion vor. Zog Blut in den Kolben, bis es sich mit der Kochsalzlösung vermischte, dann schoss er die Mischung in den Arm zurück. Unwillkürlich wurde Hedwigs Griff, mit dem sie Oles Schultern hielt, fester.

Sobald er seine Mutter erkannt hatte, beschleunigte Ole seine Schritte, rannte beinahe durch die Gänge auf sie zu. Es fehlte nicht viel, und er wäre wie ein Bock über die Pritschen gesprungen.

«Mutter!», rief er quer durch den Saal.

Keine Antwort von der Pritsche. Aber aller Augen waren auf ihn gerichtet.

Leblos lag Änni auf dem Rücken, die Augen geschlossen. Ole verlangsamte die Schritte. Sein Rufen hatte sie nicht wecken können. Bedeutete dies ...? Er konnte den Gedanken nicht zu Ende denken.

Dr. Karst erhob sich. Sein Kopf hing, und ebenso kraftlos sanken seine Hände auf den weißen Kittel. Die Spritze mitsamt Kolben hatte er in eine Emailleschüssel gelegt und der Schwester zur Desinfektion anheimgegeben.

Ole hatte den Oberkörper der Mutter von der Bahre gehoben und umarmte sie innig. Bleich und kraftlos sank sie an ihn. Ihre Armbeugen waren verbunden, jede Infusion erforderte einen neue Einstich.

«Vorsicht, mein Junge!», mahnte Dr. Karst. Hedwig warf ihm einen besorgten Blick zu: «Ist sie ...?»

Versteinert blickte Karst zurück. «Es gab eine Krise. Ich war die ganze Nacht bei ihr ... hab ihr siebeneinhalb Liter gegeben, das ist unglaublich viel.» Die Erschöpfung war ihm anzusehen.

Mitfühlend sah Hedwig ihn an. Der Arzt fuhr in seiner Erklärung fort: «Die Krämpfe sind am Abend zurückgekehrt, und der Durchfall. Dreimal mussten wir die Laken wechseln heute Nacht. Sie ist völlig entkräftet. Am besten, wir lassen sie einfach schlafen. Sie muss Energie schöpfen. Die Austrocknung ist fürs Erste unterbunden.»

Während Karst sprach, benetzten Oles Tränen das Krankengewand seiner Mutter, ein schlichtes, weißes Hemd. Sie erwachte nicht von seinem Schluchzen, kraftlos hingen Leib und Glieder in Oles Armen.

«Bedeutet das, sie ist nicht zu retten?», fragte Hedwig. Sie flüsterte, um Ole nicht zu verschrecken. Doch der war ganz in die Umarmung und seine Trauer versunken. Die Welt um ihn herum schien ihn nicht mehr zu erreichen, er war an einem anderen Ort ...

Dr. Karst wiegte den Kopf. «Rückschläge und Krisen sind nichts Ungewöhnliches. Noch ist nichts entschieden.»

Hedwig berührte den Arzt an der Schulter. «Bitte, Ludwig, lass den Jungen bei ihr! Das wird ihr aufhelfen.»

Karst zuckte zusammen. Es war das erste Mal, dass Hedwig ihn beim Vornamen genannt hatte.

«In einer Frauenbaracke? Schauen Sie sich um, Frau Dr. Koch!»

Mit der Benennung ihres Verlobten versuchte er, die Grenze der Intimität, die sie mit Berührungen längst überschritten hatten, in Worten wieder aufzurichten.

Hedwig musste sich nicht umschauen, sie wusste, dass die Frauen in dieser Baracke die Korsette und Korsagen ablegten, um sich die Brüste zu waschen. Überall sichtbare Weiblichkeit – und Ole war Mann genug, dies wahrzunehmen. Gerade um diese Zeit am Vormittag standen sie überall halbnackt herum.

Doch Ole hatte nur Augen für seine Mutter.

«Seine Gegenwart wird sie heilen!», bekräftigte Hedwig erneut. «Und die anderen nicht stören.»

In diesem Moment, da ihre Blicke über die anderen Patientinnen in der Baracke schweiften, entdeckte sie ihn. Er war zur Tür hereingekommen und strebte, nachdem er sie anscheinend beobachtet hatte, durch den Mittelgang auf sie zu. Die Augen auf Karst gerichtet, verfinsterte sich seine Miene.

«Dr. Koch!», rief Karst aus.

«Sie behandeln meine Patientinnen mit Methoden, deren Zuverlässigkeit Sie sich nicht zu hundert Prozent versichert haben, Dr. Karst», ging Koch auf ihn los. «Ist das Vorgehen mit dem Kollegen Rumpf abgesprochen?»

«Was meinen Sie?»

«Sieben Liter Kochsalzlösung! Das ist entschieden zu viel. Wie soll ein einziger Organismus das verarbeiten? Wo ist die Patientin?»

Karst wies mit dem Kopf auf Oles Mutter. Der Junge hatte sie niedergelegt. Nun schlug er zärtlich die Decke um sie, strich ihr eine Haarsträhne aus der Stirn.

Mit groben Griffen trennte Koch Ole vom leblosen Körper der Mutter. Willenlos ließ der Junge sich zur Seite schieben. Koch horchte ihre Atmung ab, ihren Puls. Ole flüchtete zu Hedwig. Sie nahm ihn in den Arm und strich ihm über die Haare. Koch nahm es aus den Augenwinkeln wahr. Diese Geste war nicht geeignet, seine Wut zu besänftigen.

«Sie lebt», sagte Koch schließlich. «Aber sie leidet auch.»

Karst nickte. «Es war den Versuch wert. Auch wenn die Entscheidung, ob es gelingt, noch nicht gefallen ist.»

«Sieben Liter!», sagte Koch erneut in Karsts Richtung. «In ihrem Zustand! Der Körper ist viel zu geschwächt, um diese enorme Menge Flüssigkeit zu verarbeiten.»

«Es ist eine mineralisierte Lösung. Flüssiges Eisbein», bemerkte Karst, «bekömmlich und nahrhaft.»

«Es geht ihr besser als gestern», flüsterte Hedwig. «Bitte, Robert, lass ihn weitermachen. Allein um Oles willen. Es ist seine Mutter. Er hat vier Geschwister! Ich habe sie kennengelernt.»

Koch musterte Hedwig mit strenger Miene. Dann winkte er

ab, wandte sich halb um und sagte, indem er einen Schritt zur Seite trat: «Es ist ohnehin nicht mehr viel falsch zu machen. Gebt mir Bescheid, wenn sie gestorben ist.»

Hedwig schleuderte ihm zornige Blicke entgegen: «Wie kannst du so hart sein – ihm gegenüber!» Sie nahm Ole in den Arm. Der schluchzte in Hedwigs Schulter.

Koch ignorierte die Äußerungen seiner Verlobten. Stattdessen wandte er sich Karst zu.

Der war ein paar Zentimeter größer als Koch, doch mit Blicken bohrte er den Assistenzarzt in Grund und Boden. «Das nächste Mal besprechen Sie sich mit Ihrem Vorgesetzten! Das ist meines Wissens Dr. Rumpf. Und nicht mit einer Hilfsschwester ohne jede medizinische Ausbildung. Auch dann nicht, wenn sie Ihnen Augen macht.»

«Robert», fuhr Hedwig Koch an, «mäßige dich!»

Der beachtete sie nicht.

«Wenn Sie sich, Dr. Karst, weiterhin zu meiner Mannschaft zählen wollen, halten Sie sich daran! Wir sind Qualität und Disziplin gewohnt.»

Karst hielt Kochs Blick stand. Er senkte die Stimme. «Ich gehöre zu Dr. Rumpfs Mannschaft. Ihm allein werde ich Folge leisten.» Er hatte den Widerspruch leise und höflich formuliert, zu überhören war er nicht.

Koch beschloss, ihn trotzdem zu ignorieren, drehte sich um und ging durch die Barackentür nach draußen.

Hedwig zögerte einen Moment, ihrem Mann zu folgen. Sie sah Karst in die Augen. Der blickte stolz und ungebrochen zurück. Das gefiel Hedwig. Es zeigte ihr, wer in dieser Auseinandersetzung der Sieger geblieben war. Hahnenkämpfe!, dachte Hedwig und schüttelte den Kopf.

Hedwig fand ihn draußen an einen Baum gekauert. Er hockte auf der blanken Wiese, den Hinterkopf an den Stamm gelehnt. Koch war außer Atem. Der weiße Kittel offen, die Zipfel hingen herunter bis auf das Gras, zitterten seine Beine? Oder war es der Wind, der in den Stoff fuhr? Die Brise zerstreute die Hitze der letzten Wochen – und die des Streits.

«Robert? Geht es dir gut?»

Mit wirrem Ausdruck sah er zu ihr auf. Seine Hilflosigkeit brach Hedwig das Herz. Sie war eine wenig erfahrene Frau. Doch als Mutter zu fühlen, war sie allemal in der Lage. Übermannt von Liebe, ging sie ebenfalls in die Hocke und umarmte ihn. Er ließ es zu. Sein Rücken löste sich von der Rinde, sein Kopf fiel auf ihre Brust. Alle Kraft schien aus ihm zu weichen. Mit der linken Hand streichelte sie ihm über die Wange. Die Bartstoppeln kratzten auf ihrer Haut. Er wagte nicht, sie anzuschauen. Doch die Berührungen ließ er willig geschehen. Hedwig streichelte ihn weiter. Allmählich beruhigte sich sein Atem. Nach einer endlosen Zeitspanne drehte er den Kopf und schenkte ihr einen Blick.

«Danke.»

«Wofür?», fragte Hedwig.

«Dass du hier bist.»

«Zuletzt warst du noch wütend auf mich. Hättest mich lieber auf Sylt gewusst.»

«Heute bin ich froh, dass du nicht auf mich gehört hast.»

Fragend sah sie ihn an. «Warum dieser Sinneswandel?»

Koch schwieg. Spät und stockend kamen die Worte über seine Lippen. «Ich bin es gewohnt, allein zu sein. Ich war es häufig. Doch nun fühlt es sich kalt an. Und verkehrt. Ich merke, wie sehr ich dich brauche. Das Leben ist nichts wert ohne dich.»

Hedwig senkte den Kopf. «Du sollst nicht mehr allein sein. Ich bin bei dir.»

Koch seufzte.

«Ich wünschte, du wärst glücklich darüber», sagte sie mit feuchten Augen.

«Ich bin es. Gewiss.»

Hedwig schüttelte den Kopf. Ihre Stimme versagte.

«Doch birgt es so viele Probleme.»

«Welche?», fragte sie. «Ich helfe dir, wo ich kann. Ich versorge Patienten, ich stelle Kontakt zu den Schwestern her – und zu den Ärzten. Ich beantworte deren Fragen...»

«Der Kontakt zu den Ärzten scheint dir besonders am Herzen zu liegen.»

«Ach. Daher weht der Wind.» Mit einem Mal hatte Hedwig erkannt, was Koch eigentlich niederdrückte. «Eifersucht», sprach sie es aus.

«Ach nein. I wo!»

Die Heftigkeit des Widerspruchs bestätigte Hedwigs Annahme. Koch senkte den Kopf, dann hob er ihn trotzig wieder und sah ihr in die Augen. «Doch, natürlich, du hast recht. Ich weiß nicht, wie mir geschieht. Ich sehe dich immer und immer an Karsts Seite. Selbst wenn ich wegschaue, sehe ich dich dort. Dabei gehörst du doch an meine. Ich verachte mich für diese Schwäche!»

Hedwig legte ihre Stirn an seine und umfasste seinen Nacken. «Aber natürlich gehöre ich an deine Seite! Und im Übrigen war Karst nie an meiner. Ich war – wie er auch – an Ännis Seite. Weil es unsere Pflicht war, sie zu behandeln.»

«Wer ist Änni?»

«Die Mutter des Jungen, Oles Mutter, du erinnerst dich gewiss...»

«Ach ja.»

Hedwigs Lippen suchten die ihres Geliebten. Er drehte den Kopf zur Seite, um die Berührung zu vermeiden, doch Hedwigs Mund fand seinen. Koch empfing einen hastigen Kuss. Dann schob er sie fort. «Nicht doch! Wenn man uns beobachtet!»

Energisch nahm Hedwig seine Wangen in die Hände und zog ihn zu sich, um ihn erneut zu küssen. Sie presste ihre Lippen gegen die seinen, und endlich überwand sie seine Verschlossenheit.

Im Kuss fanden sie zueinander, sanken ineinander, umfingen sich, als lägen sie im Bett und nicht im Garten des Krankenhauses, vor aller Augen. So befeuerte sich ihrer beider Leidenschaft, und sie verschmolzen, bis sich jemand hinter ihrem Rücken räusperte.

«Darf ich nun die Infusions-Therapie an der Patientin fortführen? Oder soll ich sie einstellen?»

Hedwig erhob sich und trat, zutiefst errötend, einen Schritt zur Seite. Ihre Brust bebte in schnellem Takt. Zur Beruhigung legte sie die Hand darauf. Selbst Koch errötete ganz gegen seine Art, Hedwigs Geschmack noch auf den Lippen. Dr. Karst vermied den Blickkontakt mit ihr.

«Wenn Sie vom Erfolg der Kur überzeugt sind, Dr. Karst, dann tun Sie, was Sie nicht lassen können.» Kochs Stimme war seltsam rau.

«Das bin ich, Dr. Koch, das bin ich. Mehrere Patienten haben, nach meinem Dafürhalten, dieser Therapie bereits das Leben zu verdanken.»

«Dann darf ich, denke ich, auch in Dr. Rumpfs Namen sagen: Fahren Sie fort damit! Und: Hoffen wir das Beste.»

Hedwig folgte Karst in die Damenbaracke, nicht ohne ihrem Verlobten einen reizenden Blick zum Abschied zuzuwerfen. Koch hingegen zog sich ins Direktorenhäuschen zurück. Der Ausbruch der Leidenschaft hatte ihn zutiefst verwirrt, und er sah sich nicht in der Lage, sich in diesem Zustand mit Kranken zu konfrontieren. Er hatte beschlossen, sich zunächst seinen Bazillenkolonien zu widmen.

Koch setzte sich auf den Stuhl am Küchentisch, wo die Proben ausgebreitet standen. Für ein Frühstück hätte man zunächst das halbe Labor beiseiteräumen müssen. Und was nicht mit Glaskolben und Pipetten belegt war, waren Farben, Pinseln und Paletten.

Koch hob die Tücher von den Gläsern mit der Nährlösung vom Billwerder Ausschlag. Er hielt sie gegen das Licht und meinte, eine milchige Trübung zu erkennen. Mit der Pipette nahm er einen Tropfen ab und träufelte ihn auf den Objektträger. Dann stellte er den Spiegel unter dem Träger so ein, dass er das Sonnenlicht, das durch das Küchenfenster fiel, direkt darauf richtete. Während er durch das Okular sah, strich er sich mit der Zunge über die Lippen und versuchte, Hedwigs Berührung nachzuschmecken. Der Kuss in der Sonne, der Kochs Sinne entflammt hatte. Er konnte nicht denken – außer an seine leidenschaftliche Frau.

Schließlich riss er sich los und senkte den Blick erneut über die Okulare des Mikroskops. Was er sah, übertraf seine kühnsten Erwartungen: Es wimmelte von Komma-Bazillen. Ein Komma-Volk, ach was, eine Komma-Welt in vollendeter Schönheit. Er bewunderte die Symmetrie dieser Organismen, die Vollkommenheit der Natur. Eine Weile genoss er den Anblick der enttarnten Boten des Todes – es ging eine eigene Faszination von ihnen aus. Die Erkenntnis war umso bitterer, und doch war sie die erwartete: Das Hamburger Trinkwasser war schon an der Entnahmestelle verseucht – und blieb es, bis es in den Haushalten anlangte! Das einfache Sandfilterbecken zeigte anders als in Altona keinerlei Wirkung.

Die Wasserkunst selbst überschwemmte die Stadt mit dem Bazillus, arm wie reich, Kind wie Greis, es war der optimale Weg größtmöglicher Verbreitung. Besser hätten es die Erreger nicht antreffen können.

Er musste unbedingt Samuelson sprechen, man musste dem ein Ende bereiten, sofort!

Koch hatte sich gerade wieder über das Mikroskop gebeugt, als jemand das Labor betrat. Er erschrak, als er aufblickte und der bärtige Mann ohne Ankündigung im Türrahmen stand. Es war Theodor Rumpf, der Direktor persönlich.

Doch natürlich war es sein Haus, seine Küche, in der sie sich befanden. Er hatte jedes Recht, auch ohne Ankündigung hier einzutreten. Sofort registrierte Koch den alarmierten Blick des erfahrenen Seuchenarztes.

«Kommen Sie, Dr. Koch», bat Rumpf hastig, «ein neuer Patient – ein ganz besonderer. Und es geht ihm schlecht. Sehr schlecht.»

Mit wehenden Kittelschößen liefen Rumpf und Koch über den Eppendorfer Campus. Doch Rumpf betrat nicht etwa eine der Baracken, sondern das Schwesternwohnheim.

Sollte eine der Schwestern erkrankt sein?, fragte sich Koch. Und: «Hedwig!», brüllten sofort seine Gedanken. Er mäßigte sein Temperament und fragte: «Ist es meine Frau?» Seine Stimme zitterte.

Rumpf schüttelte den Kopf. Sie betraten eines der Zimmer im Erdgeschoss. Es war komfortabler als die anderen, verfügte über eine eigene Küche, die von der Schlafkammer getrennt war. Die Fenster gingen zum Park hinaus, der Blick war idyllisch. Draußen fuhr der Wind, der eben noch ihre Kittel hatte wehen lassen, in die Bäume.

«Die Mutter Oberin hat ihre Wohnstatt hergegeben. Sie schläft nun mit den anderen Schwestern unterm Dach. Die ganze untere Etage wurde geräumt für unseren Gast ...»

«Der hätte gar nicht hergebracht werden dürfen! Warum wurde er nicht zu den anderen in die Baracke gelegt? Sie gefährden unser Personal!», zürnte Koch.

«Dr. Koch», Theodor Rumpf wies auf den Körper, der reglos vor ihm lag, «dies ist er.»

Rings um das Bett versammelt lagen die Anzeichen eines schweren Verlaufs: beschmutzte Laken, Blechschalen mit Erbrochenem, durchsetzt von Blutschlieren. Die Schwestern kamen kaum nach mit dem Wäschewechsel. Koch sah ein totenweißes Gesicht, umrahmt von voller Haarpracht. Das Erkennen wollte sich nicht einstellen, denn der Anblick war verstörend: Spitz und blass stach die Nase hervor, die Wangen behaart und eingefallen.

Koch wollte schon abwinken, der Fall sei hoffnungslos, dann erst entdeckte er in dem Gesicht vertraute Züge. Koch griff sich an den Kopf. «Gesundheitssenator Hachmann?»

Bei der Anzahl von Komma-Bazillen, die er in der Probe vom Billwerder Ausschlag gefunden hatte, war es ein Wunder, dass der Senator noch lebte.

«Holen Sie Dr. Karst, rasch», flüsterte Koch.

Rumpf rief nach einer Schwester und schickte sie in die Damenbaracke.

Dr. Karst erschien kurz darauf, Hedwig in seinem Gefolge.

«Bist du neuerdings sein Schatten?», entfuhr es Koch. Wieder überschwemmte ihn dieses unbekannte Gefühl, der Wut sehr ähnlich, unbändiger Wut, der Liebe nicht würdig. Er spürte, dass er diesen Anblick nur schwer ertrug: Hedwig und Karst beisammen.

Vermutlich, weil sie seine Gefühle erahnte, nahm Hedwig Abstand. «Es ging die Rede von einem hoffnungslosen Fall ...»

«Und Sie beide sind offenbar spezialisiert darauf?» Koch hatte die Augenlider zu Schlitzen verengt. Es schien ihm in diesem Moment wohl angebracht, seiner Verlobten das Du zu entziehen.

«Die Frau aus Hammerbrook ist erwacht», sagte Karst, ohne auf Kochs Vorwurf einzugehen. «Sie ist auf dem Weg der Genesung und nimmt schon leichte Nahrung zu sich.»

«Die Frau ...?»

«Oles Mutter, Änni», sagte Hedwig und schlug die Augen nieder.

Koch schien überrascht. «Das», er musste sich erst fangen, denn diese Nachricht war eine Sensation, «ist höchst erfreulich.» Lange sah er Karst in die Augen. «Kochsalzlösung?», fragte er ungläubig.

Karst wiederholte das Wort nickend.

«Die Menschen schlucken Arsen und Strychnin im Kampf gegen die Cholera – ohne Erfolg. Und Sie erzählen mir ...?»

Karst beantwortete Kochs ungestellte Frage mit einem Stirnrunzeln.

«Ist das nicht ein Wunder?», fragte Hedwig, weiterhin auf Abstand zum Assistenzarzt.

«Wie viele Liter haben Sie der Patientin verabreicht?»

«Zwölf Liter – vierundzwanzig Dosen – in zwei Tagen. Nun

schreitet die Genesung voran, und wir denken darüber nach, die Infusionen abzusetzen.»

«Vierundzwanzig Dosen?»

Dr. Karst nickte. «Ich weiß, es klingt viel ...»

«Es klingt nicht nur, es ist viel. Ich fand sieben Liter schon mehr als reichlich, wie Sie sich vielleicht erinnern. Wer hat Ihnen das gestattet?»

Karst verstummte, hielt aber Kochs Blick stand. In einer Ausweichbewegung wanderte der hinüber zu dem berühmten Patienten und zog Karsts Aufmerksamkeit in diese Richtung.

«Dort drüben liegt Senator Gerhard Hachmann, höchster Chef der Gesundheits- und Wasserbehörden dieser Stadt, und meiner unmaßgeblichen Meinung nach liegt der Senator im Sterben.»

Welche Auswirkungen sein Tod auf die öffentliche Meinung und das weitere Handeln des Senats in dieser Sache hätte, war vollkommen ungewiss. Diese unausgesprochene Befürchtung lag drückend auf der Versammlung.

Ehrfürchtig trat Karst näher und kniete sich an das Krankenbett des Politikers. Er nahm den kraftlosen Arm und fühlte seinen Puls. Die Adern waren stark hervorgetreten, die Haut hatte bereits einen gelblichen Schimmer angenommen. Der Patient war nicht mehr bei Bewusstsein.

«Das Blut ist bereits ins Stocken geraten. Hier kann nur ein Wunder helfen.»

Karst sah Koch in die Augen. Der Wissenschaftler hatte sich offenbar wieder unter Kontrolle. Seine Miene – und seine Gefühle. Es ging nun um ein Menschenleben. Um jemanden, der nicht unmaßgeblich für das Schicksal dieser Stadt verantwortlich war. Starb er, hatte Koch einen Widersacher weniger. Überlebte er ... konnte alles geschehen.

«Ich trage die Verantwortung», sagte Dr. Koch schließlich. «Unternehmen Sie alles, was Sie für nötig halten. Meine Frau ist Zeugin.»

Erschrocken trat Hedwig einen Schritt zurück.

«Ich werde das Vorgehen mit Dr. Rumpf besprechen.»

«Schwester Hedwig», Karst wandte sich Kochs Verlobter zu, «holen Sie Kochsalzlösung. So viele Dosen, wie Sie tragen können. Zur Not mischen wir neue an. Es muss rasch gehen. Nehmen Sie sich Schwestern zu Hilfe. Wir dürfen den Patienten nicht aus den Augen lassen.»

Hedwig nickte und eilte hinaus. Als sie aus dem Raum war, nahm Koch Karst noch einmal beiseite. «Dr. Karst, ich muss nicht betonen, welches Gewitter über uns hereinbricht, wenn der Senator von uns geht – ganz gleich, welcher Kur wir ihn unterzogen haben.»

«Das ist mir vollkommen bewusst, Exzellenz. Vertrauen Sie mir! Ich weiß, was ich tue.»

Koch wollte sich schon abwenden und das Krankenzimmer verlassen, da rief Karst ihn zurück. «Dr. Koch?»

Der Wissenschaftler wandte sich ihm noch einmal zu. «Was wünschen Sie noch?»

«Sie haben eine wunderbare Frau.» Mit einer Miene, die Koch nicht zu entschlüsseln verstand, wandte Karst sich ab und enteilte über den Gang.

Unterdessen schloss Rumpf, der sich im Hintergrund gehalten hatte, zu Koch auf. «Sind Sie sicher, dass Sie ausgerechnet am Gesundheitssenator eine Therapie erproben wollen, deren Wirksamkeit durch nichts bewiesen ist?»

Mit diesem klaren Gedanken konfrontiert, zögerte Koch doch ein wenig. Er dachte nach und suchte nach Worten. Dann sagte er ruhig: «Das Risiko ist mir bekannt. Aber: Fällt Ihnen etwas Besseres ein, Dr. Rumpf? Wollen Sie es mit Kampfersalbe probieren?»

Koch wollte sich mit eigenen Augen von der wundersamen Genesung überzeugen. Er hätte Änni im Krankenbett erwartet, doch entdeckte er sie bereits, als er sich der Baracke näherte. Gemeinsam mit ihrem Sohn saß sie auf der steinernen Stufe. Ole nuckelte an seiner Tonpfeife. Als er Koch erblickte, sprang er auf und rannte näher. Er kniete nieder und küsste Kochs Hand.

Koch entzog sie ihm. «Was tust du?»

«Ich weiß nicht, wie ich dankbar sein soll: Sie haben meine Mutter gerettet!»

Koch wollte widersprechen, ließ es dann aber. «Ich möchte wissen, wie es ihr geht», sagte er.

«Es geht ihr gut. Zuletzt war sie dem Tode nahe, jetzt sitzt sie in der Sonne.»

Koch lächelte. «Das sehe ich», sagte er zufrieden.

Gemeinsam schlossen sie zu Änni auf. Sie versuchte, sich zu erheben, war aber noch zu schwach.

Koch reichte ihr die Hand. «Wie schön, dass es Ihnen besser geht, Fräulein Änni.»

Die Angesprochene grinste. «Müssen nicht so vornehm mit mir tun, Doktor. Ich bin kein Fräulein.»

«Darf ich trotzdem neben Ihnen Platz nehmen?»

Änni rückte auf der Steinschwelle, Koch ließ sich neben ihr nieder. «Ich würde gerne Ihren Puls fühlen.» Er sah ihr in die Augen. Die Pupillen hatten einen gesunden Glanz, nur die Müdigkeit war aus ihnen herauszulesen. Die Gesichtshaut hatte bereits eine leichte Rötung angenommen.

Der Puls war normal, Koch ließ ihre Hand sinken. «Konnten Sie schon Nahrung zu sich nehmen? Und bei sich behalten?»

Änni nickte. «Mehlsuppe. Am Morgen.»

Ole klatschte in die Hände. «Es ist ein Wunder. Daheim hatte sie drei Tage nichts bei sich behalten.»

«Drei Tage?»

Änni nickte.

«Das ist wirklich ein Wunder.» Koch erhob sich wieder. «Kochsalzlösung», sprach er vor sich hin und schüttelte den Kopf.

«Mein Leben gehört Ihnen», rief Änni, und Ole stimmte zu.

Koch machte eine abwehrende Geste, lachte aber von Herzen. «Gott bewahre. Was soll ich damit? Ihr Leben gehört Ihnen. Seien Sie froh, dass man es Ihnen zurückgeschenkt hat. Und wenn Sie unbedingt wollen: Danken Sie Doktor Karst.»

8. Kapitel

«Es ist ein einfaches Prinzip, welches jedem klar sein muss, dass unreine Abflüsse unterhalb der Städte in die Flüsse geleitet werden müssen und Wasserkünste dagegen oberhalb derselben ihr Wasser zu entnehmen haben, aber nicht umgekehrt.»

William Lindley, Ingenieur und Pionier der Hygiene, 1844

Mit einem schmirgelnden Geräusch fuhr Hedwigs Kohle über die Oberfläche des Skizzenblocks. Die Züge des Senators hatte sie rasch erfasst: die mächtigen Knochen, die sich unter dem Wangenbart verbargen, die lange, edle Nase, die hohe Stirn. Energisch, selbst in der Reduktion durch die Krankheit. In der Unruhe des Schlafs waren dem Senator einzelne Strähnen in die Stirn gefallen. Ihre Augen folgten dem schwarzen Strich des Stifts. Dann sprangen sie wieder zur Gestalt des Senators. Mit ruhiger Hand umriss sie die Muschel des linken Ohrs. Sie verwischte den gezogenen Strich, um zu Grauschattierungen zu gelangen, zog dann wieder die Konturen nach und wiederholte dies, bis sie zufrieden war.

Als sie den schlafenden Senator erneut in den Blick nehmen wollte, hatte der die Augen aufgeschlagen. Hedwig war irritiert. Die Intensität, mit der sie ihn bislang vollkommen ohne Scham hatte betrachten können, war ihr nun peinlich. Wie sollte sie das Porträt unter diesen Umständen vollenden?

Sie stellte fest, dass sein Blick fest war, nicht glasig und abwesend wie der der Todkranken. Sollte es ihm nach so kurzer Zeit bereits besser gehen? Oder folgte die eigentliche Krise noch, wie bei Oles Mutter? Wie in zahlreichen Fällen dieser heimtückischen Krankheit, die in Sicherheit wog, noch kurz bevor der Tod endgültig seine Krallen in die geschwächten Opfer schlug?

Sein Blick wanderte nun am eigenen Körper entlang – fast ein wenig ungläubig – und blieb an den Einstichwunden und Blutergüssen hängen, die seine Armbeugen zeichneten.

«Was ist das?», fragte er mit brüchiger Stimme.

«Das», sagte Hedwig und klopfte gegen die Flasche mit Kochsalzlösung, die gläsern klirrte, «hat Ihnen zurück ins Leben geholfen.»

«Was wurde mir verabreicht?»

«Wasser. Kochsalzlösung. Um die Austrocknung durch die Krankheit zu verhindern.»

Hachmann legte den Kopf schräg. «Natürlich. Ich bin ein Wasserwesen, schon immer gewesen.»

Hedwig nickte. «Was es genau ist und warum es wirkt, das können Ihnen die Ärzte besser erklären.»

«Salzwasser.» Der Senator senkte die Lider. Dann murmelte er: «Ein Scotch mit Soda wäre mir lieber.»

Hedwig glaubte nicht, dass sie ihn richtig verstanden hatte. «Haben Sie einen Spiegel?», fragte er dann.

Hedwig zog einen aus ihrer Schwesterntracht. Sie trug ihn immer bei sich. Nicht aus Eitelkeit, sondern weil es die einfachste Methode war, den Tod vom Leben zu scheiden: Beschlug der Spiegel über den Lippen der Patienten, gab es Hoffnung!

Sie überreichte ihn dem Senator, dankbar nahm er ihn und betrachtete sein Gesicht von allen Seiten. «Scheint noch ein wenig blass.»

Hedwig stimmte zu.

«Sie müssen wissen», sagte er langsam, «als ich gestern in den Spiegel sah, habe ich den Tod gesehen. Er schaute mir entgegen – durch meine eigenen Augen.»

«Gestern?», fragte Hedwig. «Sie sind achtundvierzig Stunden nicht aus dem Todeskampf erwacht.»

«So muss es länger her sein», murmelte er.

Hedwig stimmte ohne Worte zu.

«Bin ich gerettet?», fragte Hachmann sie dann.

«Das mag ich nicht beurteilen. Ich bin keine Ärztin, nur Schwester. Hilfsschwester.»

«Und Malerin. Und Schauspielerin. Eine Frau mit vielen Talenten.»

Hedwig überlegte, ob es zweideutig gemeint war. Doch das scheue Lächeln auf den erschöpften Gesichtszügen erschien aufrichtig.

«Ich kann Ihnen nur weitersagen, was Dr. Karst und Dr. Koch normalerweise erklären: Der Entwässerung des Körpers ist Einhalt geboten. Sie behalten einen größeren Teil der zugeführten Flüssigkeit bei sich, als Sie von sich geben. Das ist ein gutes Zeichen. Denn die Cholera besiegt ihre Opfer durch Austrocknung. Diesen Prozess konnten wir bei Ihnen zum Stillstand bringen, und sogar umkehren, Exzellenz.»

Hachmann schloss erneut die Augen. Sein Gesichtsausdruck war friedlich, beinahe selig, wie er im weißen Kissen lag. Ein Mann wie ein Baum, gefällt von einem Komma, dünner als ein Haar, leichter als eine Feder. Die Launen der Natur waren absurd.

«Sie sind Kochs Geliebte, nicht wahr?»

«Hedwig Koch», stellte sie sich vor.

Nun wandte Hachmann ihr den Kopf ganz zu. «Sie dürfen

diesen Namen nicht führen, wertes Fräulein. Dr. Koch ist noch nicht von seiner Ehefrau geschieden.»

Hedwig presste die Lippen aufeinander. «Wie Sie meinen.» Die Skizze lag auf ihrem Schoß. «Darf ich Ihre Zeichnung vollenden?»

Hachmann hob die Hände und ließ sie wieder sinken. «Nun haben Sie ja schon begonnen.» Sein Ton und seine Haltung ließen keinen Zweifel daran, dass er ein Mann war, der Macht besaß. Er gewährte Gunst in allem, was er tat. Hedwig wusste nicht, was es genau war, wusste nicht, wie man das aufs Papier bringen konnte, doch es war ihm anzumerken.

«Darf ich Sie bitten, die Augen zu schließen?»

Der Senator tat es.

«Sie haben ein edles Gesicht.»

«Und Sie einen liederlichen Lebenswandel. Frauen wie Sie findet man in Hamburg in ganz bestimmten Vierteln.»

«Solange es Sie und mich nicht umbringt, kann ich damit leben.»

Hachmann schwieg eine Weile. Schließlich seufzte er: «Ich fürchte, ich muss Ihrem Gatten dankbar sein.»

Hatte er *Gatte* gesagt? Sie musste lächeln. «Exzellenz, Sie haben nicht nur ein edles Gesicht, sondern auch eine edle Gesinnung. Wenn sie mir auch nicht zur Ehre gereicht. Damit kann ich leben.»

Sie trafen sich an der Kreuzung zweier Sandwege, unweit eines Schilfgürtels. Auf der Außenalster waren Boote mit geblähten Segeln zu sehen – es gab tatsächlich Menschen, die während der Epidemie aufs Wasser gingen! Das absurde, doch selbstverständliche Nebeneinander von Normalität und Ausnahmezustand, Koch musste es zugeben, faszinierte ihn.

Samuelson schien nervös. Auffallend häufig sah er sich nach Beobachtern um. «Bitte berichten Sie niemandem von diesem Treffen! Nicht auf Nachfragen und nicht aus Mitteilungsbedürfnis.»

Dies bestätigte Koch ihm gern. Er wollte Sachverhalte erforschen, Dinge herausbekommen. Der Geschwätzigkeit anderer begegnete er mit Verschwiegenheit.

«Seit den 50er Jahren des vorigen Jahrhunderts», begann Samuelson endlich, als niemand mehr in Hörweite schien, «wurden in England große Badeanstalten in festen Häusern errichtet. Die Zeit der am Ufer vertäuten Flussbadeanstalten war vorüber, der Zusammenhang von Sauberkeit und Gesundheit erkannt, ein modernes Hygienewesen stand am Anfang der großen Fortschritte.»

Koch nickte. So weit reichten seine Kenntnisse auch, das war nichts Neues.

«Allen voran marschierte das englische Gesundheitswesen, daher ist es auch nicht verwunderlich», fuhr Samuelson fort, «dass es ein Engländer war, der diese Neuerungen nach Hamburg brachte. William Lindley war als Sohn eines Händlers in London geboren. Die Kaufleute hatten schon immer einen Blick fürs Neue, denn sie kamen weit herum. Der Vater schickte seinen Sohn nach Hamburg, dem Brückenkopf Englands auf dem Gebiet des Deutschen Bundes. Dort lernte Lindley unsere Sprache so gut, dass er sich mit jedermann verständigen konnte – auch in den vornehmen Salons. Nicht lange, und er war ein begehrter Gast in den ersten Häusern. Nach seiner Rückkehr ging er bei einem Bauingenieur in die Lehre und spezialisierte sich auf die Eisenbahn. Am Neubau der Strecken von Newcastle nach Carlisle, aber auch der von London nach Birmingham war er beteiligt. Sogar am Bau von Brunels Themsetunnel wirkte er mit. Seine Freunde in Hamburg hörten davon. Als eine Gruppe einflussreicher Kaufleute und Eisenbahnenthusiasten beschloss, als ersten Abschnitt einer Bahnstrecke nach Lübeck die Trasse nach Bergedorf in Angriff zu nehmen, zog man ihn zu Rate.»

«So gibt es also doch Fremde, die herzlich in Hamburg aufgenommen werden», bemerkte Koch.

«Wie ich eingangs berichtete, erstreckten sich Lindleys Interessen nicht nur auf die Eisenbahn, sondern vor allem auf die öffentliche Hygiene. Nach heimischem Vorbild schlug er auch in unserer Stadt öffentliche Wasch- und Badehäuser vor, streng nach Geschlechtern getrennt. Die Badehäuser früherer Zeiten – das wissen Sie so gut wie ich, Dr. Koch – waren häufig wegen unmoralischer Vorkommnisse ins Gerede gekommen.»

«Welcher Art?», fragte Koch.

«Vor allem der Art, dass Damen des leichten Gewerbes die Ungezwungenheit der Einrichtungen nutzten, um auf die Vorzüge des eigenen Körpers aufmerksam zu machen.»

«Das konnte man schwerlich dulden», nickte Koch.

«Nach dem großen Brand von 1842», fuhr Samuelson fort, «hatte man genug freie Flächen innerhalb der Stadt, das Hygienekonzept zu überdenken. Die Badehäuser der Lindley'schen Vorstellung hielten sich im Großen und Ganzen an das Vorbild Liverpools. Innerhalb des Rahmens der strikten Geschlechtertrennung waren sie sehr offen und licht, nirgends gab es Nischen, wo man heimliche Handlungen vornehmen konnte, alles war luftig und frei zugänglich. Darüber hinaus war die Trennung streng. Männlein und Weiblein begegneten sich nie, es gab getrennte Becken, sogar getrennte Eingänge zum Gebäude.»

«Wie umsichtig», bemerkte Koch. Sie traten aus dem Schutz

des Schilfgürtels, und der Wind blies ihnen über die offene Wasserfläche ins Gesicht. «Das ist doch alles ein sehr segensreiches Wirken des Herrn L.»

«Durchaus!» Samuelson nickte. «Bis dahin hatte er auch die Unterstützung der Stadtvorderen. Im Jahr 1855 wurde die nach englischem Vorbild erbaute erste Wasch- und Badeanstalt – *die erste ihrer Art auf dem Kontinent*, schrieben die Gazetten – auf dem Schweinemarkt eröffnet. Erst vor zehn Jahren, im Jahre 1880, folgte das Hansabad auf der Theaterstraße, anno 81 ein weiteres in einem der rasch anwachsenden ärmeren Stadtteile.»

«Ich kenne sie aus eigener Anschauung. Sehr fortschrittliche Einrichtungen.»

«Beim Bau der Badehäuser dachte Lindley groß und umfassend.»

«Kein Fehler», bemerkte Koch. «*Think big!*, sagen die Engländer.»

Samuelson lächelte. «Lindley hatte auch im Blick, dass die Badehäuser, um ihrem Auftrag der Hygiene und Gesundheit zu genügen, eine moderne, leistungsfähige Frischwasserversorgung sowie natürlich auch eine entsprechende Ableitung der Abwässer benötigten. Die dafür notwendigen Maßnahmen waren, das musste Lindley schnell einsehen, so umfassend, dass es sinnvoll war, ein Wasserkunstkonzept für die gesamte Stadt zu entwickeln. Als die Stadtvorderen die Pläne genehmigt hatten, reiste Lindley erneut in die Heimat, um seine Kenntnisse aufzufrischen. Im November 1842 traf er Edwin Chadwick, den Gesundheitsinspektor und *Spiritus Rector* der neu entwickelten Londoner Stadtentwässerung.»

«Vor einem halben Jahrhundert?» Entsetzt starrte Koch Samuelson an.

Samuelson hob die Augenbrauen. «Wie lange haben die Stadtvorderen gebraucht, die Anwesenheit der asiatischen Cholera zuzugeben?» Wieder sah sich Samuelson um, als fürchtete er ungebetene Zuhörer. «Dr. Koch, es liegt an den jahrhundertealten Gepflogenheiten: Die Senatoren üben ihr Amt als Privatleute aus. Sie gehen alle einem Beruf nach: Juristen, Kaufleute, Reeder. Ihre Amtsgeschäfte verwalten sie über Sekretäre und *Syndici*. Außerdem verfolgen sie neben den Amts- weiterhin ihre privaten Interessen ... Es gibt nur wenige Berufsbeamte unter den Amtsträgern, anders als in Berlin – oder in London.»

«Nun, das kann Fortschritt verhindern», gab Koch zu. «Fahren Sie fort!»

Samuelson räusperte sich. «Als Lindley zurückreiste, passte er die Londoner Neuerungen den Hamburger Bedürfnissen an. Im März 1843 legte er auf Wunsch der Behörden der Freien und Hansestadt einen genialen und äußerst präzisen Plan vor. Ich habe ihn jüngst studiert, wenn Sie mögen, können Sie einen Blick darauf werfen, Dr. Koch. Er ist reinste technologische Schönheit: Klarheit der Gedanken, bestmögliche Organisation des Unumgänglichen», geriet der Chef der Hamburger Wasserbehörde ins Schwärmen.

«Kommen Sie zum Punkt, Direktor Samuelson.»

«Gerne. Mein Punkt ist: Bereits auf diesem Plan aus dem Jahre 1843 ...»

«... vor fünfzig Jahren also ...»

«Richtig, Dr. Koch: Vor annähernd fünfzig Jahren hatte Mister Lindley bereits ein modernes Sandfiltersystem für die Frischwasserversorgung der Stadt Hamburg vorgesehen.»

«Genau wie in Altona!»

«Genau wie in Altona. Sie können es sich anschauen, die notwendigen Becken am Billwerder Ausschlag sind in ihren Umrissen bezeichnet, acht an der Zahl. Die Baufreiheit ist geschaffen, seit Jahren schon.»

«Wir haben vor wenigen Tagen vier Becken im Bau gesehen, aber nur eines davon in Betrieb! Über ein halbes Jahrhundert hinweg hat man so wenig geleistet?»

«An dieser Anlage baut man erst seit kurzem. Nicht länger als ein Jahr.»

«Wie kann das sein?»

«Lindley wollte den großen Wurf: alle Unzulänglichkeiten auf einmal beseitigen, wie etwa die Ableitung der innerstädtischen Abwässer in die Binnenalster und die Fleete, wo sich der Unrat von Jahrzehnten sammelt. Bei Ebbe, wenn das Wasser sie nicht mehr bedeckt, stinken sie zum Himmel. Er forderte eine zentrale Sammelanlage für alle städtischen Abwässer, die nur an einer einzigen Stelle in die Elbe geleitet werden sollten. Und diese – das war seine wichtigste Forderung – sollte bei Ebbe nicht trockenfallen, um stetigen Abstrom zu gewährleisten.»

«Ein guter Gedanke!»

«Er wurde realisiert. Im Jahr 1859 wurde St. Pauli an das Abwassernetz angeschlossen, andere Stadtteile folgten. Anno 60 gab es in Hamburg bereits sechzig Kilometer Abwasserleitungen. Die Abwässer wurden nun zentral, unterhalb der Stadt und oberhalb Altonas, in die Elbe geleitet.»

Koch nickte. «Das habe ich gesehen. Ist doch alles wunderbar und auf dem Stand der Zeit.»

Samuelson nickte. «Der einzige Haken an der Sache: Die Stadtentwässerung verschlang Unsummen. Und als sie auf dem besten, neuesten Stand war, war die Kasse leer. Also hat man an der Frischwasserversorgung gespart. Das Wasser der Elbe war zu jener Zeit noch klar oberhalb der Stadt. Der Fluss trug reines Wasser heran, Tag für Tag, Stunde für Stunde. Daher sah man keine Veranlassung, etwas zu ändern.»

«Es wird nicht einmal von grobem Unrat und Getier befreit, jedenfalls nicht in nennenswertem Umfang.»

«Das ist richtig. Man findet allerhand im Hamburger Frischwasser. Die Stadt wuchs schneller, als es die Pläne vorsahen. Man kam mit dem Ausbau nicht nach. Die Frischwasserentnahme passte man mit kleineren Arbeiten an: hier ein Gitter, dort ein Setzbecken. Man könnte es auch Flickschustern nennen. Lindley sah das – und verließ die Stadt auf immer. Mittlerweile arbeitet er mit seinen Kenntnissen für Warschau und Paris! Bis nach Amerika hat sich sein Ruf verbreitet. Nach Hamburg ist er niemals zurückgekehrt.»

«Wissen Sie, wo er sich jetzt aufhält?»

Samuelson verneinte.

Koch sank in dumpfes Brüten. Eine Weile schritten sie wortlos einher. Der Wind hatte aufgefrischt und die Zahl der Segler auf der Außenalster noch zugenommen.

«Ich verstehe immer noch nicht, wie so viele Keime ins Hamburger Frischwasser gelangen können, Direktor Samuelson. Die Stadtentwässerung hat doch nirgends Berührung mit der Frischwasserzufuhr – im Unterschied zum Altonaer Wasser, das ungleich stärker belastet sein sollte. Ist es aber nicht!»

Samuelson musterte den Wissenschaftler. Seine Miene war die einer Sphinx. Koch hob den Kopf und erwiderte den Blick. Dann fragte er: «Können Sie sich vorstellen, Herr Samuelson, dass Cholera-Bazillen auf irgendeine verborgene Weise an der Sandfilteranlage vorbei in das Frischwassersystem gelangen?»

«Das kann ich mir sehr gut vorstellen.» Die beiden Männer standen Auge in Auge. Koch wagte sich noch weiter vor:

«Alle Proben, die ich im Stadtgebiet entnahm, sind voller

Komma-Bazillen – Tausende auf den Milliliter! Das spricht nicht für eine wirksame Filtrierung.»

«Ihr analytischer Verstand wird die Lösung bald gefunden haben.»

Hastig tippte Samuelson an den Rand seines Zylinders und verabschiedete sich.

Koch eilte ihm ein paar Schritte hinterher und rief: «Direktor Samuelson, Sie kennen doch die Lösung, bitte verraten Sie sie mir! Den Menschen dieser Stadt zuliebe.»

Samuelson verschwand in Richtung der Straße.

Koch vernahm das Aufkreischen einer Hupe. Es fuhr tatsächlich eines der seltenen Automobile vorbei, gerade in dem Moment, als der Direktor der Wasserkunst sie überqueren wollte. Samuelson musste einen Moment abwarten, bevor er aufs Straßenpflaster trat. Das reichte Koch aus, um zu ihm aufzuschließen. Energisch griff er Samuelsons Arm und zog ihn aufs Trottoir zurück.

«Sagen Sie es mir! Ihr Schweigen – wenn ich auch keinen Zweifel hege, dass Sie ehrenhafte Gründe haben – tötet!»

Samuelson machte sich frei, zog sein Revers gerade und sah Koch erzürnt an. «Sie verlangen von mir, dass ich meinen Vorgesetzten denunziere?»

«Senator Hachmann?»

«Bitte, Dr. Koch, Sie arbeiten für Seine Majestät den Kaiser, einen direkten Konkurrenten meines Dienstherrn.»

«So sieht man das also in Hamburg ...»

«Manche Leute sehen es so. Die Freiheit der Stadt, die vollkommene Unabhängigkeit von fremdem Befehl liegt noch nicht lange zurück. Bitte haben Sie Verständnis dafür!»

Samuelson schickte sich erneut an, die Straße zu überqueren, die an der Außenalster vorbei hinauf auf den Uhlenhorst führte.

In seiner Verzweiflung hielt Koch ihn erneut am Ärmel zurück: Der Mann kannte die Lösung! Warum verriet er sie nicht?

Diesmal machte sich Samuelson mit einem Ruck frei. «Wenn Sie erlauben.» Ohne Koch einen letzten Blick zuzuwerfen, schritt er von dannen.

«Geben Sie mir nur einen Hinweis!», rief Koch ihm hinterher.

«Sie verfügen bereits über alle notwendigen Informationen.»

«Denken Sie an die Menschenleben!»

Samuelson war schon fast auf der anderen Straßenseite. Da besann er sich, blieb mitten auf dem Pflaster stehen, weit und breit war kein Automobil in Sicht, auch keine Droschke. Er rief zu Koch herüber: «Welcher Kraft gelingt es, das Wasser eines Flusses bergauf fließen zu lassen?»

Eben hatte Hedwig ihren Dienst in der Damenbaracke angetreten, als eine Schwesternschülerin mit klapperndem Schuhwerk durch die Gänge der Patientinnen lief und lautstark nach ihr rief.

«Was gibt es denn?», fragte Hedwig gereizt. Sie wechselte eine kotbefleckte Bettwäsche. Ihre Hände brannten vom Desinfektionsmittel, und ihr Kreuz schmerzte. Der explodierenden Zahl der Patienten stand keine wachsende Schwesternschar gegenüber. Immer mehr Aufgaben verteilten sich auf immer weniger Schultern.

«Der hohe Herr verlangt nach Ihnen, Schwester Hedwig!»

«Welcher hohe Herr?»

«Der Sen...», setzte die Schwesternschülerin an, doch Hedwig legte rasch den Finger auf ihre Lippen. Es war eine Wahrheit, die nicht die Runde machen durfte. Sie ließ die Schülerin ihre Arbeit allein vollenden und machte sich auf den Weg ins Schwesternhaus.

«Da sind Sie ja endlich», polterte der Senator, als Hedwig den Raum betrat. «Sie bringen mich um! Was die Cholera nicht geschafft hat, das schaffen jetzt die Ärzte!»

«Aber warum denn?»

«Ich bin gesund, ich muss endlich wieder arbeiten, sonst reiße ich mir das Herz aus! Entweder Sie entlassen mich, oder ich fliehe. Nur eines kann ich nicht: untätig bleiben.»

Hachmann zog ein verzweifeltes Gesicht. Hedwig musste lachen angesichts der unbändigen Energie dieses Mannes.

«Und nehmen Sie mir endlich dieses Lametta ab!», rief er noch und zerrte an den Verbänden, die ihm von Handgelenk und Armbeugen baumelten. Der Senator hatte viele Halbliterdosen erhalten, die Wunden und Einstiche waren zahlreich. Das Überleben hatte seinen Preis ...

Hedwig legte die Decke wieder sorgfältig um ihn herum, beruhigte ihn mit Worten, dass sie sich bei den Ärzten erkundigen werde, dann kehrte sie ihm lächelnd den Rücken. Gesund schien er wahrlich, und voller Tatendrang. Sie musste diesen Fall mit Dr. Karst besprechen. Die Hände in den Hüften, drückte sie das Kreuz durch, und der Schmerz schien für einen kurzen Moment verflogen.

Der Aufenthaltssaal der Totengräber in Ohlsdorf roch noch nach feuchtem Mörtel. Als sie zu Dutzenden die Nächte durchzuarbeiten begannen, sah man die Notwendigkeit eines Raumes ein, wo die Arbeiter ihre mitgebrachten Stullen und Schnitten essen konnten, ein Dach über dem Kopf, denn irgendwann würde es wieder regnen in Hamburg. Auf den Erdhügeln zwischen Leichen sollte niemand seine Nachtlabung verzehren. Kaum errichtet, hatte der Volksmund ihm bereits einen Namen gegeben: das Cholerahaus.

Der Schichtführer rief die Männer der Liste nach auf, während die Totengräber auf Bänken Platz genommen hatten. Wieder waren etliche darunter, deren Namen man in diesem Raum noch nicht gehört hatte.

«Jakob Löwenberg!»

«Hier.» Jakob erhob sich, wagte es kaum, die Knie durchzustrecken, dann ließ er sich wieder auf die Bank nieder. Da hörte er es hinter seinem Rücken zischeln.

«Löwenberg, ist das nicht ein jüdischer Name?»

«Jakob», zischelte ein Zweiter, «aber ganz gewiss!»

«Aber dies ist doch ein christlicher Friedhof?», sagte der Erste, nun etwas lauter.

«Dies ist ein städtischer Friedhof», sprang Jakob ein Banknachbar bei, ein Älterer mit Vollbart, offenbar einer der Vorarbeiter. Aus ihm sprach Autorität. «Bei den Leichengräbern fragen wir nicht nach Religion. Von mir aus kann jemand an den Mann im Mond glauben und hat dennoch dasselbe Recht, hier zu beerdigen oder beerdigt zu werden.»

Das brachte die Aufwiegler zum Schweigen.

Dann erging das Kommando zum Schichtbeginn. Die Männer zogen bankweise aus, zuvor bekam jeder Truppführer eine Blendlaterne in die Hand. Draußen schlug ihnen trotz der Sommerhitze grimmige Dunkelheit entgegen. Der Mond verbarg sich in dieser Nacht. Jakob kam der Zufall zupass, dass in Ohlsdorf nunmehr sogar nachts beerdigt wurde. Niemals lag die Erde still, um und um wurde die Krume gewendet – aus der Grube, in die Grube –, man munkelte von 250 «Wühlmäusen», wie man die Totengräber nannte. Jakob hatte die Bankreihen durchgezählt, allein in dieser Nacht waren es annähernd achtzig.

Am Vormittag hatte Jakob noch desinfiziert. Von kurz nach

dem Sonnenaufgang an steuerten sie mit ihrer Kolonne dorthin, wo auch immer sie gebraucht wurden. Glock zwei war Schluss, die Stunden zwischen Schichtende und Schichtanfang genügten Jakob, um auszuruhen, er war nicht nach Hamburg gekommen, um müßigzugehen. Außerdem wollte seine Pension bezahlt werden. Zur Nacht schlief man dort ohnehin nicht gut, erst in den frühen Morgenstunden kehrte allmählich Ruhe ein. Und Jakob kannte mittlerweile den Grund für die Unruhe ...

Eine halbe Stunde marschierten sie, Schippen über Schultern, durch die Gräberreihen. Die Größe des Friedhofs erschütterte Jakob. Er war die Kirchhöfe auf dem Lande gewöhnt, man konnte sie mit einem Blick erfassen, von Mauer zu Mauer. Der Ohlsdorfer Friedhof hatte die Ausdehnung eines Stadtteils.

Auf halber Strecke kam ihnen ein Trupp entgegen, die Nachmittagsschicht auf dem Weg in den Feierabend. Aufmunternde Rufe hinüber und herüber: «Wir haben euch ein paar frische Tote dagelassen. Die stinken nicht so ...»

«Wir sind keine Memmen wie ihr!»

Mit spaßhaft gemeinten Beleidigungen zogen die Trupps aneinander vorbei, und bald war man an einem Grab angelangt, das die Grundfläche einer großen Rübenmiete hatte. Je näher sie kamen, desto intensiver wurde der Gestank. Einige, die sich auskannten, hatten hölzerne Kneifer für ihre Nasen mitgebracht. Nun war der Moment gekommen, sie aufzusetzen. Jakob kannte sich nicht gut aus. Der Würgereiz sollte ihn die ganze Nacht nicht verlassen.

Die Arbeiter wurden in drei Kohorten eingeteilt: eine zum Graben – die anstrengendste Arbeit –, eine zum Kalk aus Fässern schaufeln und über die Körper hinstreuen, eine zum Leichen in die Grube werfen. Diese letzte war die unbeliebteste Arbeit. Dabei war auch – die Vorsichtsmaßnahmen ließen keinen Zweifel daran – die Ansteckungsgefahr am größten. Den Arbeitern wurden Masken gereicht und Schürzen, um die Kleidung vor Ausscheidungen zu schützen. Die Leichen wurden ohne jede Totenwäsche in die Särge gelegt! Oft waren sie in die Decken eingeschlagen, in denen sie krepiert waren. Jede Berührung bedeutete Gefahr, also kippte man sie aus der Kiste, nachdem man den Deckel abgenommen hatte. Die Särge wurden, einmal entleert, wieder aufgestapelt und für den nächsten Schwung verwendet.

Nach Beendigung der Arbeit an den Leichen wurde alles eingesammelt und verbrannt. Der Feuerschein am Rande des Massengrabs erlosch nicht – nicht für Tage, nicht für Wochen. Und eine zweite, eine dritte Grube war bereits ausgehoben.

Alle zwei Stunden wurde gewechselt. Nachdem er zunächst Kalk aus großen Fässern über die Kadaver geschaufelt und dann Erde aus dem zweiten Massengrab gehoben hatte, war Jakob zum Ende der Nacht für die Leichen zuständig. Es war die körperlich leichteste Arbeit, denn jeder der Särge wurde, sobald ein Mann den Deckel entfernt hatte, von zwei Totengräbern bis zum Rand der Grube getragen, dann ausgeleert. Unten standen vier weitere Arbeiter, die die Leichen in platzsparende Positionen trugen. An ihren Füßen erkannte Jakob dieselben Stulpenstiefel, die er zur Desinfektion trug. Am Rande der Grube stand ein Pastor, der fortwährend Gebete murmelte und hin und wieder das Kreuz über den Toten schlug.

So ging die Nacht vorüber, bis der blaue Morgen den Horizont färbte und Jakob gar nicht erst in die Halle nahe dem Eingang zurückkehrte, sondern gleich zum Sammelplatz der Desinfektionsdroschken hastete, um sein Tagewerk aufzunehmen.

Als Koch seinen Weg an der Außenalster entlang von der stadtwärtigen auf die Eppendorfer Seite suchte, fiel sein Blick zufällig auf eine der sogenannten Litfaßsäulen, die man jüngst überall aufstellte. Zornentbrannt ließ er den Kutscher anhalten, stieg aus dem Fuhrwerk und riss eines der Plakate herunter. Im Einsteigen ermahnte er den Fuhrmann, den Pferden die Peitsche zu geben.

In Eppendorf angekommen, suchte er augenblicklich das Schwesternhaus auf und darin das Zimmer, in dem der Senator residierte. Koch stürmte hinein. Aber Hachmann war nicht mehr allein. Neben seinem Bett saß ein junger Mann mit pomadiertem Haar über ein Schreibbrett gebeugt, in der Hand eine Feder, auf dem Knie, mit der anderen Hand fixiert, ein Tintenfass. Selbst das Amtssiegel der Gesundheitsbehörde stand auf einem Tischchen neben Hachmanns Bett bereit. Seine Gesichtsfarbe war immer noch aschfahl.

«Was tun Sie da?», fragte Koch.

«Arbeiten», sagte Hachmann. «Sie werden einsehen, dass dies gerade in diesen Zeiten von einer unaufschiebbaren Dringlichkeit ist. Dr. Karst hat es mir genehmigt.»

Koch wies auf das Plakat in seiner Hand. Vermutlich war ihm der Zorn anzumerken, denn als er von Hachmann verlangte, den Sekretär hinauszuschicken, entsprach der Senator dem Wunsch augenblicklich.

Hachmann wartete ab, bis der Schreiber das Zimmer verlassen hatte, dann verschränkte er die Arme vor der Brust. Sein Pyjama glänzte von edler Seide.

«Was hat das zu bedeuten?», kam Koch auf den Punkt und streckte ihm das abgerissene Plakat entgegen.

Hachmann musterte es. «Ein Plakat», formulierte er dann mit Bedacht, «das den Menschen Handreichungen gibt, wie sie sich vor der Cholera schützen können. Wir hatten darüber geredet. Was ist daran auszusetzen?»

«Dies ist nicht das Plakat, über das wir geredet hatten», sagte Koch. «Es findet sich kein einziger Hinweis auf die Tankwagen, kein Verbot, das Trinkwasser unabgekocht zu trinken, lediglich Bitten und Empfehlungen. Damit können wir die Seuche nicht besiegen. Dieses Plakat ist vollkommen veraltet und entspricht nicht unserer Vereinbarung.»

Hachmann blieb stumm.

«Wo bleibt das neue Plakat? Wir sprachen doch darüber ...», schlug Koch einen vermittelnden Ton an.

«Sie haben eine eigenartige Art, mit Kranken umzugehen ...»

«Und Sie, mit Absprachen!»

Hachmann schwieg beharrlich.

«Wir hatten eine Vereinbarung, von Ehrenmann zu Ehrenmann. Was ist daraus geworden?»

«Mein lieber Doktor Koch», druckste Hachmann herum, «ich habe erst nach unserer Verabredung erkannt, wie viele Probleme und Hindernisse mit Ihrem Wunsch einhergehen.»

«Die da wären?»

«Die Druckerei, die wir für gewöhnlich beauftragen, hat uns geantwortet, dass sie nicht in der Lage sei, solch hohe Stückzahlen zu produzieren. Keine Druckerei in Hamburg kann Plakate, geschweige denn Flugblätter, in so großen Mengen drucken, außer ...»

«Außer?»

«Außer der Verlag Auer & Compagnie. Doch zu dem können wir nicht.»

«Was sollte der Grund sein?»

«Die Zusammenarbeit ist völlig ausgeschlossen.»

«Warum?»

Hachmann atmete tief ein. «Herr Auer ist Mitglied der Sozialdemokratischen Arbeiterpartei. Er druckt sämtliche Flugschriften für die Hamburger Genossen. Diese Partei ist eine Organisation von Halunken und Umstürzlern. Mit denen wollen wir nichts zu tun haben. Das gilt auch für mich ganz persönlich: Ich mache mich mit diesen Elementen nicht gemein!»

«Und ist dies die einzige Organisation, die in Frage kommt für die Plakataktion?»

«Wie gesagt, die einzige, die Erfahrung mit so hohen Auflagen hat.»

«Dann warten Sie nicht länger! Reden Sie mit Auer! Oder schreiben Sie ihm. Es muss endlich losgehen – heute noch! Die Zeit des Zögerns und Zauderns ist vorbei.»

«Ihr Ton, Dr. Koch, wenn Sie sich hören könnten ...», sagte Hachmann.

Doch Koch hatte nicht die Absicht, sich weiter vertrösten zu lassen. Er erhob die Stimme, dass ihn womöglich sogar der Sekretär vor der Tür hören konnte: «Ihre Aufgabe ist es, Senator, zu handeln. Hätte der Senat 1854 Sandfilteranlagen in ausreichender Zahl errichtet – dann gäbe es diese Epidemie nicht! Die Behörden dieser Stadt haben Menschenleben auf dem Gewissen, Senator, allein durch sinnloses Abwarten!»

Der Kopf des Gesundheitssenators war hochrot angelaufen. «Jede meiner Entscheidungen treffe ich nach bestem Wissen und Gewissen. Manchmal spielen Aspekte eine Rolle, die Sie nicht kennen, Exzellenz, von denen Sie nicht zu träumen wagen. Sie sind ein Mann der Wissenschaft ...»

«Und Beauftragter Seiner Majestät des Kaisers», fiel Koch ihm ins Wort. «Und dennoch setzten Sie sich bislang über jede meiner Meinungen hinweg, Exzellenz! Wie viele Beweise benötigen Sie noch? Die asiatische Cholera tobt in Ihrer Stadt, und

Sie können sich bei Dr. Karst bedanken, dass Sie sie überlebt haben. Nun wird gehandelt, oder ich lasse Sie wegen Hochverrats vom Amt suspendieren.»

Hachmann zischte verächtlich. «Suspendieren? Was sollte der Grund sein?»

«Verrat, nicht nur am Kaiser, sondern auch an der Hamburger Bevölkerung.»

«Dr. Koch!»

«Wenn Arroganz und Ignoranz töten, bin ich als Arzt verpflichtet, dagegen anzukämpfen. Ich habe einen Eid geschworen.»

«Ich ebenso!»

«Ich bin gewillt, mich an meinen zu halten.»

Der Senator sah Koch in die Augen. Der hielt dem Blick stand. Schließlich öffneten sich Hachmanns Lippen, und er sagte zu Koch: «Ich werde unverzüglich ein Schreiben an die Druckerei Auer & Compagnie aufsetzen. Erstellen Sie mir, Dr. Koch, eine Liste von Maßnahmen. Ich werde sie umsetzen. So wahr mir Gott helfe!»

«Danken Sie Gott, dass Er Ihnen geholfen hat zu überleben.»

«Ich danke Gott, und Ihnen, Dr. Koch. Und auch Dr. Karst und Ihrer Frau, die sich so aufopfernd um mich bemüht hat.»

Diesen letzten Satz hatte Hachmann leise gesprochen, und doch spürte Koch den Stachel, der darin lag. Und er hatte ihn ganz sicher mit Absicht hineingelegt.

Im provisorischen Labor der Direktorenvilla traf Koch auf Theodor Rumpf. Der begutachtete die Kolonien der Cholera-Stämme, in den Nährlösungen gediehen sie prächtig.

«Die werden uns bei der Entwicklung eines wirksamen Impfstoffs gute Dienste leisten», bemerkte Koch.

Beinahe liebevoll über die Bazillenbrut wie über ein Haustier gebeugt, bemerkte Rumpf: «Ich mag ihre klare Form, ihren Auftrag. Sie tun das, was ihr genetisches Programm vorgesehen hat. Nicht mehr, nicht weniger. Sie haben keinerlei Ahnung davon, was sie anrichten. Wir sehen in ihnen das sprichwörtliche Böse, aber sie tun nur eines: sich reproduzieren. Man könnte sie bewundern, diese Bazillen. Ihre Existenz ist besser geordnet als die des Menschen mit all seinem Für und Wider und Ja und Nein.»

«Dr. Rumpf, ich wusste nicht, dass Sie ein Philosoph sind. Vielen Dank, dass wir uns bei Ihnen wie zu Hause fühlen dürfen.»

Rumpf breitete die Arme aus. «Was soll's. Es führt zu Gerede, aber ich weiß, was ich an Ihnen habe.»

«Ich habe für Ihr Verständnis zu danken, Dr. Rumpf.»

Er sann eine Weile seinen Erinnerungen nach, als wolle er noch etwas hinzufügen. Endlich lösten sich Rumpfs Lippen. «Man sagt, dass Ihre Liebschaft ...»

«Ihr Name ist Hedwig.»

Rumpf beeilte sich zu versichern: «Ein überaus liebreizendes Mädchen! Jeder hier im Hospital verliebt sich in sie; niemand, der Sie nicht verstehen könnte, Dr. Koch ...»

«Aber?»

«Man sagt, diese Liebschaft habe Sie den Nobelpreis gekostet. Ohne diesen Skandal hätten Sie ihn längst.»

«Welchen Skandal meinen Sie? Ich lebe in Scheidung von meiner ersten Frau. Wir sind seit zwei Jahren von Tisch und Bett getrennt. Wie viel Skandal kann da in Ihren Augen noch sein?»

«In meinen Augen? Keiner. In den Augen der Menschen? Genug! Das Alter, die Vergangenheit. Ihre Tochter aus erster Ehe ist beinahe so alt wie Ihre Geliebte.»

Koch hatte sich auf den Tisch gestützt, auf dem die Kolonien der erfolgreich nachgebrüteten *Vibrii cholerae* aufgereiht waren. Nun richtete er sich auf, um Rumpf vollends ins Gesicht schauen zu können.

«Sehen Sie, Dr. Rumpf, solange sich die Menschen mit solchen Fragen beschäftigen, kann es ihnen nicht so furchtbar schlecht ergehen in der Cholerazeit.»

Rumpf schwieg beschämt.

«Mich hingegen beschäftigen andere Fragen. Ich bin den Infektionswegen auf den Fersen. Die Hamburger Trinkwasserversorgung ist verseucht mit *Vibrii*. Es hat den Anschein, als fülle man dort, am zentralen Versorgungspunkt der Bevölkerung, ganz gezielt Cholera-Bazillen ins Wasser. Doch diese Möglichkeit schließen wir einmal aus. Über Hexenwahn und Brunnenvergiftung sind wir hinweg. Aber wie kann denn das blitzsaubere Wasser der Elbe, oberhalb der Stadt entnommen, derart verseucht sein?»

«Das ist eigentlich unmöglich», pflichtete Rumpf ihm bei. «Das Elbwasser vor Hamburg ist vollkommen sauber. Bevor die Abwässer hineingeleitet werden, ist es immer noch klar.»

Koch nickte nachdenklich. «Das entspricht auch meiner Beobachtung. Das Wasser ist weitaus weniger belastet als das, welches die Altonaer ihren Bürgern vorsetzen, allerdings gefiltert. Und dennoch kommt das reine Gift aus den Hamburger Wasserhähnen. Tausend und mehr Bazillen auf den Milliliter.»

«Also ist die Wasserkunst das Problem», schloss Rumpf.

«Aber wieso?»

Schweigend hingen die Männer ihren Gedanken nach und fanden doch keine Antwort.

«Es ist zum Verzweifeln», rief Koch da zornig. «Ich verstehe immer noch nicht, wo und wie die Bazillen hineinkommen – es ist ein Rätsel! Allerdings ...»

Hilflos hob Rumpf die Schultern und ließ sie wieder fallen.

«Dr. Rumpf», sagte Koch, «können Sie mir eine Frage beantworten?»

«Ich kann es zumindest versuchen.»

«Welche Kraft ist in der Lage, Wasser den Fluss bergauf zu transportieren?»

«Pumpen? Dampfschiffe? Die Schraube des Archimedes?», riet Rumpf.

Koch schüttelte den Kopf. «Nein, nicht generell. Ich meine hier, in Hamburg, die Elbe hinauf.»

Plötzlich hellte sich Rumpfs Blick auf. «Das wissen Sie nicht?»

Koch verneinte.

«Ganz einfach: die Flut.»

Mit kundigen Händen assistierte Hedwig dabei, Hachmann von seinen letzten Verbänden zu befreien. Die Wunden waren gut verheilt, doch ließen sie auch Rückschlüsse auf das Kaliber der Hohlnadeln zu, die die Flüssigkeit in den Leib pumpten.

«Darf ich die Gerätschaften sehen?», fragte Hachmann plötzlich.

«Wie bitte?», fragte Karst irritiert.

«Ich möchte sehen, was mich dem Tod entrissen hat.»

«Das ist nichts Besonderes: eine Nadel, ein Glaskolben, ein Stempel ...»

«Ich möchte es dennoch sehen.»

Karst hatte den letzten Verband auf seine Hand gewickelt und gab Schwester Hedwig einen Wink. «Erfüllen Sie ihm seinen Wunsch.»

Hedwig enteilte und kehrte kurze Zeit später mit einer sehr großen Spritze auf einem Tablett zurück. Der Senator starrte auf die Pumpe, die drei Tage lang jede erreichbare Vene durchbohrt und ihn mit dem Elixier des Lebens versorgt hatte: ordinäre isotonische Kochsalzlösung, auf Körpertemperatur erwärmt.

«Darf ich sie halten?»

«Ist sie schon sterilisiert?», fragte Karst.

Hedwig schüttelte den Kopf. Sie reichte dem Arzt die Spritze. Als Karst sie entgegennahm, berührten sich unwillkürlich ihre Finger. Hedwig zuckte zurück. Hachmanns Augen war die Berührung – und die Reaktion darauf – nicht entgangen. Er nahm die Spritze, wog sie auf den Fingerspitzen und besah sie sich von allen Seiten. «Hätte nicht gedacht, dass solch ein Gerät Freude bereiten kann.» Er grinste Hedwig an. «Dennoch bevorzuge ich in Zukunft die herkömmliche Aufnahme von Flüssigkeiten.»

«Ab morgen werden Sie eine leichte Hühnerbrühe zu sich nehmen», bestätigte Karst.

«Brühe?» Hachmann hob die Augenbrauen.

«Ja, Brühe! Über die übliche Mehlsuppe sind Sie hinaus.»

«Heißt das, ich bin genesen? Ich habe die Cholera überstanden?»

«Es sieht ganz so aus.»

Hachmann ergriff Karsts Hände und schüttelte sie voller Begeisterung. Seine Augen glänzten. Dann warf er Hedwig einen Blick zu. «Ich verzichte allerdings nur ungern auf die Pflege und Fürsorge Ihrer reizenden Schwestern.»

Sie wich ihm aus und bemerkte in Karsts Richtung: «Ich schaffe Spritze und Kanüle zum Abkochen.»

«Wie weit ist Ihre Arbeit an meinem Gemälde gediehen?», rief Hachmann ihr hinterher.

Hedwig drehte sich zu ihm um. «Es ist kein Gemälde. Es ist eine Zeichnung.»

«Hätten Sie die Güte, es mir zu zeigen?»

Hedwig zögerte einen Moment, dann sagte sie: «Warum nicht?»

«Sie machen auf mich einen vollkommen genesenen Eindruck, mit Verlaub», grüßte Koch den Senator, als er am folgenden Tag sein Krankenzimmer betrat, aus dem inzwischen ein vollständiges *Bureau* geworden war, samt Gefolgschaft.

Hachmann nickte. «Ich fühle mich prächtig, Exzellenz, überaus prächtig.»

«Das sieht man. Weshalb ließen Sie mich rufen?»

Hachmann tat, als sei ihm der Fakt entfallen, dann zog er zielsicher einen Entwurf aus dem Papierstapel. Flugs drückte er ihn Koch in die Hand. Es war ein Exemplar des Plakats, das Koch in Auftrag gegeben hatte.

«Meine Mitarbeiter haben Auer & Compagnie dazu veranlassen können, ihre Druckerpresse anzuschmeißen. Und siehe da, obwohl er ein Sozialdemokrat ist und eine Zeitlang im Gefängnis saß, war er in der Lage, den Befehl auszuführen: 20 000 Plakate und 250 000 Flugblätter, nach Ihrer Vorstellung gestaltet, Exzellenz, warten darauf, unters Volk gebracht zu werden.»

«Das ist wunderbar, Senator Hachmann. Und haben Sie auch einen Plan, wie das geschehen soll?»

«Aber sicher», sagte Hachmann. «Diese furchtbare Partei ist in der beneidenswerten Lage, die Flugblätter innerhalb von zwei Tagen zu verteilen. Ihr Fußvolk – und es stehen tausend Willige bereit – erhält zwischen drei und zehn Mark pro Stoß, je nach Menge. Auf diese Weise war die Partei schnell zu überzeugen. Sie warten nur noch auf den Befehl. Und den werde ich ergehen lassen, sobald Sie, Exzellenz, das Flugblatt auf seine sachliche Richtigkeit hin überprüft haben.»

«Aus dem Krankenbett heraus erreichen Sie mehr als mancher Gesunde», bemerkte Koch. Dann prüfte er das Plakat. «Keinerlei Einwände, alles Wesentliche ist vorhanden. Dann beginnen wir also mit der Verteilung?»

Hachmann druckste herum. «Es geht leider erst übermorgen.»

«Aber wieso denn? Die Flugblätter sind gedruckt. Jede Verzögerung kostet Menschenleben!»

«Ich kann es nicht durchsetzen.» Hachmann senkte den Kopf.

«Wieso nicht? Auch Sozialisten sind Men...»

«Darum geht es nicht.»

«Worum geht es dann, in drei Teufels Namen?»

«Unter den Verteilern sind etliche, die in den Manufakturen und Fabriken am Band stehen...»

Kochs Miene war Unverständnis und Entsetzen. «Senator, jeden Tag infizieren sich Menschen. Und ein nicht geringer Teil davon wird sterben.»

«Die Unternehmer und *Entrepreneure* werden mir die Hütte einrennen! Sie werden mich bis ans Krankenbett verfolgen. Es sind ihre Arbeiter, die die Bänder stehen lassen, um Propaganda zu verteilen!»

«Lebensrettende Propaganda», ergänzte Koch.

Hachmann wagte immer noch nicht, ihn anzusehen. «Warten wir bis Sonntag. Dann stehen die Bänder still, und die Proletarier haben eine gute Beschäftigung, anstatt Revolution zu machen.»

Koch schüttelte innerlich den Kopf. Dann beschloss er, die Verzögerung in seinem Sinne zu nutzen. «Wer wird die Leute instruieren?»

«Meine Mitarbeiter», antwortete Hachmann. «Die geben es an die Sozialisten weiter.»

«Sozialdemokraten, Senator.»

«Meinetwegen. Und die wiederum erklären es ihren Leuten. Es sind wahre Hungerleider darunter, die sich über ein paar Mark zusätzlich in diesen Zeiten freuen.»

Koch schwieg.

«Stimmt etwas nicht?»

«Die Kette ist zu lang», bemerkte Koch.

«Welche Kette?»

«Wir müssen den Leuten selbst erklären, was zu tun ist. Nur so können wir wissen, dass ihnen auch das Richtige erzählt wird.»

«Wie bitte?»

«Sie und ich, Senator, werden die Flugblattverteiler und Plakatkleber instruieren. Diese Menschen – mögen Sie von ihnen halten, was immer Sie wollen – sind unser Informationsfluss. Sie tragen unsere Worte in jeden Winkel der Stadt. Das müssen wir nutzen.»

«Ich soll mich mit diesen Halunken gemein machen? Mit diesen», er spie das Wort förmlich hinaus, «*Genossen*?»

«Genau.»

Hachmann verdrehte die Augen und ließ sich in die Kissen fallen. Er winkte alle Bediensteten vom Bett hinweg und vor die Tür, um sich Bedenkzeit zu gönnen. Doch als auch der Rathausdiener schon an der Schwelle stand, rief er ihn zurück. «Nun gut, wir haben keine Zeit zu verlieren. Lassen Sie diese Halunken eine Versammlung einberufen! Das können sie ja. Wenn auch sonst nicht viel. Kündigen Sie an, dass die Exzellenzen Dr. Robert Koch und Senator Gerhard Hachmann ein paar Worte an die Flugblattverteiler richten werden.

Und holen Sie die Zeitungen dazu. Damit es allen kundgetan werde!»

Als Koch Hachmanns Krankenzimmer verließ, konnte er sich eines beseligten Lächelns nicht erwehren.

Am Abend, nachdem Hedwig eine Zwölf-Stunden-Schicht hinter sich gebracht hatte und kaum noch auf den Beinen stehen konnte, nahm sie die Profilzeichnung des Gesundheitssenators aus der Schublade in Rumpfs Schlafzimmer und prüfte ihr Werk auf Tauglichkeit: Hachmanns Charakter, das Rastlose, Ungestüme, kam trotz der eingefallenen Wangen und dunklen Augenränder gut zur Geltung.

«Sie sind ein schöner Mann, Senator», sagte sie, als sie neben seinem Bett stand und er die Zeichnung bereits begutachtete.

«Sie müssen es wissen. Sie haben mich porträtiert. Wo haben Sie das gelernt?»

«Bei Professor Graef in Berlin – ein begnadeter Kunstmaler. Dort war es auch, wo ich Koch kennenlernte.»

Hachmanns Blick hatte sich von der Zeichnung gelöst und wich nicht von ihr. «Sie waren dort Aktmodell?»

Die Röte schoss Hedwig ins Gesicht. «Was glauben Sie! Ich war Graefs Schülerin. Er porträtierte Koch, von dem ich bis dahin nie gehört hatte, und ich lernte von Graef die Kunst des Porträtzeichnens. Warum sonst könnte ich den Kohlestift führen? Schauen Sie das Bild an, dann wissen Sie, was ich dort tat.»

«Man hört dieses und jenes», grummelte Hachmann. «Und eines der Gerüchte besagt, dass Sie Graefs ...»

«Wer immer dies behauptet, es trifft nicht zu.»

«Man hört auch, Sie seien Schauspielerin gewesen ... in einem Varieté.»

«Ich war eine Zeitlang Schauspielschülerin in Berlin.»

«Schauspielschülerin, Maleradeptin», zählte Hachmann auf. «Was noch?»

«Die Kunst hat mich schon immer angezogen.»

«Die Kunst oder die Männer?»

Sie rollte die Kohlezeichnung zusammen. «Ich weiß nicht, mit welcher Berechtigung Sie über meinen Charakter urteilen.»

«Ich stelle nur Fragen. Darf ich kein Interesse bezeugen an meiner Porträtistin?»

«Es klang nicht nach bloßem Interesse. Es klang nach einem Urteil.» Hedwig erhob sich und wollte sich empfehlen. Da ergriff Hachmann sie am Handgelenk und zog sie zu sich heran.

«Woher nehmen Sie das Recht, einem unbescholtenen Mann wie Professor Koch das Leben und die Reputation zu rauben? Er hat eine Tochter, wissen Sie das?»

«Natürlich weiß ich das.» Hedwig wand sich frei. «Wir schreiben uns Briefe – wir sind beinahe wie Freundinnen.»

«So, sind Sie das?» Senator Hachmann ließ die Hände aufs Bett fallen. «Wie ekelerregend diese Zustände sind!» Er hatte die Lippen zusammengepresst. Alles Edle war aus seinen Zügen gewichen. Der offenbare Hass traf Hedwig ins Herz. Und sie ärgerte sich darüber.

«Ich weiß nicht, Senator, warum Sie so wenig von mir halten, aber ich weiß, dass nicht jedes Gerücht aus den Gazetten zutrifft. Sie müssen mir auch nicht gewogen sein, wenn Sie nicht wollen. Ich werde mich jetzt zu meinem Gatten begeben.»

«Tun Sie das. Kümmern Sie sich um ihn. Gewiss ist er erschöpft, er ist ja auch nicht mehr der Jüngste.»

Dieser Seitenhieb traf erneut, sie war den Tränen nahe. Und wusste nicht, warum dieser fremde Mann sie derart hasste.

Hedwig war beinahe hinaus, da rief er ihr zu: «Fräulein Freiberg, es wäre mir eine Ehre, wenn Sie aus dieser düsteren, morbiden Zeichnung ein Ölgemälde in Angriff nähmen. Ich werde Sie dafür entlohnen. Fürstlich. Es zeigt mich im Moment meiner tiefsten Niederlage.»

«Ich mag das Morbide daran, und die Kohle ist genau richtig.» Dann ging sie erhobenen Hauptes hinaus.

Hachmann hatte es sich nicht nehmen lassen, Koch in seiner jüngst erworben Motordroschke zu befördern. Er war stolz auf diese Errungenschaft, denn es fuhren noch nicht viele davon herum in Hamburg. Noch prägten die Pferdekutschen das Stadtbild.

Hachmanns Gefährt zog erhebliches Aufsehen auf sich. In glücklicheren Zeiten war er des Sonntags am Jungfernstieg auf und ab gefahren. Im Schritttempo durch die Menschenmenge, gelegentlich bekannten Gesichtern unter den Flaneuren zuwinkend. Mitunter ließ er den Fahrer anhalten, um sich mit einem Passanten zu unterhalten. Im Gegensatz zu den geschlossenen Kutschen waren die Motordroschken nur mit einem offenen Gestell umgeben, das ein dünnes Lederverdeck überspannte. So sprach man, wie beim Flanieren, von Angesicht zu Angesicht. Wenn es sich bei seinem Gesprächspartner um eine bedeutendere Persönlichkeit handelte, bequemte sich der Senator sogar, das Automobil zu verlassen. Dann stützte er sich beim Reden gern auf den Kotflügel, der in seinem gewagten Schwung an die edleren Formen der Kutschen erinnerte.

Heute jedoch fuhren sie nicht zum Jungfernstieg. Tuckernd ließen sie die Alster hinter sich und passierten den Gänsemarkt sowie den leichten Anstieg hinüber zum Heilig-Geist-Feld, dann ging es weiter nach St. Pauli hinein.

Vor dem *Blauen August* ließ Hachmann stoppen. Die Menschen standen bis auf die Straße hinaus, und der Chauffeur musste sie mit einer Handhupe beiseite quaken. Sie verließen die Motordroschke auf der Straßenseite, und Hachmann nahm Koch jovial in den Arm, um ihn zum Eingang zu geleiten. Die Menge wich zurück. Anders als Hachmann, der nun ohne Berührungsängste war. Die Ehrfurcht der Leute schien ihn noch zu beflügeln.

«Dr. Koch, ich hätte mir niemals träumen lassen, dass Sie mich dazu bringen, die Brutstätte der Revolution zu betreten.»

Koch musste lächeln. «Sie standen an der Pforte des Todes, ach, was sage ich, auf der Schwelle. Warum sollten Sie vor Sozialdemokraten zurückschrecken, Senator?»

«Sie haben recht, ich habe Schlimmerem ins Auge geblickt.»

Der Wissenschaftler hakte sich bei Hachmann unter, eine Vertrauensgeste, die ihn selbst am meisten überraschte. «In diesem Kampf gibt es keinen Feind außer der Krankheit. Ihr gegenüber sind wir alle Verbündete.»

Seite an Seite betraten sie den Saal, der verraucht war wie eine Opiumhöhle, die Luft erfüllt von einem Aroma aus Alkohol und Zigarettenqualm. Am Eingang standen Cholerawächter mit Armbinden. Sie untersuchten jeden Eintretenden auf Krankheitssymptome. Das generelle Schließverbot für Lokale war immer noch gültig. Jeglicher Ausschank war verboten, Hachmann hatte nur für diesen Anlass eine Ausnahmegenehmigung erteilt. Die Anwesenden genossen das Privileg, in einer Stadt der Abstinenz für ein paar Stunden das Leben feiern zu dürfen.

«Ich habe die Krankheit überstanden, Pfoten weg!», polterte Hachmann die Wächter an.

Sie ließen ihn passieren. Sobald die Menge der beiden Herren ansichtig wurde, verstummte sie. Koch trug einen einfachen, abgewetzten Anzug. Hachmanns Kleidung sah man an, dass er Luxus gewohnt war. Wie ein Lauffeuer hatte sich im Saal die Nachricht verbreitet, dass die Herren in einem Automobil vorgefahren waren. Saalordner stemmten eine Gasse für den hohen Besuch. Misstrauische, mitunter verächtliche Mienen schlugen ihnen entgegen.

Eine Kapelle spielte ein Lied der Arbeiterbewegung, von einer neuen Zeit, die anbrach, einer Zeit der Brüderlichkeit. In Hachmanns Ohren musste es wie Hohn klingen.

Nach einer Weile, die Koch wie eine Ewigkeit erschien, erreichten sie das Podium, das aus zusammengeschobenen Wirtshaustischen errichtet war. Schemel und Stühle dienten als Aufgang, der letzte Tritt war hoch, aber dann waren sie oben, über die Menge erhoben, sahen auf die Köpfe hinab, manche unter knautschigen, speckigen Mützen, andere barhäuptig und verlaust oder aber vollkommen kahl.

Koch spürte den Widerwillen der Menschen gegen den Senator, diesen Vertreter der verachteten Herrscherklasse. Spürte auch den Unwillen, diesem Manne zu lauschen. Er war keiner der Ihren, und das wussten die Genossen so sicher, wie Hachmann dies ausstrahlte. Dennoch ergriff der Senator, ohne zu zögern, das Wort. Ein Arbeiterführer stand bereit, ihn den Leuten vorzustellen, doch Hachmann ließ sich nicht vorstellen. Er war selbst Manns genug.

«Einwohner der Freien und Hansestadt Hamburg.» Das Wort *Genossen* kam ihm nicht über die Lippen. «Niemals hätte ich mir träumen lassen, mich als Redner der Partei der Arbeiter und des Proletariats auf diesen Brettern wiederzufinden. Doch die besondere Situation erfordert besondere Maßnahmen. Also musste ich mich belehren lassen, dass die einzige Organisation, die sich in der Lage sieht, Informationen so schnell wie möglich allen Menschen dieser Stadt mitzuteilen, Ihre Partei ist.»

«Die Sozialistische Deutsche Arbeiterpartei», rief ein Zuhörer des radikalen Flügels in die Menge. Er hatte – wohl nicht als Einziger – bemerkt, wie schwer es Hachmann fiel, den Namen der gastgebenden Organisation auszusprechen.

«Die SPD», bestätigte Hachmann nun nickend.

Die Menge jubelte. Allein diesen Namen aus seinem Munde zu hören! Eines Kindes der höheren Gesellschaft! Koch atmete auf.

«Jahre des Hasses und der Feindschaft liegen hinter uns. Lassen Sie uns, meine Herren, die politischen Kämpfe für den Moment beilegen. Die Lage ist ernst, und der Feind, dem wir alle gleichermaßen in die Fratze blicken, ist ein anderer. Es ist der Tod, unser aller Feind.»

Große Zustimmung. Kochs Herz raste. Die Botschaft schien zu zünden, Hachmann war ein begnadeter Redner. Koch spürte, wie sich die Zuhörer beinahe körperlich hinter ihm und seinem Anliegen versammelten.

«Sie können stolz darauf sein, in Ihren Reihen so viele mutige Menschen zu haben, die sich zur entscheidenden Schlacht gegen die Krankheit vereint haben.»

«Kommen Sie zur Sache, Senator!» Dies war kein Ausdruck des Unmuts, sondern des Kampfeswillens. Man wollte endlich erfahren, warum man zusammengekommen war.

«Ihr habt recht, zur Sache!» Hachmann war zum verbrüdernden Du übergegangen, und Koch befürchtete Widerstand. Doch die Menge ließ sich mitreißen.

«In diesen Kisten», Hachmann deutete auf hölzerne Quader, die am Eingang des Saales gestapelt waren, «befinden sich zweihundertfünfzigtausend Flugblätter – eine Viertelmillion! Gedruckt innerhalb zweier Tage!»

Anerkennendes Raunen.

«Allein die Druckerei Auer & Compagnie war in der Lage, solche großen Mengen in so kurzer Zeit herzustellen.»

Wieder Zustimmung. Der Name Auer war bekannt: Der einzige Drucker, der sich nicht weigerte, für die bis vor kurzem noch verbotene Arbeiterpartei zu drucken – einer der Ihren!

«Auf jedem dieser Flugblätter finden sich Verhaltensregeln für die Hamburger Haushalte. Es rettet Leben. Sie alle werden, so wahr ich hier stehe, zu Lebensrettern werden!»

Anstatt zu jubeln, wurde die Menge still. Sie hingen an den Lippen des Senators. Und an der roten Nase, die von seiner Weinseligkeit kündete. War da etwa Sympathie? War es möglich, dass die Revolutionäre diesen Erzkonservativen in ihr Herz schlossen? Koch hielt es für ein Wunder.

Der Senator senkte die Stimme, sich der Aufmerksamkeit aller bewusst. «Wir wissen noch nicht, wie, aber es hat den Anschein, als verbreite sich der tödliche Keim über das Hamburger Trinkwasser. Ich schwöre Ihnen, meine Herren, wir sind auf der Suche nach den Ursachen. Sobald wir sie gefunden haben, werden wir nichts Eiligeres zu tun haben, als sie abzustellen. Jedoch, solange das nicht der Fall ist, müssen die Maßnahmen strengstens eingehalten werden. Von allen.»

«Welche Maßnahmen?», klang es aus der Menge. Diesmal war es eine Frauenstimme. Ganz selten waren Röcke und Kopftücher unter ihnen.

«Auf dem Flugblatt steht alles.»

«Nicht alle können lesen!»

Senator Hachmann nickte. «Alles Wichtige ist auch in Bildern dargestellt. Jedes Wasser, egal ob aus der Leitung oder aus einem Brunnen, muss abgekocht werden. Jedes Gemüse sollte nicht roh, sondern gekocht gegessen werden. Auf keinen Fall sollten Obst oder Gemüse mit frischem Hamburger

Trinkwasser gewaschen werden. Es ist nicht frisch, es ist verseucht!» Hachmann musste einen Moment innehalten. Die innere Bewegung hatte ihn übermannt, der Nachhall der überstandenen Bedrohung. Fast wäre er selbst nach Ohlsdorf gefahren! Er beschirmte seine Augen mit der Hand, dann hatte er sich gefasst und fuhr fort: «Die Hände müssen regelmäßig mit abgekochtem Wasser und Seife gewaschen werden – regelmäßig! Nach jedem Toilettengang sowieso, unbedingt und äußerst gründlich. So schützen wir uns voreinander. Und indem wir uns aufs Häusliche zurückziehen. Menschenansammlungen sind weiterhin verboten, diese hier ist eine einmalige Ausnahme.»

Jetzt äußerte sich Unmut, doch Hachmann ging einfach darüber hinweg. «Am Billwerder Ausschlag», fuhr er fort, «wird kein Wasser mehr entnommen werden, bis die Gefahrenquelle, die dort contagiert, bekannt ist. So lange werden wir frisches Wasser aus Altona beziehen. Außerdem wird die Bill-Brauerei angewiesen, die Stadt zu versorgen!»

Die Menge jubelte nicht, Hachmann fühlte Groll, doch er ging darüber hinweg.

«Sorgen wir gemeinsam dafür, dass wir den Feind besiegen, geht in die Haushalte, habt ein offenes Ohr für die Fragen, die gestellt werden. Beantwortet, was ihr beantworten könnt! Klärt die Menschen auf, dann werdet ihr Leben retten. Ihr», und er wies mit der Hand in sein Publikum, «jeder Einzelne von euch, ihr seid Lebensretter! Engel ohne Flügel, genau wie die Ärzte, die Schwestern, wie Dr. Koch.»

Damit wies Hachmann auf den Arzt an seiner Seite. Jubel brandete auf, und Koch wusste nicht, ob er ihm galt oder Hachmanns Rede. Erst als die Leute «Kullero-Koch, Kullero-Koch» im tiefsten Platt skandierten, begriff er, dass sie ihn meinten.

Doch letztlich war ihm das gleichgültig. Hauptsache, die Worte waren angekommen.

Koch atmete auf. Hachmann war genau der richtige Mann für diese Botschaft gewesen.

9. Kapitel

«Dass es in Rücksicht auf verschiedene Infektionskrankheiten Aufgabe einer hygienischen Staatsverwaltung ist, der Bevölkerung auch außerhalb der Cholerazeiten einwandfreies Trinkwasser zu liefern, bedarf wohl keiner besonderen Betonung. Die jetzige Sandfiltration kann in dieser Hinsicht keineswegs als Lösung der gewiss überaus schwierigen Aufgabe betrachtet werden. Neben einer Versorgung mit einwandfreiem Wasser ist aber auch die Entfernung der Fäcalien von Bedeutung. Doch hat Hamburgs Beispiel gezeigt, dass eine gute Kanalisation allein nicht genügt.»

Prof. Dr. Theodor Rumpf in seiner Abhandlung über die Cholera, 1898

Endlich, in den ersten Septembertagen, schrieb William Lindley, der Gesichtslose, mit vollem Namen. Und diesmal war es auch kein Telegramm, sondern ein Brief. Der Inhalt war in beinahe elegantem Deutsch verfasst. Die Wendungen ließen keinen Zweifel daran, dass der Urheber lange in Deutschland gelebt hatte.

Lindley bestätigte Kochs Verdacht, dass einzig die Flut in der Lage wäre, das verseuchte Wasser von der Kloake bis hinauf an den Billwerder Ausschlag zu drücken. Die Annahme schien richtig zu sein, obwohl Koch den Vorgang noch nicht mit eigenen Augen beobachtet hatte. Es war das letzte Glied in der Beweiskette. Wenn sich Kochs Verdacht bestätigte, war das Geheimnis um die Hamburger Epidemie und deren katastrophalen Verlauf gelüftet, und es wäre nur noch eine Frage der Zeit, bis die Opferzahlen zurückgingen. Vorausgesetzt, sie träten umgehend in Aktion. Bereits jetzt schon schien sich die Lage zu entspannen. Der Tag mit den höchsten Opferzahlen, der 27. August mit 1042 Toten an einem einzigen Tag, lag bereits hinter ihnen. Die Kurve schien abzuflachen, die Hygienemaßnahmen wirkten.

Koch zog seine Uhr aus der Westentasche und sah auf das Zifferblatt: Die Flut war in vollem Gange. Also warum noch warten? Er rief den nächstbesten Mietkutscher heran und setzte sich in den offenen Schlag.

Die Atmosphäre in der Stadt hatte sich beruhigt. Es waren sogar gewöhnliche Spaziergänger unterwegs, die Panik der ersten Tage war einer angespannten Stille gewichen. Als ahnten die Menschen, dass Rettung nahe war.

Sogar der Hafen war zur Ruhe gekommen. Beinahe gespenstisch wirkte das Wasser der Norderelbe. Nur wenige Boote waren auf dem Flusslauf zu sehen. Unter Dampf war ein einziges – die letzte in Betrieb befindliche Fähre vom stadtseitigen Ufer zum Hafen –, unter Segeln nicht eines. Die Flut war beinahe auf ihrem Höhepunkt. Doch Koch konnte nichts Verdächtiges entdecken. Der wasserarme Sommer hatte das Flussbett ausgetrocknet. Rechts und links am Ufer und in den Fleeten lagen Schiffe auf Kiel. Zur Seite gekippt, die Masten wie um Hilfe flehend in den Himmel gereckt: ein trauriger Anblick.

Plötzlich drehte der Wind. Koch nahm sofort das Aroma wahr: Fäkalien, unverkennbar. Das lenkte seinen Blick zur Flussmitte hin. Er schob die Nickelbrille höher: Das Wasser dort war schlammig braun, anders als am Ufer. Und die Strömung drückte es weiter flussaufwärts. Keine Frage: Die Elbe beförderte die verseuchten Abwässer nicht bergab, wie es ihre Aufgabe war – sondern bergauf! Und je geringer die Menge und der Widerstand des nachdrängenden Wassers, desto zielstrebiger floss das Abwasser vom Entwässerungskanal in St. Pauli hinauf, zurück bis in den Hafen. Doch wie weit drückte die Flut das verseuchte Wasser? Vielleicht hinauf bis Hammerbrook? Und weiter bis zum Billwerder Ausschlag? Zur Frischwasserentnahme? Koch brauchte Sicherheit. Und vor allem brauchte er: ein Boot!

Frieda hatte die Hose gewählt und das leichte Sommerkleid im Schrank gelassen. Eine Strickstola gegen den Wind, bequeme Leinenschuhe mit einer Sohle aus geflochtenem Stroh, die eine lautlose Bewegung ermöglichten. Auf der anderen Seite des schmalen Ganges – des einzigen Bereichs in ihrer Kajüte, der durch keinerlei Möbel oder Koffer verstellt war – lag Gustav auf seinem Bett und schnarchte. Ein Geräusch, das Frieda anfangs, als sie begonnen hatten, Nächte miteinander zu verbringen, verstört hatte. Nun war der tiefe, gurgelnde und dann abrupt abreißende Ton das Signal, sich aus der Kajüte zu schleichen.

Auf dem Gang begleitete sie sofort das stampfende Geräusch der Maschinen, der beruhigend eintönige Rhythmus der Atlantikpassage. Als sie unter der Küste Islands entlangfuhren, hatte sich der starke Wellengang gelegt, die Seekrankheit war kaum noch auf dem Schiff anzutreffen. Die Cholera aber war geblieben, obwohl niemand darüber sprach. Auf Nachfragen hin gab der Schiffsarzt die Auskunft «Brechdurchfall» oder aber, auch beliebt, «Eingeweide-Katarrh». Die betroffenen Passagiere blieben in ihren Kabinen, und beinahe täglich wurden Kajüten desinfiziert, ein sicherer Hinweis darauf, dass der oder die Bewohner verstorben waren. Doch wo die Toten aufgebahrt wurden, blieb das Geheimnis des Kapitäns.

Nachtlichter erhellten die Gänge, aber Frieda kannte mittlerweile die drei Dutzend Schritte an Deck, sie hätte sie im Schlaf vollführt. Als sie die Tür öffnete, schlug ihr die schwere Brise entgegen, durchtränkt vom Schwefelgeruch der Dampfmaschinen. Die *Normannia* hatte Island passiert und Kurs auf Grönland genommen. Der Atlantik war beinahe zur Hälfte überwunden. Die Luft war kalt, sicherlich stammte sie aus polaren Gefilden. Doch es war nicht die Brise, die ihr das Blut in den Adern gefrieren ließ. Es war eine Szene, die zum Abendbrot von Tisch zu Tisch geflüstert wurde, die sie aber niemals für möglich gehalten hätte. Und schon gar nicht wollte sie sie mit eigenen Augen sehen.

Auf einem hölzernen Karren wurden im Mondlicht seltsam hell schimmernde Bündel an die Reling gefahren. Es waren Seesäcke, mit besonderen Abmessungen: Am Boden etwas voluminöser, am Kopfende mit einem groben Strick verschnürt, damit der Inhalt beim Sturz ins Wasser nicht herausrutschte. Dass der Inhalt dieser Säcke – es war wenigstens ein halbes Dutzend übereinander auf den Karren gestapelt – menschliche Körper waren, dazu benötigte man nicht viel Phantasie. Die Matrosen arbeiteten mit sicheren Griffen. Den Körper an beiden Enden packen, zweimal schwingen und dann – hau ruck! – über die Reling. Dazu brauchten die Seeleute nicht mehr als einen Atemzug.

Zeugen dieser Szene gab es außer der Mannschaft und Frieda – die freilich versteckt – nur zwei: einen Mann und eine Frau, einander in den Arm gesunken. Es war das einzige Geleit, das den Toten gegeben wurde. Und als alle Bündel über Bord waren, verstand Frieda, warum es nur diesen beiden gestattet war, der grausamen Routine beizuwohnen: Die Männer beugten sich weit über die Ladefläche des Karrens – einer musste halb hinauf –, und an beiden Enden zugleich zogen sie ein letztes Bündel von der Pritsche. Es war kürzer als die anderen, auch das Material war ein anderes und der Körper so klein, dass er die Seesäcke nicht einmal zur Hälfte ausgefüllt hätte: ein Kind.

Frieda erschauerte, als sie begriff, dass die beiden Zeugen, die einzig zugelassenen dieser Szene, keine unerlaubten Zaungäste wie sie selbst waren, sondern die Eltern des Kindes: in Trauer verschmolzen zu einem einzigen Körper aus Schmerz. Bis an Friedas Ohren drang ihr Klagen. Und als der winzige Leib mit Schwung über Bord ging, da zerriss ein Schrei die Böen des Polarmeeres, und selbst der Wind wollte für einen Moment innehalten und stille sein, so schien es Frieda wenigstens.

Einen Augenblick lang erstarb jedes Geräusch, und erst als der Körper mit einem entfernten, doch gut vernehmbaren Klatschen auf dem Wasser aufprallte, kehrten die Wehlaute zurück.

Auf dem Weg in die Kajüte, schneller zurückgelegt noch als der Hinweg, hämmerte es in einem fort in Friedas Gedanken: Die Welt muss gewarnt werden! Die Welt – und vor allem New York, wo das Schiff in drei Tagen einlaufen sollte – muss gewarnt werden. Trägt es doch den grausamsten aller Tode an Bord.

Frieda wusste, dass sie in Grönland nicht anlanden konnten, da die Häfen um diese Jahreszeit schon vereist waren, und dass sie erst an der Küste Neufundlands wieder Zugang zum transatlantischen Telegraphenkabel erhielten, das allein die Sendung von Nachrichten von der Alten Welt in die Neue Welt gestatten würde. Erst dann konnten New York und der Rest der

Menschheit gewarnt werden. Wie viele Leichen, dachte Frieda, würden bis dahin noch über Bord gehen?

Am nächsten Tag, es war der 3. September 1892, fuhr der Kutscher der Motordroschke Senator Hachmanns seinen Herrn, Samuel Samuelson, den Zweiten Bürgermeister Versmann sowie Dr. Robert Koch auf einen Hügel im Stadtteil Rothenburgsort. Von dort aus hatte man eine hervorragende Sicht über die *Wasserkunst*, die offizielle Entnahmestelle des Hamburger Trinkwassers aus der Elbe. Koch hatte die ganze Zeit über eine sicher verkorkte Flasche mit einer trüben Brühe im Schoß gehalten. Von den drei Herren darauf angesprochen, blieb er wortkarg. Lediglich erklärte er, sie vor Ort über den Inhalt aufzuklären.

Die Herren schwitzten in der motorisierten Droschke, denn unter dem ledernen Dach staute sich die Hitze. Das Automobil war an allen Seiten offen, nur ein dünnes Gestänge hielt das Lederverdeck. Man war der Witterung ebenso sicher ausgesetzt wie bei einem Spaziergang mit Schirm. Die Herren hatten ihre Zylinder aufbehalten, wie dies auch in den Kutschen üblich war – schließlich befand man sich in der Öffentlichkeit. Die Hutbänder waren allesamt durchnässt, denn die Luft lag dick wie Brei über der Straße. Auch der Fahrtwind brachte, bei nur wenig mehr als Schrittgeschwindigkeit, keine Linderung.

Als die Herren die frisch gewienerten Schuhe in den Staub dieser langen Sommerdürre setzten, hingen die Wolken schwer über der Elbe. Von ferne hörte man das Grollen des aufziehenden Gewitters.

Koch positionierte sich seitlich, seinem kleinen Publikum zur Hälfte zugewandt, um das ganze Gebiet übersehen und mit Gesten bezeichnen zu können. Die Herren standen im Halbkreis um ihn herum, mit freiem Blick auf die Baustelle der neuen Filtrierbecken. Gekennzeichnete Areale einer Wiese, die Leben hätte retten können, wären die Bauarbeiten nur um ein paar Monate früher abgeschlossen worden. Über dem einzig bereits in Betrieb befindlichen Becken kreisten die Möwen. Ihr Geschrei zerriss die Gewitterluft.

«Das Drama», hob Koch an, «das sich vor unseren Augen vollzieht, findet alle zwölf Stunden statt. Mit jeder Flut – bedingt derzeit vor allem durch den niedrigen Wasserstand der Elbe – werden Millionen von Bazillen aus den Abwässern der Stadt den Fluss hinaufgeschwemmt. Komma-Bazillen, die aus den Fäkalien der Hamburger Bürger stammen. In diesem Glas», endlich hielt er es in die Höhe, «in diesem Glas befindet sich Wasser aus Hamburger Haushalten. Es wird an der Altonaer Stadtgrenze in die Elbe entlassen. Die Konzentration mit dem Komma-Bazillus zählt die unglaubliche Summe von fast dreieinhalbtausend *Vibrionen* auf einen Milliliter. Hier, am Billwerder Ausschlag, ist die Konzentration beinahe ebenso hoch. Die Verdünnung durch Frischwasser ist also minimal.»

«Heißt das, der Tod kommt die Elbe hinab?», fragte Bürgermeister Versmann mit gerunzelter Stirn.

Koch schüttelte den Kopf. «Der Tod kommt durch die Elbe. Doch nicht hinab, sondern hinauf.»

Samuelson und Hachmann steckten die Köpfe zusammen. Koch führte weiter aus: «Bei extremer Trockenheit fließt nicht genug frisches Wasser die Elbe hinab, um die riesigen Mengen Abwasser fortzuspülen. Wie ein gigantisches Pumpwerk drückt die Flut sie wieder hinauf, bis hierher.»

«Von Altona bis hier herauf? Allein durch die Kraft der Flut? Die Nordsee ist vierzig Seemeilen entfernt!»

Koch wischte den Einwand beiseite: «Ich ließ mich den Fluss hinaufrudern, mitten im Strom der Abwässer. Mehrmals nahm ich Proben, der Anteil contagiösen Materials im Wasser bleibt über die ganze Strecke hinweg, egal, an welcher Stelle, nahezu identisch. Die Flut schwemmt alles wieder hinauf, die Hamburger trinken ihre Abwässer immer wieder, gemindert nur durch eine völlig unzureichende Filteranlage.»

Allmählich schwante den Verantwortlichen das Ausmaß der Katastrophe. Das Donnergrollen nahm zu, die schwere Luft drückte unerträglich. Den Herren stand der Schweiß am Leib und verklebte Haut und Hemden.

«Was hier geschieht, können Sie mit eigenen Augen beurteilen: Das einzig bislang fertiggestellte Filtrierbecken kann den Anstrom nicht bewältigen. Es läuft über, leitet die Abwässer wie vorgesehen in die anderen Sammelbehälter – aber vollkommen unfiltriert! So vergiftet und verseucht sich die Stadt immer wieder von neuem wie in einem Kreislauf! Die Fallzahlen können nicht sinken, denn Ihre Wasserkunst sorgt dafür, dass die Hamburger ihre eigenen Bazillen immer und immer wieder aufnehmen. Wenn das so fortgeht, ist es nur eine Frage der Zeit, bis Sie sämtliche Einwohner ausgerottet haben. Denn wer dem ersten Kontakt noch widersteht, ist beim zweiten geschwächt und beim dritten keines Widerstands mehr fähig.»

Die Blässe stand den Männern im Gesicht. Erste Blitze zuckten jenseits der Elbe, der Wind frischte auf.

«Und warum Altona nicht ähnlich befallen ist», ergänzte Koch, «darüber kann Direktor Samuelson Ihnen Auskunft geben.»

Samuelson zog den Zylinder vom Kopf, um seine Stirn trocken zu wischen. Dann setzte er ihn wieder auf und sah den Herren keck in die Augen. «Die Filtrieranlagen. Altona verfügt seit zwei Jahrzehnten darüber. Hamburg hat sich – aus Kostengründen – geweigert. Die Cholera-Bazillen sind ungewöhnlich groß. Die mechanische Filtrierung reicht aus, sie aus dem Wasser zu fischen.»

«Nun werden sie ja gebaut, die Sandfilterbecken!» Hachmann schrie beinahe, nicht aus Wut, sondern weil der Wind die Worte wie Daunen von ihren Mündern forttrug.

«Wie weit man gediehen ist, sehen Sie ja», erwiderte Koch.

Die Wolken über ihren Köpfen öffneten die Schleusen, der Wind trieb ihnen die Tropfen ins Gesicht. Mit auf den Schädel gepressten Hüten flüchteten sie sich unter das Verdeck der Motordroschke. Die dünne Lederhaut bot nur geringen Schutz, das Gestänge hielt nichts ab. So war man exponiert wie ein Spaziergänger. Und nicht viel schneller auf dem Weg zurück in die Stadt.

Die Blitze krachten, und Donner grollte. Der kurze, doch heftige Regenschauer hatte ausgereicht, die Herren völlig zu durchnässen. Die Elemente tosten über ihnen und um sie herum, das Wasser drang in alle Poren und floss ins Schuhwerk, und immer tiefer senkte sich das Schweigen zwischen die Versammelten.

Versmann fasste es als Erster in Worte. Beinahe schrie er gegen den Wind an: «Wären die Sandfilterbecken wie in Altona zwanzig Jahre früher erbaut worden ...» Das Entsetzen ließ ihn verstummen.

«... wären die Toten am Leben geblieben», vollendete Koch den Satz.

Und Samuelson fügte hinzu: «Nicht zwanzig: Ein halbes Jahr hätte ausgereicht.»

Seit dem Vormittag ergab das Profil der *Normannia*, die der Neuen Welt geschwind wie eine Schwalbe entgegenflog, einen ungewohnten Anblick: Den drei Rauchsäulen aus den Schornsteinen hatte sich eine vierte zugesellt. Rasch war die Neuigkeit durch die Kabinen geeilt, und trotz des allgemeinen Verbots begaben sich Passagiere in großer Zahl an Deck. Sogar aus den lichtlosen Kajüten der Emigrantenklasse drängten sie herauf. Enger und enger schlossen sich die Reihen um einen Scheiterhaufen, der, ausgebreitet auf glühenden Blechen, die vierte Rauchsäule nährte. Und allmählich erkannten die Augenzeugen, was dort verbrannt wurde: Bettwäsche und Laken, Kissen und Decken, Nachtkleider und Schlafmützen. Gezeichnet von den blutigen, kotigen Spuren der Krankheit.

Auch Frieda und Gustav versammelten sich um das Feuer. «Wir zehren jetzt von der Substanz», meinte Gustav.

Unsicher fragte Frieda, was er meine.

«Sie verbrennen die Decken und Laken, weil sie mit dem Waschen nicht mehr nachkommen. Die Wäschehaufen waren zu groß und ansteckend geworden, als dass man sie beherrschen könnte. Also verbrennt man sie. Aber die Menge der Bettwäsche an Bord ist endlich ...»

«... und wir haben erst zwei Drittel der Fahrt hinter uns.»

Gustav und Frieda verstummten, wie auch die übrigen Passagiere, die kräftig genug waren, das Panoramadeck zu betreten, um das schaurig-schöne Schauspiel zu bewundern – sosehr es sie auch verängstigte.

```
--- Ankomme 13.24 HH Bahnhof --- StAW ---
```

Koch starrte auf das Telegramm aus dem Kaiserlichen Gesundheitsministerium. Stabsarzt Weisser war auf dem Weg nach Hamburg. Dies konnte nur eines bedeuten: dass Reichskanzler Caprivi den bislang erfolgten Maßnahmen kein Vertrauen schenkte. Er schickte einen Bevollmächtigten, um Koch zu kontrollieren, womöglich gar zu instruieren. Im schlimmsten denkbaren Fall war Weisser derjenige, der die Hamburger Behörden entmachten und sich selbst an die Spitze der städtischen Regierung befördern sollte.

Dies alles geschah zum falschen Zeitpunkt. Eben erst waren alle Rätsel gelöst, waren Hachmann und auch die übrige Regierung vollständig kooperativ. Eine Enthauptung bei Willfährigkeit – das bedeutete eine Demütigung des am Boden liegenden Gegners. Politisch äußerst unklug. Und es diente nicht der Sache.

Koch beschloss, so rasch wie möglich zu handeln. Er hinterließ Hedwig eine handschriftliche Notiz und begab sich zum Bahnhof.

Gleich am Haupttelegraphenamt, dicht neben dem Rathaus gelegen, sprang Koch auf die Straße. Es regnete immer noch – ein Segen nach der langen Trockenheit! Schlamm und Unrat flossen über das Hamburger Pflaster, denn natürlich war auch die Abfuhr vollständig zum Erliegen gekommen.

Durchnässt erreichte Koch das Telegraphenamt und querte die menschenleere Halle. In Zeiten ohne Ausgangssperre wogten hier Menschenfluten. Nun prallte allein das Echo seiner Schritte von den Wänden zurück an seine Ohren. Koch trat an einen von fünf freien Schaltern.

«Ich möchte an Reichskanzler von Caprivi kabeln», sagte er bestimmt. Die Telegraphistin erstarrte vor Ehrfurcht und schob Koch den Zettel mit rotem Rand hinüber, der für Eilnachrichten vorbereitet war. Er würde unverzüglich weitergeleitet. Alle anderen Nachrichten hatten zu warten.

Mit glasklarer Handschrift trug er ein: «Hamburg vollumfänglich kooperativ – Koch».

Die Telegraphistin überflog die Nachricht aus vier Worten. Sie ahnte, dass mit diesen Worten Geschichte geschrieben wurde. Endlich, nachdem sie eine Minute und länger auf den Zettel gestarrt hatte, hob sie den Kopf. «Sind Sie Dr. Robert Koch? Natürlich! Sie sind es! Ich kenne Ihr Gesicht aus der Zeitung!»

Koch nickte mit verschlossener Miene. «Bitte senden Sie es an Reichskanzler Caprivi, Berlin!» Und als sich die Frau immer noch nicht von der Stelle bewegte, zog Koch seinen Hut, beugte sich weit vor und beschwor sie mit eindringlichem Blick: «Es eilt, bitte!»

«Wie Sie wünschen, Dr. Koch», entgegnete sie und sprang hinüber zu Morseapparat und Bediener, der mittels einer einfachen Mechanik die Schriftzeichen dieser Nachricht in elektrische Signale umwandeln würde. Über ein eigens verlegtes Kabel am Rande der Bahnstrecke würden die Signale annähernd in Lichtgeschwindigkeit nach Berlin gelangen. Ein anderer Apparat würde diese Signale dort – ohne dass eines Menschen Hand notwendig war – in eine Folge von kurzen und langen Strichen auf einem Papierstreifen verwandeln, die dann wiederum von einer Telegraphistin in einer lesbaren Handschrift auf ein Formular des Reichstelegraphenamtes geschrieben und somit in die ursprüngliche Schriftform zurückverwandelt wurden. Es war die modernste und schnellste Form der Nachrichtenübermittlung.

Koch zog die Melone vom Kopf, als er Weisser aus der Tür des Erste-Klasse-Abteils treten sah. Er winkte ihm, und Weisser grüßte freundlich zurück. Dann senkte der Stabsarzt den Blick und konzentrierte sich auf die wenigen Tritte, die auf das Niveau des Bahnsteigs hinabführten. Koch gab Weisser die Hand. Er war einer der wenigen erlesenen Fahrgäste, denen, offenbar mit kaiserlicher Sondererlaubnis, gestattet war, in die verbotene Stadt zu fahren.

«Dass Sie mich höchstpersönlich abholen, Dr. Koch, hätte ich nicht erwartet.»

Koch lächelte. «Ich wollte Sie bitten, Dr. Weisser, für die Dauer Ihres Aufenthalts mein Gast zu sein.»

«Nicht nötig, ich nehme Quartier in Rathausnähe. Denn ich bin bevollmächtigter Stadtverweser Seiner Majestät des Kaisers, so lange, bis die Epidemie besiegt ist.»

«Bevollmächtigter Stadtverweser?»

«Der Kaiser und sein Kanzler sind zutiefst besorgt über die geringen Fortschritte, die seit Ihrer Ankunft erzielt wurden. Ich bin beauftragt durchzugreifen, um endlich Erfolge zu erzielen. Sie, Dr. Koch, halten die medizinische Aufsicht inne, ich hingegen die verwaltungstechnische. Wir haben es hier mit überforderten Administratoren zu tun, vom ersten Tag an.»

Koch wurde heiß unter seinem Hutband. Innerlich von Stürmen durchtobt, äußerlich jedoch vollkommen ruhig, geleitete er den Stabsarzt zur Mietdroschke auf dem Bahnhofsvorplatz. «Dann bitte ich Sie, wenigstens für die Dauer eines guten friesischen Tees in meiner bescheidenen Hütte auf dem Gelände des Eppendorfer Klinikums innezuhalten. Sie können sich dort ein Bild von der Lage machen.»

«Wir haben durchaus ein Bild von der Lage, Dr. Koch. Es gibt – selbst in diesen Zeiten – ausreichende Kanäle.»

Als sie einander auf den Polstern der Kalesche gegenübersaßen, wagte Koch, Stabsarzt Weisser sachte in eine andere Richtung zu manövrieren. «Stabsarzt, mit Verlaub, Sie treffen zu spät ein!»

«Wie kommen Sie darauf?»

«Die Ursache der Verseuchung des Wassers ist erkannt, und die Stadtregierung, allen voran Gesundheitssenator Hachmann, unternimmt alles, um die weitere Ausbreitung in den Griff zu bekommen. Die Hansestadt kooperiert umfassend und in allen Punkten. Eben erst habe ich das telegraphisch nach Berlin gemeldet.»

Weissers Lider flatterten: «Sie sind seit zehn Tagen in der Stadt, und die Zahlen stagnieren. Jeden Tag Tote, Seine Exzellenz der Reichskanzler und Seine Majestät der Kaiser sind sehr ungeduldig. Das gesamte norddeutsche Gebiet bis hinauf nach Berlin ist vom wirtschaftlichen Stillstand der Hansestadt betroffen. Der Hafen muss schleunigst wieder geöffnet werden! Und das hat nicht nur mit des Kaisers Vorliebe für Schnupftabak und heiße Schokolade zu tun.» Es war das erste Mal seit ihrem Wiedersehen, dass Weisser ein Lächeln übers Gesicht huschte. Und auch Koch hatte Mühe, ernst zu bleiben, war dieser Gedanke doch allzu naheliegend ...

«Es war nicht einfach», beschwor Koch den Stabsarzt, «die Hamburger Regierung auf meine Seite zu ziehen. Aber seit einigen Tagen bin ich dem Herd der Verseuchung auf der Spur, seit vorgestern kenne ich ihn und bin mir gewiss ...»

«Der internationale Druck auf den Reichskanzler ist hoch, Dr. Koch», fiel Weisser ihm ins Wort. «In diesen Stunden hat ein Schiff Kurs auf New York gesetzt mit Dutzenden Cholerafällen an Bord. Niemand weiß, wie viele Menschen schon erkrankt sind.»

«Die *Normannia* hätte niemals auslaufen dürfen!», rief Koch.

«Hätte sie nicht, ist sie aber. Nun rennt uns der amerikanische Konsul in Berlin die Tür ein: Die Passagiere dürfen nicht an Land gehen. Das Schiff soll in Quarantäne bleiben, obwohl die Krankheit an Bord wütet. Nicht einmal Medikamente dürfen dorthin gebracht werden. In jedem Hafen, wo sie anlanden will, finden sich aufgebrachte Einheimische. Und sie bringen Heugabeln und Handfeuerwaffen mit. Sie wollen verhindern, dass ihr Land verseucht wird.»

«Verständlich», gab Koch zu.

«Was also, Dr. Koch», fragte Weisser, «soll Ihrer Meinung nach mit den Passagieren der *Normannia* geschehen?»

Koch wusste keine Antwort.

«Man hindert das Schiff am Anlanden», führte Weisser weiter aus. «Aber ohne Kohle zu bunkern, kann es auch nicht zurückkehren. Und an Bord sterben die Menschen wie die Fliegen.»

«Sie wissen, dass Sie mich nicht für alles verantwortlich machen können.»

«Zu viel Zeit ist unnütz verstrichen ...»

«Da haben Sie recht, man kann sie in Jahrzehnten messen! Doch nun sind die wichtigsten Erkenntnisse zu den richtigen Persönlichkeiten durchgedrungen. Ich plädiere dafür, die Situation genau zu prüfen, bevor das ökonomische Herz des Reiches zum Feind erklärt wird. Haben Sie keine Sorge um den inneren Frieden?» Er sah dem Stabsarzt in die Augen. «Ich habe mit der ägyptischen Regierung zusammengearbeitet, ebenso mit der indischen. Niemals war es einfach. Vertrauen Sie mir!»

Weisser kämpfte mit sich. Er zählte die Hälfte an Jahren, dafür war er doppelt so ehrgeizig wie Koch. Diese Krise war die Gelegenheit, eine glänzende Karriere anzusteuern, ein Sprungbrett zu höchsten Ämtern. Koch spürte, wie der Stabsarzt mit sich rang. Doch dann, er atmete auf, obsiegte die Vernunft.

«Nun gut», sagte Weisser, «ich werde mir die Situation genau anschauen und dann entscheiden.»

Der Stabsarzt begrüßte Hedwig formvollendet. Er zog den Hut, eroberte ihre Hand und senkte das pomadierte Haupt zum Kuss darüber. Hedwig machte einen Knicks und empfing die Ehrerweisung mit einem Lächeln. Weisser, so mutmaßte Koch, kannte die Skandale, die ihrer beider Affäre begleitete, kannte den uferlosen Tratsch, die bittersaure Häme, die über sie ausgegossen wurde. Dennoch – und obwohl sie den Malerkittel trug – hofierte er sie wie eine Königin.

Koch wollte Weisser die Kulturen zeigen, die Proben aus den Stadtteilen, von Gestorbenen, von Genesenen. Doch Weisser hatte die Zeichnungen entdeckt und ein Gemälde in Öl, das Hedwig auf der Staffelei postiert hatte. Ein Blick hatte genügt, und er näherte sich dem Werk, als zöge es ihn magisch an. Es war das Gesicht von Oles Mutter, das Hedwig im Stadium der Agonie eingefangen hatte. Mit eingefallenen Wangen, den schwarz umrandeten Augen. Weisser betrachtete es eine Weile.

«Meine Verlobte ist Schülerin des namhaften Gustav Graef in Berlin», sagte Koch.

«Das hörte ich», nickte Weisser.

«Dies Wissen scheint Allgemeingut zu sein in Berlin.»

Weisser blieb stumm. Beeindruckt trat er von der Staffelei zurück und entdeckte die Kohlezeichnungen auf dem Arbeitstisch. Gedankenversunken durchblätterte er sie. «Das Antlitz der Cholera», murmelte er.

Hedwig stellte sich neben ihn und betrachtete ihre Werke. Sie trug den abgewetzten Kittel aus Kochs Garderobe und erfreute sich am Interesse eines Fremden, das Koch bislang so schmerzhaft vermissen ließ.

«Leider hilft das Malen nicht, die Krankheit zu besiegen», wagte der weltberühmte Wissenschaftler zu bemerken.

«Es hilft, sie in mir zu besiegen», erwiderte Hedwig, ohne ihren Verlobten anzuschauen.

«Ich habe selten so genaue Studien Erkrankter gesehen», sprach Weisser. «Sie erkennen das Wesen der Seuche besser als jeder fotografische Apparat.»

«Ich wusste nicht, dass Sie Kunstkenner sind, Dr. Weisser.» Kochs Unterton war spöttisch.

«Ich würde mich nicht als Kenner bezeichnen, aber interessiert bin ich doch. Wissen Sie, in Berlin verändert sich gerade der Kunstgeschmack. Die großen Historiengemälde wie die des ehrenwerten Professors Menzel sind *passé*. Ein neuer Stil bricht sich Bahn, ein Stil der Wirklichkeit, der nichts beschönigt, nichts verschweigt. Fräulein Freiberg scheint eine Vertreterin dieser neuen Kunstrichtung zu sein. Das heißt», er deutete eine Verbeugung in ihre Richtung an, «Sie befinden sich mit Ihren Werken auf der Höhe der Zeit. Ihre Verlobte zählt, mit Verlaub, zur Avantgarde.»

Hedwig errötete angesichts des Kompliments. Mit scheuen Seitenblicken versuchte sie, Kochs Anerkennung – ein Zwinkern nur oder ein Lächeln – einzufangen, doch er schien wie versteinert.

«Wenn Sie mögen, Stabsarzt Weisser, könnte ich Ihnen jetzt Proben mit überzeugenden Ergebnissen präsentieren.» Das Angebot war nicht als Frage formuliert.

Ohne sich nur im Geringsten ablenken zu lassen, blätterte Weisser weiter durch die *Galerie der Gesichter*, wie Hedwig die Cholera-Porträts genannt hatte. Er konnte sich ihrer Faszination nicht entziehen.

Als die *Normannia* auf der Höhe von St. John's amerikanische Hoheitsgewässer erreichte und die Küstenlinie Neufundlands in Sicht kam, erhielt sie Lichtsignale von der ersten Telegraphenstation. Kapitän Hebich hatte schon mit einer Nachricht gerechnet und war nicht überrascht, als der Erste Telegraphist an Bord ihm den Zettel mit der Verschriftlichung der Signale überreichte. Der Kapitän atmete tief, sah auf den schmalen Streifen amerikanischen Festlands am Horizont und ließ das Billett an seine Seite sinken.

Am Abend, als die übrig gebliebenen Passagiere der ersten Klasse in ihrer Messe zum Essen versammelt waren, erhob sich der Kapitän von seinem Platz, nahm den Zettel, der zunehmend geknautscht den ganzen Nachmittag in seiner Hosentasche zugebracht hatte, räusperte sich und begann:

«Verehrte Passagiere der *MS Normannia*. Heute erreichte mich eine Nachricht der Regierung der Vereinigten Staaten von Amerika. Auf Betreiben des Gouverneurs des Staates New York und des Bürgermeisters von New York City wird es der *MS Normannia* untersagt, den Hafen von Manhattan anzulaufen. Es ist bekannt, dass wir einzelne Fälle der Cholera an Bord haben. Daher wird unser Schiff angewiesen, so lange auf einem vorgelagerten Posten in Quarantäne zu verharren, bis das Wüten der Krankheit nachlässt und erfahrene Seuchenärzte sich an Bord einen Überblick verschafft haben. Frühestens dann kann den Passagieren der Landgang genehmigt werden.»

Raunen unter den Anwesenden, die Proteste blieben gering. Sie hatten in den letzten Tagen so viel Furchtbares erlebt, auf eine Hiobsbotschaft mehr kam es nicht mehr an.

Frieda ließ den Blick über die Tische schweifen: Die Lücken waren deutlich, es war schier unmöglich, das Wüten der Krankheit zu leugnen. Das Schiff hatte Hamburg im Aufkeimen der Epidemie verlassen, ein jeder konnte eins und eins zusammenzählen ...

Gustav langte herüber und strich seiner Verlobten über den Arm. Erst bemerkte sie die Geste gar nicht. Dann spürte sie das Streicheln und warf ihm einen freundlichen Blick zu. Das Lächeln gelang nicht unbeschwert, aber es war ein Lächeln. «Alles wird gut, mein Liebling», flüsterte Gustav.

Frieda beugte sich hinüber und gab ihm einen Kuss auf die Wange. Sie schmeckte seine Rasierseife. Gustavs Haarwuchs war stark, oft rasierte er sich zweimal, morgens und abends, wie auch an diesem Tag. Seine Brust war ein Dschungel. Frieda spürte, dass die Erinnerung an die Nacht sie erregte.

«Ich hoffe, die Vorräte reichen.» Sie lachte ein wenig nervös.

«Wir werden von Land aus mit Nahrungsmitteln versorgt werden. Die amerikanische Regierung kennt unsere Lage und wird sich kümmern», erläuterte der Kapitän, dem die Bemerkung nicht verborgen geblieben war.

«Wie beruhigend», höhnte Gustav. «Die Cholera wird sicherlich Angst bekommen vor der Allgewalt des *U. S. Department of State* und vom Schiff fliehen ...»

«Seien Sie doch nicht so zynisch», mahnte der ältere Herr, ihr Tischgenosse seit Beginn der Reise.

«Gegen die Cholera kann niemand etwas unternehmen, nicht einmal der amerikanische Präsident», bekräftigte Gustav.

«Niemand, außer dem größten Wissenschaftler unserer Zeit, Dr. Robert Koch», ergänzte Frieda.

«Koch kennt ein Mittel gegen die Cholera?», fragte der ältere Herr in die Runde. «Das wäre mir neu!»

«Natürlich kennt er ein Mittel, eine Freundin hat mir davon berichtet.»

«Dann kabeln Sie doch der Freundin!», empfahl der Herr. «Vielleicht ist hier noch etwas zu retten. Zeit genug haben wir ja.»

Am folgenden Tag hatte Kapitän Hebich einen kleinen Hafen an der Küste Neufundlands ausgemacht, eine vorgelagerte Insel namens *Fire Island*. Der Fleck auf der Seekarte zählte nicht mehr als fünfhundert Einwohner. Die Lebensmittel an Bord waren bedenklich dezimiert, und Hebich musste dringend Nahrung aufnehmen – wenigstens Wasser und Brot. Manches hatte man vernichten müssen, da es mit den Kranken in Kontakt gekommen war.

Dem internationalen Seerecht gemäß ließ Hebich die Pestfahne hissen, um die Einwohner zu warnen. Doch die waren gewarnt genug, da sie mit ihren Binokularen längst den Namen des Schiffes am Bug ausgemacht hatten.

Innerhalb kürzester Zeit schienen sich alle Einwohner des Ortes auf der Kaimauer versammelt zu haben. Sie trugen bei sich, was immer als Waffe herhalten konnte: Revolver, Bootsriemen oder -haken. Von den Austernfischern wurde das Beiboot der *Normannia* beschimpft, Walfänger richteten ihre Harpunen aus. Man drohte ihnen, sie umzubringen, sollten sie auch nur einen Fuß auf festes Land setzen. Alle Beteuerungen, sie seien nur ausgefahren, um dringend notwendige Lebensmittel zu bunkern, waren in den Wind geschrien.

Hebich trat gar nicht erst in Verhandlungen. Er ließ das Beiboot wenden und zur *Normannia* zurückkehren. Die Maschinen waren unter Dampf geblieben. Sobald das Boot vertäut war, nahm die *Normannia* Fahrt auf. Die Bewohner von *Fire Island* waren mit dem Schrecken davongekommen. Doch die Passagiere des Überseers mit dem Ziel New York waren um einen Mitreisenden zahlreicher geworden: Neben dem Tod war nun auch der Hunger an Bord.

Die junge Frau, die Jakob Löwenberg durch die halbe Stadt getragen hatte, um sie den Ärzten zu übergeben, konnte bereits wieder aufrecht sitzen. Sie trug den gewöhnlichen Krankenkittel. Die Spitzenunterwäsche war verbrannt, die Schminke abgewaschen, nichts erinnerte mehr an ihre Existenz als *Bordsteinschwalbe*.

«Dank der entschlossenen Therapie Dr. Karsts», dozierte Koch, «konnten diese Frau sowie ein Dutzend anderer Patientinnen und Patienten aller Altersstufen vor dem Tod durch die Cholera gerettet werden. Auch der Gesundheitssenator selbst wurde auf diese Weise behandelt und überlebte.»

Weisser ließ es sich nicht nehmen, eigenhändig die Lebensfunktionen der Genesenen zu überprüfen. Die Färbung des Gesichts und der Schleimhäute war nur gesund zu nennen, die Wangen leuchteten in natürlichem Rot. Die Frau war ansprechbar, antwortete sinnhaft und aß normal.

«Erstaunlich», sagte Weisser da, «und das alles verdanken Sie...?»

«... einprozentiger Kochsalzlösung, in hohen Mengen direkt in die Vene verabreicht. Die Mineralien helfen dem Körper, das Wasser bei sich zu behalten. Ganz einfach. Es ist wie trinken, nur wirkungsvoller.»

Weissers Blicke pendelten zwischen Karst und Koch. «Was nennen Sie *hohe Mengen*?»

«Zwischen zwei und acht Litern am Tag», gab Karst Auskunft. «Die Technik wurde bereits in den dreißiger Jahren in *The Lancet* beschrieben.»

«Damals kam es allerdings zu Wundbrand an den Einstichstellen. Deshalb ließ man sie fallen», ergänzte Koch.

«Wir kochen die Hohlnadeln vor der Verwendung ab. Dadurch treten kaum Fälle von Wundinfektion auf.»

Karst und Koch sahen Weisser an. Der schien beeindruckt.

«Wenn Sie die Güte haben werden, nach Berlin zurückzukehren», Koch machte absichtlich eine Pause und verzichtete darauf, eine Terminierung seines Aufenthalts vorzuschlagen, «unterbreiten Sie dem Kaiserlichen Gesundheitsamt die Therapie und ihre Erfolge. Gehör wird Ihnen gewiss sein, Dr. Weisser, dies ist ein Durchbruch in der Cholerabehandlung!»

«Und Gesundheitssenator Hachmann selbst war unter den Patienten?», fragte Weisser.

Karst bestätigte. Und Koch fügte hinzu: «Seine Genesung war ein wichtiger Schritt, ihn von der Wirksamkeit unserer Maßnahmen zu überzeugen.»

Weisser nickte zufrieden. Mit hinter dem Rücken verschränkten Händen schritt er weiter durch die Reihen und begutachtete den Zustand der Kranken sowie die Einhaltung der Hygiene. Vereinzelt gab es freie Betten, die Gestelle blieben leer, ein Zeichen des Triumphes. Bei den schwerkranken Patienten wurde die isotonische Therapie durchweg mit gutem Erfolg angewandt, so schien es.

Koch und Karst blieben hinter dem Stabsarzt zurück. Karst legte dem Wissenschaftler eine Hand auf die Schulter und streckte ihm die andere entgegen: «Ich danke Ihnen sehr, Dr. Koch.»

«Wofür?»

«Dass Sie den Mut hatten, die Therapie zu befürworten.»

Koch senkte den Blick. «Danken Sie lieber meiner Frau. Sie war Ihre wichtigste Fürsprecherin. Weiß der Himmel, wie Sie sie dazu gebracht haben.» Ein Lächeln huschte über sein Gesicht.

Karst wollte sich erklären, da hob Koch die Hand. «Kein Wort mehr. Kann man es einer Frau verdenken, einen Mann im weißen Kittel zu bewundern?» Koch warf Karst einen Blick zu, dem man einfach nicht widersprechen konnte.

Die spätsommerlichen Tage in Eppendorf waren ruhiger geworden. Die Zahl der Kranken nahm ebenso rasch ab, wie sie zu Beginn der Epidemie in die Höhe geschnellt war. Das Gehämmere der Zimmerleute an den Baracken, die mehrere Wochen lang eine nach der anderen errichtet worden waren, verstummte allmählich. Immer mehr Betten blieben leer. Demnächst würden die ersten Notunterkünfte schon wieder abgerissen werden. Die Temperaturen waren milder und die Schatten länger geworden.

Zufrieden schlenderte Koch an der Seite von Hachmanns Fahrer durch den Park der Anstalt. «Was wohl der Senator von mir wollen mag?», fragte er, obwohl er sicher war, dass der Mann nicht über Informationen verfügte.

Ein schlichtes Kopfschütteln bestätigte die Vermutung.

Von überall her rannten Genesene auf Koch zu. Einige küssten seine Hände. Koch versuchte, sie abzuwehren, nicht immer gelang es. Und immer wieder vernahm er den noch fremden Ruf vom «Kullero-Koch». Der Wissenschaftler, den der Aufstieg vom unwillkommenen Gast zur stadtbekannten Celebrität irritierte, beschleunigte seine Schritte. Wann waren sie denn endlich an Hachmanns Motordroschke angelangt? Die Menge schien dichter zu werden, der Fahrer musste mit den Armen eine Gasse bahnen. «Dank sei Koch!», rief es. Hochrufe brandeten auf. «Kullero-Kullero-Kullero-Koch.» Der Seuchenforscher hatte endlich begriffen, dass mit dem seltsam klingenden Wort – im schönsten Hamburger Platt – die Krankheit gemeint war: Cholera-Koch.

«Danken Sie Dr. Rumpf und Dr. Karst, nicht mir», versuchte

der Forscher, die Sache zurechtzurücken. Doch die Leute wollten einfach nicht von ihm lassen. Beinahe waren sie ihm krank lieber – da bedrängten sie ihn nicht.

Dann – endlich – waren sie beim Automobil angelangt. Die Menge hielt Abstand aus Respekt, weniger vor Koch als vor der Schöpfung der Technik.

Koch schlüpfte hinein, der Fahrer warf die Tür ins Schloss, und endlich fühlte er sich sicher.

Als Koch die Stufen der Rathaustreppe hinaufschritt, wurde er ebenfalls erkannt und bejubelt. Leute drehten sich nach ihm um. Koch blickte stur geradeaus. Die Aufmerksamkeit war ihm unheimlich. Auch auf der Haupttreppe im großen Vestibül brandete Applaus auf.

Koch befand sich noch auf dem Gang, da eilte ihm Hachmann entgegen. «Schön, dass Sie kommen, Exzellenz! Gleichgültig, wo Sie auftreten, Sie sind nicht zu überhören.»

«Aber Senator», entgegnete Koch gut gelaunt, «wie könnte ich Ihre Einladung zu einer Fahrt in der Motordroschke abschlagen?»

«Wunderbar, kommen Sie! Bürgermeister Versmann erwartet Sie bereits.»

«Bürgermeister ...? Was ist denn vorgefallen?»

«Nichts, nichts», beteuerte Hachmann. Vom kranken Mann der letzten Woche war nichts mehr zu ahnen.

Die Tür zu Hachmanns Amtszimmer war offen, als habe der Gesundheitssenator alles stehen und liegen lassen. Und vermutlich hatte er das auch. Der Zweite Bürgermeister saß auf einem Zweisitzer aus der Mitte des Jahrhunderts mit geschwungener Lehne. Nun erhob er sich und lief mit ausgestreckten Händen auf Koch zu. Als sie in Reichweite waren, zog er sie wieder zurück. Die Hygienebestimmungen waren ihm in den Sinn gekommen. «Alle Maßnahmen erweisen sich als überaus erfolgreich. Das Abkochen des Wassers ebenso wie die Salzlakentherapie.»

«Salzlakentherapie?»

«So nennt sie der Volksmund, Dr. Koch, und Sie kennen doch dessen Tonlage: Kullero-Koch.» Versmann lächelte ihn an. Gemeinsam hatten sie sich auf den Zweisitzer zubewegt. Versmann nahm auf der linken Seit Platz, Koch auf der rechten. Ihnen gegenüber Hachmann in einem Sessel mit ebenso geschwungenen Armlehnen. Biedermeierliches *Understatement* in einer bourgeoisen Stadt.

Sobald Hachmann sich gesetzt hatte, ergriff er das Wort. «Sieg auf der ganzen Linie, Dr. Koch. Die Contagionszahlen gehen zurück, ebenso die Sterberate. Sie haben Ihre Aufgaben erfüllt, mit Brillanz und Umsicht.»

Koch hatte die ganze Zeit auf seine verschränkten Finger gestarrt und die Lobhudelei über sich ergehen lassen. Er war sich sicher, dass das dicke Ende folgte. Als Hachmann endlich verstummte, blickte er ihm in die Augen. «Das klingt nach einer Abschiedsrede.»

Die Stadtoberen warfen sich Blicke zu. «Allerdings», hob Versmann an, «sind wir der Ansicht, dass wir den verbleibenden Pflichten in der Bekämpfung der Seuche nun gewachsen sind. Mit Dr. Theodor Rumpf und Dr. Ludwig Karst haben Sie zwei hervorragende Experten ausgebildet, die Sie würdig vertreten werden. Und den irrigen Aberglauben der Luftcontagion haben Sie nachdrücklich beseitigt – zumindest in unseren Köpfen.»

«Der Mohr hat seine Schuldigkeit getan, der Mohr kann gehen», zitierte Koch bitter.

«Wir werden Sie würdig verabschieden, Dr. Koch. Niemand wird denken, man habe Sie verjagt.»

«Dazu besteht auch kein Anlass.»

«Natürlich nicht. Die Stadt feiert Sie ...» Hachmann ließ den Satz offen.

«Aber Sie sind ein Vertreter Berlins, nach wie vor», setzte Versmann hinzu. Er saß in der äußersten Ecke des Polsters, und fast konnte man meinen, er wolle die Lehne hinauf fliehen, so unangenehm schien ihm Kochs Gegenwart.

Koch nickte. «Die Stadt fürchtet um ihre Autonomie.»

Die Stadtoberen beobachteten ihn aufmerksam. Es war ein stilles Einverständnis.

«Dabei ist die doch seit dem Beitritt zur Deutschen Zollunion ohnehin *perdu*», sagte Koch.

«Das sehen die Hamburger anders.» Versmann kniff die Lippen zusammen.

«Sie wollen wieder schalten und walten, wie es Ihnen passt.»

Hachmann lehnte sich vor und senkte die Stimme. «Lassen Sie es mich so sagen: Wer zur rechten Zeit geht, wird mit Jubel verabschiedet. Wer zur falschen Zeit geht, dem kräht kein Hahn hinterher.»

Koch nahm sich die Freiheit, gleichermaßen unumwunden zu verkünden: «Jedenfalls scheint dies der richtige Zeitpunkt zu sein, diesen Raum zu verlassen.» Damit erhob er sich und wandte sich zum Gehen.

«Wann also dürfen wir Ihnen eine Eisenbahnfahrt nach Berlin reservieren, Dr. Koch?»

«Sobald meine Dinge hier erledigt sind. Nicht nach meinem Ermessen, sondern nach dem meines höchsten Dienstherrn: Reichskanzler von Caprivi. Sicherlich wird er mir, wie bei meiner Herreise, die Staatskarosse des Kaisers überlassen.»

Am Lauf der Alster entlang ging es Richtung Süden. Erst kurz vor der Ankunft entblößte Koch Hedwig sein Ziel, denn es war ihm einigermaßen peinlich: Den Ohlsdorfer Friedhof wolle er aufsuchen, da man dort tatsächlich und mit wissenschaftlicher Präzision sagen könne, ob die Zahl der Toten zurückgehe.

Als die Droschke vorfuhr, hatte sich eine Menschenmenge vor dem «Cholerahaus» versammelt, dem neu errichteten Gebäude der Totengräber. Eben wechselte die Spät- auf die Frühschicht, es war eine ansehnliche Anzahl Menschen. Die einen mit Lehm und Kalk beschmiert, die anderen noch in sauberer Schürze und blendend weißen Krempenschuhen.

Koch war vorausgeklettert, um Hedwig nach Kavaliersart aus dem Schlag zu helfen. Irgendjemand erkannte ihn aus den Gazetten, und die Nachricht, wer da aus der Kutsche gestiegen war, verbreitete sich wie ein Lauffeuer. Mit der Sicherheit, dass es sich um den ersten Seuchenforscher des Reiches und seine Verlobte handelte, brandeten Applaus und schließlich Jubel auf. Und wieder der Ruf: «Kullero-Kullero-Kullero-Koch.» Es war die Erleichterung über die besiegte Krankheit, die sich Bahn brach.

Da holte jemand einen leeren Sarg herbei, drehte ihn mit der Öffnung nach unten, und Koch stieg darauf. Und als die Menge plötzlich schweigsam war, rang Koch sich zu ein paar Worten des Dankes durch. Hier, an einem Ort, wo die ganze Seuchenzeit hindurch klaglos eine an Körper und Seele zehrende Arbeit verrichtet worden war.

Als Koch geendet und Applaus für seine Worte empfangen hatte, entstand beklommenes Schweigen. Dann ging ein Raunen durch die Menge, Koch war verunsichert, was die Leute erwarteten, doch allmählich begriff er, dass jemand gesucht wurde, der seine Ansprache erwiderte. Und mit einem Mal – Koch hatte Sätze aufgeschnappt wie «schickt Löwenberg» oder «soll doch der Löwenberg etwas sagen, der ist ein Lehrer!» – öffnete sich die Menge, und ein dünner Mann mit dunklen Locken und Nickelbrille trat vor.

Die Brille machte ihn Koch gleich sympathisch. Mit leiser Bescheidenheit dankte der Lehrer dem Arzt für seinen Kampf gegen die lebensbedrohliche Gefahr und den Sieg, den man gegen die Krankheit errungen habe. Seine Worte rührten die Herzen, das Schweigen dauerte noch eine Weile an, nachdem er geendet hatte. Wortlos trat er zurück, und die Masse der Totengräber verschluckte den Lehrer als einen der Ihren.

Koch ließ sich die Gräber zeigen und flanierte gemeinsam mit Hedwig, die doch, so bemerkte er hintersinnig, ebenso wie er das Morbide liebte, durch die Friedhofsreihen. Und wo auch immer sie sich zeigten, wurden sie angesprochen auf ihren Kampf gegen die Seuche und den Sieg, den sie davongetragen hatten. Koch musste nicht mehr nachfragen. Wenn die Totengräber es so sicher wussten, dann konnte es als Wahrheit gelten: Man ging sogar schon dazu über, die Toten einzeln zu beerdigen.

Koch hatte nicht erwartet, dass der Senat ihm den roten Teppich ausrollen würde. Nicht bei seiner Ankunft, nicht bei seiner Abreise. Aber dass er sich so sehr in das Herz der Hamburger gefunden hatte, das überraschte den Wissenschaftler. Die Senatskalesche wurde erkannt, und das Paar, das darinnen saß – Dr. Koch nebst seiner bezaubernden Begleiterin –, war ebenfalls stadtbekannt. Nicht nur aus den Gazetten. Viele hundert Menschen hatte Koch im direkten Kontakt kennengelernt, auf den Parteiveranstaltungen der SPD, in den Spitälern, auf seinen Wegen. Überall, wo sich die Kalesche zeigte, lief das Volk zusammen. Das linderte die Kränkung, die es bedeutete, dass der Erste Bürgermeister Mönckeberg nicht zu seiner Verabschiedung erschienen war.

Man lief heran, klopfte an die Scheiben. Hedwig freute sich über die Maßen.

«Die Leute lieben dich, Robert, sieh doch!»

Koch schien verschüchtert, die Schultern vornübergebeugt.

«Wie unvernünftig sie sind», murmelte er. «Kaum ist die schlimmste Gefahr überwunden, laufen sie schon wieder zu Hunderten zusammen.»

«Die Menschen sind allesamt große Kinder, mein Liebster!»

«Das ist es ja gerade, was mir Sorgen macht.»

«Du hast ihnen Mittel und Wege gezeigt. Jetzt ist es an ihnen, sie anzuwenden. Kinder sind lernfähig.»

«Hoffen wir es für sie.»

«Ich bin mir sicher.»

Vor dem Berliner Bahnhof wurde die Menge undurchdringlich. Immer wieder musste der Kutscher die Hupe betätigen, doch die Schar ließ sich kaum teilen. Sobald jemand zur Seite gesprungen war, drängten neue Schaulustige nach, die unbedingt einen Blick auf die beiden Berühmtheiten werfen wollten.

Schließlich war Koch es leid. «Lassen Sie den Wagen stehen und helfen Sie uns tragen!»

Der Kutscher protestierte nicht lange. Er half Koch und Hedwig, den Schlag zu öffnen. Die Menschen drängelten, um einen Blick zu erhaschen, sie konnten kaum aussteigen. Wieder die Rufe vom «Kullero-Koch». Doch endlich, als Koch und Hedwig den Wagen verlassen hatten, nahmen sie mehr Abstand. Endlich liefen auch, von der Menschenmenge angelockt, zwei

Gendarmen herbei. Sie bahnten dem Paar und dem Kutscher den Weg. Letzterem nahmen sie sogar die Koffer und Taschen aus der Hand – gegen seinen Protest. Einige griffen nach Kochs Rocksaum, als sei er ein Heiliger.

«Gütiger Herr, Sie haben meine Tochter gerettet!»

«Gestern lag ich noch auf dem Krankenlager, heute bin ich gesund: Sie sind ein Engel, Dr. Koch!»

Angesichts der Lobhudelei sank Koch immer tiefer in sich zusammen. Allein Hedwig war der überbordenden Zuneigung gewachsen. Sie schüttelte Hände, streichelte Kinderköpfe, führte kurze, muntere Gespräche.

Endlich gelangten sie in die Eingangshalle, doch die Menge wollte immer noch nicht von ihm ablassen.

«Auf welchem Gleis fährt der Zug nach Berlin?», rief Koch einem Bahnvorsteher zu. Der war durch den Auflauf zu verschreckt, um zu antworten.

Endlich, sie hatten den Einstieg ihres Zuges beinahe erreicht, erklangen die Trillerpfeifen Hamburger Gendarmen. Diesmal waren es nicht nur zwei, sondern zwei Dutzend, und sie verschafften sich Respekt. Anscheinend wurden sie befehligt, sie handelten nach einem Plan. Drängten die Menschen beiseite, öffneten Koch eine Gasse – und an deren Ende stand: Senator Hachmann.

«Dr. Koch», rief der in seiner jovialen Art, «der Retter wird sich doch nicht aus unserer Stadt schleichen wollen?»

«Ich dächte, Sie wünschten kein Aufheben», antwortete Koch.

Hachmann ergriff seine Hand, schüttelte sie kraftvoll, und erst jetzt bemerkte Koch, dass Reporter mit fotografischen Apparaten zugegen waren. Sie baten Koch und Hachmann, sich vor dem Zug aufzustellen. Ihre Finger verschränkten sich erneut für die Dauer des Fotos. Während sie sich nicht bewegen durften, raunte Hachmann Koch aus dem Mundwinkel zu: «Ich danke Ihnen, Dr. Koch. Sie haben die Stadt gerettet.»

«Ich freue mich über den einigermaßen glimpflichen Ausgang – falls man im Angesicht von neuntausend Toten von einem solchen sprechen mag.»

«Ohne Ihr Eingreifen wären es deutlich mehr geworden.»

«Ohne Ihr Zögern hätten es weniger sein können.»

Der Forscher und der Politiker lächelten in die Linse, der Fotograf verschloss sie wieder, endlich durften sie ihre Hände lösen. Hachmann wischte die Vorwürfe beiseite. «Lassen Sie uns als Freunde scheiden ...»

Erneut reichte Hachmann ihm die Hand, diesmal aus innerem, nicht aus äußerem Antrieb, und Koch schlug ein. Der Kutscher hatte das Gepäck bereits im Abteil verstaut. Er kam ihnen im Gang entgegen und umarmte Koch zum Abschied.

Beinahe war er schon die Stiege hinauf und in den kaiserlichen Salonwagen verschwunden, als er eine bekannte Stimme rufen hörte: «Dr. Koch! Dr. Koch!»

Hedwig entdeckte ihn zuerst. Die Mütze saß ihm schräg auf dem Kopf. Der Junge beeilte sich, so gut es inmitten der Menschenmenge ging, schob Passanten beiseite, und Koch ging in die Knie, um ihn auf dem Bahnsteig zu umarmen.

«Ich war der Erste zu Ihrer Begrüßung, ich wollte der Letzte zu Ihrer Verabschiedung sein», sprach Ole mit der ihm eigenen Pfiffigkeit. Aus seiner Westentasche ragte das Mundstück der Tonpfeife, die wie immer jeder Füllung entbehrte.

Koch erhob sich und fragte in die Runde: «Hat jemand von den Herren zufällig Tabak einstecken?»

Dutzende Lederbeutel wurden ihm entgegengestreckt. Koch ergriff einige der prallsten und reichte sie an Ole weiter. «Sicherlich haben Sie nichts dagegen, diesem jungen Mann den

Feierabend zu verschönen! Er hat mich Hamburg verstehen gelehrt.»

Bis Ole den Bahnhof verlassen hatte, war er mit Rauchtabak bis zum Jahresende versorgt.

Als sie das Fenster im Abteil herunterzogen, dröhnten ihnen die Klänge einer Kapelle entgegen, die «Muss i' denn» intonierte. Koch sah Hedwig befremdet an, doch die genoss den Trubel und sonnte sich in Aufmerksamkeit. Die Menschen jubelten noch, als Koch das Fenster wieder hinaufschob und der Waggon aus der Bahnhofshalle rollte.

Hedwig zwinkerte ihm zu. «Was hattest du dir gewünscht: einen Aufbruch ohne Tamtam?»

Da musste selbst Koch lächeln.

Als die Krankheit gänzlich abgeebbt war und die Baracken der Notspitäler abgerissen, füllten sich auch die Straßen wieder. Löwenberg hatte zu unterrichten begonnen, als Honorarlehrer in einem vornehmen Haushalt. Obwohl das Ende der Choleraferien ausgerufen war, hatte man immer noch Angst, die Kinder in die öffentlichen Schulen zu schicken.

Es war ein gutes Auskommen, doch für die Mietdroschke oder gar ein eigenes Pferd reichte es nicht. Also erkundete Jakob das wiedergeborene Hamburg zu Fuß. Schließlich gelangte er in den Stadtteil mit dem schlechten Ruf. Zwischen Hafen und Reeperbahn lagen die Pensionen der *leichten Mädchen*. Wie naiv er gewesen war, ausgerechnet hier Quartier zu nehmen!

Löwenberg wusste nicht genau, wonach er suchte. Er fand, ohne es zu wollen, die Pension, in der er die erste Nacht verbracht hatte. Er sah die Fassade hinauf, vier Stockwerke hoch, konnte aber nicht mehr das Fenster bestimmen, hinter dem sein Bett gestanden hatte.

Er wandte sich wieder zum Gehen und lenkte die Schritte zur Reeperbahn, als ihm eine junge Frau entgegenkam. Das Rot auf den Wangen, das fein geschnittene Gesicht, die spitze Nase. Sie war in einen langen Mantel gehüllt, der am Kragen weit offen stand. Darunter war keine Bluse zu erkennen, nicht einmal ein Schal, nur nackte Haut. Sein Blick wich nicht von ihr. Es war dieselbe Frau, die er über den Buckel geworfen und ins Krankenhaus gebracht hatte.

Offenbar hatte sie sein Starren bemerkt. Sie verlangsamte ihre Schritte und blieb schließlich stehen. Das Klackern ihrer Stiefel auf dem Pflaster verstummte. Jakob wünschte es sich zurück. Die Stille war beunruhigend.

«Kennen wir uns?», fragte die Frau. Aufreizend hatte sie eine Hand in die Hüfte gestemmt. Ihr Mund war lasziv geöffnet, und Löwenberg nahm ihren Geruch wahr: Kalter Zigarettenrauch war darunter.

«Ich habe ...», begann Jakob. Und hob an, die Geschichte ihrer Rettung zu erzählen. Dann hielt er inne, da ihm gewahr wurde, dass dies zu nichts führte: Es war allenfalls geeignet, ein Verhältnis zu einer Frau zu knüpfen, deren Nähe man meiden sollte. Er war auf der Suche nach einer Heimat – nicht nach einem Bett. Jakob lächelte verkniffen. Dann sagte er: «Es freut mich zu sehen, dass es Ihnen gut geht.»

Die junge Frau musterte ihn amüsiert.

Jakob schloss die Augen, bis ihm ihre Absätze verrieten, dass sie sich entfernte.

«Komischer Kauz», sagte die Frau im Vorbeigehen, aber das war schon nicht mehr für seine Ohren bestimmt.

Und als das Klackern an der nächsten Straßenecke verklungen war, atmete Jakob erleichtert auf.

Hedwig fand das Ladenlokal an prominentem Ort, im brodelnden Zentrum der Hauptstadt des Kaiserreichs. Zwischen Friedrichstraße und Gendarmenmarkt, in Sichtweite der Zwillingskuppeln, war der Schriftzug *Gustav Erlau – Galerie für moderne Kunst* deutlich zu lesen. Er prangte in stolzem Bogen über dem Schaufenster, aber auch schwarznüchtern auf der Glasscheibe der Eingangstür. Fachkundig studierte Hedwig die ausgestellten Gemälde und Zeichnungen. Dann aber blieb ihr Blick an einem Foto hängen. Es zeigte Gustav und Frieda Erlau am Tag ihrer Hochzeit im Atelier eines Fotografen: Sie auf einem zweisitzigen Sofa im weißen, bauschigen Kleid. Den Schleier hatte sie auf die Hutkrempe gesteckt, dem Fotografen sah sie keck ins Gesicht. Neben ihr, die Hand auf ihrer Schulter, aber hinter der Rückenlehne, stand Gustav im gediegenen Frack mit Zylinder. Den Schnurrbart hatte er wie gewohnt gezwirbelt. Beide schauten stolz in die Kamera. Darunter ein Schriftzug mit Papierschlangen in die Auslage drapiert: *Just married!*

Glücklich klemmte Hedwig ihre Mappe enger unter den Arm und betrat die Galerie.

Als sie einer jungen Frau hinter dem Tresen gegenübertrat, lief ihr ein kalter Schauder über den Rücken. Sie trug eine Trauerbinde am linken Arm. Hedwig konnte ihre Gedanken kaum ordnen: «Sind sie ... Gustav und Frieda ... ist ihnen etwas ...?»

«Wie meinen?», fragte die Frau in geschäftsmäßigem Tonfall.

«Wie geht es ihnen? Ich meine natürlich nicht *Ihnen*, sondern ihnen.»

«Ist Ihnen nicht gut?» Ihr Gesichtsausdruck war besorgt.

Hedwig errötete. Dann sammelte sie sich und versuchte es

erneut. «Frieda und Gustav, das jungvermählte Ehepaar Erlau, geht es ihnen gut? Wir haben uns anlässlich einer gemeinsamen Reise kennengelernt.»

«Natürlich geht es ihnen gut. Sie befinden sich derzeit in den Vereinigten Staaten.»

«Aber», Hedwig überlegte, ob sie sich jetzt restlos blamierte, doch ihre Neugier überwand schließlich die Angst, «warum der Trauerflor?»

Die Galeristin sah auf ihren Arm. «Das hat Herr Erlau so angewiesen, im Andenken an die vielen Opfer in Hamburg. Herr Kestner trägt auch eine.» Sie verwies auf den Ladengehilfen, der eben Gemälde umhängte.

«Da bin ich aber froh», atmete Hedwig auf.

«Über die Opfer in Hamburg?»

«Natürlich nicht.» Hedwig winkte ab. «Darüber, dass es den beiden gut geht. Sind sie noch in New York?»

«Nein. Sie sind Richtung Nordwesten weitergereist, zu den Niagarafällen.»

«Was für ein Glück!»

«Kann ich Ihnen behilflich sein?», versuchte die Angestellte, die geheimnisvolle Kundin ihren Gedanken zu entreißen. Hedwig zögerte einen Moment. Dann zog sie die Mappe unter ihrem Arm hervor.

«Wenn Herr Erlau zurückkehrt, wären Sie so nett und würden ihm dies in meinem Namen überreichen?»

Die Galeristin nickte und öffnete die Mappe. Hedwig wollte sie ihr gleich wieder entreißen. «Sie ist allein für Herrn Erlaus Augen bestimmt.»

Dann erkannte Hedwig an der Miene der jungen Frau, dass die Bilder sie ergriffen hatten. Konzentriert blätterte sie durch die Zeichnungen.

«Die sind großartig. Sind das ...?» Sie wagte es nicht auszusprechen.

Hedwig nickte. «Es sind allesamt Opfer der Cholera.»

«Sie alle – tot?», fragte die Frau betroffen.

Hedwig zögerte. Sie horchte in sich, ob die Pietät es zuließ, Auskunft zu geben. «Manche von ihnen sind gestorben», sagte sie schließlich. Die Galeristin nickte.

«Es hilft mir, dies Grauen zu fassen», sagte Hedwig.

Während sie gemeinsam schwiegen, blätterte die Galeristin weiter. «Haben Sie mit Herrn Erlau schon eine Ausstellung in unserem Hause verabredet?», fragte sie beiläufig.

Hedwig schüttelte den Kopf.

«Das müssen Sie unbedingt. Diese Blätter sind das Eindrucksvollste, was ich seit langem gesehen habe.»

Hedwig errötete. «Ach was, Sie übertreiben. Ich habe einfach nur gemalt, was ich sah. Nichts weiter.»

«Es liegt so viel Schönheit im Schrecken.» Der Blick, den ihr die Galeristin zuwarf, war voller Bewunderung.

Wären sie nicht durch den Tresen getrennt gewesen, Hedwig hätte die Frau umarmt, ihr vielleicht sogar einen sanften Kuss auf die Wange gedrückt. Beschwingt machte sie auf dem Absatz kehrt und ging in das wohlgeordnete, quirlige Berlin hinaus.

Nachwort

Im Januar 2020 fuhr ich mit dem Projekt eines Robert-Koch-Romans in der Tasche von Dresden nach Hamburg. Die Handlung mit dem weltberühmten Arzt und seiner heute wenig bekannten Geliebten Hedwig im Mittelpunkt war da schon in einem ausführlichen Entwurf ausgearbeitet. Die Corona-Pandemie war noch bloße Vorahnung. Seit dem Dezember 2019 gab es zwar erste Meldungen aus China, die Schlimmes ahnen ließen, aber niemand schien alarmiert. China war weit entfernt.

Im Februar kam es dann zu Infektionen in Österreich und Deutschland, im März war die Epidemie in vollem Gange. Den Roman über das letzte große Auftreten der Cholera in Europa schrieb ich gewissermaßen an den aktuellen Ereignissen entlang, ein Teil des Textes entstand in Quarantäne, und die geplante Recherchereise nach Hamburg fiel aus. Ich musste auf meine Erinnerungen an die Stadt zurückgreifen, in der ich vier Jahre leben durfte, sowie auf das Standardwerk von Richard J. Evans, der für sein Sachbuch «Tod in Hamburg» eine unfassbare Fülle von Daten und Quellen der Seuche ausgewertet hatte: Die Atmosphäre in der Stadt, die Details der Desinfektion und Hygienemaßnahmen, die politische Konstellation sowie die skandalösen Nachlässigkeiten der «Wasserkunst» – kurz gesagt, die zentralen Bestandteile des Romans – konnte ich seinen Schilderungen entnehmen.

Ferner griff ich auf Theodor Rumpfs Werk zur indischen Cholera zurück, das weitere wichtige Details der Hamburger Epidemien enthielt. Schließlich machte Jakob Löwenbergs autobiographische Schrift «Aus zwei Quellen» die Hamburger Situation von einer ganz anderen Warte aus anschaulich.

Beim Schreiben frappierten mich immer wieder die Parallelen zwischen der Pandemie 2020/21 und der lokalen Epidemie 1892, die ihren Ursprung mutmaßlich in Afghanistan hatte: die Neigung der Politiker, den Ernst der Lage zu verkennen oder bewusst zu verharmlosen; der Primat der wirtschaftlichen Interessen, der durchgreifende Maßnahmen verhinderte; die Verunsicherung der Menschen, die zu Plünderungen der Apotheken und dem Einsatz völlig wirkungsloser Mittel führte; die Verzweiflung der am härtesten Betroffenen, die der Krankheit hilflos ausgeliefert waren.

Die Anwesenheit Hedwigs in Hamburg zur Zeit der Epidemie ist meine fiktionale Zutat. Obwohl nicht physisch anwesend, war Hedwig in Kochs Alltag präsent, spätestens seit 1890/91, dem mutmaßlichen Zeitpunkt des ersten Zusammentreffens, die Quellenlage ist da nicht eindeutig. Der Ort allerdings – Prof. Gustav Graefs Atelier – scheint gesichert. Seitdem schrieben sie sich Briefe, die eine ungeahnte Zärtlichkeit Kochs sprachlich zum Ausdruck bringen. Diese Zärtlichkeit ist nicht angedichtet, sie ist Teil seines Charakters und entblößt die romantische Seite des Arztes und Forschers.

Als Hedwig offiziell seine Ehefrau geworden war, begleitete sie ihn auf seinen Reisen. Darunter waren so exotische Ziele wie Britisch-Uganda, die Mandschurei und Japan. Wenn man spätere Fotografien von Kochs Auslandsreisen anschaut, ist Hedwig oft die einzige Frau auf den Bildern in einer Gruppe von Männern. Diese Aspekte von Zugewandtheit und Mut auf der einen, auf der anderen Seite aber auch einer inklusiven Stellung in einer sonst exklusiven Männergesellschaft wollte ich in diesen Roman aufnehmen. Der Preis, die gesicherte

Überlieferung zu verlassen und der Phantasie ihren Raum zu geben, war nicht zu hoch. In diese kurze, kaum vierzehntägige Episode in Kochs Leben wurde die Lebensrolle Hedwigs komprimiert und, wie ich hoffe, literarisch glaubhaft integriert.

Die Freundschaft zum Berliner Galeristenpaar Gustav und Frieda Erlau ist eine freie Erfindung, der Cholera-Ausbruch auf der *MS Normannia* hingegen historisch bis in die dramatischen Details belegt.

Gesichert ist ebenfalls die Anwesenheit Jakob Löwenbergs und Theodor Rumpfs in der Stadt.

Löwenberg hat in seiner Autobiographie «Aus zwei Quellen» erschütternde Schilderungen aus der Seuchenzeit hinterlassen, eine davon ist Grundlage der Szene des Desinfektionstrupps, dem Löwenberg angehörte. Rumpfs Rolle kann nicht hoch genug eingeschätzt werden: Er war einer der wenigen Ärzte aus Hamburg, die Kochs großen internationalen Cholera-Kongress 1884 in Berlin besucht hatten. Im Cholera-Jahr 1892 wurde er zu einem wichtigen Mitstreiter Kochs in einer Stadt voller Ressentiments gegen seine Absichten.

Die Aspekte des Wissenschaftskrimis in der Romanhandlung musste ich kaum zuspitzen. Schon wer Evans' grandiose Schilderung liest, begreift die Detektivarbeit, die Koch leisten musste, um das dichte politisch-ökonomische Geflecht der Hansestadt auszuleuchten und den Hintergrund für das politische Fehlverhalten aufzudecken. Nur auf diese Weise konnte Koch die Besonderheiten der Hamburger Epidemie enthüllen und bekämpfen.

Der Verkauf «gepanschter» und verfälschter Lebensmittel ist eine weitere historische Konstante, die bis in unsere Zeit reicht. Schon 1892 mussten die Ärmsten der Armen an Lebensmitteln sparen. Was heute Fertigprodukte und in Massenproduktion hergestelltes Billigfleisch sind, waren damals mit Wasser gestreckte Kuhmilch und mit Rinderblut bestrichene Fischkiemen. Mehl wurde mit Gips oder Kalk gestreckt, Butter mit pflanzlichen Fetten. Teeblätter, bereits aufgebrüht, wurden mit Kupfersulfat oder Chromgelb bearbeitet und noch einmal als frisch verkauft. Hier bleibt die Phantasie hinter der betrügerischen Findigkeit damaliger Händler weit zurück.

Eine weitere historische, leicht idealisierte Zutat ist die Entdeckung der isotonischen Kochsalztherapie durch Dr. Karst. Tatsächlich ist dies eines der wenigen Heilmittel gegen die Cholera. Die Therapie wurde allerdings im 19. Jahrhundert kaum angewendet, weil sie – durch den Gebrauch septischer Spritzen – oft zu Infektionen führte. Geschwächte Körper wurden so vollends dahingerafft. Man besaß das richtige Mittel, wusste es aber nicht richtig anzuwenden. Karst ist da ein mutiger Vorreiter, den es so, in dieser Zuspitzung, nicht gab.

Die Frage «Was ist wahr?», die hinter zahlreichen historischen Erzählungen zwangsläufig aufblitzt, lässt sich niemals schlüssig beantworten. Zu viele Wahrheiten sind in Umlauf. Wenn auch manches in dieser Geschichte nicht eindeutig belegbar ist, ist doch vieles wahrscheinlich, manches denkbar, und das, was schier unglaublich ist, öffnet die Pforten der Phantasie für den Autor und für die Leserinnen und Leser. Die Phantasie ist mitunter der Königsweg zu einer tieferen Wahrheit.

Ralf Günther, Bad Gottleuba im Juli 2021

Danksagung

Die besonderen Bedingungen, unter denen der Roman entstand, habe ich oben bereits beschrieben. Umso wichtiger waren Personen, die die zahlreichen Beschränkungen der Entstehung aufheben oder ausgleichen halfen. Vor allem danke ich Prof. Dr. med. Frank Oehmichen für seine sorgfältige Überprüfung medizinischer und medizinhistorischer Details im Text.

Richard J. Evans gebührt der Dank dafür, ein sensationelles wissenschaftsgeschichtliches Panorama über die Geschehnisse rund um die Hamburger Choleraepidemien ausgebreitet zu haben. Sich in diesem exzellent recherchierten Kosmos zu bewegen, ermöglichte mir erst, diesen Roman zu schreiben. Wer neugierig auf die Hamburger Choleraepidemie von 1892 geworden ist, dem sei dieses *Opus magnum* wärmstens ans Herz gelegt.

Ferner sende ich einen tief empfundenen Dank an meine Herausgeberinnen Katharina Schlott, Ulrike Beck und Sünje Redies, ohne deren Engagement dieser Roman den Augen der Leserinnen und Leser verborgen geblieben wäre. Katharina Schlott verdanke ich darüber hinaus eine ebenso sensible wie sorgfältige Durchsicht meines Manuskripts. Danke für die zahlreichen Anregungen, Zuspitzungen und hilfreichen Kürzungen meiner mitunter etwas geschwätzigen Prosa.

Der größte Dank gebührt meiner Partnerin und Schriftstellerkollegin Josefine Gottwald, die mein Verzweifeln an der gewaltigen Aufgabe stets liebevoll zurückgewiesen und in sinnvolle Arbeitsschritte gegossen hat. Josefine war und ist ein steter Quell der Inspiration und künstlerischen Auseinandersetzung über die Themen, die uns bewegen, Romane zu schreiben – von Herzen: Danke!

Zitatnachweise

Motto: Robert Koch in einem Brief an Hedwig Freiberg vom 20. August 1890, zit. n. Johannes W. Grüntzig/Heinz Mehlhorn: Robert Koch. Seuchenjäger und Nobelpreisträger

S. 9: Jakob Löwenberg: Aus zwei Quellen, Paderborn 1993

S. 60: Zit. nach Jakob Löwenberg: Aus zwei Quellen

S. 103: Jakob Löwenberg: Aus zwei Quellen

S. 114: Robert Koch in einem Brief an Hedwig Freiberg vom 25. August 1892, zit. n. Richard J. Evans, Tod in Hamburg. Stadt, Gesellschaft und Politik in den Cholera-Jahren 1830–1910

S. 152: Heinrich Heine: Französische Zustände. Artikel VI, aus Heines Werke in fünf Bänden, Bd. 4

S. 182: Heinrich Heine: Französische Zustände. Artikel VI, aus Heines Werke in fünf Bänden, Bd. 4

S. 208: Pettenkofer, Max v.: Untersuchung und Beobachtungen über die Verbreitung der Cholera. München 1855, zit. n. Harald Breyer: Max von Pettenkofer

S. 236: William Lindley, zit. n. Richard J. Evans, Tod in Hamburg. Stadt, Gesellschaft und Politik in den Cholera-Jahren 1830–1910

S. 272: Prof. Dr. Theodor Rumpf: Die Cholera Indica und Nostras. Beilage zu den Jahrbüchern der Hamburgischen Staats-Krankenanstalten

Weitere Titel

Ach du fröhliche

Als Bach nach Dresden kam

Das Weihnachtsmarktwunder

Die Badende von Moritzburg

Eine Kiste voller Weihnachten

Jesusmariaundjosef!